이웃의 미학

이웃의 미학

1판 1쇄 찍음 2020년 6월 18일
1판 1쇄 펴냄 2020년 6월 25일

지은이 | 강부연
펴낸이 | 고운숙
펴낸곳 | 봄 미디어

기획 · 편집 | 김민지, 김지우
표지 디자인 | 우물

출판등록 | 2014년 08월 25일 (제387-2014-000040호)
주소 | 경기도 부천시 길주로 64, 1303(굿모닝 오피스텔)
영업부 | 070-5015-0818 편집부 | 070-5015-0817 팩스 | 032-712-2815
E-mail | bommedia@naver.com
소식창 | http://blog.naver.com/bommedia

값 9,000원

ISBN 979-11-5810-937-0 03810

이웃의 미학

강부연 장편 소설

목차

Prologue

멀고도 가까운 이름, 이웃

늦깎이 추위가 지속되던 2월의 어느 아침이었다.

매일 운동을 거르지 않는 도원의 두 발이 고무공처럼 탄력 있게 지면을 박찼다. 짙은 입김을 뿜으며 달리는 몸에 적당한 열기가 오를 즈음, 도원은 아침 조깅을 마치며 천변의 산책로를 벗어났다.

출근을 위해 걸음을 서두르며 그를 스쳐 지나가는 직장인의 얼굴 위로 미처 털어 내지 못한 피로가 묻어 있었고, 녹색 유니폼의 환경미화원이 인도의 가장자리에서 꼼꼼하게 비질하는 소리가 귀를 간질였다. 이제 막 해가 오르며 밝아진 사위로 오늘도 분주한 아침이 시작되고 있었다.

문이 닫힌 가게의 검은 쇼윈도 위에 도원의 옆모습이 비쳤다.

살짝 이마를 가린 앞머리 아래 짙은 눈썹과 깊은 눈매, 쭉 뻗은 콧대가 균형 있게 자리 잡은 얼굴. 큰 키에 어깨가 넓어 단단해 보이는 체격이 캐주얼한 패딩 점퍼 속에 감추어져 있었다.

가볍게 손목을 돌려 근육을 풀어 주면서 그는 어느 빌라의 필로티 주차장으로 들어섰다. 기둥에 등을 기댄 채, 바지 주머니 속에서 담뱃갑을 꺼냈다.

금연을 권장하는 혐오스런 사진과 글귀가 마치 '이래도 담배를 태우겠느냐' 묻는 것처럼 보였다. 누군가에게는 그것이 절제의 마지노선이 되어 줄는지 모르지만, 도원의 눈에는 되레 도발적인 느낌이 있어 실제로 담배 케이스의 경고 문구로 인한 흡연자 구매 감소율이 4%에 불과했다는 기사를 납득하게 했다.

라이터로 담배의 끄트머리에 불을 붙이면서, 그가 깊게 숨을 들이마셨다. 달콤한 첫맛이 날숨을 뱉으면서는 쌉쌀함으로 변했다.

"후우."

연기를 길쭉하게 뽑아냈다. 머리맡을 뿌옇게 감쌌다가 차가운 바람에 밀려 흩어지는 모양을 하릴없이 주시하고 있었다.

입에서만 순환시킨 채 그대로 내뱉는 연기가 짙었다. 호흡기까지 들이지 않고 입안을 헹구듯 뱉어 낸 연기가 콧속으로 스몄다. 지쳐 있는 뇌를 속이기에 적당한 혼곤함이었다. 도원은 긴 날숨과 함께 머리를 묵직하게 채우고 있던 글자들을 뱉어 내기를 반복했다.

한껏 뻐근한 목에 한 손을 얹고서 좌우로 스트레칭을 하고 있을 때였다. 불현듯 머리 위에서 드르륵 창문이 열리고, 개 짖는 소리가 났다.

멍! 멍! 멍!

"쉿! 로키 조용! 착하지? 이리 와."

동시에 들려오는 여자의 목소리. 이제 막 잠에서 깼는지 조금 쉬어 있으면서도 나긋한 어조였다. 도원이 무심코 목을 꺾어 위를 올려다보았다.

꼭대기 층에는 나이 든 모녀와 신혼부부가, 그 아래층에는 도원과 홀몸 노인이, 그리고 그 아래층에는 고등학생 아들을 홀로 키우는 중년 여성이 살고 있는 이 빌라에서 처음으로 듣는 개 짖는 소리였다.

엊그제 주말 아래층에 이사를 오는 것 같더니, 새로운 이웃인가.

추정컨대, 젊은 여성 한 명과 소형견 한 마리. 제법 오랜 기간 비워져 있던 201호의 새로운 주인일 것이다. 요즘은 이사 왔다고 떡 돌리는 시대도 아니니, 사람이 들고 나도 뒤늦게야 알아채는 게 무리는 아니었다.

"아우, 예뻐. 아이구, 내 새끼. 아침부터 뭐가 그렇게 신났어. 응? 배고파?"

유난스런 아침 인사가 이어지고, 연달아 여자의 맑은 웃음이 거품처럼 터져 나오던 때였다.

"윽, 담배 냄새! 문 닫아야겠다."

불현듯 들린 말에 도원은 그만 입가에 담배를 가져다 댄 채 멈칫 굳어 버리고 말았다. 머금었던 연기를 목구멍으로 꿀꺽 삼켜 보지만, 호흡기를 순환하여 도로 콧구멍으로 새어 나왔다. 설상가상으로 하마터면 연기에 사레까지 들릴 뻔했다.

드르륵, 탁.

다행히 그가 피워 낸 희끄무레한 연기가 2층 창틀에 닿기 직전이었다. 부러 들으라고 낸 소리였는지, 창문 닫히는 소리마저 매몰차기 그지없었다.

"이런⋯⋯."

여태까지 2층이 줄곧 공실이었던 터라 신경 쓸 필요가 없었는데, 앞으로는 다른 흡연 장소를 찾아봐야 할 성싶었다.

도원이 담배의 마지막 한 모금을 깊이 빨아들여 혀 밑에 넣고 굴렸다. 그가 흡입하는 깊이에 따라 타들어 간 회색빛 재를 검지로 톡톡 두들겨 털어 냈다.

중간까지 줄어든 담배를 미련 없이 바닥에 짓눌러 불씨를 죽였다. 빌라 현관 뒤편 한구석에 놓아둔 재떨이에 꽁초를 버리고 손을 털어 냈다.

평소라면 눈길 줄 일이 없는 2층 창문을 다시 한번 올려다보았다. 높게 부서지던 웃음의 포말이 남은 것처럼 괜스레 간지러운 손바닥을 두어 번 쥐었다 폈다.

1

301호 그 남자, 201호 그 여자

한 뼘쯤 열어 놓은 창문 틈새로 한기가 흘러 들어오고 있었다.

살갗에 오톨도톨한 소름이 돋은 줄도 모르고 하얀 모니터에만 집중한 도원의 입술 새에서 후, 하고 가느다란 한숨이 샜다.

지금까지 써낸 열두 권의 소설들과 마찬가지로, 집필하는 동안 도원의 의식은 자신이 창조한 가상의 세계를 24시간 쉬지 않고 유람하고 있었다.

노인의 시신을 앞에 두고서 누구 하나 먼저 다가서는 이가 없었다. 현장에서 사체를 접하는 일이 익숙한 조윤마저도 그러했다. 참혹하기를 따진다면, 불과 지난주 맡았던 피살 사건 쪽이 수 배는 더 참혹했을 것이다. 동거남에게 흉기로 스무 번 이상 찔려 살해된 피해자의 시신은 성한 곳을 찾기가 힘들 정도로 난자되어 있었으니까.

발가벗겨진 노인의 몸에는 외상의 흔적을 발견할 수 없었다. 그럼에도 동공이 까맣게 풀려 허공을 노려보는 노인의 모습에는 분명 오래 눈길을 두기 섬뜩한 부분이 있었다.

"……그놈이 돌아왔구먼. 틀림없이 그놈이여. 여태 숭악허게 숨어 있다 이제사 그 본성을 드러냈구먼. 아이구, 시상에, 아부지……."

쉼 없이 타자를 두드리던 손가락이 마침표를 찍고 멈췄다. 잠시 눈을 감고서 모니터 속 글의 흐름을 따라가던 도원이 무언가 떠오른 듯 펜을 집어 들었다. 그러고는 포스트잇 위에 새롭게 떠오른 설정과 사건, 등장인물들을 간단하게 적어 넣었다.

"인간의 감정이 결여된 소시오패스 살인마. 앞으로 벌어질 사건들에서 아홉 명의 피해자를 무참히 살해하고, 자살로 생을 마감하게 될 예정……."

툭툭 떼어 낸 메모를 모니터 옆 커다란 화이트보드 위에 붙였다. 가로로 길게 그어진 선 위에 도원이 집필 중인 소설의 줄거리가 시간순으로 간략하게 표시되어 있었다.

이제 막 도입을 지난 이야기는 잔뜩 고조된 긴장 속에서 살인마의 등장을 예고했다. 대략적인 구성은 이미 끝난 상태였다. 이제부터는 세부적으로 조금씩 채워 가며 줄거리를 이끌어 나가야 했다. 하얀 화면에 떠 있는 글줄을 반복해서 읽어 내렸다. 눈으로 훑고, 입으로 주절거렸다. 바닥의 요철을 다듬듯 재차 글자를 다듬었다.

그렇게 한참의 시간이 흐르고 나서야 맵게 충혈된 눈을 꾹꾹 누르며 등을 젖혔다. 뒤늦게 찾아든 피로감으로 어깨가 묵직했다.

오전 5시 2분. 하루가 시작되기에는 아직 이른 시각이었다. 의자에 몸을 파묻고 있던 도원이 일어나 닫혀 있던 커튼을 걷었다. 어느새 푸릇하게 밝아 오는 새벽빛이 그의 날카로운 얼굴선을 훑어 내렸다.

내내 경직된 자세로 앉아 있던 탓에 허리에서 삐걱거리는 소리가 나는 것만 같았다. 건조한 안구에 안약을 떨어뜨리고는 마침내 노트북의 전원을 껐다.

지은 지 15년이 지난 두 동짜리 구옥 빌라의 B동 301호. 도원의 집은 앞 동에 눈이 시원한 하천 뷰와 차도로의 접근성을 내어 준 대신 여름철 모기와 외부 소음으로부터 차단되었다.

대조적으로 내부 방음에 취약하여 종종 옆집 물 내려가는 소리나 윗집 신혼부부 말다툼하는 소리까지 들릴 때가 있지만 대체적으로는 조용했고, 여간해서는 소란이 이는 일도 없었다.

작은 방에 들어간 도원이 가벼운 재질의 긴소매 티와 트레이닝 바지로 옷을 갈아입고 나왔다. 암 밴드 주머니에 담배와

라이터를 잊지 않고 챙겼다.

휴대폰에 연결된 이어폰을 귀에 꽂으며 경쾌한 팝송이 주를 이루는 음악을 재생시켰다. 조용한 계단을 가벼운 걸음으로 뛰어 내려갔다.

필로티 주차장의 한쪽, 그의 SUV 옆에 덮개를 씌워 놓은 자전거가 보였다. 익숙한 손길로 덮개를 벗기고, 자물쇠를 풀어 사슬을 기둥에 묶어 두었다. 습관처럼 타이어를 엄지로 꾹 눌러 공기압을 체크하고는 안장에 가볍게 올랐다.

"그럼 달려 볼까."

체중을 실어 페달을 밟는 다리에 힘이 넘쳤다. 주차장 지붕을 빠져나가며 일방통행 도로를 달리기 시작한 자전거가 점차 속력을 높였다. 이제 뿌옇게 날이 밝은 하늘이 올려다보자, 숨통이 트인 것처럼 가슴이 시원해졌다.

도원은 천변을 따라 늘어선 로스터리 카페와 이탈리안 레스토랑, 프랑스 가정식, 백반집을 바람처럼 스치며 달렸다. 폭이 좁은 데크에서 하천으로 연결된 내리막길로 접어들었을 땐 양손으로 브레이크를 잡아 속도를 죽였다.

이른 새벽임에도 천변을 따라 조깅이나 아침 운동을 하러 나온 이들이 제법 보였다. 자전거 도로에 올라 다시금 두 다리에 박차를 가했다.

맞부딪쳐 오는 바람을 양분하며 콧속 깊이 들이마시는 새벽 공기가 좋았다. 하루치 청량함을 선점하는 기분이었다. 도원의 입꼬리가 절로 매끄러운 호를 그렸다.

한강까지 3.5km

　바닥에 하얀 글씨로 새겨진 글자를 바퀴로 할퀴며 지날 때였다. 도원의 휴대폰으로 전화가 걸려 왔다. 잠시 가장자리에 자전거를 멈춰 세운 그가 작은 화면 위로 무관의 이름을 확인했다. 받을까 말까 잠시 고민하다 결국 통화 버튼을 눌렀다.

　―깨어 있었냐?

　"말해."

　―밖이야? 또 자전거 타?

　"어. 무슨 일이야, 이 시간에."

　무심히 대꾸하며, 페달에 발을 올렸다. 그의 자전거가 다시 천천히 나아가기 시작했다.

　―이 시간 아니면 잘 받기는 하고? 꼭두새벽부터 나온 김에 걸어 본 거지.

　"벌써 출근이야?"

　―말도 마라. 나 또 서산 내려간다.

　이어 무관의 혀 차는 소리 뒤로, 광고가 흘러나오던 라디오 볼륨이 작게 줄어들었다.

　―막 서해안 고속도로 탔어, 젠장. 피곤해 돌아가시겠다.

　길게 하품을 하는 무관의 발음이 엉망으로 뭉개졌다. 졸음을 쫓을 요량으로 전화를 걸었는지 아니면 그저 불평이 하고 싶었던 건지. 이제 막 세 살 된 딸내미 자는 얼굴만 겨우 보고

19

나왔다며 툴툴거리는 소리를 도원은 대꾸도 없이 대충 들어
넘겼다.

"서 선생님 뵈러?"

—그럼 또 누가 있다고. 와이프나 나나 본적이 서울인데.

"선생님은, 여전하시고?"

—어디 쉽게 변할 양반이신가. 여전히 고집 있으시고, 꼬장
꼬장하시고, 그러면서도 글줄은 또 폭포수처럼 시원하게 뽑아
내시지. 안 그래도 네 얘기 하시더라. 시간 날 때 한번 내려오
라고.

"지금 쓰는 것 탈고하면. 여름쯤 다녀와야지."

산중에 계곡을 끼고서 지어 놓은 서 선생님 별장에 자주 초
대를 받았다. 작가로서는 까마득한 후배인 데다 동문이라는
이유로 그는 도원을 유독 아꼈다.

—누구는 일로 가고, 누구는 쉬러 가고. 이거 원, 서러워 살
겠나.

그러다 무관이 문득 생각났다는 듯이 이야기했다.

—맞다. 전에 말한 웹소설, 출간 일정 잡혔다.

도원은 반쯤 일어난 자세로 눈앞의 낮은 턱을 넘느라 흘러
내린 이어폰을 다시금 제대로 끼워 넣었다.

"언젠데?"

—일단 다다음 날에 서 선생님 작품 먼저 출간하고 나면 그
후속으로. 서 선생님 인지도랑 작품성으로 먼저 기반 다지면,
아무래도 마케팅적인 부분에서 조금 더 수월하게 진행할 수

있을 테니까.

"읽어는 봤고?"

—어제 조금 훑어봤는데……. 사건 중심이라, 속도감은 있어도 전체적으로 무거운 느낌 들더라. 이게 크게 보면 장편이어도, 한 편씩 끊어서 보는데 익숙한 독자들한테는 몰입감이 떨어지거든.

무관의 냉철한 감상평을 들으며 앞서가던 노인의 자전거를 따라잡았다. 마주 오는 사람은 없는지 먼저 확인하고는 왼쪽 도로를 탄 도원이 이내 힘 있게 페달을 밟으며 추월했다.

—또 매회가 끝날 때마다 다음 편에 대한 기대치를 높여야 하는데, A4용지로 치면 네 장 정도 되는 분량마다 흥미를 끄는 부분과 복선이 고루 분배가 돼야 독자들이 계속 결제를 하니까…….

그러는 동안 천변을 가로지르는 몇 개의 다리 밑을 통과하여 구의 경계를 넘었다. 한강에 가까워지며 서서히 강폭이 넓어지면서부터는 부쩍 민물 냄새가 강하게 올라왔다.

며칠 전 때 이른 장대비가 내린 탓이었다. 바닥의 흔적을 피해 핸들을 비끼며 미간을 찌푸리는 도원의 눈가에 가는 주름이 잡혔다.

비가 오나 눈이 오나 자전거를 타러 나가냐는 무관의 타박이 무색하게, 겨우내 깨끗하게 닦아 덮개를 씌워 두었던 자전거를 다시 꺼낸 것이 고작 일주일 전이다. 아침저녁으로 나와 운동을 하는 것도 궁극적으로는 체력을 기르기 위함일 뿐, 자전거 자체에 특별한 열정이 있는 것은 아니었다.

특히 비 내린 후 사흘 정도는 자전거 대신 가볍게 조깅을 하는 편이었다. 비단 젖은 지면이 미끄러워서 위험하다거나 민물 냄새가 싫기 때문만은 아니었다. 그보다는 지렁이가 지뢰처럼 깔린 자전거 도로를 무심하게 가로지르는 것이 껄끄러울 뿐.

"장난하냐? 소설 속에서 네가 죽인 피해자 수만 해도 기십이 족히 넘는구만. 그것도 온갖 잔인한 방법은 다 동원해 죽여 대면서, 무슨."

언젠가 무관은 그 얘기를 듣고서 코웃음을 쳤더랬다.

대학 신입생 환영회 때 처음 알게 된 무관과는 이제 대학 동기를 넘어 소설가와 출판 기획자의 관계로 질긴 인연을 이어 가는 중이었다.

스물세 살, 대학 재학 중에 등단하여 데뷔 소설 '그녀와 나, 그리고 그 밤'으로 단숨에 베스트셀러 작가가 된, 한국 스릴러 소설계의 괴물로 불리는 채도원이 고작 지렁이 따위에 겁을 먹는다니. 정확하게는 겁을 먹은 게 아니라 불쾌한 거라고 말해도 소용없었다.

설령 써내려 간 글 안에서 대량 학살을 저지를지언정 실제로는 지렁이 한 마리 밟아 죽이는 일이 껄끄러울 정도의 감성은 남아 있어야 소설가도 될 수 있다는 사실을 이해하지 못하기에, 무관은 작가가 아닌 출판 기획자가 되었을 터였다. 물론 그보다는 보험 설계사나 자동차 딜러와 같은 영업직이 수다스러운 무관에게는 천직이 아닐까 의심되지만.

—듣고 있냐? 쓴소리한다고 또 인상 찌푸리고 있는 거 아니지? 이게 다 피가 되고 살이 되라고 하는 소리니까 허투루 듣지 말라고.

솔직히 중간 어디쯤에서 가닥을 놓치긴 했지만, 그렇다고 마냥 허투루 듣진 않았다. 소설을 향한 애정 하나로 출판 업계에 뛰어든 무관은 제법 믿을 만한 기획자였다. 그는 독자가 원하는 글이 무엇인지를 알고 있었다.

작가의 글이 보다 쉽게 독자에게 닿을 수 있도록 유도하는 것이 기획자인 무관의 역할이라면, 자신이 쓰고 싶은 글과 독자가 읽고 싶어 하는 글 사이의 적절한 타협점을 찾는 것은 작가인 도원의 몫일 것이다.

—서 선생님께서 말씀하시길, 글이란 게 다 경험을 재료로 해서 나오는 거라잖냐.

때마침 평소 자전거의 방향을 돌리는 전환점에 다다랐다. 도원이 낮은 한숨을 내쉬며 자전거를 가장자리에 붙여 세웠다. 줄곧 페달을 밟아 온 탓에 호흡이 거칠었다.

—내가 보기에 네 소설에서 제일 시급한 건 로맨스야. 글이 딱 널 닮아서 사랑이 부족하다고.

하다 하다 여자를 소개해 주겠다는 말까지 나왔을 땐 그냥 전화를 끊어 버릴까 진지하게 고민했다.

"……가끔 실없을 때가 있기는 해도 신소리해 대는 놈은 아니었는데."

무관이 꼭두새벽부터 전화를 걸어 온 이유를 알아채는 건 어렵지 않았다. 며칠 전 출판사에 양해를 구하고 송고 날짜를 늦춘 이야기를 전해 들었을 것이다.

이참에 도원이 지금껏 추구해 온 정통 스릴러에서 다소 무게를 덜어 낸 한국형 엔터테인먼트 소설을 써보지 않겠느냐고 제안한 이가 바로 무관이었다.

전자책 시장이 급격하게 성장하면서 웹소설을 즐기는 독서 인구가 증가했고, 독자들의 연령층 역시 다양해졌다. 그러한 추세에 발맞춰 무관의 출판사 역시 장르 소설의 레이블을 확장해 나가는 중이었다. 차후 미디어 제작사와의 제휴를 통해 소설을 영상 콘텐츠로 발전시킬 계획을 가지고 있었다.

무관은 도원을 포함하여 기성 작가들 몇 명을 꼽아 먼저 제안서를 내밀었다. 이용자 수가 2천만 명에 가까운 스마트폰 콘텐츠 플랫폼에 연재하는 조건이었다.

기본적으로 문체가 탄탄하고 이야기 구성력이 뛰어난 작가들 위주였다. 기실 경력이 길고, 이미 고정된 독자층을 가진 경력 작가들에게는 위험 부담에 비해 돌아올 메리트가 크지 않은 이야기였을 것이다.

대다수의 작가들이 고사한 가운데 도원은 큰 고민 없이 제안을 수락했다. 부담감이 없지는 않았지만, 새로운 도전에 대한 흥미가 컸다.

시놉시스와 초반부 원고를 검토해 본 무관은 계속해서 비중이 적은 여성 인물에 대해 아쉬움을 나타냈다.

─이게 다 너 걱정돼서 하는 말이라니까. 인마, 기력이 뻗치면 차라리 여자를 좀 만나지.

"내 걱정은 됐으니까, 소설 걱정이나 하라고."

─소설 걱정이 네 걱정이지 뭘 그러냐.

능청스럽게 받아치는 무관에게 대답 대신 한숨만 되돌려 주었다.

"그만 떠들고 운전이나 해라. 도착하면 서 선생님께 안부 전해 드리고."

글의 분위기를 덜어 낸다는 것이 말처럼 쉬운 일은 아니어서, 도원으로서도 난관을 겪는 중이었다. 종종 사막에 덩그러니 서 있는 것 같은 기분이 들 때가 있었다. 방향조차 잡지 못하고 막막하게 헤매고 있는 것이다. 그러나 그것이 당장 펜대를 놓을 만큼의 위기라고는 생각지 않았다.

글을 쓰는 일이 쉬웠던 적은 단 한순간도 없었다. 커서가 깜빡이는 백지 위에 사람과 감정과 집과 나무와 도시와 나라와 세계와 사회와 관계와 가치관과 그 모든 것을 아우르는 이야기를 그려 넣는 일이었다. 애초에 도원은 소설에 대한 확신보다 끝을 보겠다는 끈기 내지는 오기가 그를 소설가로 만들었다고 굳게 믿고 있다.

그다지 실속은 없던 통화가 10분 넘게 이어진 탓에 휴대폰이 뜨끈하게 달아올랐다. 도로 암 밴드에 고정하고 MP3를 재생시키자, 아까 중단되었던 음악이 다시 처음부터 흘러나오기 시작했다. 미디엄 템포의 박자에 맞춰 도원도 가볍게 발을 굴렀다. 이제는 완연하게 아침이 밝은 도심을 거침없이 질주했다.

라이딩을 마치고 빌라로 되돌아왔을 땐 주차장이 한산해져 있었다. 자전거를 제자리에 들여놓은 도원이 관자놀이를 타고 흐르는 땀을 손등으로 대충 쓸어 닦아 냈다.

집에 들어가면 가장 먼저 샤워부터 하고 곧장 침대로 뛰어들 예정이었다.

보통 네다섯 시간을 자고 정오 즈음이면 눈이 뜨였다. 가벼운 식사로 허기를 채운 뒤에는 도서관에 가서 자료 조사를 하거나, 때로 은행 업무나 장을 보기도 했다. 저녁을 든든히 챙겨 먹고 나면 소화를 시킬 겸 한 번 더 천변으로 나와 산책을 했다.

그렇게 몸과 마음이 완벽하게 정돈되었을 때 보다 수월하게 집필에 집중할 수 있었다. 주변의 생활 소음이 극도로 제한된 새벽 시간이 도원에게는 아무런 방해 없이 글 쓰는 일에 몰두할 수 있는 최적의 시간이었다.

남들과는 조금 다른 사이클로 돌아가는 그의 일과는 특별한 약속이 없는 이상 대체로 규칙적인 편이었다. 매일 일정한 시간에 글쓰기를 했고, 건강 관리에 각별한 주의를 기울였다. 회사나 조직에 속하지 않고 혼자 일하는 만큼 스스로 통제하지 않으면 자칫 방종을 부리기 쉬운 탓이다.

아침 운동이 끝난 후 태우는 담배 한 개비 역시 그러한 규칙성의 일환이었다. 하루가 시작될 무렵에 일과를 갈무리하며 피워 내는 연기가 그렇게 달 수가 없었다.

평소와 같은 자리에 서서 담뱃갑과 라이터를 손에 쥐었을 때였다.

문득 며칠 전, 왕왕 짖던 강아지와 그 강아지에게 아낌없이 애정을 퍼붓던 여자의 목소리가 떠올라 피식 웃음이 났다.

습관처럼 불을 붙이려던 담배를 손안에서 구겨 버렸다. 하마터면 얼굴도 모르는 이웃에게 벌써부터 안 좋은 인상을 새길 뻔했다며 뒷머리를 긁적거렸다.

결국 반으로 두 동강 나 속이 터진 담배를 입구 쓰레기통에 털어 버렸다. 터덜터덜 빌라 안으로 향하면서, 오늘만큼은 그가 포기한 한 개비의 여유가 그다지 아쉽게 느껴지지 않았다.

❊   ❊   ❊

새 이웃의 얼굴을 확인한 건 그녀가 빌라를 이사를 오고 약 한 달 정도가 지나서였다.

주말이었으나 출근도, 퇴근도 없는 도원에게는 평일과 별다르지 않았다. 깊게 잠이 들었던 도원이 급하게 울리는 휴대폰 벨 소리에 떠지지 않는 눈을 억지로 떠 전화를 받았다.

"……여보세요."

─저…… 혹시 2854 차주분 되시나요?

"맞는데, 무슨 일입니까."

지끈거리는 관자놀이를 손으로 문지르며 조금 까칠한 투로 되물었다.

차 때문에 전화한 거면 용건은 빤했다. 안쪽의 차가 나갈 수 있도록 차를 빼 달라거나, 아니면 주차장에 가만히 서 있는 차에 대뜸 사고가 났거나.

안타깝게도, 여자의 용건은 후자 쪽인 듯했다.

─제가 주차를 하다가 차를 긁어서요…… 아무래도 직접 보시고 보험이나 보상을…….

무심결에 한숨부터 덜컥 튀어 나갔다. 그에 수화기 건너편에서 가뜩이나 위축되어 있던 여자의 말끝이 파르르 떨렸다.

자다가 일어난 탓에 잔뜩 곤두선 신경을 간신히 억누르며, 도원이 대답했다.

"내려갈 테니 잠시만 기다리시죠."

전화를 끊고 나서, 침대 위에서 억지로 몸을 일으켰다. 평소 기상하는 시간보다 두 시간이나 이른 시간이었다.

구겨진 티셔츠에 남색 반바지 차림 그대로 까치집이 된 머리를 대충 손으로 빗질해 넘겼다. 뻑뻑한 눈가를 몇 번 문지르고 나니, 뿌옇던 시계가 점차 또렷해졌다.

빌라 현관을 벗어나자마자 곧장 얼굴로 볕이 내리쬐는데, 햇살이 어찌나 강한지. 잔뜩 눈살을 찌푸리다가 손으로 차양을 만든 다음에야 도원은 여자를 마주 볼 수 있었다.

"저…… 2854 차주분?"

여자가 조심스럽게 도원을 부르며 다가왔다. 눈부심 때문에 여자의 생김새가 제대로 시야에 들어오기까지는 약간의 시간이 필요했다. 여자가 겨드랑이에 껴안고 있던 복슬복슬한 갈색 포메라니안에 시선을 돌리는데 또 잠깐.

"안녕하세요. 저는 여기 201호 사는 사람인데요. 정말 죄송합니다. 제가 운전이 서툴러서……."

도원과 눈이 마주치가 무섭게 여자가 꾸벅 고개를 숙여 사과했다. 그러는 동안 품 안의 강아지는 세상 말간 표정으로 헥헥 숨을 몰아쉬고 있었다.

"아."

어느 순간, 도원의 얼굴에 작은 깨달음이 번졌다. 뒤이어 찾아든 사소한 반가움은 처음 도원이 새 이웃의 존재를 인식했던 그날 이후로 종종 들을 수 있었던 201호 여자의 대화만큼이나 일방적인 감정일 것이었다.

아직 이 빌라의 취약한 방음에 대해 까맣게 모르고 있을 201호 여자를 위하여 도원은 애써 심상한 태도를 유지했다.

"일단 차를 좀 보죠."

면목 없어 하는 여자를 꼬리처럼 매달고서 차를 주차해 놓은 곳으로 향했다. 여자의 집 베란다 창 바로 아래쪽, 유난히 구획이 좁게 만들어진 주차장의 하얀 선을 도원의 덩치 큰 SUV가 꽉 채우고 있었다.

"여기예요."

여자가 검지로 가리키는 후면 범퍼가 손가락 두 마디 정도

긁혀 있었다. 슬슬 문질러 보자 손에 분홍색 염료가 묻어났다. 도원이 주차장 한가운데에 어정쩡하게 멈춰 서 있는 핫핑크색 모닝을 돌아보았다.

"정말 죄송합니다. 제가 초보 운전이라서……."

연거푸 사과하느라 머리꼭지만 내려다보이는 여자의 키는 도원의 어깨에 겨우 닿을 듯했다.

"저, 보상을 어떻게 해 드리면 될까요? 아무래도 보험 불러야겠죠?"

그가 크게 화를 낼 거라 예상했는지 잔뜩 겁을 먹은 것처럼 보였다. 잔뜩 위축되어 종종거리는 그녀에게 도원은 나직한 한숨을 내쉬며 손을 내저었다.

"됐습니다. 별로 크게 받은 것도 아니고."

"네? 그렇지만 수리비는 드려야 할 것 같은데요."

"이 정도 긁혔다고 차가 안 나가는 것도 아니니까요. 괜찮습니다."

신줏단지도 아닌데 흠집 없이 차를 몰고 다닐 생각은 애당초 하지도 않았다. 더욱이 미안해서 어쩔 줄 모르는 여자에게 대뜸 수리비부터 내놓으라고 할 만큼 경우 없이 살지도 않았고.

무엇보다 크기나 내구성 측면에서 도원의 SUV와 비교가 되지 않는 핫핑크 모닝의 우측 전면이 깡통처럼 움푹 찌그러져 있었다. 아마 그 안에 타고 있던 여자나 강아지에게도 고스란히 충격이 갔을 것이다.

"어디 다친 덴 없습니까? 차 상태를 보니, 심하게 받은 것 같은데."

"아, 저는 괜찮은데요. 그보다 역시 제가 수리비를……."

"당장은 놀라서 아픈 것도 못 느끼는 걸 수 있어요. 목이나 어깨, 허리 이런 데 움직여 봐요."

여자는 아까부터 자기 몸은 제대로 살필 겨를도 없이 패닉에 빠져 있었다. 아마 지금 자신이 얼마나 손을 떨고 있는지도 모르고 있을 것이다.

"개는요? 한 번 내려놔 봐요. 잘 걷나 보게."

그제야 여자가 품 안에 줄곧 안고 있던 개를 조심스럽게 내려놓았다. 네 다리가 바닥을 딛자마자 한차례 몸을 털어 낸 개가 꼬리를 말아 등에 착 붙이며 순한 눈으로 그녀를 올려다보았다. 나들이라도 다녀왔는지 연두색 멜빵바지를 입혀 놓은 모습은 개라기보다 조그마한 사람 같았다.

"사람도, 개도 다친 곳은 없어 다행입니다."

나중이라도 수리가 필요하시면 꼭 말해 달라고 덧붙이는 여자에게 도원이 순순히 고개를 끄덕였다.

"그럼."

집으로 돌아가 못다 잔 잠이나 더 자야겠다. 목 끝까지 차오른 하품을 참느라 눈꼬리에 눈물이 맺혔다. 나온 김에 우편물 온 것이 있나 확인하기 위해 걸음을 틀었을 때였다.

어느새 모닝에 올라탄 여자가 등 뒤에서 시동을 거는 소리가 들렸다. 그리고 후진을 하나 싶던 찰나였다.

끼익!

여자가 또다시 필로티 기둥을 긁고 말았다.

멍! 멍!

열린 뒷좌석 창문에 앞발을 디디고 선 강아지가 구조 요청을 하듯 필사적으로 짖어 댔다. 문득 전면 유리 하나를 사이에 두고 여자와 눈이 마주쳤다. 속절없이 흔들리는 시선을 물끄러미 쳐다보고 있자, 그녀의 얼굴에 금세 곤혹스러움이 붉게 번졌다.

어떻게 할까 망설이는 도원을 재촉이라도 하는 듯 창밖을 향해 짖어 대는 강아지 소리가 점점 더 커졌다. 뒷머리를 긁적이던 도원이 결국 운전석 곁으로 다가섰다.

똑똑. 차창을 두드렸다. 아랫입술을 지그시 깨문 채로 고집스레 정면을 보고 있던 여자가 이내 크게 한숨을 쉬며 창문을 내렸다.

"주차장이 좁아서 처음에는 다들 어려워들 합니다."

실제로 도원도 이전에 타고 다니던 승용차를 두어 번 긁어 먹었다.

그러나 그것을 뻔한 위로의 말이라고 생각한 모양인지, 여자는 슬쩍 도원을 빗겨 시선을 내려뜨렸다. 이대로 그냥 도원이 가 주었으면 하고 바라는 것 같기도 하고, 도와주기를 바라는 것 같기도 했다.

귀찮은 건 질색인데. 도원은 잠시 그가 타기에는 지나치게 깜찍한 차의 분홍색 외관과 다소 좁은 운전석을 노려보았다.

낯선 이웃에게 베풀 수 있는 호의가 어디까지일지 고민되었다. 관자놀이를 살살 문지르던 그가 이내 결정을 내렸다.

"와 봐요. 뒤에서 봐줄 테니까."

여자가 주차해야 하는 빈 공간에 서서 팔을 흔들자, 창문으로 고개를 내밀었던 여자의 얼굴에 당혹스러움이 떠올랐다. 그러나 곧 입술을 오므리며 두 손으로 단단히 핸들을 붙잡았다. 기어를 바꾸고, 다시 한번 후진을 시도했다. 뒤에 도원이 있는 탓에 더욱 소심해진 그녀가 여러 차례 브레이크를 밟았다가 뗐다.

"그렇게 하면 위험하니까, 그냥 지그시 밟아요. 내가 그만이라고 외칠 때까지. 더, 더."

오로지 룸 미러에만 의지하여 자동차 뒤 빈 공간을 가늠하려는 건 초보 운전자들이 흔히 하는 실수였다. 더욱이 그녀는 자기가 운전하는 차의 가로, 세로 길이를 인지하지 못하고 있었다.

도원이 운전석 옆으로 지나치게 여유를 두고 다가오는 모닝의 엉덩이를 탕탕 두드렸다.

"됐어요, 이제 한 번만 더 앞으로 뺐다가 들어오면 될 것 같은데. 핸들을 왼쪽으로 더 틀어서 나가요. 후진할 때는 다시 핸들 제자리에 놓고."

그 후로 두 번이나 더 앞뒤로 왔다 갔다 했지만 도원은 짜증 한 번 내는 일 없이 여자가 주차하는 것을 끝까지 지켜봐 주었다.

"저, 정말 감사합니다. 그리고 죄송하고요. 혹시라도 나중에 문제가 되면 꼭 말씀해 주세요. 201호예요."

차에서 내려, 빌라 입구로 향하는 도원을 뒤따라오며 여자가 말했다.

"301호 채도원입니다."

"아, 저는 문영주예요."

뒤늦게 통성명하며 또 꾸벅 고개 숙였다. 도원은 이제 여자의 얼굴보다 오른쪽으로 조금 치우친 가르마가 더 친숙할 지경이었다. 발밑에서 강아지가 저를 잊지 말라는 듯이 멍멍 짖었다.

"얘는 로키고요."

쪼그려 앉은 영주가 로키의 앞발을 붙잡고 좌우로 흔들었다. 검고 큰 눈과 둥근 이마가 주인을 쏙 빼닮아 있었다.

"이사 온 뒤로 한동안 경황이 없어서 인사도 못 드렸네요."

겸연쩍은 얼굴로 변명하지만 만약 오늘 접촉 사고가 아니었더라면 따로 인사를 하는 일은 없었을 것이다.

층간 소음, 주차 시비로 칼부림이 일어났다는 뉴스가 심심찮게 들리는 시대에 딱히 이웃과 친근하게 지내지 않는 게 이상한 일은 아니었다. 도원만 하더라도 살면서 이웃과 이렇다 할 교류라고는 해 본 적이 없으니까.

"예. 그럼."

도원은 적당히 대화를 끊어 냈다. 어차피 겉치레일 뿐인 인사를 이어 갈 바에는 부족한 잠을 채우는 것이 더 절실했기 때문이었다.

그렇게 먼저 자동문을 지나 계단을 올라가는 도원의 등을 영주가 멀뚱히 서서 지켜보았다.

처음 키가 껑충한 남자가 내려왔을 땐, 혹시라도 시비로 번질까 봐 조마조마했는데. 일견 차가워 보이는 인상만큼 말투는 무뚝뚝했어도 작은 행동에 배려와 매너가 언뜻언뜻 묻어나는 사람이었다.

"그나저나 고맙다는 말을 제대로 전했어야 했는데……."

원래 여자 혼자 살면 신경 쓸 것도, 조심할 것도 많아지는 법이다. 한 빌라 사는 이웃 간에 오늘 일을 껄끄럽게 남기고 싶지 않았다.

결국 이전 날 못다 전한 영주의 감사는 바로 그 이튿날 도원의 집 문고리에 걸려 있던 작은 종이가방이 대신했다.

금박 포장지에 쌓인 초콜릿 상자에 손바닥만 한 메모가 붙어 있었다.

어제 일은 다시 한번 감사드려요.

아시겠지만 제가 개를 키우고 있어서, 혹시나 시끄러우실까 싶어 미리 양해 구합니다.

한 빌라 사는 이웃으로 앞으로도 잘 부탁드려요!

─집 잘 보고 계약했는지 모르겠다. 정말 엄마 아빠 안 가 봐도 되겠어?

"내가 알아서 잘했다니까. 두 분이 서울을 어떻게 올라와요. 지금 한창 바쁠 땐데."

─자식새끼 혼자 서울 보내 놓고 어디 마음이 놓여야지. 집 구하는 게 작은 일도 아니고. 우리가 같이 가서 보고, 집주인 이랑 얘기도 해 보고 그래야 하는데.

통화 내내 끝도 없이 이어지는 걱정들을 지겹다는 듯 듣고 있던 영주가 휴대폰을 귀에서 떨어뜨리며 현재 시각을 확인했다.

─미리 청소는 좀 했니? 들어가기 전에 벽지고, 수도고, 보일러고 제대로 살폈고?

"어휴. 몇 번을 물어봐요. 다 확인하고 계약했어. 부동산 끼고 서류까지 떼서 봤으니까 사기당할 염려도 없어요. 걱정 좀 그만해요. 내가 뭐 앤가."

─애지, 그럼. 엄마 눈에는 평생 애지.

단언하는 엄마의 목소리에 영주는 말없이 한숨을 삼켰다. 그간 이사할 집을 알아보느라 본가에 통 연락을 하지 못했다. 때문에 며칠 만에 듣는 막내딸 목소리가 마냥 반가웠던 모양이다.

"내가 벌써 서울살이가 7년이야. 이사만 네 번째고. 집도 주민 센터랑 가깝고 깨끗한 곳으로 골랐어요. 로키 키우는 것도 허락받았고요."

─그 털 짐승을 아직도 끼고 살아? 진즉 누구 줘 버리라니까, 말도 안 듣지.

"주기는 누굴 줘? 로키는 이제 내 가족인데, 어떻게 그런 말을 해?"

매번 반복되는 엄마의 무신경함에 질려 영주가 버럭 화를 내질렀다. 그러면서도 한 손으로는 무릎 위에 앉혀 놓은 로키의 귀를 가렸다. 개가 사람 말을 알아들을 리는 없지만, 그 안에 담긴 뉘앙스를 이해한다고 했다. 만에 하나 상처가 될 소리를 듣게 하고 싶지는 않았다.

─으이구, 네 식구를 그렇게 챙겨 봐라. 그 조그만 게 뭐가 그리 예쁘다고 맨날 물고, 빨고…….

서울에서 자취하는 딸이 반려견을 키우는 것에 누구보다 반대했던 사람이 바로 엄마였다. 제 한 몸 간수하는 것만으로도 힘든 타지 살이에 굳이 책임질 거리를 늘릴 필요가 있겠냐는 거였다.

정말 아무것도 모르고 하는 소리였다. 영주에게 로키는 종일 일에 시달리고 지친 걸음으로 돌아왔을 때 온몸을 흔들며 반겨 주는 단 하나의 식구였다. 외로운 마음을 치댈 수 있는 소중한 가족이었다.

"로키 없었으면 엄마 딸내미 우울증 왔어도 벌써 왔어. 그러니까 더는 로키 가지고 함부로 말하지 마요."

─그러게 애초에 집에서 학교 다니고 직장 다니라니까 기어코 짐 싸 들고 나가서는. 어차피 공무원 할 거, 여기서 하면

좀 좋아? 이 동네에 네가 문덕현이, 양수옥이 딸이라는 거 모르는 사람 없으니 행패 부리는 놈도 없을 거고. 무슨 일 생겨도 바로 가서 도와주고 할 텐데.

대학 진학 때부터 장장 6년간 물고 늘어지는 주제가 오늘도 어김없이 튀어나왔다.

부모님은 아직까지도 딸이 상의 한마디 없이 서울에 있는 대학에 원서를 넣고, 기숙사 신청을 하고, 입학 날짜가 될 때까지 입 꾹 다물고 있었다는 사실에 큰 배신감을 느끼고 있는 듯했다.

그렇게까지 하게 만든 부모님에게 영주가 더 큰 실망과 갑갑함을 안고 있다는 걸 까맣게 모르는 채.

"또 똑같은 소리. 그럴 거면 그만 끊을래요."

―아이구, 가시나. 성질하고는. 여자애가 저렇게 드세 가지고, 나중에 시집은 어떻게 가려고 저러나 몰라.

"시집도, 이사도 내가 알아서 한다니까요!"

대학에서 거취 문제로, 그리고 다시 결혼으로 이어지는 엄마의 뻔한 레퍼토리.

이제 겨우 스물일곱인 영주에게 시시때때로 결혼 이야기를 꺼내는 부모님의 고루한 사고방식에 진저리를 치면서, 그만 좀 하시라고 일축했다. 서운함이 그득 담긴 엄마의 깊은 한숨 소리는 부러 못 들은 척했다.

―이사한 집 주소 바로 찍어서 문자로 넣어. 그래야 반찬이랑 먹을 것 좀 올려 보내지. 더덕으로 장아찌 만들어 보내 주

랴? 너 그거면 밥 한 그릇 뚝딱 비우잖아.

"더덕장아찌 좋아하는 건 내가 아니라, 오빠고. 됐어요. 어차피 받아도 다 못 먹고 버려."

—밥 좀 잘 챙겨 먹고 다니라니까. 뭐 먹고 싶은 건 없어?

"딱히. 생각나면 그때 얘기할게요. 엄마, 나 이제 가 봐야 돼."

흐지부지 대답을 흘리며 끊으려 하지만, 엄마는 영주를 쉽게 놔주지 않았다.

—혹시 너네 주민 센터에 괜찮은 사람은 좀 없니? 왜, 부부가 같은 공무원이면 얼마나 좋아. 휴일도 맞고, 연금도…….

"아빠한테 안부 전해 주세요. 그럼 진짜 끊어요."

—애, 영주야!

결국 마지막 말은 거의 듣지도 않고서 통화를 마쳤다.

직장을 다니면서 집을 알아보고, 계약을 하고, 이사 준비를 하느라 한동안 경황이 없었다.

이사를 마치고서도 청소를 하고 가구와 물건에 제자리를 찾아 주는 데 또 시간이 걸렸다. 그러다 보니 새로운 집에 적응하는데도 한참이었다.

영주가 감회 어린 눈으로 전보다 훨씬 넓어진 보금자리를 둘러보았다. 대학 입학하고부터 자잘한 아르바이트에 과외를 해 가며 등록금을 보탰다.

고시 공부를 하면서 반쯤 폐인처럼 살았던 재작년에는 카페며 호프집이며 화장품 가게를 전전하며 생활비를 벌었다.

마침내 주민 센터에 9급 지방직 공무원으로 발령받았으나, 초임 박봉으로 월세 부담까지 질 수는 없는 노릇이었다. 그런 영주에게 이 집은 로또 당첨만큼이나 반갑고 귀한 물건이었다.

첫 입주 때부터 줄곧 노부부가 살았다는 집은 도배를 따로 하지 않아도 될 만큼 깨끗했다. 벽에 중구난방으로 박아 놓은 못들이 눈에 걸렸지만, 어떻게 생각하면 그녀가 필요한 곳에 한두 곳 더 못질을 해도 집주인은 알아차리지 못할 것 같았다.

부동산 업자는 그녀가 집을 보러 갔던 날 이미 신혼부부 두 쌍이 다녀갔다고 했다. 그중 한 쌍은 당장이라도 계약하고 싶다는 의사를 타진해 오고 있다며 넌지시 귀띔해 주었다.

어쩌면 뻔한 언변에 속아 넘어간 걸지도 모르지만, 부랴부랴 전세 대출을 받아 바로 다음 날 계약서에 도장을 찍었을 만큼 영주는 이 집이 마음에 들었다.

무엇보다 그간 월셋집을 전전하는 내내 집주인과 이웃의 눈치를 봐야 했던 로키를 마음 놓고 키울 수 있게 되어 기뻤다.

물론 이 집에도 몇 가지 사소한 문제점들은 있었다. 가장 먼저, 영주는 계약 직전에 이 집의 전세가가 시세보다 유독 싸게 나온 결정적인 이유를 전해 들었다.

"여기서 할아버지가 돌아가셨다고요?"

"그렇긴 한데, 사실 그건 흠도 아니지, 뭐. 아닌 말로 여기서 흥악하게 사람이 죽었다거나, 목을 맸다거나 하는 일이 있었던 것도 아니고. 그냥 주무시다가 곱게 돌아가셨어요. 험한 곳 하나 없이."

"아, 네……."

"할아버지가 생전에 덕이 많으셨나 봐. 발견한 것도 바로 다음 날이었나, 그랬지 아마. 자식들이 노인네 혼자 계시니까 매일매일 찾아와서 밥도 차려 드리고, 병원도 모시고 가고 그랬거든."

고인의 마지막이 얼마나 깔끔했는지를 설명하는 군소리가 길었다. 큰 흠은 아니라면서 마지막의 마지막이 되어서야 사실을 고지하는 이유가 무엇이냐고 따져 묻고 싶었지만, 애써 눌러 참았다. 말마따나 그 정도 흠도 없는 집이라면 도저히 나올 수 없는 가격이기는 했으니까.

그 외에도 창문에 방범창이 달려 있지 않다는 사실을 뒤늦게 발견하고 혀를 찼다.

평일 근무를 하다 보니 저녁 시간과 주말을 이용해서 집을 보러 다닐 수밖에 없었는데, 미처 꼼꼼히 살피지 못한 부분이 군데군데 있었다.

필로티 주차장이 있는 2층이라 창문이 높게 나 있었지만 외벽에 가스 배관이 있어 불안했다. 특히 안방 쪽 창문이 뒷집을 향해 나 있었는데, 외부에서 보이지 않는 위치이기 때문에 도리어 범죄의 표적이 되지는 않을까 우려되기도 했다.

개를 키우고 있다는 점이 방범에 다소 도움이 될지도 모르겠으나, 털을 제외하면 두 주먹을 합쳐 놓은 것만큼 작은 로키가 낯선 침입자를 쫓을 수 있을 것 같지는 않았으므로.

무엇보다 필로티 주차장의 층고가 낮아 사다리차가 안쪽까지 들어올 수 없다는 걸 뒤늦게 깨달은 것이 가장 큰 낭패였다. 앞 동 입구에 차를 대어 놓고 15m 남짓 걸어 들어와 짐을 옮기는 이삿짐 센터 아저씨들의 눈치를 보느라 종일 커피며 물을 사다 날랐다. 그나마 가진 것 중 제일 큰 가구였던 침대를 버리고 오길 천만다행이었다.

부동산에서 집 소개를 할 때 중개인은 세대 당 주차가 가능한 물건이 서울에 몇 없다고 큰소리를 쳤었다. 이사를 온 직후에는 차가 없었고, 구입할 계획도 없었으니 영주에게 그다지 큰 메리트로 느껴지지 않았지만.

그러다 몇 주 뒤 호주로 어학 연수를 떠날 준비를 하는 친구 주란에게 그녀가 신입생 시절부터 굴리던 모닝을 받아 왔다. 장롱 면허 연습용으로 며칠 타 볼 요량이었다. 막상 차를 빈 공간에 집어넣을 때가 되어서야 영주는 빌라 주차장이 지나치게 절약형으로 구성되어 있다는 사실을 깨달았다.

주란의 핫핑크 모닝은 이미 네 번의 접촉 사고를 낸 전적이 있었다. 고철값이나 겨우 받을까, 도저히 중고로는 팔 수 있는 상태가 아니었다.

결국 폐차를 결심한 주란에게 딱 한 달간 차를 빌렸다. 이참에 로키를 데리고 편히 나들이 한 번 다녀올 작정이었다.

실제로 영주가 운전을 해서 멀리 외출한 것은 딱 두 번뿐이었는데, 때마다 주차장 기둥을 죄 긁어 놓았다. 그러다 끝내

가만히 주차되어 있던 차를 들이받았을 땐, 정말이지 눈앞이 다 깜깜해지고 말았다.

전화로 주차장에서 있었던 일을 대강 전해 들은 주란이 영주보다 더 수선을 떨었다.

—웬일이니! 완전 영화 같은 첫 만남이잖아. 막 듣는 내가 가슴이 두근두근한다, 야.

"영화 같기는. 현실은 그냥 '이웃 사람'이었다니까. 주차 한 번 잘못해서 마동석 뛰어나온 것 같은 그런 느낌."

아마 그 영화도 주란과 함께 본 영화 중 하나였을 것이다. 스릴러 마니아인 주란에게 이끌려 비슷한 종류의 영화를 보러 다녔던 기억을 떠올리며 영주가 부르르 몸서리를 쳤다.

"아무튼 티는 안 냈어도 첫인상부터 제대로 찍혔을 거야. 차를 그렇게 긁어 놨으니."

—수리비 준다고 했는데 그쪽에서 거절했다며.

"그래도……. 됐다고 해도 그냥 수리비 주고 끝낼 걸 그랬나 봐. 괜히 마음 불편하네."

영주가 작게 한숨을 내쉬자, 수화기 건너편에서 쯧쯧 혀 차는 소리가 들렸다.

—너 또 병 도졌다. 신세 지고는 못 사는 병. 그거 언제 고칠래? 네가 그러니까 연애를 못 하는 거야.

"그건 또 무슨 억지야. 대체 무슨 상관이라고."

영주가 심드렁하니 대꾸하자, 주란이 답답해하며 열을 올렸다.

―내가 누누이 얘기하지만, 남자들은 너처럼 칼같이 계산하고, 빚지는 거 싫어하는 여자 부담스러워 한다니까.

"부담스러워 하라고 그래. 나도 허세 많은 남자는 딱 질색이야."

자존심과 자격지심이 어중간하게 섞인 남자들에게 비위 맞춰 주며 점수를 따고 싶은 생각은 추호도 없었다.

흔히들 여자를 꽃에 비유하고는 하는데, 영주는 예전부터 유독 그 말이 듣기가 싫었다.

어여쁜 색과 향기로 사랑받지 않느냐는 입에 발린 소리 뒤에, 쉽사리 꺾이고 짓밟히는 연약함을 조롱하는 의미가 내포되어 있다고 느꼈기 때문이다.

꽃처럼 누군가의 사랑을 받는 것에 삶의 의미를 두고 싶지는 않았다.

영주는 누구보다 주체적인 삶을 살기 위해 집을 떠나 홀로서기를 택했다. 물론 가끔은 친구들이 자랑하는 연애에 혹하거나 혼자라는 사실에 고독을 느낄 때도 있었다. 타지에서 의지가지 할 데 없이 고립된 마음은 쉽사리 물러지는 법이었다.

미성숙한 감정과 충동에 덜컥 투신했다가 절망으로 끝난 사례를 여럿 보았다.

지나치게 쉽게, 그리고 깊게 사랑에 빠져들었던 친구들이 울며 아파하는 모습을 위로할 때마다 영주는 흔들리는 마음을 다잡으며 스스로를 지켰다. 자꾸만 의지하고 싶어지는 자신을 엄히 단속해 왔다.

"그나저나 너한테 미안해서 어쩌지? 차가 그렇게 망가져서……."

―됐어. 너 안 다쳤으니 다행이지. 어차피 폐차할 건데 이제 와서 더 찌그러진 게 무슨 상관이야. 그보다 그 남자 얘기나 좀 더 해 봐. 네가 보기에 어때? 생긴 건? 잘생겼어?

애써 화제를 돌려보려던 시도는 허사였다. 영주와는 달리 365일 로맨스를 꿈꾸는 주란에게는 오늘의 접촉 사고가 단순한 해프닝이 아닌, 드라마틱한 연애의 오프닝처럼 보인 모양이었다. 캐묻는 목소리가 이미 잔뜩 들떠 있었다.

―빨리 말해 봐. 어떻게 생겼냐니까? 왜. 영 못 쓰겠어? 얼굴 갈았어?

"뭐, 그냥…… 얼굴은 괜찮았던 것 같은데. 키도 크고, 어깨도 듬직하고."

영주가 곤혹스러운 듯이 이마를 문질렀다. 말이 끝나기도 전에 전화기 너머에서 짧은 비명이 터져 나왔다.

―하! 누구는 사고가 나도 배 나온 아저씨들만 뒷목 잡고 나오는데, 너는 갖다 박아도 잘생긴 놈 차에다가 박는구나. 재수 좋은 과부는 넘어져도 오이 밭에 넘어진다더니 이런 걸 말하는 건가!

"어후, 못 살겠다. 설레발 좀 그만 쳐. 그 남자는 대체 무슨 죄니?"

터무니없이 부러워하는 주란을 기막혀하며, 영주가 고개를 절레절레 내저었다.

"301호 채도원입니다."

"아, 저는 문영주예요."

그날, 윗집 남자와는 어쩌다 보니 통성명까지 마치고 헤어졌다. 기본적으로 타인과 쉽게 친해지거나 말을 섞는 데 익숙하지 않은 영주에게는 확실히 드문 일이었다.

영주는 딱딱하고 무섭게 느껴졌던 첫인상과는 달리, 그가 좋은 사람이라는 걸 금세 알 수 있었다. 무심한 듯해도 저와 로키가 괜찮은지 묻던 목소리나 죄송하다며 숙였던 고개를 들었을 때 저를 보던 눈빛에는 옅은 온기가 어려 있었다.

샤프하면서도 정돈된 그의 외모가 영주의 취향이었다는 말은 굳이 주란에게는 하지 않았다. 이야기를 듣자마자 흥분해서 비명을 질러 댈 그녀를 감당할 자신이 없었으므로.

✳   ✳   ✳

현관문 밖에서 난 인기척에, 전용 방석에 시무룩하니 누워 있던 로키가 퍼뜩 머리를 들었다.

여덟 자리로 된 숫자 비밀번호를 끝까지 기다리지 못하고 재촉하듯 왈왈 짖었다. 덕분에 마지막 세 번호를 입력하는 영주의 손길이 바빠졌다.

주인이 없던 시간에 먼지처럼 쌓인 무기력을 털과 함께 부르르 털어 낸 로키가 문 앞으로 달려 나와 영주를 반겼다.

"어이구, 내 새끼. 집 잘 보고 있었어? 말썽 안 피웠어? 아이, 예뻐. 심심했어? 언니 보고 싶었어요?"

털이 토실토실한 엉덩이를 삼바 추듯 흔들어 댔다. 흥을 주체하지 못하고 앞발을 들고 콩콩 뛰기 시작하는 로키를 껴안고서 영주가 뽀뽀를 퍼부었다. 혀 짧은 소리로 안부를 묻고, 끙끙거리며 앓는 소리를 내는 로키를 한껏 위로해 주었다.

반나절 만에 이루어지는 감격의 재회는 매번 이렇게 요란스러웠다. 고작 반나절 떨어져 있었을 뿐인데, 로키는 험지에 갔다 살아 돌아온 가족을 반기듯 온몸 다해 영주를 반겨 주었다.

"이 언니가 너 때문에 연애를 못 해. 응? 네가 이 언니 마음을 알긴 아니?"

로키의 정수리 털에 후후, 바람을 불어넣자 간지럽다는 듯이 귀를 쫑긋거렸다. 도리도리 고개를 털다가 이내 갑갑해졌는지 그녀의 품을 빠져나가 베란다로 향했다.

잠시 뒤, 영주는 로키가 입에 물고 온 간식 봉투를 보고 웃음이 터졌다.

"네 오늘치 밥값 했다 이거지? 그래. 너도 나도 다 먹고 살자고 하는 짓인데. 우리 로키 많이 먹고 쑥쑥 크자, 알았지?"

영주가 거실 선반 위에 올려 두었던 노즈 워크 장난감 속에 간식을 잘라 숨기고는 멀리 집어던졌다. 마루 장판에 네 발이 미끄러지면서도 장난감을 쫓아 열심히 달려가는 로키의 발소리가 야단스러웠다.

"언니도 밥 먹어야겠다."

먼저 비어 있는 로키의 밥그릇에 사료와 물부터 챙겨 주었다. 방에 들어가 편안한 옷으로 갈아입은 영주가 머리를 질끈 올려 묶었다.

"오늘은 또 뭘를 먹지……."

허기는 제때 잊지 않고 찾아드는데 당기는 음식이 없다는 건 곤혹스러운 일이었다.

결국 차린 건 전자레인지에 3분 데운 즉석밥에 계란 프라이, 구운 스팸과 김치, 반찬 가게에서 다섯 팩에 만 원 주고 사 온 장조림과 무말랭이, 멸치볶음.

조촐한 밥상 앞에서 별로 입맛은 없었어도 젓가락질은 꾸준했다.

"같이 밥 먹을 사람이 없어서 그런가 보다. 로키, 너는 밥 먹을 때 건드리면 언니한테도 막 으르렁거리지? 근데 언니는 혼자 먹으면 밥이 맛이 없거든."

수북하게 부어 준 사료를 어느새 몽땅 해치우고 와서는 젖은 얼굴을 카펫에 문대고 있는 로키의 엉덩이에 대고 푸념했다. 어설픈 세수를 마치자마자 영주의 무릎에 두 앞발을 딛고 섰다. 목을 쭉 빼 식탁을 노리는 모습이 딴에는 절실해 보여 귀여웠다.

"그래. 언니가 너한테 너무 많은 걸 바랐지?"

영주가 식탁 밑으로 손을 내려 로키의 둥근 머리를 쓰다듬었다.

그러고 보니 외식을 한 게 언제인지 모르겠다. 언젠가 꼭 한 번 가 보리라 다짐하며 북마크 해 놓은 맛집 리스트가 미슐랭보다 긴데. 곧 주란마저 호주로 가 버리면 이제는 정말 친구와 맥주 한 잔 나눌 일도 요원할 것이다.

학교를 다니면서 가깝게 지낸 친구들 중 졸업 후 곧바로 취업이 된 애들이 가장 먼저 소원해졌다. 그때는 한발 앞서 사회로 나간 친구들에 대한 열등감과 초조함을 감출 자신이 없어 먼저 연락하지 못했었는데, 그러지 말걸 그랬다.

어쩌다 한 번 약속을 잡아 만나게 되더라도 상사 욕, 회사 욕으로 힘들다는 푸념만 주구장창 늘어놓는 게 싫었다. 친구의 고달픔을 그저 엄살이라고만 여겼다.

그때 친구들이 느꼈던 고충을 이제는 이해할 수 있었다.

친했던 친구들과 만나 밥 한 끼, 차 한잔할 여유도 없이 금세 달력의 날짜를 바꾸는 시간의 속도를, 직장에서의 불편한 관계에 절절매느라 정작 내가 소중하게 여기던 인간관계를 챙기지 못하는 삶의 퍽퍽한 질감을.

식사를 마치고 나서는 종일 집에서 주인을 기다리고 있었을 로키를 위해 산책을 나가기로 마음먹었다.

무거운 몸을 일으켜 웃옷을 단단히 챙겨 입었다. 신발장 서랍에서 리드 줄을 꺼내자, 귀신같이 알아챈 로키가 신이나 꼬리를 흔들었다.

나무와 들풀이 가득한 천변으로 언제라도 나갈 수 있다는 점은 이 집이 그녀가 일하는 주민 센터에서 걸어서 10분 거리밖에 되지 않는다는 점과 더불어 이사 온 후 가장 흡족한 부분이었다.

소소하지만 마음에 꼭 필요한 여유를 갖게 하는 산책 시간이 어느덧 빼놓을 수 없는 일과가 되어 가고 있었다.

문을 나서기에 앞서, 신발장 옆면에 붙은 전면 유리에 자신의 모습을 비추어 보았다. 잠시 멈칫한 영주가 부스스한 머리를 손으로 빗어 내렸다.

괜히 한쪽을 귀 뒤로 넘겨보았다가, 가르마를 바꿨다가, 다시 반묶음을 해 볼까 하고 손으로 가늠해 보기도 했다.

결국 원래의 머리 모양으로 되돌아와서는, 안 되겠다 싶어 방에 들어가 입술을 바르고 나왔다. 종종 천변 산책길에서 윗집 남자와 마주치는 까닭이었다.

흰칠하고 탄탄한 실루엣이 가볍게 지면을 박차며 뛰어가는 도원의 모습은 마치 광고의 한 장면 같았다.

허공에서 부드럽게 휘날리는 검은 머리칼이라든지, 관자놀이를 타고 흐르는 한 방울의 땀이라든지, 앞뒤로 휘저으면서 드러나는 팔뚝의 근질이라든지, 젖은 셔츠가 달라붙은 탄탄한 가슴이 특히.

그러던 영주가 이내 진저리를 치며 도리질했다. 아무래도 주란에게 안 좋은 영향을 받은 게 틀림없었다. 며칠 전 만났을 때에도 아는 사람 안부를 묻듯 "윗집 남자는 잘 지내고?" 하며 태연하게 묻던 것이 생각났다.

호주에 가서도 어학 점수를 높이는 것보다 낯선 곳에서의 운명적인 로맨스를 만나는 게 주된 목적인 것처럼 보일 정도였다.

주란이 도통 핑크빛이라고는 보이지 않는 영주의 무채색 나날을 걱정하는 것만큼이나 영주도 주란의 충동적인 성격이 걱정스러울 따름이었다.

영주가 도중에 멈춰 선 탓에 순간적으로 가슴 줄이 당겨진 로키가 무슨 일이냐는 듯 그녀를 돌아보았다. 같은 방향으로 걷던 뒷사람이 파워 워킹으로 그녀를 앞질러 갔다. 흐르는 개울에 박힌 돌처럼 서 있던 영주도 뒤늦게 정신을 차리고 앞으로 나아갔다.

날은 어두웠어도 색색의 조명으로 밝힌 다리와 음악 분수가 있어 걷는 것이 즐거웠다. 운동 기구 앞에서 운동을 하는 사람이 많았고, 어떤 남자는 체조 선수처럼 평행봉을 타기도 했다.

걸어가다가 풀 옆에 엉거주춤 주저앉아 영역 표시를 하던 로키가 누군가를 발견하고는 귀를 쫑긋거렸다. 맞은편에서 낯익은 얼굴의 남자가 달려오고 있었다.

서로가 약속이라도 한 것처럼 같은 시간대에 마주친 윗집 남자는 이제는 퍽 익숙하다는 듯이 그녀에게 먼저 눈인사를 건네 왔다. 답례로 작게 고개를 꾸벅이며 스쳐 보낸 그에게서 후, 하는 거친 숨소리가 들렸다 이내 멀어져 갔다.

"……운동 참 열심히 하네."

큰 보폭으로 성큼성큼 달려가는 도원의 뒷모습을 보며 중얼거렸다.

한참이나 풀숲에 코를 묻고 냄새를 맡으며 놀다가 이내 흥미가 떨어졌는지 영주에게 다가와 끙끙 앓는 소리를 내는 로키를 안아 들었다.

다른 어딘가를 향해 있는 주인의 관심을 돌리기 위해, 로키가 영주의 턱밑을 몇 번이나 핥작거렸다.

2

마침 거기에 당신이

"이것 좀 쓸게요."

영주의 귀로 불쑥 목소리가 파고들었다. 순간적으로 경직된 영주의 어깨 너머로 뻗쳐 온 팔이 그녀의 책상에 놓여 있던 스테이플러를 쥐었다. 그리고 남자가 다시 떨어져 나가기까지 몇 초간 영주는 꼼짝없이 그의 그늘 아래 갇혀 있었다.

무게 중심을 잡는 척 그녀의 어깨를 그러쥐었던 감각이 선연했다. 우식의 얼굴이 그녀의 볼과 닿았다가 이내 가볍게 스쳐 지나갔다.

본능적인 거부감으로 영주가 뒤를 돌아보았을 땐 그는 이미 제자리로 돌아가는 중이었다. 미적지근한 온기와 불쾌감이 남은 볼을 소매로 박박 문질러 닦았다.

말도 많고 탈도 많은 통합 민원실에 근무하면서, 우식은 단한 번도 얼굴 붉히는 일이 없었다고 했다.

모두가 입을 모아 좋은 사람이라고 말하는 남자.

이달의 친절 직원으로 꼽힌 것이 무려 열다섯 번이나 된다고. 직장 동료들 사이에서의 평가 역시 좋은 우식을 거북해하는 것은 아마 주민 센터에서는 영주가 유일할 것이다.

듣기로는 대단한 애처가라고도 했다. 대학 CC로 만나 10년 연애 끝에 결혼한 아내가 굉장한 미인이라나.

그런 사람이 대체 왜? 아니, 그전에 이게 정말 내가 생각하는 그게 정말 맞는 걸까.

물건을 주거나 받을 때 손이 스치는 경우가 유독 잦았다. 가끔 이유 모를 시선이 느껴져 고개를 돌리면, 우식과 눈이 마주치는 경우가 허다했다. 공교롭게 점심을 함께 먹게 되거나 회식 자리가 생기면 당연하다는 듯이 옆자리에 앉아 있는 그를 발견할 수 있었다.

평소 그녀가 일을 잘 마무리해 건네면, 일종의 격려 차원에서 팔꿈치 위쪽을 두드리다가 물컹한 부분을 꼭 쥐었다 놓았다. 언젠가는 손등으로 볼을 툭툭 건드리기도 했는데, 그런 거리낌 없는 행동에 놀란 게 한두 번이 아니었다.

이러한 일들은 매번 남들이 보지 못하는 상황에서만 이루어졌다. 대체 어떤 의도로 그러는지 알 수 없는 데다, 오직 당사자만이 감지할 수 있는 미묘한 뉘앙스를 도무지 설명할 길이 없어 대놓고 따지지도 못했다.

매일 얼굴 보는 직장 동료 사이가 껄끄러워질 게 뻔했고,

또 별것 아닌 일에 과민하게 구는 사람처럼 보이기도 싫었기 때문이었다.

평소에 툭하면 요즘 젊은 여자들 참 극성이라고, 자의식이 강한 건지 자기애가 강한 건지 모르겠다고 떠들어 대는 윤상호 계장이 어떤 말로 영주의 자존감을 갈가리 찢어 놓을지에 대해서는 상상조차 하고 싶지 않았다.

"무엇을 도와드릴까요?"

버튼을 누르자 천장에 달린 모니터가 대기 번호 98과 담당 창구를 호명했다.

영주가 번호표를 들고 그녀의 앞으로 걸어오는 중년의 여성에게 미소를 지어 보이면서, 정면의 전자시계를 힐끔거렸다.

오후 2시 20분. 교대로 점심을 먹고 들어와 딱 졸음이 엄습할 시간이었다. 오후 업무를 시작하기 전 사 온 커피를 한 모금 홀짝이고는 민원인이 내미는 서류를 건네받았다.

통합 민원실 업무는 매일이 비슷비슷했다. 지난주까지만 해도 영주는 같은 행정 구역의 노인 복지관과 연계하여 큰 행사 하나를 치르느라 며칠이나 야근을 해야 했다.

연말이나 선거철, 이사철, 홍수나 유행병 등의 천재지변이 발생할 때에는 정신없이 바빠지지만 다행히 지금은 격무를 살짝 비껴간 시기였다.

월요일이었던 어제는 평소보다 민원인들이 조금 더 몰렸고, 화요일인 오늘은 어제보다 한가한 편이었다. 때문인지 실내에는 다소 나른한 분위기가 흐르고 있었다.

"101번 민원인분, 3번 창구로 와 주세요!"

모니터 화면으로 몇 번을 호출해도 나타나지 않는 민원인을 결국 육성으로 재차 불렀다. 대기 의자에 앉아 있는 사람들의 얼굴을 쭉 훑었으나 자리에서 일어나는 이가 없었다.

별수 없이 다음 민원인을 호출하려는데, 문득 그녀의 머리 위로 옅은 그림자가 드리웠다. 의례적인 미소로 고개를 들던 영주의 눈이 순간 휘둥그레졌다.

"……301호?"

번호표를 들고 선 도원과 눈이 마주쳤다. 마찬가지로 놀란 표정을 한 도원이 번호표를 내밀고 있었다.

"무엇을 도와드릴까요?"

하루에 백번은 더 내뱉는 말인데도, 아는 사람 앞에서는 괜히 어색한 기분이 들고 만다.

반으로 접혀 있던 종이를 하릴없이 펴 본 영주가 고개를 들었다. 날카롭게 각이 진 도원의 턱이 가장 먼저 눈에 들어왔다.

"대형 폐기물 신고하러 왔는데, 201호를 여기서 만날 줄은 몰랐네요."

너른 어깨 너머 길쭉한 실내등을 가리고 선 도원의 옆 머리칼에 동근 빛의 고리가 맺혀 있었다.

"아……, 신고서는 작성하셨어요?"

"여기요."

신고서에 기입된 내용을 전산에 입력하는 동안, 도원의 시선이 닿는 이마나 콧잔등 부근이 괜스레 간지러웠다.

"품목은 컴퓨터 의자 맞으시죠?"

영주가 흘러내린 잔머리를 귀 뒤로 쓸어 넘기며 도원에게 물었다.

"예."

"크기가 얼마만 한가요? 저 앉아 있는 이것 정도?"

도원이 가늘게 뜬 눈으로 영주를, 정확히는 그녀가 앉아 있는 의자의 등받이와 높이를 가늠했다.

"아뇨. 높이는 한 이 정도. 폭도 이 정도는 될 것 같은데."

도원이 자신의 명치 조금 아래를 손날로 대중했다.

"그렇게 커요?"

1인용 의자의 수거 비용은 2천 원이지만, 1인용 소파는 3천 원이다. 3천 원을 받아야 하나 고민하고 있을 때였다. 그녀의 물음을 다르게 받아들인 도원이 머쓱하게 덧붙였다.

"장시간 컴퓨터 앞에 앉아서 일하는 직업이라, 되도록 몸에 맞추느라고요."

"아아, 그러시구나. 운동도 그래서 열심히 하시는 거예요?"

"종일 집에만 있으면 몸이 굳으니까요. 집 근처에 운동하기 좋은 환경이 있는데 이용하지 않는 것도 손해고."

"그건 저도 공감! 천변이 너무 좋더라고요. 시원하고, 안전하고."

사담을 나누는 모습이 들킬까 싶어 목소리를 낮춘 영주가 밝게 웃으며 도원에게 출력된 스티커를 건넸다.

"비용은 2천 원이고요. 업체에서 사흘 내로 수거해 가니까, 폐기물에 이 스티커 붙여서 집 앞에 내놓으시면 돼요."

"정확히 무슨 요일에 가져갑니까?"

영주가 마우스 롤을 달각달각 내리며 대답했다.

"음, 잠시만요. 우리 동네는…… 수요일이네요."

"그렇군요. 고맙습니다."

도원이 지갑에서 천 원짜리 두 장을 꺼내 계산을 마쳤다.

그렇게 처리를 마치고 다음 번호를 호출하려던 영주가 멈칫했다. 상체를 숙여 데스크 위로 고개를 내민 도원의 멀끔한 얼굴이 순간적으로 가까워진 탓이었다.

"오늘도 나옵니까?"

묻는 목소리가 나지막했다. 아까 영주가 주위의 동료들을 의식하는 것을 보았기 때문일 것이다.

"네? 아니요, 수거는 수요일에…….."

"산책이요. 오늘 저녁에도 로키랑 나올 거예요?"

"아. 네. 가야죠."

퇴근 후 집에서 꼼짝 않고 푹 쉬고 싶을 날도 물론 있지만, 요즘 들어서는 저녁만 먹고 나면 반짝거리는 눈으로 영주 뒤를 졸졸 쫓아다니는 로키가 가여워서라도 나갈 수밖에 없다.

"그럼 이따가 저녁에 봅시다."

천변을 걷다 마주치면 기껏해야 눈인사를 주고받는 것이 전부였으나, 오가는 눈길 속에 점차 친숙함이 짙어져 간다고 느끼는 건 비단 영주의 기분 탓은 아닐 것이다.

그때와 똑같은 눈빛을 보내며 도원이 굽히고 있던 허리를 세웠다. 그의 등 뒤로 가려져 있던 실내등 빛이 한꺼번에 쏟아져 내려 후광처럼 드리웠다.

"흠흠."

그것을 부신 눈으로 바라보던 영주가 이내 헛기침과 함께 고개를 흔들며 버튼을 눌렀다.

"103번 민원인분, 3번 창구로 오세요!"

금요일은 모처럼 만의 회식이었다. 2, 3년 주기로 근무지를 옮겨 다니는 지방직 공무원의 특성상 동료들끼리의 연대감은 옅은 편이었는데, 그래서인지 잦은 회식이나 그것을 강요하는 상사가 없었다. 간만에 회식을 하더라도, 고깃집에서 삼겹살을 구워 먹는 것으로 깔끔하게 끝났다.

"그냥 빈 잔 보기 싫어서 채운 거니까, 내키지 않으면 안 마셔도 돼요."

길지 않은 회식 자리 내내 옆자리에 앉은 우식이 연신 채워 놓는 술은 고스란히 영주의 몫이 되고 말았다. 상사가 건배를 제의하는데 혼자 멀뚱히 앉아 있을 수는 없는 노릇이었으므로.

그렇게 돌고 돈 소주를 서너 잔쯤 얻어 마셨던 것 같다.

그다지 술이 세지 않은 영주가 어느 정도 알딸딸해졌을 즈

61

음, 계산을 마친 직원들이 우르르 가게 밖으로 나왔다.

"우리는 같은 방향이니까 택시 타고 가면 되는데, 영주 씨는?"

"전 여기서 집 가까워요. 걸어서 10분이면 가요."

"이사했다더니 이 근처로 왔구나?"

두어 달 전까지만 해도 퇴근하면서 영주를 가까운 지하철역까지 종종 차에 태워 주었던 고은하 주무관이 오늘은 남편이 차를 끌고 갔다며 가장 먼저 대로에서 택시를 잡았다.

이어 각자 지하철역으로, 버스 정류장으로 무리 지어 흩어지는 동료들을 배웅하고 나서야 영주도 집으로 향했다.

초저녁에서 밤이 되어 가는 시간. 어슴푸레한 어둠은 사방에서 휘황하게 불을 밝히는 간판들에 가려 맥을 추지 못했다.

"……우리 로키 배고프겠네."

예고 없이 잡힌 회식이라, 방에 불도 켜 두지 못한 게 마음에 걸렸다. 어두운 집에 웅크린 채로 그녀를 기다리고 있을 로키 생각에 걸음이 조급해졌다.

그러다 순간적으로 발이 꼬여 바닥이 눈앞으로 튀어 올랐다. 엄마야, 하고 반사적으로 비명을 질렀다. 바짝 취기가 오르는 것을 경계하면서 영주가 손바닥으로 양 볼을 찰싹찰싹 때렸다.

사거리 앞 신호등에서 멈추어 섰을 즈음에는 알코올 작용으로 심장까지 빠르게 뛰고 있었다.

박동이 귀를 울렁울렁하게 울렸다. 눈앞이 어지러워서 얼른 집으로 돌아가 침대에 몸을 던지고 싶은 마음이 굴뚝같았다.

초록불이 점멸되자 횡단보도를 건넜다. 골목 입구에 있는 편의점의 간이 테이블들이 만원이었다. 맥주를 마시던 남자들에게서 일시에 왁자한 웃음이 쏟아졌다.

영주는 남자들의 벌건 얼굴과 소란으로부터 밀려온 뿌연 담배 연기를 안개처럼 헤치며 지나갔다. 다섯 보를 가고서도 옷자락 끝에 매달려 떨어질 줄 모르는 냄새를 툭툭 털어 버리면서 문득 윗집 남자, 도원을 떠올렸다.

아침에 일어나면 가장 먼저 하는 일이 방 안에 고여 있던 공기를 내보내기 위해 창문을 열어 두는 것이었다. 화장실에서 세수를 마치고 나왔을 때, 차가운 바깥 공기와 함께 스민 옅은 담배 냄새를 맡고는 밑을 내려다보았다.

근처 학교에 다니는 중·고등학생들이 외진 주차장에 몰래 들어와서 담배를 피우는 모양이라고 짐작했다.

세상이 험하니 대놓고 혼을 내지는 못해도 여기서 피우지는 말라고 눈치라도 줘야겠다 싶었는데. 방충망 열리는 소리에 머리를 젖혀 위를 쳐다본 사람은 다름 아닌 도원이었다.

도원의 한쪽 눈썹이 갈매기처럼 휘었다. 그가 손에 들고 있던 담뱃불에 시선을 주었다가 입을 벌려 아, 하고 소리를 낼 때까지 영주는 자신이 머리에 물방울무늬 헤어밴드를 하고 있다는 사실을 까맣게 잊고 있었다.

물에 젖어 엉킨 머리카락 한 줄기가 기울인 상체를 따라 창 밖으로 툭 떨어졌다.

"아, 미안해요. 전에는 그 집에 사람이 없어서 여기서 피웠던 게 습관처럼 돼 버려서……."

그의 손가락 사이에 끼워져 있던 담배가 곧장 바닥에 짓이겨졌다. 영주가 황급히 두 손으로 머리를 빗어 모으며 고개를 저었다.

"네, 괜찮아요……."

고개를 끄덕여 인사한 도원이 입구로 사라지는 것과 동시에 영주도 창문을 닫았다. 이튿날부터는 방으로 담배 연기가 새어 들어오는 일이 없었다. 영주는 어쩐지 그것이 아주 조금 아쉬워졌다.

그러고 보니, 지난번에 폐기물 스티커를 사간 의자는 잘 버렸을까?

퇴근하면서 보지 못한 것을 보면, 부러 수거해 가는 날짜에 맞춰 의자를 내놓았을 것이다. 빌라 밖으로 차 나가는 입구의 통행에 방해가 되지 않도록.

어디서든, 어떤 상황에서든 군더더기 없이 행동하는 그의 간결함이 인상 깊었다.

언제나 적절한 거리를 두고서 예의를 지키는 도원의 모습은 그녀가 아는 여타 남자들, 예컨대 박우식과 같은 이들과는 전혀 달랐다.

각자의 주거 반경이 약 2m도 떨어져 있지 않은 탓에, 영주는 윗집 남자의 생활 패턴에 대해 어렴풋하게나마 알게 되었다.

그는 아침저녁으로 천변을 뛰거나 자전거를 타러 나가는 것 같았다. 현실적으로 직장인이 매일 규칙적인 운동을 한다는 건 쉬운 일이 아니다.

주민 센터 운영 시간에 따라 나인 투 식스 근무가 원칙인 영주도 그렇게까지 여가를 누리기는 쉽지 않았다. 때문에 영주는 아마도 그가 평범한 샐러리맨은 아닐 것이라고 짐작했다.

가끔 옆집 아주머니가 복도에서 통화하는 소리가 확성기를 댄 것처럼 울려 퍼지는 것에 비해 윗집 남자는 영주가 층간 소음이란 단어조차 까맣게 잊을 만큼 조용했다.

출퇴근하면서 주차장을 지날 때면 늘 같은 자리에 고여 있는 도원의 SUV가 보였다. 잠들어 있는 짐승처럼 조용한 검은 차체에는 얼마 전 자신이 그어 놓은 앙칼진 흔적이 남아 있었다.

그때, 사과의 의미로 전한 초콜릿은 먹었을까? 지난번에 주민 센터에서 마주쳤을 때 물어봤으면 좋았을 걸.

도원에게 줄 것을 사면서 겸사겸사 옆집에도 늦은 인사를 전했다. 도통 얼굴을 볼 수 없던 옆집 아주머니는 생각보다 인상이 좋았다.

"혹시 로키 때문에 시끄러우시면 꼭 알려 주세요. 제가 더 주의하도록 할게요."

"우리 애는 고3이라 자정 다 돼야 집에 오고, 나도 보험 일 하느라 집에 없을 때가 많아요. 개가 이렇게 예쁘고 순한데 뭘."

말이 조금 많다는 것만 제외하면 좋은 사람 같았다. 한 5분쯤 붙잡혀 있다가, 보험 들라는 얘기가 나오기 직전에 겨우 빠져나왔다.

아주머니의 말마따나 옆집 사는 모자는 웬만해서는 얼굴 보기가 힘들었는데, 그래도 가끔 가다 마주치면 반갑게 인사를 나누는 사이가 되었다.

이상한 일이었다. 지금까지 단 한 번도 이렇게 이웃에게 관심이 갔던 적은 없었는데.

자신의 이득이 되거나 피해가 오지 않는다면 평생 옆집 문을 노크하는 일 없이, 윗집 노인이 고독사해도 그 신세를 가여워하기에 앞서 집값 떨어지는 것을 걱정하는 시대였다.

한방에 가벽을 세워 놓고 이불 한 채, 책상 하나가 겨우 들어갈 정도로 좁았던 하숙집부터 월세방을 두루 걸친 타지 살이는 언제나 타인과 적당히 메마르고 각박한 거리감을 갖게 했다.

옆집 모자와 윗집 남자를 제외한 다른 입주민들과의 소통이 전무한 것만 봐도 알 수 있는 일이었다.

매달 만 원씩 관리비를 내고 있지만, 영주는 그 관리비를 누가 걷어서 관리하는지 알지 못했다. 현관에 굵고 큰 글씨로 적힌 계좌번호에 '201호 문영주'라는 이름으로 다달이 늦지 않게 관리비를 입금할 뿐이었다.

빌라에 도착했을 즈음에는 두 볼에 머물렀던 화끈한 열기가 한층 식은 다음이었다.

계단에서부터 벌써 그녀의 발소리를 기가 막히게 알아챈 로키가 현관문 안쪽을 박박 긁는 소리가 들렸다.

종일 혼자 앉아 영주를 기다렸을 로키가 가여워 얼른 문을 열고 들어서려던 참이었다.

"영주 씨?"

느닷없이 뒤에서 들려오는 목소리에 영주의 어깨가 크게 들썩거렸다. 알코올이 증발하면서 차츰 누그러지던 심장 박동이 팝콘처럼 마구 튀었다.

꿀꺽, 마른침을 삼킨 영주가 놀란 낯으로 뒤를 돌아보았다.

"······박 주무관님?"

주민 센터에서 6급 이하 공무원들은 모두 주무관으로 호칭이 통일되어 있었다. 아래쪽에서 영주를 향해 미소를 짓고 있던 우식이 계단을 마저 올라왔다.

"여긴 어쩐 일이세요?"

뜻밖의 장소에 나타난 그가 어리둥절한 것도 잠시, 왠지 모를 불안한 예감에 비밀번호를 누르려던 키패드의 덮개를 도로 내렸다.

"뭐 잊은 것 없어요? 잘 생각해 봐요."

장난스럽게 웃던 우식이 여전히 영문을 모른 채 서 있는 영주를 보며 주머니에 손을 집어넣었다.

"여기 휴대폰. 식당에 두고 간 것도 몰랐죠? 이거 가져다주려고 여기까지 쫓아왔네."

주머니와 가방을 한 번씩 뒤적여 본 영주가 우식이 내미는 휴대폰을 발견했다. 익숙한 케이스를 보니, 제 것이 틀림없었다.

"오늘따라 술이 좀 과했나 봐요? 아까부터 불렀는데 돌아보지도 않고. 겨우 따라왔잖아요."

아직 쌀쌀한 기운이 도는 이른 봄밤인데도, 손등으로 이마의 땀을 닦아 내는 시늉을 하는 우식을 힐끔거렸다.

"감사해요. 하마터면 어디서 잃어버렸는지도 모르고 찾으러 다닐 뻔했네요."

휴대폰을 돌려받기 위해 손을 내미는데, 돌연 눈앞에 있던 것이 불쑥 머리 위로 들려 올라갔다.

"주무관님?"

그녀의 손이 닿지 않는 곳으로 팔을 올린 우식의 입술이 돌연 짓궂게 휘어졌다.

"말로만 고맙다고 하지 말고. 여기까지 왔는데, 들어가서 커피라도 한 잔 내주는 게 어때요? 나는 믹스라도 상관없는데."

영주의 손바닥에 휴대폰을 내려놓았다가, 그녀가 잡으려 하니 다시금 약을 올리며 가져가 버린다.

그를 따라 두어 번 허공에 손을 휘저은 영주의 미간에 절로 손톱만 한 주름이 팼다.

"일단 휴대폰부터 주세요."

"들어가서 준다니까요. 섭섭하게 이럴 거예요?"

"휴대폰이요."

한쪽은 느물거리며 웃고, 다른 한쪽은 정색을 했다. 결국 혼자만의 장난이 재미없어진 우식이 머쓱하게 팔을 내렸다.

"누가 보면 내가 휴대폰 가지고 협박하는 줄 알겠어요."

"고마워요. 당연히 커피 사 드려야죠. 혼자 살다 보니까 집에 마실 게 물밖에 없어서요. 대신 역으로 가는 길에 카페 있어요. 같이 가시죠."

영주가 되찾은 휴대폰의 옆면 버튼을 한 번 눌러 시간을 확인했다.

"목마른데 그냥 물이나 줘요. 그 김에 들어가서 화장실도 좀 쓰게."

"괜찮죠?" 하고 묻는 우식에게 차마 "아니요." 하고 답할 수가 없어 곤란했다.

때마침 문 안쪽에서 발톱으로 벅벅 긁는 소리가 났다. 한참 전에 도착해서 여태 들어오지 않는 영주를 재촉하는 소리였다.

"아, 제가 개를 키워서요. 낯선 사람을 보면 심하게 짖거든요. 밤이라 이웃들한테도 민폐고……"

"개요? 영주 씨, 개 키워요?"

로키가 있다는 소리에 우식이 처음으로 주춤했다. 의외로 개를 무서워하나 보다.

개가 아주 사납다는 말을 덧붙여야 할까 고민하는데, 우식이 선수를 치며 크게 웃어 보였다.

"저도 개 아주 좋아하는데, 좀 봐도 될까요? 소리만 들어서는 소형견 같네요."

그새를 못 참고 로키가 다시 문 너머에서 캉캉 짖었다. 그사이 센서 등이 꺼진 어두운 복도에 개 짖는 소리가 크게 울려 퍼졌다. 우식이 오른팔을 휘저어 다시 센서 등을 밝혔다.

"이러다가 옆집, 윗집에서 다 뛰쳐나오겠어요. 얼른 들어가죠. 이런 말까지 하기 민망한데, 나도 화장실이 급해서."

"아……."

더는 거절할 다른 핑계를 찾지 못한 영주가 별수 없이 도어락의 커버를 올렸을 때였다. 어디선가 철컥, 하는 소리가 나더니 곧이어 위층에서 누군가 계단을 내려오기 시작했다.

"거기, 무슨 일 있습니까?"

그리고 언뜻 드러난 얼굴에 영주는 저도 모르게 안도했다. 3층에서 2층으로 이어진 계단 중간에서 멈춰 선 도원의 시선이 문을 등지고 있는 영주와 그녀에게 가깝게 붙어 있는 남자를 차갑게 훑어 내렸다.

"문영주 씨, 괜찮아요?"

상황을 파악하기에 앞서, 가장 먼저 영주를 염려하는 목소리가 평소보다 한 톤 낮게 가라앉아 있었다.

"저희가 너무 소란스러웠죠? 휴대폰 좀 전해 주러 왔는데 개가 짖는 바람에."

우식이 나서서 해명했으나, 도원의 눈길은 그런 우식을 상대조차 하지 않고 지나쳐 갔다. 영주의 입에서 직접 괜찮다는 확인을 받겠다는 듯이.

"죄송해요. 휴대폰 받았고, 이제 돌아가실 거예요."

긴장으로 잔뜩 추켜세우고 있던 어깨를 내려놓으며 영주가 작게 한숨을 내쉬었다.

도원보다 우식을 알고 지낸 기간이 월등히 긴데도 불구하고, 영주는 두 사람에게 상반되는 감정을 느꼈다.

도원의 등장으로 종전까지 위축되었던 마음이 다림질을 한 것처럼 빳빳해졌다. 더는 주눅 들지 않고 우식을 마주 볼 수 있었다.

"이 빌라가 방음이 안 좋거든요. 주무관님 보면 저희 개가 더 시끄럽게 짖을 것 같아서요. 죄송해요."

완곡하게 거부하는 말에 줄곧 능청스레 굴던 우식의 태도도 싹 돌변했다.

"좀 섭섭하네. 모르는 사이도 아니고 직장 동료끼리 문전박대 하깁니까?"

웃음기가 가신 남자의 표정에 영주가 순간적으로 겁을 먹었을 때, 다시 한번 도원의 음성이 끼어들었다.

"아무리 직장 동료여도 여자 혼자 사는 집에 들어가기에는 늦은 시간인 것 같은데요."

"저희끼리의 일이니, 그쪽은 상관 마시죠."

일이 생각한 대로 풀리지 않는 데다 도원의 엉뚱한 훼방까지 받으니 심사가 틀어져도 단단히 틀어진 모양이었다. 사나운 어조로 대거리하는 두 남자를 영주가 불안한 눈으로 지켜보았다.

"직장 동료면 월요일에 주민 센터에서 만나 얘기하면 되는 거 아닙니까? 아니면 찾아 준 그 폰으로 통화를 하던지."

턱짓으로 영주의 손에 든 휴대폰을 가리켰다. 그에 우식이 더 대꾸하지 못한 건 뜻밖에 도원이 그의 직장을 알고 있기 때문이었을 것이다.

영주와 우식, 두 사람만의 실랑이였을 땐 보이지 않았던 것이 도원이라는 제삼자가 개입하자 확실해졌다.

영주의 집에 들어가겠다는 우식의 요구가 전혀 상식적이지 않다는 사실을 확인받은 영주도 더는 망설이지 않았다.

"휴대폰 가져다 주셔서 감사합니다. 조심해서 가세요."

"……쉬고, 월요일에 봅시다."

애써 태연함을 가장하지만, 굳은 낯은 누가 봐도 잔뜩 열이 받아 있었다. 그러다 마침내 우식이 돌아섰다.

빌라 입구의 자동문이 열리고 닫히는 동안 문 앞에 선 영주도, 계단 위의 도원도 미동하지 않고 그가 멀어지는 것을 조용히 기다렸다.

그사이, 센서 등이 다시 한번 꺼졌다가 영주의 손짓에 점멸

했다.

"혹시 내가 방해한 겁니까?"

영주가 퍼뜩 놀라, 도원을 돌아보았다.

"네?"

"두 사람, 집에 같이 들어갈 만한 사이였다거나……."

"아니요! 절대로요. 절대 아니에요."

영주가 정색하며 고개를 내저었다.

"도와주신 것 맞아요. 곤란했는데 덕분에 잘 넘겼어요. 고마워요."

"술 마셨나 봐요."

"오늘 회식이 있어서요."

도무지 무슨 생각을 하고 있는지 알 수 없는 얼굴로 그녀를 보던 도원이 불쑥 손을 내밀었다.

"잠깐 그것 좀 빌리죠."

"네? 아, 네. 여기요."

갑자기 휴대폰을 빌려 달라는 도원을 어리둥절해 하면서도, 영주는 손에 쥐고 있던 휴대폰을 그에게 건네주었다.

잠시 뒤 그의 주머니에서 진동이 울렸다.

"그럴 것 같지는 않은데, 혹시 또 올지도 모르니까."

다시 그녀에게 휴대폰을 돌려주면서 낮은 곳에 서 있는 영주를 향해 허리를 굽힌 도원의 얼굴에 음영이 드리웠다.

"30분 뒤에 전화해요."

남자의 높은 콧대를 기준으로 그림자가 진 반쪽의 얼굴을 멍하니 쳐다보던 영주가 이내 옅게 미소를 지었다.

"그럴게요. 걱정해 주셔서 감사해요."

"들어가 봐요. 피곤해 보이는데."

이제는 문 안쪽에서 처절하게 울부짖기 시작한 로키 소리에 영주와 도원이 동시에 웃음을 터뜨렸다.

도원이 먼저 돌아섰다. 영주도 들어가시라 인사하며 비밀번호를 마저 누르고 집으로 들어갔다.

문이 닫히는 것을 확인한 도원이 남은 계단을 마저 걸어 올라갔다.

"어구, 우리 로키. 언니가 너 때문에 마음 편히 씻지를 못해요. 그렇게 보고 싶었어? 응? 문을 벅벅 긁어 대고, 왕왕 짖었어요?"

샤워를 하는 내내 밖에서 안달하는 로키 때문에 결국 욕실 문까지 열어 둬야 했다. 샤워 커튼 안에서 씻는 동안 로키는 문 앞 발 매트에 네 다리를 뻗고 납작 엎드려 있었다.

젖은 머리를 수건으로 싸매고 나왔을 땐, 아까 다 못한 해후를 마저 하느라 옅게 끙끙대는 소리를 냈다.

결국 뇌물 겸 마음을 달래 주는 의미에서 개 껌 하나를 물려 놓았다.

로키가 앞발로 야무지게 움켜쥔 개 껌에 온 정신이 쏠려 있는 사이, 후다닥 방에 들어와 잠옷으로 갈아입었다. 드라이기로 머리를 말리면서 영주는 재차 시계를 흘끔거렸다.

"로키. 껌 다 먹었어? 꼭꼭 씹었어? 어디 보자. 로키야! 발바닥이 왜 이렇게 축축해? 껌을 앞발로 먹었나?"

영주가 물티슈로 로키의 주둥이와 눈가, 앞발, 뒷발과 엉덩이를 꼼꼼하게 닦아 주었다.

"이리 와. 이제 코 자야지."

이사 오면서 새로 구입한 슈퍼 싱글 침대에 기어들어 가면서, 로키를 한 번 꼭 껴안았다가 놔주었다. 로키가 그녀의 허리 부근을 벅벅 긁어 이불을 끌어모으며 자리를 잡았다.

휴대폰을 들어 시간을 확인하니, 도원과 헤어지고 나서 얼추 30분쯤 지났다.

걱정되니까 전화하라고 했고, 알겠다 했으니 전화를 거는 게 맞는데 어쩐지 부끄러운 기분이 들어 망설였다.

아주 잠깐 문자로 대신할까도 고민했으나 걱정해 준 사람에 대한 예의가 아닌 것 같았다. 결국 떨리는 마음으로 통화 목록의 가장 윗줄에 저장된 번호에 전화를 걸었다.

─여보세요.

기다리고 있었다는 듯, 나직한 음성이 곧장 응답해 왔다.

"저, 음, 저 201호예요."

순간적으로 메인 목을 한 번 가다듬었다. 그러고서는 덧붙였다.

"문영주요."

─압니다.

돌아오는 목소리에는 옅은 웃음기가 묻어 있었다. 영주가 등받이 쿠션에 좀 더 편하게 몸을 기대었다.

"어, 저 아무 이상 없다고요. 혹시나 기다리느라 못 주무시고 계신 건가 해서요."

—원래 이 시간에 깨어 있습니다. 별일 없다니 다행이고요.

"오늘 정말 감사했어요. 고맙습니다."

영주가 다시 한번 고마운 마음을 전했다. 영주와 우식 간에 얽힌 사연을 전혀 모르는 상태에서 도원은 망설이지 않고 그녀의 편이 되어 주었다.

샤워하면서 오늘 있었던 일을 두 번 세 번 곱씹어 보았다. 그간 찝찝하게 여겼던 우식의 행동을 냉정하게 쳐 내지 못한 자신의 우유부단한 태도가 결국 오늘 같은 상황을 만들었다는 자책감이 가장 먼저 찾아들었다.

안 그래도 얼마 전 영주는 포털 사이트에 '성추행'이라는 단어를 검색해 본 적 있었다.

성추행을 치면, '성추행 기준'이 연관 검색어로 뜬다는 사실을 그때 처음 알았다. 아마도 영주처럼 자신이 당한 일이 성추행에 해당하는지 아리송해하는 이들이 많은 모양이었다.

법을 잘 아는 이들이 말하는 성추행의 기준이란, 한국어가 아닌 것처럼 애매하고도 모호했다.

성적 수치심을 느꼈는가, 느끼지 않았는가의 여부는 지극히 주관적이었다. 영주가 느끼기에 우식의 치근거림은 성적 수치심과 친근함의 표현이라는 경계에 아슬아슬하게 머문 상태였다.

심각한 일을 당한 건 아니잖아. 가끔가다 몸 부딪친 정도인데. 기분 탓일 거야. 내가 너무 예민한 걸지도 몰라.

역설적이게도, 납득할 때보다 부인할 때 영주가 우식의 행동에서 느끼는 거북함이 더욱 두드러졌다. 무엇보다 피해자인 스스로가 가해자의 행동을 합리화하고 두둔하는 것이 2차적인 상처로 되돌아왔다.

오늘 우식을 집으로 들였다면 과연 무슨 일이 일어났을까.

어쩌면 우식은 그간 영주가 가만히 입을 다물고 있었던 것을 암묵적인 허락의 의미로 받아들였을지도 모른다.

끔찍하지만 세상에는 그런 사고방식을 가진 남자들이 적지 않았다.

만약 때마침 도원이 나타나지 않았다면, 그것이 어떤 트러블로 번졌을지 상상하는 것만으로도 소름이 끼쳤다.

―……기분은 좀 괜찮아요?

"괜찮아요. 아무 일도 없었으니까요."

조심스럽게 묻는 말에 즉답하고서 뒤늦게야 그 말투가 방어적이었음을 자각했다.

저도 모르게 아랫입술을 꾹 사리물었다가 어설프게 화제를 돌렸다.

"그때 의자는 잘 버렸어요?"

뜬금없는 질문에 수화기 건너편에서 작게 웃는 소리가 들렸다. 영주의 귓가가 절로 홧홧해졌다.

―덕분에. 삐걱거리는 놈은 버리고, 지금은 튼튼한 새 의자

에 적응하는 중이죠.

드르륵, 드르륵.

천장을 타고 들리는 소리에 영주의 눈이 휘둥그레진다.

"어? 지금 소리⋯⋯."

—들려요? 이런.

동시에 바퀴 굴러가던 소리가 뚝 멎었다.

—새 의자라 아직 바퀴 커버를 못 씌웠습니다.

"네⋯⋯."

—주로 저녁부터 일을 하는 편이라. 이제부터 주의하겠지만 혹시 시끄러우면 항의해도 돼요.

사과하며 덧붙이는 말에 영주는 고개를 끄덕이며 알겠다고 했다. 그러나 아마 영주가 층간 소음을 항의하며 윗집 문을 두드리는 일은 일어나지 않을 것이다.

—그럼 늦었는데 이만 쉬어요.

"아, 저!"

인사를 마지막으로 통화를 끝내려는 도원을 붙들고 몇 번이나 망설이다가 겨우 입술을 뗐다.

"고맙⋯⋯습니다. 오늘 일이요. 301호 씨가 있어서 다행이라고 생각했어요."

그냥 별것 아닌 일이었던 것처럼 그렇게 넘기고 싶었다. 또 한편으로는 나 아닌 누군가에게 위로받고 싶은 바람도 있었을 것이다.

아마도 그래서였을 것이다.

하필이면 이런 시간에 이렇게 마음이 물러졌을 때에 괜찮냐고, 쉬라고 말해 주는 윗집 남자의 목소리가 괜히 더 따스하게 느껴져서, 그래서.

—그냥 그 자리에 있었을 뿐, 잘 거절한 건 201호예요.

"그래도요. 그래도 채도원 씨가 거기 있어 줘서 조금 힘이 났던 것 같아요."

어렵사리 속마음을 털어놓으면서, 이런 얘기에까지 301호 씨라고 할 수는 없어 이름을 부른 것을 알아챘을까?

쑥스러운 마음을 숨기며 전화를 끊기 전, 마지막으로 도원의 목소리가 귓가에 스몄다.

—잘 자요. 문영주 씨.

잘 자요.

미처 돌려주지 못한 말이 영주의 입술에서 아쉬운 모양으로 빚어졌다 이내 흩어져 버렸다.

도원과의 통화를 마치자마자 기다렸다는 듯이 잠이 든 영주는 이른 시간부터 들려오는 초인종 소리에 부스스 감은 눈을 떴다.

엷게 술기운이 남은 데다 뜨거운 물로 샤워까지 마친 몸이 침대 위에서 녹아내릴 것처럼 녹진녹진했다. 늘어지게 늦잠을 자야지, 하고 굳게 마음먹었던 게 무색하게 오늘따라 초인종

소리가 끈질기게 이어졌다.

못 들은 척하면 좀 가지!

베개로 두 귀를 막아 보지만, 로키가 먼저 방밖에 뛰쳐나가 기세 좋게 짖어 대는 바람에 어쩔 수 없이 몸을 일으켜야 했다.

"문영주 씨, 택배요!"

주먹으로 현관문을 쿵쿵 두드리는 소리가 났다.

배송 예정 문자가 오면, 위탁 장소를 문 앞으로 지정해 두는데도 매번 이렇게 사람이 나오길 기다리는 택배 기사가 있다.

"네! 그냥 문 앞에 두시면 돼요!"

바로 문을 열었다가 자칫 노브라 차림으로 마주칠까 싶어, 위층에 두루 배달을 마친 발소리가 멀어질 때까지 거실의 1인용 소파에 멍하니 웅크리고 앉아 있었다.

현관문을 열자 제법 커다란 상자가 바위처럼 문이 열리는 것을 막았다. 낑낑거리며 그것을 안으로 끌고 들어왔다. 보낸 사람이 누구인지는 굳이 확인하지 않아도 뻔했다.

"그냥 사 먹는 게 편하다니까, 매번 말도 안 듣지."

영주가 투덜거리며 상자를 개봉했다. 집에서 보낸 각종 밑반찬들과 함께 온갖 채소에서 흙냄새가 풍겼다. 로키가 관심을 보이며 상자 안에 머리를 집어넣었다.

그 안으로 들어갈 듯이 코를 쿵쿵거리는 로키를 잡아 상자에서 떼어 놓으며, 영주가 휴대폰을 집어 들었다.

—어, 영주야. 웬일로 네가 먼저 전화를 다 했어?

통화 연결음이 울리기가 무섭게 전화를 받은 엄마의 목소리는 반가운 기색이 확연했다.

"토요일이잖아. 거기 어제 비 많이 왔다던데, 피해 없었어요?"

—집이야 재작년에 수리했으니 무슨 일 있을 게 뭐가 있어. 집보다 뒷마당 고춧대가 다 쓰러져서, 새벽부터 네 아버지랑 그거 세우느라 여태 일하다 들어왔지.

기본적으로 고된 노동력이 밑바탕 되는 농사일은 사실 하루의 날씨, 한 계절의 강수량과 한 해의 기후에 더 큰 영향을 받는다. 땅에 쏟아부은 농부의 땀과 노력과는 별개로 자연의 변덕에 농사를 망치는 일도 허다했다.

비나 태풍, 우박이나 가뭄에 작황이 달라지는 일이 익숙하기 때문인지, 태풍이 밭의 농작물을 우르르 쓰러뜨렸다는 소식을 전하면서도 부모님은 그 사실에 크게 낙담하지 않았다.

이렇듯 주어진 결과에 순응할 줄 아는 농사꾼의 딸로 태어났어도, 영주는 그런 부모님의 삶의 태도에 공감하지 못할 때가 많았다.

사람이 벌인 일, 자연이 벌인 일을 가리지 않고 민원을 접수하는 주민 센터에서 근무하면서부터 더욱 그랬다.

—이번에 찬 만들면서 너 먹을 것도 좀 싸서 보냈는데 도착했어? 뒷마당 모과 따다가 청 담았으니까, 받으면 밤에 한 잔씩 꼭 먹고 자고. 이게 감기 예방에 그렇게 좋다더라.

"안 그래도 오늘 뭐가 잔뜩 왔길래 전화한 거예요. 알아서 챙겨 먹는다니까 매번 뭘 이렇게 바리바리 싸서 보내요."

영주가 소리 없이 한숨을 삼켰다. 애써 좋게 이야기하려고 해도 영주의 목소리에 어쩔 수 없는 짜증이 묻어났다.

벌써 몇 번이나 반복되는 일이었다. 어디서 안 굶고 다니니까 신경 쓰지 마시라고 해도 벽에다 얘기한 것처럼 도통 듣지를 않았다.

—사 먹는 거랑 직접 키워서 먹는 게 같아? 거기다 우린 밭에 약도 안 치고 손수 길러서 보약이나 다름없지. 남들은 돈 주고 사 먹고 싶어도 못 먹는 거를.

"서울에도 유기농 채소들 많아요. 그리고 나 혼자 이걸 어떻게 다 먹어? 냉장고라고 쪼그만데, 다 들어가지도 않고 결국 썩어서 버린다구요."

—너 다 못 먹으면 옆집 사람한테도 좀 나눠 주고 그래. 미리미리 잘 지내 둬야 나중에 너 혼자서 아프거나 하면 도움도 받지.

자꾸만 제자리에서 도돌이표를 그리는 대화에 어느 순간 영주는 울컥하고 감정이 치받았다.

"여기서 누가 이런 걸 나눠 먹는다고 그래? 이런 거 줘 봤자 민폐라니까! 아무튼 다음부터 절대 보내지 마. 분명히 얘기했어요, 보내지 말라고!"

결국 통화 말미에는 아무것도 모르면서 답답한 소리만 한다고 엄마한테 한참 짜증 부렸다.

정성을 생각해서 고맙다는 말 한마디 하면 될 것을 매번 이런 식으로 못된 말만 쏘아붙였다. 그러고 나면 또 며칠은 마음 불편하게 지낼 걸 알면서도.

애물단지 보듯 택배 상자를 쏘아보던 영주가 결국 크게 탄식하며 그것을 냉장고 앞까지 질질 끌고 갔다. 영주의 속도 모르고 마냥 신이 나서는, 상자의 한 귀퉁이를 물고 질질 끌려오는 로키의 꼬랑지가 흔들거렸다.

밀폐 용기의 뚜껑을 열어 볼 때마다 냄새만 맡아도 그 맛을 익히 짐작할 수 있는 밑반찬들이 나왔다. 크지 않은 냉장고의 위 칸을 빼곡하게 채워 넣고, 그래도 못 다 먹을 것 같은 반찬 통 몇 개를 냉동실에 보관했다.

반찬이야 해동해서 두고두고 먹는다지만, 채소 칸을 가득 채우고도 남는 야채들을 어떻게 처리해야 하나.

지난번 보내 준 대파도 잘게 썰어 냉동실에 넣어 놓은 것이 아직 두어 봉지는 더 남아 있었다.

이렇게 냉동해서 오래 쟁여 두고 먹을 바에야 그때그때 사다 먹는 게 신선하지 않을까 회의감이 들 때쯤에, 문득 좋은 생각이 났다.

잠시 뒤, 집에서 보내 준 채소를 봉지에 나눠 담은 영주가 301호 앞에 서서 초인종을 눌렀다.

"안녕하세요. 저, 어제는 잘 주무셨어요?"

얼마 지나지 않아 문이 열렸다. 도원이 놀란 눈으로 영주를 맞았다.

"……문영주 씨?"

찌푸리고 있던 눈매가 느릿하나마 바로 뜨였다.

초인종 소리에 막 자다 깨서 나온 듯 뻗친 머리를 도원이 손으로 대충 빗어 넘겼다.

"죄송해요. 제가 또 쉬는 데 방해를 했나 봐요."

슬쩍 열린 문 안쪽을 훑어보고 돌아온 영주의 시선이 미처 정돈되지 못한 도원의 차림새에 닿았다.

영주의 선한 눈매가 미안함을 듬뿍 머금은 채 아래로 축 처졌다.

"무슨 일로……. 아, 잠깐 들어올래요?"

맨발로 현관 타일을 딛고 서 있던 도원이 한 걸음 물러서자, 영주가 얼른 손을 내저으며 찾아온 용건을 말했다.

"실은 이것 때문에 왔어요."

도원이 얼결에 영주가 내미는 검은 봉투를 받아 들었다. 바스락거리는 봉투 안에 무엇이 들었는지 제법 묵직했다.

"이게 뭡니까?"

"부모님이 시골에서 농사를 지으시는데, 이것저것 올려 보내 주셔서요. 혼자 먹기에는 양이 너무 많기도 하고……."

막상 들고 올 때는 좋은 생각인 것 같았는데 도원의 손에 쥐어진 검은 봉투를 보고 있자니 괜한 짓을 한 것 같았다.

쭈뼛대는 영주를 두고 도원이 봉투 안쪽을 손으로 들춰 보았다.

"와, 오늘 횡재했는데요. 이웃 좋은 게 이런 건가 봅니다."

다행히 도원이 웃음기를 머금고 하는 말은 인사치레처럼 들리지는 않았다.

영주가 화색이 되어 말했다.

"괜찮으시면 앞으로도 종종 이렇게 갖고 올게요. 매번 301호 씨한테 신세만 져서 좋은 이웃 되기는 영 미달이었는데. 이런 식으로라도 만회할 수 있다니 다행이에요."

그러자 도원이 재밌는 농담이라도 들은 사람처럼 웃었다.

"영주 씨가 생각하는 좋은 이웃 타이틀에 아주 엄격한 기준이 있나 봐요?"

"그럼요. 당연하죠."

"나한테도 좀 알려 줘요. 아마도 그 타이틀이 종신직은 아닐 테니, 두고두고 갱신하려면 알아 둬야겠습니다."

도원이 미처 웃음을 지우지 못하고 묻자, 볼이 발갛게 달아오른 영주가 엉겁결에 큰소리를 쳤다.

"뭐, 그렇게 어렵지는 않아요. 일단 이웃의 민폐를 세 번까지는 봐줄 아량이 있어야 하고, 또 이웃의 곤경을 못 본 척하지 않아야겠죠."

"집에서 손수 기른 귀한 채소를 나눠 주면 가산점이 붙는 거고요."

도원이 장난스럽게 덧붙였다. 그렇게 마주 보고 서서 실없는 농담에 살을 붙이다가, 어느 순간 함께 너털웃음을 터뜨렸다.

"정말 잘 먹을게요. 고마워요."

"제가 더 고맙죠. 그럼 쉬세요."

도원을 등지고 돌아선 영주가 평소보다 유달리 사붓한 걸음으로 계단을 내려갔다.

3

커피 한 잔, 맥주 한 캔

일을 하다 문득 커피 잔이 빈 것을 확인한 도원이 자리에서 일어났다. 주방 선반에서 갈아 놓은 원두를 찾다가, 커피가 얼마 남지 않은 걸 깨닫고는 혀를 찼다. 하는 수 없이 커피 대신 녹차를 진하게 우려 방으로 되돌아왔다.

　한쪽 벽면에 길게 붙인 원목 책상 위, 동그란 코스터에 컵을 내려놓았다. 그러고는 잠시 두 팔을 천장으로 뻗어 가볍게 스트레칭을 했다. 온몸에서 우두둑 우두둑 뼈 맞추는 소리가 났다. 허리를 이쪽저쪽으로 돌려 뻐근함을 풀어내고서, 의자에 털썩 걸터앉았다.

　책장에 놓여 있는 탁상 달력을 손가락으로 짚어 날짜를 확인했다. 3월의 초순, 내일이면 한 주의 끝자락인 일요일이었다.

　며칠 전까지 그가 움직일 때마다 시끄럽게 삐걱대던 낡은 의자를 버리고 새로 구입한 의자는 적당히 푹신했고 탄력 있었다. 뻐근한 목을 의자에 깊게 기대며 눈을 감았다 뜬 도원이 적당히 식은 차 한 모금으로 입을 축였다. 뻣뻣하게 굳은 손가락을 몇 번 쥐었다 폈다 해 보고는, 잠시 중단했던 글을 다시 써 나가기 시작했다.

얼마 지나지 않아 키보드에 손을 올려놓은 그대로 천장을 노려보는 도원의 표정이 어둡게 가라앉았다.

소설을 쓰다 보면, 반드시 어떤 순간들을 맞닥뜨리고 만다. 크고 무거운 바위가 눈앞을 가로막은 것처럼 한 글자도 더할 수 없는 그런 순간들.

매끄럽게 이어질 만한 장면을 포착하지 못하거나 이야기에 빈틈이 생겼을 때. 머리에 구멍이 난 것처럼 떠오르지 않는 문장과 단어들로 인해 속도가 나지 않을 때. 방금 전까지 재잘대던 이야기 속 인물들이 갑자기 불만이라도 있는 것처럼 일시에 입을 다물 때.

그럴 때 도원은 작가로서 그가 창조한 세계와 미묘한 줄다리기를 시작해야 했다. 그리고 현재 도원은 열세에 몰려 있었다.

히로인이 등장하는 중반부부터 막혀 며칠째 한 장도 더 나아가지 못하고 있었다.

부패 경찰인 주인공을 개과천선하게 만드는 계기가 되는 인물이었다. 잔혹하고 비윤리적인 범죄를 연달아 접하며 범인을 쫓는 과정에서 종종 추격이나 격투 등으로 고조되는 극의 긴

장감을 누그러뜨리는 역할이기도 했다. 이야기 속에서 히로인이 차지하는 비중을 고려했을 때, 보다 매력적이며 다면적인 캐릭터로 묘사해야 했다.

도덕보다는 사익을 추구하며 사회의 부조리에 조소를 보내던 남자 주인공의 가치관을 완전히 뒤집어 놓을 만큼 사랑스러운 여자. 비단 외면의 아름다움뿐 아니라 내면까지 깊고 정순한 모습으로 그리고 싶었다.

스릴러의 거장 스티븐 킹은 '만약 소설 속에서 3개월이 흘렀다면, 그 안에 등장하는 인물 역시 3개월분만큼 더 성숙해져 있어야 한다'고 말한 적 있다. 그러나 글이 진행될수록, 도원은 소설 속 히로인이 좀처럼 이야기와 어우러지지 못하고 홀로 붕 떠 있다는 느낌을 받았다.

마지막 연애가 벌써 몇 년 전이었던 것을 감안한다면, 사랑스러운 여자에 대한 이미지가 좀처럼 잡히지 않는 것도 무리는 아니었다.

도원은 문득 점심 무렵에 예고도 없이 검은 봉지를 들고 찾아온 영주를 떠올렸다.

볼일이 있어 찾아간 주민 센터에서 그녀를 만난 건 뜻밖의 우연이었다. 아침에 나갔다가 저녁이면 들어오는 전형적인 직장인 생활을 한다는 것쯤은 알고 있었지만, 이렇게 가까운 곳에서 일하고 있을 줄은 몰랐다.

종종 주차장이나 천변에서 마주칠 때와는 달리 생활감을 덜어 낸 모습은 평소의 앳됨을 찾아볼 수 없었다. 친절하지만 친근함은 없는 담백한 미소로 사람을 상대하던 얼굴이 왠지 그가 알지 못하는 낯선 이처럼 느껴졌었다.

어젯밤 어두운 계단 아래 위태롭게 서서 자신을 보호하기 위해 안간힘을 쓰던 여자와 오늘 해맑게 웃으며 좋은 이웃이 되고 싶다던 여자가 동일 인물로 보이지 않았던 것처럼.

소설가라면 작중 캐릭터에게 반드시 다면적인 매력이 필요하다는 사실을 절감할 것이다. 그저 선하기만 한 주인공, 못되기만 한 악당은 독자에게 사랑받지 못한다. 빛이 있으면 그림자가 지고, 밤이 지나면 아침이 오듯이 캐릭터 안에도 다양한 모습들이 존재해야 했다. 마치 도원이 본 아랫집 여자가 그렇듯이.

영주를 떠올린 것으로 엉켜 있던 이야기의 타래를 풀 실마리를 찾은 도원의 손가락이 곧 바쁘게 키보드를 두드리기 시작했다.

❀   ❀   ❀

도원은 빌라 현관에서, 천변의 산책길에서 영주와 종종 마주쳤다. 저녁을 먹고 나서 잠시 바람을 쐬고자 천변을 거닐고 있으면, 멀리서 로키가 붉게 번쩍이는 줄을 매고 달려왔다.

오가는 이가 많아 그냥 지나치기 쉬운 길 위에서 로키는 매번 그를 귀신같이 알아보았다. 그의 주위를 맴돌며 냄새를 맡다가 얼굴을 빤히 올려다보고는 이내 흥미를 잃고 다른 곳으로 주의를 돌렸다.

그저 앙증맞기만 한 생김새답지 않게 경계심이 강하고 영리했다. 영주의 애정을 듬뿍 받으면서도 여차하면 보디가드처럼 튀어나와 그녀를 지키는 것으로 제 몫을 톡톡히 하고 있었다. 도원은 그런 로키가 마냥 대견했다.

"오늘도 산책 나오셨어요?"

눈인사하며 스쳐 지나가던 초기와는 달리, 이제는 한마디씩 안부를 주고받았다.

"털을 멋지게 깎았네요."

"곰돌이 컷이래요. 정말 예쁘죠?"

풀숲에 코를 박고서 냄새를 맡으며 놀던 로키가 그새 새롭게 나타난 푸들을 졸졸 쫓아갔다. 그러다 결국 가슴 줄이 당겨지자, 주인의 재촉에 멀어지는 토이푸들을 보며 낑낑 앓는 소리를 냈다.

"로키가 아주 마당발인데요."

"우리 애가 사교성이 좀 있어요. 산책 나오면 반갑게 인사하는 친구가 서너 마리는 된다니까요."

영주가 마치 자식 자랑하는 부모처럼 기특해했다. 조금 웃음이 나려 했으나, 도원은 잠자코 그것을 들어 주었다. 평소처럼 반대 방향에서 뛰어오거나 그녀를 금방 제치고 달려 나가는 대신 영주와 보폭을 맞춰 걸었다.

"오늘은 같은 방향이네요."

"멀리까지 갔다 왔나 봐요?"

"네. 주말이라 느긋하게 천변 끝나는 곳까지 찍고 왔죠."

도보로 약 30분쯤 걸렸을 것이다. 산책로가 끊기는 곳에서 뒤돌아 다시 집을 향해 걸어왔을 영주의 볼이 발갛게 상기되어 있었다. 로키 역시 핑크빛 혀를 길게 내빼 헥헥 숨을 몰아쉬었다.

"이 동네에서 오래 살았어요?"

천변 산책로에서 이어진 계단을 오르던 중이었다. 호기심을 담아 묻는 질문에 도원이 고개를 끄덕였다.

"한 5년 됐을 겁니다."

"어때요? 살기 좋아요?"

도원이 돌아보자, 그녀가 머쓱하게 웃었다.

"같은 구여도 이쪽 동네는 처음이라……."

"운동하기 좋고, 도보로 10분이면 지하철역, 시장, 도서관 다 갈 수 있으니 꽤 괜찮은 편이죠."

제 키보다 높은 계단을 껑충껑충 잘도 뛰어오르는 로키의 엉덩이를 주시하고 있던 영주의 눈이 동그래졌다.

"근처에 도서관이 있었어요?"

"저쪽 다리 건너서 아파트 보입니까? 저 골목으로 들어가면 바로 구립 도서관이 있어요."

"와, 진짜 가깝네!"

결국 마지막 계단에서 뒷다리가 걸려 아래 칸으로 굴러 떨어지는 로키를 영주가 두 손으로 안아 올렸다. 종종 있는 일인지, 코끝에 묻은 먼지만 털어 내고 다시 바닥에 내려 주었다.

부르르 몸을 떨어 털과 함께 멋쩍음까지 털어 낸 로키가 금세 다시 길잡이를 하겠다며 나섰다.

"다음 주말에 꼭 가 봐야겠다."

폭이 좁은 도로를 빠른 걸음으로 지나 인도에 올라섰다.

"책 좋아해요?"

다짐하듯 중얼거리는 영주에게 넌지시 질문했다.

"중학생 때는 꽤 좋아했어요. 학교 옆에 바로 도서관이 있었거든요. 매일 책 빌려서 읽고 그랬어요. 근데 고등학생이 되니까 책 읽을 시간이 있어야죠. 수능 준비하느라 잠잘 시간도 모자란데."

어쩌다 책을 읽어도 논술과 구술에 도움이 되는 실용서 위주의 독서였다. 취향에 맞는 책을 골라 몰두하는 시간이 사치가 되어 버린 것은 비단 영주만의 얘기는 아닐 것이다.

"방금 전에 최근에 읽은 책이 뭐였지 하고 생각해 봤는데, 떠오르는 게 하나도 없어서 순간 되게 멍해진 거 있죠. 그 정도 여유도 없이 살았나 싶고."

한 권짜리 책을 잘게 토막 내어 5분, 10분짜리 스낵 컬처로 만들고, 그것을 현대인이라면 종일 손에 쥐고 놓지 않는 휴대폰으로 접할 수 있게 했어도 여전히 독서는 그것을 즐길 줄 아는 이들만의 전유물이었다.

"분위기 좋은 카페에서 커피 한 잔 마시면서 종일 책 읽는 게 요즘 내 로망이에요. 볕 드는 도서관 구석에서 엉덩이에 쥐가 날 때까지 앉아 있고도 싶고. 사실 이런 거 참 별거 아닌데.

마음만 먹으면 할 수 있는 일인데 말예요."

영주가 우울한 투로 중얼거렸다. 책을 좋아하느냐는 단순한 질문에 생각 이상으로 솔직한 대답이 돌아온 셈이었다.

"이사 온 지 얼마 안 됐잖아요. 새로운 환경에 적응하느라 여유가 없었을 겁니다."

언뜻 무심한 투로 위로한 도원이 슬쩍 영주의 어깨를 감싸 길 안쪽으로 밀었다. 도원의 바로 옆으로 인도에 가깝게 붙어 운전하는 택배 차량이 스쳐 지나갔다.

"마침 커피가 맛있는 집을 아는데, 잠깐 들어갈래요?"

그가 부쩍 날이 풀려 모처럼 야외로 테이블과 의자를 빼 둔 로스터리 카페를 턱짓으로 가리켰다. 영주는 바람을 타고 솔 솔 풍겨 오는 고소하고 달달한 냄새를 이기지 못하고 냉큼 제 안을 받아들였다.

"로스팅 중인가 봅니다. 여기 원두가 입에 맞아서 자주 사 가는 편이거든요."

가게 앞 골목까지 퍼진 향기가 커피콩을 볶는 냄새였다는 걸 깨달은 영주의 입이 감탄으로 작게 벌어졌다.

"뭐 마실래요?"

"어……, 롱 블랙? 저건 뭐예요?"

"아메리카노를 호주에서 그렇게 불러요. 그 밑에 플랫 화이 트는 라테와 카푸치노 중간 즈음이라고 보면 되고."

"그럼 저는 바닐라 플랫 화이트 먹어 볼래요. 차갑게."

"바닐라 플랫 화이트 아이스랑 따뜻한 카푸치노, 그리고 원

두 100g 홀빈으로 포장이요."

도원이 주문하며 지갑에서 카드를 꺼내 내밀었다. 영주가 놀라 손을 내저었지만 도원은 이미 계산을 마쳤다.

커피가 준비되는 동안 두 사람은 가게 바깥에 놓인 테이블에 자리를 잡았다. 잠깐 의자에 줄을 매어 두었던 로키가 영주를 반기며 그녀의 무릎 위로 깡충 뛰어올랐다.

"출퇴근하면서 밖에서 지나가듯 본 적은 있는데, 이렇게 들어와 보네요."

영주가 테이블 위 각설탕을 비치해 두는 아기자기한 소품을 들고 요리조리 살피다 내려놓았다. 유리창에 걸어 놓은 드림캐쳐와 라탄 장식품 역시 눈여겨 보는 것 같았다.

"여기 사장이 여행을 자주 다니는데, 그때그때 카페에 어울리는 인테리어 소품 수집하는 게 취미라더군요."

"아. 사장님이랑 친하신가 봐요?"

영주가 카운터 앞에 서 있는 여자 아르바이트생을 힐끔거렸다. 도원은 칸막이 뒤쪽에서 커피를 로스팅하고 있는 남자 사장을 떠올리며 고개를 끄덕였다.

"자주 오는 곳이라. 길 가다 마주치면 인사 정도는 합니다."

종종 커피를 사러 와 사장과도 제법 안면을 익혔다. 동네 장사인 데다가 사장이 워낙 사교적인 성격이라, 가끔은 일상적인 대화를 길게 이어 갈 때도 있었다.

"그렇구나……."

짧게 대꾸한 영주가 유리창 위로 뚱한 얼굴을 비춰 보고는 얼른 표정을 가다듬었다.

어쩌면 길에서 인사 나누는 모든 여자들의 취미를 알고 있을지도 모르지. 실제로 아랫집에 사는 영주의 직장과 상사와의 말 못 할 불화, 키우는 애완견의 이름, 그녀가 주로 산책하는 장소, 시간, 심지어는 미숙한 운전 실력까지 속속들이 꿰고 있지 않은가.

자신이 특별해서가 아니라, 그에게는 이런 일들이 그다지 특별하지 않은 건지도 모른다며 영주가 가느다랗게 뜬 눈으로 도원을 보았다. 그러다 그런 스스로에게 화들짝 놀랐다. 도원을 향한 터무니없는 의심의 동기가 미묘한 질투에서 비롯된 것처럼 느껴진 탓이었다.

아니, 어쩌면 서운함인지도 몰랐다. 처음 만난 순간부터 지금까지 그가 보인 사소한 호의와 도움들이 영주에겐 크리스마스 선물처럼 특별했는데. 실은 그녀뿐만 아니라 다른 누구에게나 똑같이 다정한 남자라고 생각이 드니 그게 싫은 것이다.

그렇게 따지고 보면, 그 감정을 질투라 불러도 썩 틀린 말은 아닐 것이다. 도원과 마주칠 때마다 자꾸만 눈길이 가고, 그가 궁금해지는 게 그저 이웃으로서의 작은 호기심인지, 아니면 이성적인 호감인지 영주는 문득 혼란스러워졌다.

다행히 오해는 금방 해소되었다.

영주는 턱수염이 덥수룩한 카페 사장이 직접 커피 트레이를 가져다주며 도원과 반갑게 인사 나누는 것을 지켜보았다. 사장이 돌아간 뒤에도 민망한 마음을 숨길 길이 없어, 얼음이 떠 있는 바닐라 플랫 화이트를 제 쪽으로 끌어당기며 고개를 푹 수그렸다.

"어때요?"

"……맛있어요. 커피가 진한데, 되게 부드럽네요."

투명한 저그를 입가에 대고 다시금 한 입을 홀짝인 영주의 눈이 휘어졌다.

"진짜 맛있어요. 아무래도 저 여기 단골 될 것 같은데요. 커피 향도 좋고, 책 한 권 들고 와서 읽으면 딱 좋을 분위기예요."

진심을 가득 담아 감탄하자, 도원도 만족스럽게 웃었다.

"마음에 든다니 다행입니다."

도원은 카푸치노 거품 위 시나몬을 두어 번 저어 가라앉힌 뒤 티스푼을 내려놓았다. 그 여유로운 동작에 저도 모르게 시선을 빼앗겼던 영주가 이내 저그를 들어 발그레한 볼을 감추었다.

때마침 천변에서 불어온 잔잔한 바람이 영주의 잔머리를 가볍게 흩트려 놓았다. 간지러운 볼을 손등으로 쓸어내고서 영주는 무릎 위에 놓인 강아지의 머리를 얕게 긁어 주었다.

눈앞에는 물결이 반짝이는 하천이 보이고, 틀만 가져다 댄다면 어떤 명화 못지않을 풍경 속에서 가슴 설렐 정도로 근사한 남자와 커피를 마시고 있었다.

일상의 이런 순간들을 살다 보면, 행복이라는 게 뭐 별건가 싶기도 했다. 도원을 향해 느끼는 호감의 실체는 불분명하지만, 그와 함께하는 이 시간을 단순한 이웃 간의 교류로 받아들일지, 아니면 마음이 끌리는 남자와의 짤막한 데이트로 받아들일지는 결국 영주의 마음먹기에 달려 있는 게 아닌가.

오늘만큼은 연애가 빡빡한 일상의 윤활유가 되어 주던던 주란의 말이 무슨 뜻인지 알 것도 같았다. 흘낏 도원을 훔쳐보다 다시 천변으로 시선을 돌려 딴청을 피우는 영주의 얼굴이 화끈거렸다. 꼴깍꼴깍 시원한 커피를 넘기며, 영주가 부스스 미소 지었다.

한편 도원도 테이블 하나를 두고 마주한 영주와의 시간을 여유롭게 즐기고 있었다. 올해 들어 가장 포근한 봄 날씨였고, 적당히 따뜻하고 부드러운 커피는 목 넘김이 좋았다.

영주와 마주치기 전, 도원은 두 시간이 넘도록 천변을 걷고 있었다. 답답함을 붙들고서 의자에 앉아 있는 것이 한계였다. 정신적인 피로를 떨치기 위해 육체적 피로를 택하며 긴 산책에 나선 참이었다.

흔히들 소설가라고 하면 그 머릿속에 방대한 지식과 무궁무진한 상상력의 세계가 펼쳐져 있을 거라고 기대하지만, 지식도 상상력도 아무것도 없는 황무지에서 불현듯 솟아오르는 일은 없다. 상상력은 경험을 기반한다. 무에서 유가 창조될 수 없듯이, 아주 작은 일부라도 현실에 뿌리를 두지 않으면, 상상은 씨앗을 움틀 수조차 없다.

결국엔 상상도 지식도 노력의 결과물인 셈이다. 도원의 서재 책장에 범죄심리학과 프로파일링, 한국의 법과 사회 문제를 다룬 전문 서적들이 **빽빽**하게 꽂혀 있는 것처럼.

소설가가 되면서 좋아하는 일은 직업으로 삼아서는 안 된다는 유명한 격언을 실감하게 될 때가 종종 있었다. 독서를 의식적으로 하게 될 때. 그리고 좋고 새로운 것을 경험하는 순간에 그것을 온전히 누리지 못하고, 그 기억을 지면 위에 옮길 시도를 하고 있을 때였다.

현실에서 수집한 이미지들은 독자에게 그가 써내는 이야기를 의심 없이 믿게 만들 재료가 된다. 도원은 자신이 만나는 사람과 그의 말투, 가 본 장소, 특정한 경험과 그 당시 떠올린 생각들을 모조리 가슴 한쪽에 쌓아 두었다가 필요할 때마다 그것을 수제비 반죽 뜨듯 글 속에 툭툭 집어넣었다. 이 카페 역시 소설 속에서 여러 번 배경으로 삼은 바 있었다.

커피의 맛과 달콤한 향, 느긋한 공기를 포함한 이 시간을 순수하게 즐기고 있는 영주. 작은 허밍으로 안쪽에서 흘러나오는 카를라 브루니의 'Stand by your man'을 따라 부르던 여자는 눈이 마주치자 어깨를 으쓱이며 웃었다.

도원은 느른하게 움직이는 여자의 시선을 관찰했다. 그녀의 다정한 눈길이 볕을 쬐라고 내놓은 산세비에리아와 고무나무 화분을 두루 훑었다. 비스듬하게 선 입간판의 메뉴를 살피고, 호기심으로 눈을 반짝거렸다. 유리문 꼭대기에 달린 열매 모양의 풍경이 울리자 콧등을 움찔거리며 반응했다. 안에서 나오는 손님에게 잠깐 관심을 기울이는가 싶더니, 이내 아닌 척 다시 저그를 그러쥐기도 했다.

이미 도원의 머릿속에서 하나의 이미지로 정형화되어 있는 카페에 영주라는 인물을 앉혀 놓고 보니, 이곳은 그가 인식하는 것과 전혀 다른 공간이 되었다. 특정한 인물이 배경을 점유하고 있다는 사실만으로 새로운 이야기가 펼쳐지는 것이다.

도원은 히로인의 존재감을 부각시키라던 무관의 조언이 결국엔 올바른 처방이었음을 인정할 수밖에 없었다.

이야기 속에서 공감할 수 있는 요소를 만났을 때 독자는 그 소설에 친숙함을 느끼기 마련이었다. 인종과 나이, 성별을 불문하고 전 인류가 공감할 수 있는 요소로 로맨스 이상의 무언가를 찾기는 어려울 것이다.

지금 도원에게 부족한 것은 바로 하나의 이미지였다.

사랑스러운 여자. 누가 봐도 매력적이며, 빠져들 수밖에 없는 그런 여자의 이미지.

말뚝에 매여 자리를 빙글빙글 도는 바둑이처럼 오로지 한 가지 생각을 반복하던 도원이 지그시 감고 있던 눈을 떴다. 흐리멍덩한 실루엣 위로 아른아른하게 무언가 떠오를 것도 같았다.

단순하게 사랑스럽다는 감정만 떼어 놓고 본다면 꽤 최근에 엇비슷한 느낌을 받은 적이 있었다. 바로 눈앞에 앉아 있는 아랫집 여자, 영주에게서.

아마도 지난주였을 것이다. 잠시 출판사에 일이 있어 다녀오는 길이었다. 차를 주차한 뒤, 우체통 앞에 서서 잠깐 카드

고지서를 확인하고 있었다.

"어구, 내 새끼. 발바닥에서 꼬순내, 꼬순내. 발로 건빵 반죽했어? 응? 응?"

이제 막 퇴근해 집으로 돌아왔는지, 주인을 반기는 로키와 영주의 해후가 요란스러웠다. 열린 창문 틈으로 혀 짧은 대화 소리가 새어 나왔다. 굳이 눈으로 보지 않더라도, 도원은 털이 북실한 강아지를 품에 끌어안고 뒹굴거릴 영주의 모습을 선히 그릴 수 있었다.

아마도 그때 도원이 발견한 사랑스러움은 그가 현재 필요로 하는 이성적인 매력과는 결이 다른 무엇이었을 것이다.

야근은 줄기차게 이어지고, 종일 상사에게 시달릴 대로 시달린 채 너덜너덜해진 마음으로 지하철에 올라, 손에 든 휴대폰으로 가장 먼저 아기 동물들이 꼬물대는 동영상을 찾아 위안하는 것과 비슷한 종류의.

도원이 가장자리에서부터 식은 거품이 조금씩 부서지고 있는 카푸치노를 다시 한 모금 마셨다. 영주의 저그에는 아직 커피가 반쯤 남아 있었다.

도원은 만약 영주가 그의 소설 속 히로인이었다면 어땠을까 가정해 보았다. 남자 주인공은 영주의 어떤 모습에 가슴 설레고, 또 어떤 부분에 마음을 사로잡혔을까?

도원은 문득, 문영주란 여자에 대해 더 많은 것을 알고 싶어졌다.

✽　　　　✽　　　　✽

　우연의 연속성이 어떠한 의도를 가지고 있다면 이 순간만큼
은 악의인 것이 틀림없다고 영주는 생각했다.

　"지난번에도 그렇게 말하면서 안 만들어 줬는데요."

　"그러니까 저쪽 고객센터 창구 가서 말씀하시면……."

　"저 여기 벌써 여러 번 왔는데, 올 때마다 이런 식이더라고
요. 저기 지금 사람도 없잖아요."

　집 근처에 24시간 하는 큰 마트가 여기뿐이었다. 건너편에
는 꽤 규모가 큰 재래시장이 있었지만, 한꺼번에 다양한 물건
을 살 수 있는 이쪽이 영주에게는 더 익숙하고 편했다. 앞으로
자주 이용할 것 같아 포인트 적립 카드를 만들려는데, 때마다
무성의하게 대응하는 점원의 태도에 약이 올랐다.

　"뭔데요. 이리 오세요. 이쪽에서 해 드릴 테니까."

　그때, 짧은 머리를 바짝 당겨 묶은 젊은 여자가 비어 있던
부스에 들어가 영주에게 손짓했다. 눈꼬리가 치켜 올라가고
어깨가 퉁퉁해 사나운 인상이었다. 평소 같았으면 위압적이었
을 테지만, 지금 당장은 영주를 진상 고객처럼 취급하는 권태
로운 표정과 말투가 먼저 신경을 거슬렀다. 줄곧 속으로만 삭
이던 분이 끝내 얼굴을 붉게 달아오르게 만들었다.

　"아니요. 됐어요."

필요 없어요, 하고 말할까 하다 관두었다. 아무리 화가 났다 한들 처음 보는 사람에게 뾰족하게 날이 선 말을 툭툭 뱉을 정도는 아니었다.

대신 굳은 낯으로 계산이 끝난 장바구니를 챙겨 들었다. 이미 빈정이 상할 대로 상한 상태였다. 굳이 말로 할 것도 없이 단호하게 돌아서는 태도가 이곳을 다시 찾는 일은 없을 거라고 이야기하고 있었다.

하필 그 순간에 도원과 마주치지만 않았더라면, 영주는 분명 두 번 돌아보지 않고 그곳을 박차고 나왔을 것이다.

"조심."

도원이 바보같이 멈춰서 있는 영주의 팔을 잡아끌었다. 그녀가 서 있던 자리로 배추를 쌓아 올린 수레가 지나갔다.

"장…… 보러 왔어요?"

마트에 장을 보러 온 거냐니. 그런 멍청한 질문은 안 묻느니만 못했을 것이다.

도원은 대답 대신 들고 있던 비닐봉지를 들어 보였다. 영주의 얼굴이 아까와는 다른 의미로 붉어지고 말았다.

"일단 나가죠."

영주의 등에 가볍게 손을 얹은 도원이 그녀를 데리고 사람으로 북적거리는 마트 입구를 빠져나왔다.

"안 무거워요?"

"괜찮아요. 들 만해요."

들어 준다는 소리가 나오기도 전에 영주가 얼른 고개를 가로저었다. 어정쩡하게 내민 손을 거둬들인 도원이 한적한 골목으로 꺾어 들어가면서 그녀를 안쪽으로 걷게 했다. 지어진 지 얼마 되지 않은 신축 빌라와 오래된 다가구 주택이 질서 없이 즐비해 있는 좁은 길로 두어 대의 차가 지날 때마다 두 사람은 잠시 가장자리에 비켜섰다가 다시 걸음을 떼기를 반복했다.

언제부터 봤을까. 왜 하필 거기서 마주쳤을까. 어째서 이런 모습만 자꾸 들키는 걸까.

창피한 마음을 감추려 자꾸만 늘어지는 장바구니를 추켜올렸다. 셀프 빨래방과 부속 고기 전문점, 놀이터를 지나 빌라에 다다를 때까지 영주는 땅만 보며 걸었다.

"그럼 전……."

"영주 씨. 저기 좀 봐요."

빌라 앞 동 주차장에서 꾸벅 고개 숙이고 들어가려던 영주의 어깨를 도원이 톡톡 두드렸다.

무심결에 고개를 든 영주의 시선이 곧게 뻗은 도원의 검지를 따라 움직였다. 천변의 끄트머리서부터 아련한 노을이 하늘을 붉게 물들이고 있었다.

"와, 진짜 예뻐요……."

홀린 듯 길을 건너 데크에 오른 영주가 물비늘 위로 둥둥 떠가는 분홍색 구름을 한참이나 내려다보았다. 마치 붉은 강이 흐르고 있는 것 같았다. 도원도 데크 난간 위에 팔을 기댄 채 저 먼 곳의 노을이 한 뼘 확장해 머리맡까지 다가오는 것을 지켜보았다.

"캔 맥주 마실래요?"

불현듯 그가 발밑에 내려 두었던 봉투를 뒤적거렸다. 곧 여섯 개들이 비닐 포장된 맥주를 들어 보였다.

"지금요?"

"술 마시기 딱 좋은 시간인 것 같은데. 눈요기도 있고."

머리를 까딱이며 천변을 가리켰다.

"살면서 들어 본 것 중에 제일 혹하는 술자리네요."

영주가 부스스 웃으며 고개를 끄덕였다.

"그럼 이것들만 넣어 놓고, 다시 여기서 봐요."

"그러죠."

각자 집에 들어가 장 본 것들을 대충 냉장고에 넣어 두고서 다시 밖으로 나왔다.

천변 앞 벤치에 자리를 잡고, 맥주 캔을 개봉했다. 마트에서 방금 사 온 맥주는 머리가 띵할 만큼 시원했다. 탄산을 머금은 알코올이 목구멍을 간질이며 몇 모금이나 꿀꺽꿀꺽 넘어갔다.

"천천히 마셔요. 술도 급하게 마시면 체합니다."

염려하는 말에 소리 없이 웃어 보이며, 젖은 입술을 손등으로 닦아 냈다. 입안을 간질이던 탄산의 여운이 가실 즈음에야, 영주는 작은 목소리로 이야기를 꺼내 놓기 시작했다.

"며칠 전에요. 친구 만나러 홍대에 나갔다가 늦어져서 택시를 탔거든요."

룸 미러로 눈인사를 나눈 택시 기사의 인상이 좋았다. 가방을 뒤져서 가지고 있던 박하사탕도 하나씩 사이좋게 나눠 먹었다.

자식뻘보다 어릴 영주에게 대뜸 몇 살인지를 물었고, 학생인지 직장인인지를 궁금해했다. 사적인 질문을 연거푸 하다, 뜬금없이 정치권으로 화제가 튀어 보수 정권을 옹호하기 시작했다. 현 정권을 비논리적이고 원색적으로 비판해 대는 목소리가 점차 커져 갔다. 나중에는 라디오에서 흘러나오던 귀에 익지 않은 트롯 메들리가 차라리 반갑게 여겨질 지경이었다.

"아무래도 여자고 어려서 길도 모를 거라고 생각했나 봐요. 난데없이 외부순환도로를 타서 속으로 진짜 깜짝 놀랐어요. 오는 내내 여차하면 112에 신고하려고 휴대폰을 손에 꼭 쥐고 있었다니까요."

익숙한 간판과 건물들이 눈에 들어오고서야 겨우 불안한 마음이 가라앉았다. 그러나 잠시 뒤에는 전혀 다른 의미로 가슴이 쿵쾅대기 시작했다.

"홍대에서 여기까지 마음만 먹으면 걸어 올 수도 있는 거리잖아요. 근데 택시비가 2만 원 나온 걸 보고 진짜 내가 어이가 없어서."

그때 일을 떠올리는 것만으로 울화가 치미는지, 다시금 맥주를 입가에 가져가 꿀꺽꿀꺽 들이켰다. 빠르게 맥주 캔을 비워 버린 영주에게 도원이 또 다른 한 캔을 개봉해 건네주었다.

"열 받았겠네요."

"완전히요!"

또다시 성급하게 들어 올리는 손을 도원이 슬며시 제지했다. 그가 캔의 밑동을 부딪치며 건배하자, 영주도 눈치를 보며 한 모금을 머금었다.

"……그 마트, 되게 불친절해요."

머뭇거리던 영주가 결국 먼저 아까 일을 털어놓았다. 그러고는 제 귀에도 그것이 어린애 투정처럼 들려, 금세 얼굴이 빨개지고 말았다.

동네 장사임에도 서비스의 질이 낮은 까닭은 그런 식으로 영업해도 결국엔 고객이 그곳을 이용할 수밖에 없기 때문일 것이다. 근처에서 가장 규모가 큰 마트였으니까.

기실 도원은 필요한 물건을 골라 판매대에서 계산하는 짧은 시간 동안 누군가의 불친절을 캐치할 정도로 섬세한 성격은 아니었지만, 그것이 어떤 장소를 기피하는 충분한 이유는 될 수 있다고 생각했다.

"포인트 카드 만들어 달라고 몇 번을 얘기했거든요. 바쁠 땐 눈치 보이니까 되도록 한가할 때 부탁해도 시큰둥해요. 아무도 없는 창구 가리키면서 거기 가서 말하라는 게 전부인데, 그게 자꾸 반복되니까 오늘은 진짜 화가 나가더라고요."

평소보다 흥분하여 말이 빨라진 영주의 얼굴이 벌써부터 발그레했다. 지금 손에 들고 있는 것 이상으로 마시게 하면 안 될 것 같아 도원은 남은 술이 든 봉지를 슬쩍 발밑으로 내려두었다.

"화날 만한 데요. 내 돈 써 가면서 마음 상할 필요 없으니까."

"그러니까요!"

아까보다 목소리가 더 커졌으나 정작 영주 본인은 자각하지 못하는 듯했다.

"사실 저도 알아요. 가끔 그런 일에 너무 예민하게 반응한 다는 거……. 제가 하는 일이 서비스업에 가깝거든요. 불특정 다수의 사람을 상대하는데, 그중 몇몇은 시종일관 화가 나 있 기도 해요. 하루에 한두 명만 상대해도 진이 빠져 버리죠."

손에 쥔 캔을 빙글빙글 돌리자, 그 안에서 철썩철썩 파도가 일었다. 발갛게 놀빛이 물들었던 영주의 얼굴이 어느새 찾아 든 저녁의 어슴푸레함 속으로 가라앉고 있었다.

"솔직히 초반에는 몇 번이나 그만둘 생각까지 했어요. 어렵 게 고생해서 된 공무원인데."

남들 다 노는 대학 시절부터 독하다는 소리를 숱하게 들어 가며 필요한 스펙을 채웠다. 졸업과 동시에 집으로 돌아오길 바라는 부모님의 바람을 무시한 채 서울에 남아 아득바득 시 험 준비를 했다. 그렇게 힘겹게 이룬 목표인데도, 사람에 치이 고 다치는 감정 노동을 견디지 못해 관둘 생각까지 했었다.

"사람 상대하는 게 여전히 힘들 때가 많아요. 다들 왜 그렇 게 화가 나 있는 건지 모르겠고, 또 왜 다른 사람의 기분을 생 각하지 않는 건지도 모르겠어요."

영주가 힘없이 웃으며 어깨를 으쓱거렸다. 쓸쓸하게 떨어지 는 시선이 하천의 물길을 따라 멀리 흘러가 버렸다.

"특히 선의가 선의로 돌아오지 않을 때 가장 화가 나요! 내가 먼저 웃으면서 다가가면 상대도 웃어 줬으면 좋겠어요. 아니, 웃지 않아도 좋으니까 나를 존중해 줬으면 좋겠어요. 나한 테는 그게 사람 사이에 지켜야 할 최소한의 예의인데, 내가 너무 많은 걸 바라나요?"

"아니요. 그렇지 않아요."

"근데 정말로 무서운 건 뭔 줄 알아요?"

영주가 술기운이 오르면서 먹먹해진 코를 손끝으로 슬슬 문질렀다. 어느새 신발까지 벗어 두고는 두 다리를 벤치 위로 올려 무릎을 끌어안았다.

"그런 일들이 자꾸 반복될수록 점점 거기에 익숙해져 간다는 거예요."

남들이 나한테 그렇게 하는데, 나는 왜 남들한테 그러면 안돼?

못된 심보가 점점 자라났다. 그러다 언젠가 웃는 얼굴을 한 누군가를 상처 주게 될까 봐, 또 그것에 익숙해질까 봐 겁이 났다.

"이제는 무슨 피해의식 같은 것도 생겨요. 내가 여자라서, 어려서, 인상이 만만해 보여서……. 그래서 다들 나를 존중하지 않는 걸까, 하고요."

움츠러드는 목소리만큼이나 웅크리는 어깨 역시 작아졌다.

"남들 다 무던하게 넘기는 일에 저 혼자 상처 받는 것, 옆에서 보기에 한심하죠?"

주의 깊게 경청하고 있던 도원이 맥주 캔을 벤치 위에 내려

놓았다.

"한심하다고 생각 안 합니다. 본인이 싫다고 느끼는 행동을 남에게 하지 않는 건 사실 아주 어려운 일이니까요."

예의란 인간의 공감 능력을 근저로 한다. 사람이 타인에게 예의를 지키지 않는 건 결국 세상이 공감하는 능력을 잃어 가고 있다는 의미일 것이다.

소설 속에는 보통 두 가지 부류의 캐릭터가 존재했다. 대다수는 이야기의 배경 화면 같은 인물들. 적당히 삶에 만족하거나, 썩 만족스럽지 않아도 그런대로 적응해서 살아가는 그런 사람들.

그리고 다른 하나가 바로 영주처럼 질문을 던지는 사람이었다.

이야기는 질문을 던지는 사람이 이끌어 가게 되어 있다. 마찬가지로 세상을 움직이는 것도 그런 사람이 아닐까.

세상에 묻고, 세상에 답을 구하려는 노력 대신 편의와 합리를 위해 생략하거나 침묵하는 방법을 배워 가는 것을 흔히들 삶에 노련해진다고 말한다. 하지만 사실은 노련해진 것이 아니라 그저 둔감해지고 무심해진 것뿐일 테다.

"태어나서 들은 칭찬 중에 제일 설레는 말인 것 같아요."

도원은 생각한 그대로를 말했을 뿐인데, 영주는 얼굴까지 붉히며 부끄러워했다. 배시시 미소 짓는 영주의 얼굴에 도원의 부드러운 시선이 뜻한 것보다도 더 오래 머물러 있었다.

어느새 날이 어둑해지고, 두 사람이 앉아 있던 벤치로 하얀 가로등 조명이 동그랗게 떨어져 내렸다. 도원이 불현듯 생각났다는 듯이 외투 주머니에서 얇은 볼펜과 수첩을 꺼냈다. 맨 뒷장을 뒤집어 무언가를 그리기 시작했다.

슬쩍 허리를 기울여 도원이 하는 양을 훔쳐보다가 그가 볼펜을 돌려 심을 넣는 것을 보고 얼른 몸을 바로 했다. 곧 그가 주룩 하고 수첩에서 한 장을 뜯어내어 영주에게 건넸다. 영주가 의아한 눈으로 약도를 훑었다.

"이게 뭐예요?"

"자, 봐요."

도원이 약도를 딱딱한 수첩 커버로 받쳤다. 심이 들어간 볼펜의 뭉툭한 끝으로 군데군데를 짚어 보였다.

"여기가 우리 빌라. 주차장으로 이렇게 나와서 이렇게 가면 지하철역. 중간에 있는 파스타 집 알죠?"

"거기 블로그에 엄청 올라오던데요? 저번에 친구랑 가려고 했는데 못 갔어요. 일주일에 이틀이나 쉬더라고요. 장사 잘 되나 봐요."

지난주 호주로 어학 연수를 떠난 주란과 마지막 식사를 하려고 했었는데, 하필 그날이 레스토랑의 휴업일이었다.

"입소문에 비해서는 별로예요. 동네 레스토랑치고 비싸고, 느리고, 친절하지도 않고."

"정말요?"

"거기보다는 여기. 심야 식당이라 8시 이후에 가야 해요. 도서관 들어가는 그 골목에 돈가스집도 괜찮고. 그 외 맛집은 전부 이쪽, 주민 센터 근처에 몰려 있어요. 여긴 영주 씨가 더 잘 알겠지만."

"이쪽은 제가 쫙 꿰고 있지요."

영주가 으쓱거리자, 작게 웃음 도원이 설명을 이어 갔다.

"장 볼 때는 사실 여기보다 천변 건너에 있는 이 마트가 더 쌉니다. 빙 돌아서 가면 머니까, 이쪽으로 내려와서 천변 건너서 가는 편이 훨씬 빠르고. 야채나 과일은……."

조금 엉터리 같은 약도. 탁탁 짚어 주지 않으면 어디가 어딘지도 알 수 없는 엉성한 그림. 하지만 그 안에 도원의 다정한 배려가 들어 있었다. 그의 옆에서 영주는 열심히 고개만 끄덕거렸다.

해가 완전히 저물고 나니 바람이 차가워졌다. 술기운으로 잠깐 동안 따뜻했던 체온이 급격히 떨어졌다. 영주는 언젠가부터 턱에 바짝 힘을 준 채 두 다리를 덜덜 떨고 있었다.

들고 있던 캔을 마저 비워 버린 도원이 쓰레기를 봉투에 주워 담으며 일어났다. 영주도 도원에게서 받은 약도를 청바지 뒷주머니에 고이 접어 넣었다.

주차장을 지나 빌라 현관에 다다랐을 때, 도원이 문득 물었다.

"저녁 같이 할래요?"

멈칫했던 영주가 이내 애매한 미소를 지으며 고개를 저었다.

"취기가 올라오는 것 같아서요. 다음에요."

"그렇게 해요."

영주가 문 앞에서 비밀번호를 누르는 동안 도원은 남은 계단을 마저 올랐다.

집으로 들어온 영주를 여느 때처럼 반기는 로키의 등에 코를 비비면서, 거실의 1인용 소파 위에 흐물흐물 늘어졌다.

실내의 안온한 공기 때문인지, 익숙한 공간에서 오는 안정감 때문인지. 금세 나른한 기분을 느끼며 그대로 잠이 들어 버렸다.

❀   ❀   ❀

이틀 밤 만에 히로인이 등장하는 긴 단락을 마무리 지었다. 도원은 그것을 가장 먼저 무관에게 전송했다. 줄곧 기다리고 있던 사람처럼 반나절 만에 원고를 확인한 무관이 퇴근하자마자 도원의 집으로 들이닥쳤다.

"솔직히 말해. 너 여자 생겼냐?"

문을 열고 얼굴이 마주치기가 무섭게 추궁해 왔다. 도원은 대꾸할 가치조차 없다는 듯 코웃음을 치는 것으로 대답을 대신했다.

"아닌데. 이게 상상으로 나올 수 있는 캐릭터가 아닌데."

스스럼없이 신발을 벗고 안으로 들어와 겉옷을 벗어 현관 옆 옷걸이에 걸어 놓는 모양새가 제집인 양 익숙했다.

"혹시 너 요새…… 드라마 보냐?"

무관이 제 질문에 스스로 답하며 고개를 내저었다.

"아니지. 확실히 드라마에 나올 법한 캔디 과는 아닌데."

"그래서. 어떤데?"

떠보듯 묻자, 바닥에 아무렇게나 주저앉은 무관이 가느스름하게 뜬 눈으로 도원을 올려다봤다.

"캐릭터 좋더라. 정의의 이름 부르짖는 세일러문 과도 아니고. 근데 너 진짜 여자 만나는 거 아니냐?"

도원이 쯧, 하고 혀를 차는 것으로 대답을 대신했다. 속없이 옆구리를 긁던 무관이 휴대폰을 꺼내며 자리에서 일어났다.

"저녁은 족발 시켜 먹자. 저번에 배달시켰던 거기 맛있더라."

"너 집에 안 가냐? 제수씨랑 하은이는."

"애 데리고 친정 갔어. 간 김에 자고 오라고 했지. 장모님이 우리 하은이 보고 싶어서 애가 닳으신다. 텔레뱅킹도 할 줄 모르는 분이 매일 영상 통화를 거신다니까."

무관이 거실로 향하며 겹쳐 입고 있던 니트도 벗어 대충 식탁 의자에 걸쳐 놓았다.

"전단지 냉장고에 붙여 놨었는데 안 버렸지? 아, 목마른데. 맥주 있냐?"

"안에……. 아, 다 먹었다."

"에이, 좀 채워 놓지."

아쉬운 마음에 냉장고를 뒤적거리던 무관이 한쪽 구석에 방치되어 있던 와인병을 꺼내 들었다.

"오오! 보물 찾았네. 너 족발이랑 와인이랑 궁합이 얼마나 좋은지 모르지?"

"집에 그런 게 있었나?"

정작 집주인인 도원은 그런 게 있는지도 몰랐던 모양이다.

"작년 크리스마스에 출판사에서 보내 준 거잖아. 이거이거, 받자마자 그냥 구석에 처박아 놓고 까먹고 있었구만. 이게 얼마짜린데!"

그러면서 슬쩍 도원의 눈치를 보며 입맛을 다셨다.

"마시는 건 좋은데, 집에 오프너 없다."

"헐, 진짜?"

아쉬운 눈으로 와인병을 훑어보다 이내 잠깐 기다리라며 휴대폰으로 무언가를 검색한다. 곧 현관으로 향하더니, 운동화에 병을 넣어 그대로 바닥에 내려치려는 무관을 도원이 다급히 붙들었다.

"여기 벽 얇아, 인마."

"그럼 옆집에라도 가서 빌려올까?"

"옆집에 어르신 사신다. 그냥 다음에 마셔. 그대로 냉장고에 넣어 둘 테니까. 술 마시고 싶으면 배달할 때 같이 시키던지."

"그럴까? 아, 아쉬운데. 간만에 비싼 술 맛 좀 보나 했다."

입맛을 쩝 다시면서도 와인은 도로 제자리에 가져다 놓았다. 잠시 뒤, 무관이 익숙하게 족발 집에 배달 전화를 걸었다.

거실에 앉아 음식이 오기를 기다리면서 시답잖은 이야기들

을 주고받았다. 함께 아는 친구와 선후배, 업계 사람들에 관한
소식만으로도 30분이 금방 지나가 버렸다.

빌라 현관에서 초인종을 누르는 배달원에게 문을 열어 주었
다. 무관이 지갑을 들고 복도로 나갔다.

"맛있게 드세요."

"고마워요."

족발 보쌈 세트를 마룻바닥에 내려놓고, 문을 닫은 배달원
이 계단을 내려가는 발소리가 쿵쿵 울렸다. 아래층에서 로키
도 덩달아 왈왈 짖어 댔다.

"와, 이거 윤기 나는 것 봐라. 얼른 와."

"어. 먹자."

족발에 보쌈, 주먹밥에 막국수까지 펼쳐 놓고서 먼저 맥주
부터 벌컥벌컥 들이켰다. 허기진 남자들은 음식을 앞에 두고
많은 말이 오가지 않는다. 용기가 바닥을 보일 때까지 바쁘게
젓가락만 움직이던 무관이 식사를 마치고서야 부른 배를 쓰다
듬으며 꺽, 하고 트림을 했다.

"야. 근데 저 개는 아까부터 왜 저렇게 짖어 대냐? 옆집? 아
랫집?"

"아랫집."

마찬가지로 식사를 끝낸 도원도 수저를 내려놓았다.

"시끄럽네. 가서 항의 좀 해?"

"놔 둬. 어차피 지금 주인 일하러 가고 없어."

"그래? 주인이 옆에 없어서 저러나."

확실히 오늘따라 짖는 소리가 유독 격렬하기는 했다. 가끔 낯선 발소리가 들리면 몇 번 위협하듯이 짖긴 했어도 이렇게 오래 짖어 댄 적은 없었는데.

"개 하니까 생각났는데, 견종이 뭐야?"

"무슨 견종?"

"왜, 연희 개 키우잖아."

연희는 도원의 글 속에 나오는 히로인의 이름이다.

"잭 러셀 테리어. 머리 좋고 충성스럽고."

도원이 빈 그릇을 정리하자, 무관은 쓰레기를 모았다.

"확실히 동물이 들어가면 글이 좀 부드러워지긴 해. 야, 채 도원 너……."

"……뭐."

"혹시나 개는 건드리지 마라. 괜히 죽이거나 다치게 하지 말라고. 너 그러면 나 진짜 가만 안 있어."

누가 들으면 도원이 상습적으로 동물을 학대하는 사이코패 스인줄 알 것이다.

"뭔 개소리야."

"아니, 꼭 범인 새끼들은 개부터 건드리잖아. 마음 아프게."

스릴러 소설에서 비중 있는 동물은 늘 공격받기 마련이라는 공식을 들먹이면서, 너는 절대 그러지 말라고 몇 번이나 당부 했다.

"아, 우리 하은이도 강아지 엄청 좋아하는데. 좁아터진 아 파트만 아니었어도 개랑 뛰어놀면서 크면 얼마나 좋냐. 얼른 돈 벌어서 마당 있는 집으로 이사를 가던가 해야지."

혼전에 생각지 못하게 아이가 먼저 생기고, 이후로도 한동안 사정이 여의치 않았던 탓에 무관은 작년에야 겨우 결혼식을 올렸다.

꽃같이 아름다운 아내와 아이를 끌어안고서 곰 같은 덩치에 어울리지 않게 눈물바람까지 했었다. 임신했을 때 옆에서 잘 챙겨 주지 못한 것이 한으로 남았다는 무관은 여전히 내로라하는 공처가에 못 말릴 딸 바보였다.

"주접 다 떨었으면 집에나 들어가, 인마."

무관의 말을 한 귀로 듣고 한 귀로 흘린 도원이 대충 씻어 낸 플라스틱 용기를 봉투 안에 모아 묶었다.

배 째라는 듯이 거실 한복판에 드러누워 버리는 무관을 발로 툭툭 걷어차면서, 더는 아래층에서 로키 소리가 들리지 않는다는 것을 깨달았다.

4

스릴러 혹은 로맨틱 코미디

집을 나서기 전, 마지막으로 거울을 보며 머리를 빗어 넘기던 영주가 무언가 마음에 들지 않는 얼굴로 한숨을 쉬었다.

입술 선 밖으로 묘하게 삐져나간 붉은색을 손톱으로 긁어내고는 대충 운동화를 구겨 신었다. 문이 열리자마자 로키가 먼저 그 틈새로 쏜살같이 달려 나갔다. 영주도 로키의 리드 줄을 힘주어 잡으며 계단을 내려갔다.

빌라 현관의 자동문이 열리고, 필로티 주차장을 지나는 동안 로키는 온힘을 다해 영주를 이끌었다. 영주가 팽팽한 리드 줄에 끌려가듯이 걸음을 옮겼다.

"누가 보면 산책 한 번 안 시켜 주는 줄 알겠다."

일방통행로에서 잠시 멈춰 서서 차가 지나가길 기다렸다. 쪼그려 앉으니 기다렸다는 듯이 앞발로 영주의 무릎을 착 디디고 선 로키의 얼굴이 환하게 웃고 있었다.

영주는 검지로 그런 로키의 검은 코를 톡톡 두드렸다. 로키가 작게 재채기를 했다.

산책길로 접어들고부터 로키는 정해진 루트가 있는 것처럼 거침이 없었다. 꼬리를 동그랗게 말아 등에 착 붙이고, 헥헥거리며 뛰듯이 걷는다.

길이 익지 않은 초반에는 난데없이 갈대밭에 풍덩 뛰어들거나, 갈지자로 걸어 다른 이들의 통행을 방해한 적도 있었다.

지금은 산책에 익숙해진 만큼 제법 의젓하게 걷는 방법을 배웠다. 토실토실한 엉덩이를 씰룩거리면서도 자기만큼 조그마한 강아지들이 멋모르고 덤비는 것쯤은 시크하게 무시하고 지나갈 만큼의 연륜 있는 모습을 보여 주기도 했다.

이따금씩 영주가 잘 따라오고 있는지 확인하는 표정이 듬직했다. 리드 줄이 익숙하지 않아 영주의 다리를 꽁꽁 휘감곤 했던 게 엊그제 같은데.

평소보다 긴 산책을 하고 돌아오는 길이었다. 오늘은 반갑게 인사 나눌 사람을 만나지 못했다. 현관에 다다라서야 영주는 어쩔 수 없이 실망하고 만 스스로의 마음을 자각했다.

"날씨 좋네요, 오늘."

그때, 그녀의 발 옆으로 또 다른 사람의 그림자가 길게 늘어졌다.

"이제 들어와요?"

돌아보니 그 자리에 서 있는 사람은 바로 도원이었다.

"아, 네."

"낮이 점점 길어지나 봅니다."

길이 엇갈렸던 걸까. 러닝을 하고 왔는지 도원의 앞머리가 땀으로 젖어 있었다.

"슬슬 더운 것도 같고."

"……그러게요. 올해 여름은 엄청 더울 건가 봐요."

그가 옆에서 걷는 것만으로도 후끈한 체온이 전해져 왔다. 영주는 옷소매로 이마의 땀을 훔쳐 내는 도원을 몰래 힐끔거렸다.

우편함에서 각자 우편물을 찾은 뒤 현관 비밀번호를 눌렀다. 자동문이 열리고, 도원이 한쪽 팔을 뻗으며 영주가 먼저 들어가도록 했다.

"뭐 있어요?"

"정신이 없어서 이번 달 관리비 입금을 못 했거든요."

그녀의 옆으로 다가온 도원과 툭, 하고 어깨를 부딪쳤다. 도원은 영주가 휴대폰으로 알림판에 붙어 있는 인쇄물을 사진 찍는 것을 지켜보았다.

"아, 맞다! 택배 찾아오는 걸 깜빡했네."

계단에 발을 올려놓다 말고 문득 생각이 나 외쳤다.

"저쪽 코너에 교회에 여성 안심 택배 보관함이 생겼는데, 지난주부터 거기에 맡기고 있어요."

"요즘은 택배 보관함도 여성 전용이 따로 있어요?"

"그럼요. 여자 혼자 살면 저녁에 택배 아저씨가 와도 없는 척할 때가 더 많거든요."

자연스레 도원이 영주를 뒤따랐다.

"안 그래도 고생하시는 분들 괜히 의심하는 게 죄송하긴 한데, 세상이 험하잖아요. 문밖에서 발소리만 들려도 예민해지는 건 어쩔 수가 없어요."

영주와 이야기를 나눌 때면 도원은 세상이 여성의 시각과 남성의 시각에 얼마나 다르게 비추는지 새삼 깨닫게 된다. 공감하지는 못해도 이해할 수 있는 이야기에 고개를 끄덕거리면서, 한편으로는 이것을 글의 소재로 쓸 수 있겠다고 생각했다.

택배함 앞에서 영주가 전화번호 같은 것을 입력한 뒤에 상자를 꺼냈다. 그러는 동안 도원이 문이 닫히지 않게 잡아 주었다.

"무겁지 않아요?"

"괜찮아요. 크기만 하지 무게는 가벼워서요."

한 번 거절하면 더는 그것을 말하지 않는다. 그녀에게 도움 주는 것을 강요하지 않는다는 점이 도원이 다른 남자들과 확연하게 다른 점이었다.

"그럼 다음에 봐요."

201호 문 앞에서 그만 인사를 나누는데, 도원이 올라갈 생각을 하지 않고, 영주를 가만 쳐다보고 있었다.

"무슨 할 말이라도……."

저번처럼 같이 저녁 먹자는 말을 하려는 걸까?

불쑥 피어난 작은 기대감을 억누르며, 영주가 도원의 뒷말을 기다렸다.

어쩐지 주저하는 듯 영주와 로키를 번갈아 보던 도원이 이내 작게 고개를 저었다. 요 며칠 로키가 많이 짖더라는 말을 전해야 할지 망설이던 도원이 결국 입을 다물었다. 걱정으로 건넨 말을 자칫 불만으로 오해할까 싶어서였다.

"들어가요."

"아…… . 네."

그러고는 그대로 계단을 올라가 버렸다.

잠시 후 윗집 문 닫히는 소리를 듣고 있던 영주의 입에서 결국 헛웃음이 흘러나왔다.

불현듯 번쩍 눈을 뜬 도원은 그의 잠을 깨운 것이 무엇이었는지 알지 못했다. 다시 한번 찢어질 듯한 여자의 비명이 울리고 나서야, 상체를 일으키며 덮고 있던 이불을 걷어 냈다.

머리맡을 더듬어 휴대폰을 찾았다.

이제 막 9시를 넘긴 주말의 아침. 가물가물하니 떠지지 않는 눈을 손바닥으로 비비며 마른세수를 했다.

이 상황이 꿈인지 생시인지 알 수 없어 혼란스러울 따름이었다. 간신히 잠기운을 떨쳐 내고 있었다. 그러다 퍼뜩 숙이고 있던 머리를 들었다.

이 빌라에 젊은 여자의 목소리가 들렸다면, 그건 십중팔구 영주일 것이므로.

벗고 있던 상체에 대충 손에 잡히는 대로 티셔츠를 주워 껴입었다. 트레이닝 바지에 눌린 머리를 한 채 그대로 현관문을 열고 나왔다.

슬리퍼를 꿰어 신고 계단을 내려가는 동안 누구 하나 내다보는 집이 없어 도원은 그가 잠결에 들은 소리가 꿈이 아니었을까 의심하기도 했다.

201호 문 앞에 서서 아주 잠깐 망설였으나, 잠깐 폐를 끼치는 것이 만약의 사고를 막는 것보다 중요하지 않았으므로 초인종을 누르는 손은 스스럼없었다.

문 안쪽에서 무언가 쿵쿵거리는 소리가 났다. 로키는 도원이 잠에서 깨기 전부터 이미 사납게 짖고 있었다.

잠시 뒤, 영주가 위아래 세트인 잠옷 차림으로 문을 열었다.

"문영주 씨, 무슨 일 있습니까?"

도원이 영주의 뒷쪽을 살피며 물었다. 마찬가지로 자다 깬 사람처럼 경황없는 얼굴을 한 영주가 우선 발치에서 맹렬히 짖는 로키부터 안아 들었다.

"아……. 301호."

묶은 상태로 자고 있었는지 부스스해진 머리카락에 분홍색 땡땡이무늬 잠옷. 그와 대조되는 창백한 안색을 살피며 도원이 한 발짝 안으로 들어섰다.

현관에서 둘러본 실내에는 차분한 정적이 흐르고 있었다. 그러나 도원을 올려다보는 영주의 눈동자 속에는 날카로운 긴장이 감돌았다.

영주가 떨리는 손으로 문 열린 방을 가리켰다.

"차, 창문 밖에 어떤 남자가……."

말까지 더듬는 것을 보니 적잖이 놀란 듯싶었다. 도원이 영주의 앞으로 나서며 방을 향해 움직였다.

도원이 작업실로 쓰고 있는 방이 영주의 침실이었다. 침대와 마주 놓인 화장대는 가지런했고, 곳곳에서 달콤한 향기가 났다. 도원은 침대 위에 흐트러져 있는 이불을 보고, 영주가 지금 막 잠에서 깨어났으리라고 짐작했다.

"창문 밖에 남자가 있다고요?"

되물으며 한 뼘이 채 되지 않게 열려 있는 창문 쪽으로 다가섰다.

반투명한 안쪽 창과 투명한 바깥 창. 구도의 차이는 있으나 창밖은 도원의 서재에서 보이는 것과 별반 다르지 않았다. 도원의 방에서는 보다 얇고 뾰족한 가지가 보이는 뒷집 감나무가 영주의 방에서는 보다 우거지고 무성한 모습이었다.

도원이 모기장을 걷고 수상한 흔적을 찾아 몸을 내밀었다. 창문 밑으로는 주차장에 주차되어 있는 차의 지붕이 보였고, 그 앞은 옆집과의 경계를 나누는 높은 담장으로 막혀 있었다.

어딜 봐도 쉽게 사람이 침입하기는 힘든 구조. 도원은 아슬아슬한 위치까지 상체를 내밀며 주변을 살폈다.

"도망갔는지 안 보이는데. 경찰에 신고는 했어요?"

"아, 아뇨. 저도 너무 놀라고 경황이 없어서……."

어디 두었는지도 기억나지 않아 침대와 화장대를 한참 들춰 보던 영주가 마침내 휴대폰을 발견하고 두 손에 움켜쥐었다.

그녀가 신고를 하는 동안 도원은 빌라 밖으로 나와 아래에서 위를 올려다보았다. 담은 디딜 게 없으면 쉽게 오르기 힘든 높이였다. 좌우를 살펴보니, 화단이 평지에 비해 단차가 있었다.

먼저 여기를 디디고, 주차된 차 지붕을 살짝 밟고 서면 담 벼락에 오르는 게 불가능한 일은 아닐 것 같았다. 자세한 건 경찰이 오면 확실해질 것이라 생각하며 다시 빌라 안으로 들어왔다.

지구대가 출동할 때까지 도원이 줄곧 그녀의 곁을 지켰다. 놀란 마음을 좀처럼 가라앉히지 못하는 영주에게 따뜻한 차를 마시라고 조언했다. 뒤늦게 정신을 차린 영주가 우선 잠옷부터 갈아입고 거실로 나왔다.

1인용 소파에 앉아 있다가 영주가 방에서 나오자 어정쩡하게 일어난 도원을 그 자리에 그대로 앉게 하고, 영주는 그 앞 러그에 주저앉았다.

로키가 쪼르르 따라와 영주의 무릎 위에 폴짝 뛰어 올라갔다. 그곳이 제자리인 것처럼 웅크려 누운 로키의 목덜미를 영주가 슬슬 쓰다듬었다.

자그마한 로키의 체온과 무지근한 무게가 영주에게 안정을 가져다주었다.

"일단 경찰이 올 때까지는 여기 있겠습니다."

"아, 네……. 고마워요."

도원이 제집 거실을 차지하고 앉아 있는 것을 어쩐지 자연
스레 받아들이고 있던 영주가 얼떨떨하게 고개를 끄덕거렸다.

"죄송해요. 주말 아침부터 소란을 피워서."

"괜찮아요. 큰일 아니라서 다행입니다."

담담하게 대꾸하는 도원이 그저 곁에 있는 것만으로 의지가
되는 기분이라, 영주는 그런 제 마음이 참 묘하다고 생각했다.

10분이 조금 지나서 근처 지구대 경찰들이 출동했다. 주차
장에서 삐이잉, 삐잉 하는 사이렌 소리가 두어 번 울리다가 말
았다. 곧이어 초인종을 누르며 문 두드리는 소리가 났다.

"경찰입니다. 신고자분 계십니까?"

"네! 잠시만요."

인기척이 들리자 다시금 발작처럼 짖어 대기 시작하는 로키
를 품에 꼭 끌어안고서 영주가 현관문을 열었다. 순경 두 사람
이 들어섰다.

영주가 안방 침대와 창문을 가리키며 상황을 설명하자, 순
경들이 신발을 벗고 들어와 아까 도원이 했던 것처럼 창문을
열고 밖을 살폈다.

또 주차장으로 나가 아까 도원이 그랬던 것처럼 담장이며
화단이며 주차되어 있는 차 지붕을 돌아보며 침입의 흔적을
찾았다.

잠시 뒤, 순경들이 별 소득 없이 돌아와 말했다.

"이거 뭐, 족적이나 지문처럼 눈에 띄는 침입 시도 흔적은
하나도 안 보이는데요. 베란다 쪽이라면 가스 배관을 타고 넘

131

어오겠는데. 선생님이 와서 한 번 보세요. 이쪽 창문은 웬만해
선 침입하기도 힘들지 않겠어요?"

"그렇긴 한데요. 아침에 분명 창문 밖에 어떤 남자가 있었
거든요……."

"혹시 얼굴이라든지 뭐 더 기억나는 건 없습니까?"

"저도 얼핏 봐서요. 여기가 2층인데 사람 그림자가 보여서
너무 놀라기도 했고."

영주의 목소리가 점점 자신감을 잃어 갔다. 한눈에 봐도 겁
을 먹은 그녀를 두고서 그냥 돌아가기는 순경들도 찜찜했는
지, 먼저 영주의 의사를 물어왔다.

"원하시면 관할 경찰서에 사건 접수 시켜 드릴 수 있어요.
과수대에서 보면 뭐가 나올지도 모르고. 그렇게 하길 원하십
니까?"

옆에서 도원이 듣기에는 그저 의견을 묻는 말처럼 들렸지
만, 영주에게는 압박처럼 느껴진 모양이었다. 딱히 몸을 움츠
리지 않았는데도, 그녀가 위축되는 것이 느껴졌다.

잠시간 고심하는 듯하던 영주가 결국 고개를 저어 보였다.

"괜찮겠어요?"

"사람이 아니라 큰 새나 고양이 같은 걸 잘못 본 건지도 모
르니까요……."

도원이 영주 쪽으로 다가가 그녀의 얼굴을 가만 들여다보았
다. 불안한 표정을 짓고 있으면서도 이제는 그녀 자신조차 헷
갈리는 모양이었다.

"그래도 혹시 모르니까 주변 순찰할 때 눈여겨 봐주십시오. 여자 혼자 사는 집이라 걱정 되어서요."

순경들과 함께 영주의 집을 나선 도원이 넌지시 부탁의 말을 전하자, 순경 하나가 흔쾌히 고개를 끄덕였다.

"한동안 이쪽으로 순찰 강화할 테니, 염려 마십시오. 많이 놀란 것 같으니까 잘 다독여 주시고요."

아마도 도원을 영주의 애인쯤으로 오해하고 있는 듯했다. 도원은 굳이 성가시게 그것을 해명하지는 않았다. 주차장에서 경찰차가 떠나는 것을 지켜보고 난 뒤에, 한 번 더 밑에서 영주의 방 창문을 올려다보았다.

확실히 외부에서 침입하기에는 이쪽 창문보다 베란다가 훨씬 용이했을 것이다. 하지만 만약 침입하는 것이 목적이 아니었다면? 가령, 영주가 주로 옷을 갈아입고 잠을 자는 침실을 엿보고 있었다거나……

지나친 억측일 것이다. 무엇보다 지구대 순경들도 수상한 자취는 전혀 발견하지 못했다고 확인해 주었다.

빌라 현관에 들어서면서 202호 아주머니와 맞닥뜨렸다. 평소라면 가볍게 인사하고 지나쳤을 텐데, 위에서 이미 영주와 이야기를 나눈 모양이었다.

"아침부터 누가 소리를 **빽** 질러서 놀랐네, 그래. 별일 아니었다고요? 하긴, 이 후진 빌라에 누가 뭘 훔치러 들어올 것도 아니고. 안 그래요?"

아침의 일이 단지 영주의 착각에서 비롯되었을 거라고 확신하는 까닭은 단순히 집값 떨어질 걱정을 하고 있기 때문만은 아닐 것이다. 그만큼 이 낡은 빌라에서는 지금껏 소동이 일어난 적이 한 번도 없었다.

"조심해서 나쁠 건 없죠."

"그야 그렇지만서두."

길게 이야기 나누지는 않았다. 주말에도 여전히 바쁜 202호 아주머니는 곧 주차되어 있던 차에 올랐고, 도원은 등 뒤에서 시동 걸린 엔진 소리를 들으며 계단을 올랐다.

2층 복도에 나와 있던 영주와 눈이 마주쳤다. 여전히 그녀의 품에 꼭 안겨 있는 로키는 어느새 가물거리는 눈으로 졸고 있었다.

"순경들이 당분간 이쪽 좀 더 신경 써서 돌아본다고 했으니까 너무 불안해하지 말아요."

"고마워요."

영주가 버릇처럼 로키의 등을 가만히 쓰다듬었다. 선잠에 들었던 로키의 꼬리가 영주의 겨드랑이 부근에서 힘없이 살랑거리다 떨어졌다.

최근 영주가 없는 사이 로키가 부쩍 많이 짖어 대더라는 사실을 이제라도 알려야 할까? 그러나 영주에게 괜한 두려움만 더할 것 같아 그만두었다.

"저기, 괜찮으시면 점심 같이 안 드실래요?"

"점심이요?"

뜻밖의 제안에 이만 집으로 돌아가려던 도원이 멈칫했다.

혼자 있기에는 아직 두려운 마음이 가시질 않았나 보다. 그렇게 짐작한 도원이 나지막이 그러겠다고 대답했다.

아침에 일어난 상태 그대로 나와 있는 그가 먼저 집에 다녀오겠다며 301호로 돌아갔다. 뒤늦게 세수와 양치를 마치고, 까칠하게 올라온 수염을 면도했다. 옷을 갈아입고 문밖으로 나서다가, 무언가 생각이 난 듯 도로 걸음을 옮겼다.

베란다 한쪽 벽면에 매달아 놓은 선반에서 공구 상자를 찾아 내리면서, 도원은 이것이 지나친 참견일까 잠깐 고민했다.

어쨌거나 빌라에 흉한 일이 생기면 영향을 미칠 빌라 시세라든지, 내내 뒤숭숭할 꿈자리라든지. 과한 참견이 아니라고 합리화 할 근거들을 꼽아 보았다.

공구 상자를 뒤적거려 필요한 것들이 모두 들어 있는지 확인한 도원이 이내 망설임을 떨쳐 내고 그것을 현관으로 옮겨 두었다.

영주의 집 앞에 선 도원이 초인종으로 향했던 손을 물렸다. 어차피 복도의 소음이 여과 없이 흘러들어가는 구조였다.

똑똑 문을 두드리자, 안쪽에서 영주가 경계심 어린 목소리로 "누구세요?" 하고 물었다.

"301호입니다."

대답하고 얼마 지나지 않아 문이 열렸다.

"들어오세요."

문고리를 잡고 있던 영주가 뒷걸음으로 물러섰다.

"그럼 실례."

도원이 조심스럽게 신발을 벗고 안으로 들어섰다. 그러고는 등 뒤에서 닫히는 현관문을 힐끔거렸다.

"집에 먹을 게 없어서 그런데, 배달 음식 괜찮아요?"

"좋죠. 중식?"

"저 맛있게 하는 중국집 알아요. 처음 이사 왔을 때 시켜 먹었는데 요리를 잘하더라고요."

영주가 자신하며 휴대폰을 집어 들었다.

"저는 짬짜면 먹을 건데. 뭐 드시겠어요?"

"잡채밥이요."

영주가 배달 전화를 넣는 동안 도원은 눈을 돌려 거실 구경을 했다. 아까는 경황도 없었을 뿐더러, 집보다는 영주가 괜찮은지에 더 관심이 쏠려 있었다.

푹신하고 아늑한 느낌이 드는 연분홍색 1인용 소파와 연회색 러그, 곳곳에 놓인 작은 화분과 TV, 그리고 전체적으로 오크나무로 통일된 가구들을 둘러보았다.

한동안 도원의 발에 코를 묻고 냄새를 맡던 로키가 이내 흥미를 잃고는 베란다 앞 쿠션처럼 생긴 보금자리에 똬리를 틀고 웅크렸다.

잠에 취해 있는 틈을 타, 로키의 부숭한 목덜미를 슬며시 손으로 쓸어 보았다. 처음으로 도원의 손길을 받아들인 로키의 검은 눈이 오래지 않아 사르르 감겼다.

위층과 아래층이 같은 구조로 이루어져 있어 제집과 그리 다를 것도 없다고 생각했는데. 집이란 사는 이 인생의 축소판

이라는 말처럼, 고여 있는 공기의 온도나 색감까지 영주를 닮
아 있었다.

따뜻하면서도 단 냄새가 났다. 단순히 여자 집이라서 그런
것만은 아닐 것이다. 바쁜 일상 속에서도 자신의 공간을 꾸몄
을 영주의 정성이 묻어나는 것 같았다.

"1인분은 배달을 안 해 주는 식당이라 아쉬웠는데, 오랜만
에 맛있는 자장면 먹겠네요!"

금세 주문 전화를 마친 영주는 조금 들뜬 기색이었다. 배달
음식 정도로 저렇게 기뻐하는 영주가 귀엽게 느껴져 웃음이
나왔다.

"배달 음식 좋아해요?"

"음, 자주 먹는 편은 아니에요. 뭘 시키든 혼자 먹기엔 양이
너무 많기도 하고. 배달 받는 게 좀 신경 쓰이기도 하고."

실제로 오늘 같은 일이 일어난 것을 보면, 그녀의 경계심을
마냥 과하다 얘기할 수 없을 것이다. 도원은 자신이 온전하게
공감해 줄 수 없는 부분에 쉽사리 공감을 표하는 대신 자연스
레 말을 받았다.

"그럼 주로 집에서 요리?"

"요리라고 할 만큼 거창한 건 아니고요. 그냥 간단하게요."

사실 영주는 가스레인지보다는 전자레인지를 주로 이용하
는, 요리보다는 조리에 가까운 음식들로 끼니를 때울 때가 많
았다.

그럴 듯한 음식을 만들어서 사진을 찍고, 맛을 음미하는 걸

즐겼던 적도 있지만 어느 순간부터 일의 고단함과 번거로움을 극복하지 못해 그만두었다.

지금에 와서는 선반 가득 즉석밥과 3분 요리 같은 걸 쌓아 두고 있을 정도다.

썩 자랑할 만한 습관은 아니었기 때문에 어색하게 웃던 영주가 말을 얼버무릴 즈음이었다. 때마침 기다리던 음식이 도착했다.

"2만 3천원입니다."

"여기요."

영주가 신용카드로 계산을 하는 동안 도원이 그릇들을 착착 쌓아 식탁으로 옮겼다. 배달원이 다시 카드를 영주에게 건네자, 그녀에게 안겨 있던 로키가 이를 드러내며 왈왈 짖었다.

"맛있게 드세요."

"감사합니다."

문이 닫히고, 중국집 배달원이 시야에서 완전히 사라지고 나서야 로키도 진정되었다. 대신 꼬리를 흔들며 달려든 곳은 음식 냄새가 풍기는 식탁이었다.

"그럼 먹어 볼까요?"

그릇의 랩을 벗기고, 젓가락을 두 쪽으로 분리했다. 탕수육 그릇과 서비스로 온 군만두를 가운데에 배치하고 각자 주문한 음식을 눈앞에 뒀다.

영주가 도원의 맞은편 자리에 앉자, 로키가 자기도 끼워 달라는 듯이 영주의 무릎에 두 앞발을 딛고 서서 목을 뺐다.

영주가 자연스럽게 로키를 안아 허벅지 위에 앉혔다. 식탁 위로 빼꼼 머리가 올라온 로키와 도원의 눈이 마주쳤다.

"잘 먹을게요."

도원이 밥과 중국식 잡채를 섞어 크게 한 입 먹었다.

"어때요?"

"맛있어요. 한 입 먹어 볼래요?"

잠시 머뭇거리던 영주는 이내 도원 앞에 놓인 넓적한 접시에서 작게 한 술을 떠 입으로 가져갔다. 오물오물 씹다가 꿀꺽 넘긴 그녀가 작게 어깨를 들썩거렸다.

영주가 장담한대로 음식 맛이 꽤 괜찮아서, 도원은 자신의 앞에 놓였던 넓적한 접시를 싹 비웠다. 두 사람 모두 군만두에는 손을 대지 않았고, 탕수육도 몇 점 남겼다. 영주가 남은 음식을 밀폐 용기에 옮겨 담는 동안 도원이 빈 그릇을 비닐봉지에 넣어 빌라 현관 앞에 내다 놓고 왔다.

"아, 저…… 믹스 커피밖에 없기는 한데, 커피 드실래요?"

식사를 마치고, 도원이 곧장 집으로 올라가 버릴까 봐 걱정하는 사람처럼 영주가 물어왔다. 도원이 웃으며 고개를 끄덕였다.

"마침 이런 걸 찾았는데, 필요한지 한 번 볼래요?"

"그게 뭔데요?"

전기 포트에 물을 끓이는 동안 도원이 아까 가지고 내려온 공구 상자를 열었다.

"이사 왔을 즈음에 산 것 같은데, 결국 귀찮아서 그대로 처박아 뒀던 게 기억나서. 창문에 설치하면 없는 것보다야 안심될 겁니다."

창문을 일정한 너비만큼만 열 수 있도록 고정시키는 방범 장치였다.

갑갑한 방범창 대신 달려고 구입했는데, 차일피일 미루다 보니 결국 그 소용을 잃어버렸다. 3층인 데다 건장한 남자인 도원의 집보다는 영주에게 더 쓸모 있을 것이다.

도원이 장치를 이리저리 살피면서 다시 한번 설명서를 읽는 동안 영주도 곁으로 다가와 괜스레 그것을 만지작거렸다. 다행히 전동 드릴과 약간의 손재주만 있으면 설치하기 그다지 까다롭지는 않을 듯싶었다.

"안방, 작은방 그리고 베란다까지 세 개. 혼자 달 수 있겠어요? 일단 드릴은 없을 것 같아서 가져왔는데."

그가 확인하듯이 묻자, 도원에게 설명서를 받은 영주가 제법 골똘하게 들여다보았다.

음, 하고 소리를 낼 때 그녀의 입술이 가느다랗게 말렸다. 그 안쪽에서 몇 번을 잘근거리다가 다시 본래의 형태를 되찾은 입술이 조금 전보다 붉어져 있었다.

"한번 해 보죠, 뭐."

오기를 부리듯이 씩 웃어 보이는 얼굴이 마음에 들었다. 아마도 예상하고 있던 대답이라 그럴 것이다.

"전동 드릴 써 본 적 있어요?"

"아니요. 한 번도."

"생각보다 많이 힘을 줘야 해서 어려울 텐데."

잠시 고민하던 도원이 먼저 제안했다.

"그럼 내가 다는 걸 일단 옆에서 한 번 지켜보고, 나머지를 영주 씨가 하는 게 어때요?"

영주가 그 제안을 반기며 고마워했다.

"잠깐 앉아 있어요. 방이 좀 지저분해서……. 커피, 마저 먹고요."

아까는 미처 허락을 구할 정신도 없이 들어갔던 침실 문이 닫혀 있었다.

영주가 방에 들어가 대강이나마 정리를 하는 동안 도원은 믹스 커피를 홀짝였다. 평소에는 즐겨 마시지 않는 다디단 커피가 오늘은 중식의 느끼함을 싹 씻어 내며 입가심이 됐다.

잠시 후 방을 나온 영주는 베란다에 널어놓은 빨래를 걷었다. 당장은 개어 놓을 시간이 없어 급하게 빨래를 겹쳐 침대 위에 올려 두었다.

영주가 베란다에서 안방으로, 다시 부엌으로 그리고 작은 방으로 부지런히 오고가는 동안 로키가 그 뒤를 따라 종종거렸다. 양면의 창을 모두 열어 놓은 실내로 시원하게 바람이 통했다.

"슬슬 시작할까요?"

"네. 이쪽이에요."

도원이 영주를 따라 안방으로 향했다. 싱글 침대와 화장대, 작은 책상과 노트북이 놓인 방에는 커다란 창을 통해 들어온 따뜻한 햇살이 고여 있었다.

주로 새벽 시간에 글을 쓰면서 밤하늘을 올려다보는 일이 많은 도원의 작업실과는 확실히 대조적인 분위기였다.

"일단 이 부분은 여기 창틀에, 이건 유리창에 부착하는 겁니다. 검지로 버튼을 누르면서 몸으로 밀어 줘야 돼요. 이렇게."

위이잉. 요란한 소리와 함께 창틀에 구멍이 생겼다. 다시 한 번 그것을 반복하는 동안 영주의 머리가 바짝 붙어서 지켜보았다.

"실리콘에 구멍을 낼 때에는 유리창에 드릴 날이 닿지 않게 주의해야 돼요. 이렇게 비스듬하게 들어서."

시범을 보이며 도원이 설치를 마쳤다. 장치에 걸쇠가 걸리자, 창문은 한 뼘 이상 열리지 않았다. 도원이 다시 걸쇠를 열어 창문을 활짝 열어 보았다.

"그리고 이쪽 창은 아예 고정해 두는 편이 나을 것 같은데."

혹시나 침대 위 방충망이 없는 쪽 창도 여는 편이냐고 묻자, 영주가 아니라고 대답했다.

공구함을 뒤적거리던 도원이 기억 자 모양의 고정쇠를 찾아 창틀에 댔다.

"이렇게 고정시키고 걸쇠를 걸면 밖에서는 절대 못 열어요."

반짝거리는 눈으로 설명을 들은 영주가 고개를 끄덕끄덕 했다.

"안 그래도 로키 때문에 환기도 자주 시켜야 했는데. 여름에 창문 닫고 살면 답답할 것 같아서 걱정했거든요. 로키 혼자 있을 때도 그렇고, 잘 때도 창문 조금 열어 놓고 잘 수 있겠어요."

차근하게 전기 드릴 사용법을 알려 주면서 뚝딱 설치해 버렸다. 완성된 모양을 살펴보고는 만족스러워하는 영주의 모습에 도원이 들고 있던 드릴을 바닥에 내려놓았다.

장치를 다는 동안 조금 긴장한 나머지 도원의 등이 흠뻑 젖었다. 관자놀이를 타고 내리는 땀 한 방울을 발견한 영주가 얼른 나가 얼음이 든 물을 가져와 건넸다.

"고마워요."

도원이 머리가 쨍할 정도로 찬물을 벌컥벌컥 들이켰다.

"어때요. 해 볼 만하겠어요?"

"음, 유리창 안 깨지게 조심조심하면……."

호기롭게 대답하면서도 말끝은 자신감을 잃고 흐릿해졌다. 도원이 콘센트에서 드릴의 코드를 뽑으며 일어났다.

"한 번 해 봅시다. 옆에서 도와줄 테니까."

공구함을 들고 앞장 서는 등이 듬직해서, 손재주 없는 영주였어도 조금도 걱정이 되지 않았다.

작은 방, 베란다에 방범 장치를 설치하는 동안 도원은 공구 작동이 서툰 영주를 받쳐 주었다. 처음에는 엉뚱한 자리에 구멍을 내거나 비스듬하게 휘어진 구멍을 만들던 영주도 끝에 가서는 제법 그럴 듯하게 전기 드릴을 다뤘다.

비록 도원이 달아 준 것만큼 말끔하지는 않았어도 제 손으로 일을 마치고 난 기분은 더할 나위 없이 뿌듯했다.

공구를 정리하고, 지저분해진 바닥을 청소하고, 내친 김에 창문까지 한 번 싹 닦아 냈을 땐 어느덧 주말의 오후가 다 지나가 버린 뒤였다.

❀   ❀   ❀

"으아! 월요일은 어쩜 이렇게 시간이 빨리 가? 4시쯤부터는 시계 고장 난 줄 알았잖아."

"민원이 워낙 많아서 하루가 두 배는 더 짧게 지나간 것 같아요."

머리 위로 두 팔을 번쩍 치켜올려 기지개를 켠 영주가 종일 들여다보고 있던 모니터의 전원을 껐다.

오후 내내 매달려 있던 서류들을 합산해 정리해 두고서, 종일 엉덩이를 붙이고 있던 자리에서 이제 막 일어나려던 때였다. 문득 옆자리 은하가 은근하게 붙들었다.

"토리야키에 사케 한 잔 어때? 요 바로 뒷골목에 괜찮은 일식 심야 식당 있거든. 염통 진짜 끝내주게 굽더라. 내가 살게. 콜?"

잠깐 혹하긴 했으나 이내 미안한 듯 웃으며 거절했다.

"딱 한 잔만 하고 가지. 안 돼?"

"죄송해요. 다음에요. 오늘은 저희 집 개가 아침부터 속이 안 좋은지 토를 해 놔서……. 걱정돼서 일찍 들어가야겠어요."

"그래? 그럼 뭐, 어쩔 수 없지."

평소라면 하지 않았을 거짓말을 해 버렸으니, 애꿎게 핑계거리가 되어 버린 로키는 지금쯤 간지러운 귀를 뒷발로 긁적이고 있을 것이다.

"문 주무관님."

"네?"

"일 다 끝났으면, 나가서 이것 좀 게시판에 붙여 놔요."

그때, 우식이 불쑥 끼어들어 무언가를 내밀었다.

"이게 뭐예요?"

은하가 영주를 대신해 물었다.

"아까 경찰서에서 보냈더라고요. 눈에 띄는 곳에 붙여요. 주민들 오며가며 볼 수 있게."

"아니, 이걸 왜 문 주무관한테 붙이래. 공익은 어디 갔어요?"

"우체국에 심부름 보내고 그 길로 퇴근하라고 했습니다."

"그럼 내일 아침에 하지, 퇴근 시간인데."

은하가 영주를 역성들 때마다 조금씩 미간이 일그러지던 우식이 결국 버럭 역정을 냈다.

"중요한 내용이니까 그렇죠! 그거 붙이는 게 어려워요? 나는 분명 오늘 하고 가라고 했습니다!"

"어머. 뭐 이런 일로 소리를 지르고 그래……."

언제나 사람 좋게 행동하던 우식의 또 다른 일면을 목격하고 얼떨떨해 하는 은하의 어깨를 살짝 토닥여 주었다.

"저 이거 붙이고 갈 테니까, 먼저 들어가세요. 내일 뵐게요."

"어? 어……."

"조심해서 가세요."

은하를 먼저 등 떠밀어 보내고 나니, 결국 텅 빈 사무실에 남은 건 영주뿐이었다. 평소라면 한둘쯤 야근을 하는 사람이 있었을 텐데, 오늘은 다들 유독 퇴근이 빨랐다.

종일 불특정 다수의 사람들이 들락날락하던 공간이 어두컴컴한 고요에 가라앉았다.

후, 작게 한숨을 쉰 영주가 서랍 안에서 압정이 든 통을 꺼내 일어났다.

유리문을 열고 나와 게시판 앞에 다가섰다. 기초 생활 수급자 지원에 관한 안내문, 민방위 안내, 자치 회관 이용에 관련한 공지 사항이 적힌 안내문들이 줄맞춰 붙어 있는 초록 게시판 끄트머리에 붙이면 될 것 같았다.

손이 모자라 종이를 턱밑에 고정시킨 영주가 통에서 압정 두 개를 꺼내 종이의 윗부분을 고정시켰다.

천변 주택가 일대 빈집털이 발생 유의

이 지역에서 동일범의 소행으로 추정되는 절도 피해가 세 차례나 발생했으니 각별히 문단속에 유의하라는 문구가 적혀 있었다.

무의식적으로 그 밑에 첨부된 흐릿한 사진 한 장을 들여다 보던 영주의 두 눈이 커졌다.

얼굴을 가까이 가져다 대며 사진 속 남자의 모습을 빤히 바라보았다.

"비슷한가? 아닌가?"

작게 중얼거리는 영주의 머리가 갸우뚱 기울었다. 그녀가 목격했던 창밖의 수상한 그림자. 그것이 사람인지 아닌지도 확실치 않았지만, 적어도 영주에게는 잊히지 않을 공포로 기억 남았다.

평소라면 심드렁하니 흘려 넘겼을 전단을 빤히 들여다보고 있는 것도 그런 까닭이었다. 혹시라도 사진 속 남자가 그날 영주가 보았던 검은 그림자와 동일 인물은 아닐까 싶어서.

"……에이, 아닐 거야."

가정만으로도 끔찍한 일이었다. 저도 모르게 부르르 몸서리를 친 영주가 애써 그것을 부정했다.

그러면서도 슬쩍 휴대폰을 꺼내 전단의 내용이 들어가도록 찰칵 사진을 찍었다. 가뜩이나 흐릿한 사진이 더 알아보기 힘들게 되어 버렸지만, 혹시 모를 일이었다. 이따금 생각날 때마다 들여다보면 뭔가 떠오르는 게 있을지도.

휴대폰을 손에 꼭 쥔 채 영주는 가방을 가지러 사무실로 걸음을 옮겼다.

이제 막 한적한 골목으로 접어들었을 무렵이었다. 영주가 가방 안에서 울리는 전화를 받았다.

—문영주! 퇴근했어? 회사야?

귓가에서 반가운 목소리가 터져 나왔다.

"지금 집에 가는 길이지. 너는? 밥 먹었어?"

—아까 먹었지. 여긴 벌써 9시 넘었어.

서머 타임으로 한국과 두 시간 시차가 나는 호주에서 걸려 온 전화였다.

그간 그곳에 정착하느라 바빴던 주란과 SNS나 메신저를 통해 뜨문뜨문 문자만 주고받다가 오랜만에 목소리를 들으니 기분이 들떴다.

잠시 휴대폰을 귀에서 떼어 시간을 확인한 영주가 근처 벤치를 찾아 걸터앉았다.

"연애하느라 바빠서 난 까맣게 잊어버린 줄 알았네. 그 브라질 남자 친구 이름이 뭐랬지? 하비에라고 했나? 어쨌든 잘 지내?"

누가 열렬한 연애 신봉자 아니랄까 봐, 주란은 호주에 도착한 지 2주 만에 덜컥 남자를 사귀기 시작했다.

영주는 주란이 타국에서 낯선 남자와 만나는 것이 내심 염려스러웠지만, 천성이 발랄하고 적극적인 주란은 그저 현재를 즐기기에 여념이 없어 보였다.

—연애하느라 바쁘긴 무슨. 그 새끼랑 벌써 일주일 전에 깨졌지! 말도 마. 아주 개자식이었어.

"무슨 일 있었어? 너한테 무슨 짓이라도 했어?"

며칠 전까지만 해도 브라질 남자에 대한 찬양이 끝도 없더니, 오늘은 흥분하여 버럭 욕부터 내질렀다.

심상치 않은 주란의 반응에 영주가 걱정을 숨기지 못했다.

—아니, 글쎄 무슨 놈의 파티를 허구한 날 가는 거야. 그러더니 거기서 금발 머리 여자 껴안고 엉덩이 주무르다가 나한테 딱 걸렸잖아.

"뭐?"

—그러면서 그냥 춤춘 거래. 원래 자기들은 그러고 논대. 브라질 사람 사는 옆집으로는 절대 이사 가지 말라는 말이 그 뜻이었나 봐. 진짜 파티 안 하면 죽는 귀신이라도 붙은 것처럼 미친 듯이 놀아. 나는 거기에 대면 새 발의 피더라니까?

노는 일이라면 누구에게도 지지 않는 주란이 학을 뗄 정도라니. 브라질 남자라고 죄다 그 모양은 아니겠으나, 주란은 다시는 브라질 남자는 만나지 않겠다며 진저리를 치고 있었다.

"좀 잘 보고 만나. 어떻게 매번 며칠 만에 사귀고 헤어지니?"

—딱 봐서 느낌이 오면 만나는 거지. 뼈다귀도 아닌데 오래 뜯어보면 뭐 해?

"그래도 좀 알아보고 사귀어야지. 어떤 사람인 줄도 모르잖아. 어떻게 잘 알지도 못하는 사람을 사랑할 수 있는 건지 나로선 도저히 이해가 안 돼."

—잘 알아서 좋은 게 아니라, 좋아하니까 알고 싶어지는 거야.

영주가 주란을 온전히 이해하지 못하듯 아마 주란도 마찬가지일 것이다.

쉽게 끓는 만큼 쉽게 식어 버리는 인스턴트식 연애를 반복하는 주란은 연애가 역병이라도 되는 것처럼 기피하는 영주를 늘 답답해했으니까.

—너야말로 공무원 됐다고 인생 고리타분하게 살지 말고, 연애를 좀 해 봐. 세상이 달라 보인다니까?

지금에 와서 생각해 보면, 서로가 서로의 부족한 부분을 채워 줄 수 있는 보완 관계이기 때문에 더 돈독해질 수 있었을 것이다.

—회사랑 집만 반복하지 말고. 넌 술 마시자고 불러내는 사람도 없어?

"왜 이러셔. 나도 불러내는 사람 있거든? 오늘도 옆자리 주무관님이 한잔하러 가자는 걸 우리 로키 기다릴까 봐 어렵게 거절하고 온 거거든."

—으이그, 누가 집순이 아니랄까 봐. 아주 로키랑 사귀어라, 응?

핀잔처럼 주고받는 잔소리에는 항상 애정이 서려 있었다.

—아예 집에서 만날 수 있는 남자를 찾아보는 건 어때? 어라? 마침 딱 생각나는 남자가 있는데?

"아빠? 아니면 오빠? 집에서 만난 생물학적 남자는 그 둘뿐인데."

영주가 모른 척 시치미를 뗐다.

—어머나, 앙큼한 계집애. 내숭 떠는 것 좀 봐. 저번에는 집

에서 같이 자장면도 시켜 먹었다며. 사랑의 전기 드릴도 쏘고. 아주 그냥 둘이서 러브하우스 찍은 거 아냐, 응?

"러브하우스는 무슨. 현실은 그냥 놈놈놈이었거든요. 막 사방으로 먼지 튀고. 자칫 삐긋했다가는 내부자들 이병헌처럼 손 날려 먹을 뻔했다니까?"

과장을 한 스푼 섞어 도원과 방범 장치를 설치했던 일을 떠들어 댔다.

—너는 왜 맨날 장르가 액션 아니면 범죄야? 이왕 찍을 거면 로코를 찍어야지.

"너는 어떻게 맨날 인생이 로맨틱 코미디이길 바라니? 세상이 얼마나 험한데."

—세상이 험하고 무서울수록 사랑의 힘으로 헤쳐 나가야지. 남친 있었어 봐. 이럴 때 얼마나 든든해? 유부남 상사 집적거릴 일도 없었을걸?

그 말에 도리어 영주가 발끈했다.

"그런 미친놈들 때문에 내가 남자를 만나야 돼? 그렇게 만난 놈은 미친놈이 아니라고 어떻게 장담해? 내 일은 내가 알아서 해결할 수 있어. 누구한테 의지하지 않아도."

뒤늦게 영주가 예민해하는 부분을 건드렸다는 걸 깨달은 주란이 먼저 사과했다.

—그래. 맞네. 우리 영주, 알아서 척척척 스스로 어린이지. 내가 말 잘못했어.

영주 역시 지나치게 날 세운 반응을 보인 것을 미안해하며,

화제는 다시 주란이 호주에서 썸 타고 있는 다수의 남자들에게로 되돌아갔다.

✿ ✿ ✿

3월이 벌써 반이나 지나, 봄기운이 무르익고 있었다.

작년 이맘때에는 꽃샘추위로 호되게 감기를 앓았었는데, 올해는 평년보다 기온이 높아 비교적 온화한 날씨가 이어졌다. 요즘 들어서는 딱히 약속을 한 것은 아니어도 8시쯤 저녁 산책을 나가는 게 도원과의 정해진 약속처럼 되어 있었다.

얇은 코트 대신 걸쳐 입은 스웨터 사이사이로 스며드는 저녁 공기가 제법 선선했다.

가슴 앞으로 팔짱을 끼고 걷는 영주에게 도원이 카페를 가리키며 물었다.

"커피 한 잔 사 갈까요?"

영주가 반가운 얼굴로 고개를 끄덕였다.

"뭐 마실래요?"

"음, 안 먹어 본 것 중에…… 아몬드 라테요. 따뜻하게."

영주가 먼저 주문을 하고 계산을 마쳤다.

"아메리카노 한 잔, 이것도요."

도원도 음료와 쿠키 하나를 골라 카드를 내밀었다.

음료가 나오는 동안 로키는 내내 영주에게 안겨 있었다. 도원의 손이 자연스럽게 로키의 정수리를 간질였다.

손이 닿을 때마다 사르르 감기는 검은 눈동자에서는 더 이상 도원을 향한 경계를 찾아볼 수 없었다.

"음료 나왔습니다."

부르는 소리에 카운터로 다가선 도원이 먼저 영주에게 커피를 건네었다.

"고마워요."

컵이 미끄러지지 않게 밑동을 쥐는 것을 확인하고, 그의 커피를 챙겼다.

"갈까요?"

"네!"

천변 산책로로 향하는 로키의 엉덩이가 잔뜩 신이 나 있었다. 나란히 걷고 있는 도원과 영주 사이를 파고들더니, 총총 앞으로 나섰다. 자연스럽게 만들어진 삼각 구도가 이제는 로키에게도 익숙해진 모양이었다.

도원이 주머니에서 네모난 비닐 포장지에 든 쿠키를 꺼냈다. 반으로 똑 분지르자 박혀 있던 마카다미아가 가루로 부서졌다. 도원이 한눈에 봐도 큰 쪽을 영주에게 내밀었다.

"고마워요."

그것을 받아 입으로 덥석 집어넣자, 달고 고소한 맛이 혀 위로 번졌다.

영주가 문득 발끝에 길게 걸린 그림자를 내려다보았다. 제법 해가 길어져 가물거리는 오후에 그녀의 그림자와 팔이 맞물린 도원의 그림자가 듬직해 보였다.

그 널따란 어깨 위에 슬쩍 고개를 기울여 얹어 보려다가 그만 도원에게 쿵 부딪치고 말았다.

"아야!"

아픈 옆통수보다도 창피한 마음이 앞섰다. 도원이 놀라 걸음을 멈추어 섰다.

"괜찮아요?"

머리를 문지르고 있는 영주의 손 위로 도원의 커다란 손이 얹어졌다. 가만히 내려다보는 눈길이 간지러워서 영주는 대답을 어물거리며 고개를 푹 수그릴 따름이었다.

늘 거닐던 곳까지 다다라 다시 되돌아오는 길이 날이 갈수록 짧아지고 있는 기분이 들었다. 평소에는 거들떠보지도 않던 운동 기구 앞을 서성거리다가 결국 벤치에 자리를 잡고 앉았다.

"회사에서는 그 이후로 별일 없어요?"

질문의 의미를 단번에 알아들은 영주가 고개를 끄덕였다.

"그런 일 알려져 봐야 그쪽도 손해니까요."

물론 아무런 변화가 없었느냐고 하면, 그건 또 아니지만.

"자잘한 업무가 늘거나, 굳이 내가 하지 않아도 될 일을 떠넘기는 정도?"

"지질한 새끼."

도원답지 않은 욕설에 놀랐지만, 그럼에도 그녀의 편을 들어 주는 게 기뻤다.

"그래도 전보다 백배는 더 나아요. 마음이 불편한 것보다 몸이 힘든 게 나으니까."

영주가 습관적으로 들고 있던 잔을 빙글빙글 돌렸다.

"……근데 한편으로는 비겁한 것 같기도 해요."

"뭐가요?"

"이렇게 넘어가서 다행이라고, 그런 생각을 했거든요."

"그게 뭐가 어때서."

단지 되묻는 것임에도 그 자체에 위로가 담겨 있어 영주는 작게 웃었다.

"뭔가, 좀 더 적극적으로 대응하는 게 맞는 것 같은데 그렇게 못 하니까. 앞으로도 못 할 테고."

우식을 생각하면 여전히 마음 한구석이 얹힌 듯 불편했다. 바닥에 유리잔을 깨뜨리고서도 그것을 말끔히 치우지 않고 대충 식탁보로 덮어 가려 놓은 것 같은 찝찝함이 가슴에 남아 있었다.

"누군가의 잘못을 따지는 것보다 일상을 지키는 게 중요해서……. 비겁하게 입 닫고, 아무것도 모르는 것처럼 한 공간에서 일을 해요. 그런 내가, 상황이 비겁해서 괴로워요."

직급이 높은 직장 상사, 그것도 주위 사람들로부터 평판이 좋은 우식을 상대로 성추행을 고발할 용기가 나지 않았다.

"그걸 왜 영주 씨가 괴로워해요. 정작 나쁜 짓한 놈은 뻔뻔하게 잘만 지내는데."

눈가에 간신히 눈물방울을 매달고 있는 영주의 어깨를 크고 따뜻한 손이 조심스럽게 도닥였다.

"영주 씨는 부당하게 괴로웠고, 스스로를 지키기 위해 할 수 있는 모든 걸 하고 있는 것뿐입니다."

어떤 사람의 귀에는 듣고 싶은 말만 걸러 듣는 필터가 있다는데, 이 사람 입에는 듣고 싶은 말만 해 주는 필터가 달린 것은 아닐까.

그 순간 영주는 그런 엉뚱한 생각이 들었다.

사실 이런 건 전혀 영주답지 않은 일이었다. 누군가에게 하소연을 하고, 또 그 앞에서 눈물을 보이다니. 그러나 매번 도원은 그녀를 그녀답지 않게 만들었다.

이유가 뭘까. 이상하게도 이 남자 앞에서는 남들에게 보이고 싶지 않은 약한 모습이 잘 감추어지지 않았다. 그래서 언뜻 기대고 싶다는 마음까지 들게 했다. 위험 신호였다.

나그네의 옷을 벗길 수 있었던 건 바람이 아니라 따스한 햇볕이라더니. 견고하게 쌓아 놓았던 영주의 벽을 허문 것도 열렬한 이성적 구애가 아닌, 따뜻한 인간적 선의였다.

영주가 도원의 어깨에 슬며시 제 시름을 얹어 놓았다. 영주가 기대어 오자 잠시 멈칫했던 도원이 이윽고 작고 동그란 어깨를 손으로 감쌌다.

그대로 힘을 주어 그녀가 미처 풀어 놓지 못한 마음까지 기댈 수 있게 했다. 비딱한 대각선같이 꼿꼿하던 영주의 허리가 마침내 완만한 곡선이 될 때까지, 도원은 담담한 손길로 팔을 쓸어 주었다.

품에 안겨 있던 로키가 폴짝 뛰어내려 주위를 서성거렸다.

줄이 늘어나는 길이만큼 멀어져 풀 냄새를 맡을 즈음에는, 영주의 마음도 서서히 가라앉아 차분해졌다.

영주가 경계심 없이 기대고 있던 온기로부터 천천히 몸을 일으켰다. 그것이 도원을 밀어내는 것처럼 느껴지지 않기를 바랐는데, 다행히 그는 그녀의 등에 커다란 손을 올려 그녀가 평소처럼 반듯하게 설 수 있도록 받쳐 주었다.

생각해 보면, 도원은 줄곧 이런 사람이었다.

그녀가 서툴게 주차를 할 때에도, 어설프게 벽에 구멍을 뚫을 때에도 그리고 지금도.

대신 해 주겠다는 진부한 위선은 보이지 않았다. 그저 곁에서 지켜보면서, 그녀가 원하는 만큼만 손을 내밀어 주었다. 영주는 도원이 그런 사람이라서 좋았다.

결국에는 도원이 좋다고, 입보다 마음이 먼저 말해 버렸다. 그래 놓고서는 유일하게 그 소리를 들은 영주 자신이 화들짝 놀랐다. 그럴 리가 없는데도 혹시나 싶어 옆을 돌아보자 도원이 고개를 갸웃거렸다.

"음?"

하고 묻는 그에게 어설픈 미소로 얼버무렸다.

그 사람에 호감이 있다, 마음이 간다, 관심이 있다는 표현보다 좋다는 말은 솔직하면서도 직접적이었다. 순간적으로 자신의 마음이 이 정도였나 싶어 당혹스러울 만큼.

떨리는 영주의 눈동자가 다시금 도원의 얼굴을 담아냈다.

"그만 갈까요?"

영주가 고개를 끄덕였다.

남자는 올 때 그랬던 것처럼, 영주가 먼저 다가서지 않으면 결코 닿지 않을 만한 간격을 둔 채 그녀의 옆에서 걷고 있었다.

5

이웃의 미학

손에 든 음료를 빨대로 쭉쭉 빨아 마시던 연희가 문득 고개를 들었다.

"왜 그렇게 봐요?"

조윤의 예리한 시선이 그녀를 빤히 주시하고 있었다.

"매번 달라서."

"뭐가요?"

"커피. 지금까지 너랑은 세 번 만났는데, 그때마다 다른 음료를 주문하잖아."

순간적으로 눈이 동그래졌던 연희가 이내 벙싯이 웃었다.

"지금까지 만난 세 번 중에 오늘이 제일 형사 같네요."

연희가 짓궂게 놀리자, 조윤이 흉터가 있는 왼쪽 눈썹을 찡그렸다.

"그래서요? 진선이에 대해서 뭐 더 나온 건 없어요?"

역시나 곧장 핵심부터 찔러오는 모습이 거침없었다.

"지난번에도 말했듯이, 수사 끝나기 전에 피해자 가족한테 함부로 사건 관련된 내용을 발설할 수 없어."

난처함과 함께 약간의 짜증을 담아 일축하지만, 그것이 결국 입만 아픈 얘기가 될 것임은 두 사람 모두가 아는 일이다.

연희는 결코 궁금한 것을 목구멍 속에 넣어 놓기만 하는 여자가 아니었고, 그녀를 세 번이나 마주하고 있는 조윤도 이제는 조금씩 그 솔직함에 마음이 끌리는 중이었으니까.

이야기는 이제 막 중반부에 들어서고 있었다.

긴 시간에 걸쳐 연쇄적으로 발생해 온 살인 사건들 간의 연관성을 찾은 형사 조윤과 오래 전 실종된 동생 사건의 실마리를 쫓아 조윤에게 접근한 연희. 상대를 의심하면서도 어쩔 수 없이 서로에게 끌리고 마는 두 사람의 모습이 비춰지는 장면이었다.

지난 몇 달간 지지부진했던 속도는 도심을 달리다 마침내 고속도로를 타기 시작한 자동차처럼 거침없이 나아가고 있었다.

카페에 가면 매번 다른 음료를 시키고, 모르는 것이 있으면 그게 언제가 되었든, 누가 되었든 거리끼지 않고 질문하는 여자.

어느 날은 순진한 소녀처럼 웃고, 또 어느 날은 아픈 눈으로 하늘을 올려다보는 여자.

글 속 연희의 이미지가 누구로부터 비롯되었는지는 굳이 스스로에게 묻지 않아도 알 수 있었다.

분명한 목적을 가지고 있던 관찰이 자연스러운 이끌림으로 이어진 것은 언제였을까.

며칠 전, 영주가 먼저 "술 마실래요?" 하고 도원에게 물어왔다. 손에는 각자 집에서 꺼내 온 병맥주와 캔 맥주가 각각 들려 있었고, 영주는 바로 옆에 앉아 있는 도원보다 저 멀리 같은 색깔의 봄 점퍼를 입고 걸어가고 있는 여자들에게 눈길을 주고 있었다.

"저기 팔짱 끼고 가는 사람들 말예요. 분명 모녀 사이일 거예요."

"그걸 어떻게 알아요?"

"딱 봐도 닮았잖아요, 엄마랑 딸은. 걸어가는 뒷모습이 꼭 판에 찍어 놓은 것처럼 똑같아요. 난…… 그게 정말 싫어요."

영주가 들고 있던 맥주병을 내려놓으면서 팅, 하고 맑은 소리가 났다. 도원을 돌아보는 영주의 얼굴이 붉게 상기되어 있었다. 아마도 열기 때문이었겠지만, 도원의 눈에는 그것이 꼭 슬픔에 얼룩진 것처럼 보였다.

한때 영주에게도 부모님이 슈퍼맨처럼, 원더우먼처럼 한없이 크게만 보였던 시절이 있었다. 그런 두 분이 실은 아주 작은 상자 속에 갇혀 평생을 살아왔고, 때문에 그것이 세상의 전부인 줄만 안다는 사실을 깨달은 건 영주의 나이 열여섯 살 때의 일이었다.

아빠도 엄마도 벼농사가 업인 산촌에서 나고 자랐다. 대대로 밭을 일궈 자식에게 물려주는 게 다인 촌사람에게 무슨 대단한 재산이 있겠냐마는, 그나마 자그마한 땅이라도 가진 아빠네 집안보다는 엄마 쪽 사정이 더 어렵고 궁핍했었다고 한다. 한쪽으로 치우친 결합은 고스란히 엄마의 모진 시집살이로 귀결되었다.

일찍 남편을 여의고, 4남매를 혼자 힘으로 길러낸 영주의 할머니는 마을에서도 억척스러움으로 유명한 사람이었다. 땅을 일구고 살아온 이들이 으레 그렇듯이 가장이 집안의 기둥이며 딸보다는 아들 귀한 줄만 아는 전형적인 옛날 분이었다.

굴곡 많고 사연도 많은 과부 팔자를 의연히 버텨 내고, 이제는 오롯하게 장성한 장남의 부양을 받는다는 게 할머니의 크나큰 자부심이었는데, 시집오면서 이불 한 채 지어 올 돈도 없었던 며느리가 그런 할머니의 눈에 찰 리 없었다.

그렇게 사사건건 물고 늘어지는 할머니의 트집과 구박들을 엄마는 자그마치 20년간이나 묵묵히 들어 넘겼다.

그러다 딱 한 번, 엄마도 참지 못한 일이 있었다. 당시 엄마는 디스크 수술을 받은 지 얼마 되지 않은 외할머니의 병간호를 위해 며칠 친정을 오가던 차였다. 그것을 매번 못마땅하게 여기던 할머니가 쯧쯧 혀를 차며 '그 거지 같은 집구석도 꼴에 친정이라고 유세 떤다'고 흉을 보는 소리에는 끝내 엄마도 터져 버리고 만 것이었다.

아픈 어머니 간병도 못 해 드리느냐며, 해도 해도 너무하신다는 원망에 당장 방에서 뛰쳐나온 할머니가 며느리의 머리채를 부여잡았다. 아빠와 오빠까지 달려들어 두 사람을 떼어 놓아야 할 만큼 노인네 아귀힘이 보통이 아니었다.

맨발로 도망치듯 집을 나간 엄마에게 신발 한 켤레와 갈아입을 옷가지를 챙겨 전한 것은 영주였다.

"이참에 어디 온천 같은 데라도 가서 며칠 푹 쉬고 와요. 집 걱정은 하지 말고."

모아 둔 용돈을 탈탈 털어 건네면서, 아빠와 이참에 아주 갈라서더라도 영주만큼은 엄마의 선택을 지지하고 응원하겠노라 결심했었다.

엄마가 자유로워지길 바랐던 영주의 마음과는 달리, 엄마의 가출은 결국 단 하룻밤의 일탈로 끝이 나고 말았다.

새벽녘, 힘없이 대문을 열고 들어온 엄마를 영주가 가장 먼저 맞았다.

"대체 왜 돌아왔어요? 집 생각 말고 어디 멀리 가서 조금이라도 마음 편히 쉬라니까!"

"여기가 엄마 집이야. 아빠도 있고, 너희도 있는데 엄마가 가긴 어딜 가."

체념한 듯이 웃는 엄마를 보며 답답해할 새도 없이, 방문을 열고 나온 할머니가 또다시 마당에서 엄마의 머리채를 쥐고 흔들며 한바탕 소란이 벌어졌더랬다.

결국 영주가 고등학생이 되고 얼마 지나지 않아 중풍으로 쓰러진 할머니의 대소변을 마지막까지 받아 내고서야 엄마는 20년 시집살이의 마침표를 찍을 수 있었다.

돌아가신 할머니의 제사상을 고모들보다 더 정성스럽게 차려 내는 엄마는 종종 그 시절 이야기를 무용담 들려주듯 늘어놓을 때가 있었다.

평생을 바꾸지 않은 노인네의 징한 고집과 괄괄했던 성정을 우스개 삼아 흉보고서, 그 시집살이를 참고 산 게 다 자식 때문이라고 했다. 그러면서도 말미에는 이렇게 덧붙이는 걸 잊지 않았다.

"그래도 애들 할머니가 나쁜 분은 아니셨어. 나한테도 알게 모르게 잘해 주셨고."

그 한마디로 서러웠던 세월을 합리화하기라도 하듯이, 그렇게.

만약 누군가 영주에게 '무엇을 기준으로 자식이 부모의 품을 벗어나는 때를 정하겠는가' 묻는다면, 영주는 '부모의 인생을 객관적인 시선으로 바라볼 수 있을 때'라고 답할 것이다.

그런 의미에서 영주는 열여섯에 이미 부모에게서 독립할 결심을 했다. 학교에서 받은 진로 희망서에 서울에 있는 대학을 줄줄이 적어 넣으면서 하루 빨리 갑갑한 집을 벗어날 수 있기를 바랐다.

그 시절 영주의 목표는 결코 엄마처럼 살지 않겠다는 것, 오로지 그것 하나뿐이었다.

"보통은 부모님의 삶을 닮고 싶다고 말하는데, 나는 그 말이 빈말로도 나오질 않아요."

앳된 얼굴 아래 심지처럼 박혀 있던 자립심이 어떤 사연에서 비롯되었는지 담담히 털어놓던 영주가 아랫입술을 지그시 물었다 놓았다.

저녁 바람을 타고 볼을 간질이던 애교머리를 귀 뒤로 쓸어넘기면서 울먹이거나 찡그리는 대신 입으로만 쓰게 웃음 짓고 말았다. 그마저도 찰나에 사그라져 결국엔 평소와 별다르지 않은 얼굴로 되돌아왔다.

머뭇거리던 도원의 손이 끝내 머물 곳을 찾지 못하고 거두어졌다. 언제부터 자연스럽게 그녀에게 닿을 생각을 하게 된 건지, 제 손을 가만히 내려다보던 도원이 이내 타는 목을 느끼며 맥주로 입술을 축였다.

"오늘 날씨가 참 좋네요."

그러는 사이 두 사람의 주위로 어색하게 고여 든 정적을 흩뜨리려 던진 말은 오히려 회화의 정석처럼 경직되어 있었다. 어쩐지 스스로가 한심해지는 기분에 속으로 고개를 내젓던 찰나였다.

"봄이 왔나 봐요."

떨림을 가진 수줍은 음성이 도원의 귀를 간질이며 되돌아왔다. 그대로 녹아들어 그의 목구멍을, 그리고 가슴을 사르르 쓸며 내려갔다.

조금 전까지의 침울한 기분을 털어 내고, 미풍에 흐트러진 앞머리를 쓸어 넘기며 돌아보는 그녀의 얼굴이 맑게 웃고 있었다.

그 순간 문득 머리에 떠오르는 것은 "달이 참 아름답네요." 하는 표현으로 사랑한다는 말을 대신한 소설의 한 구절이었다.

"……정말 봄이 왔나 봅니다."

방심하다 카운터펀치를 얻어맞은 사람처럼 얼얼하게 앉아 있던 도원이 알 수 없는 힘에 이끌리듯 입술을 열어 답했다.

영주에게서 메신저로 먼저 연락이 왔다.

〈오늘 조금 늦을 것 같아요.〉

알겠다고 할까, 기다리겠다고 할까. 섣불리 정하지 못하고 뜸을 들였다.

그녀가 이 한 줄의 메시지에 함께 담아 보낸 것이 그저 작은 예의일 뿐인지, 아니면 아쉬움이었는지 가늠할 수 없었기 때문이었다.

연락처를 교환하고, SNS에 상대의 이름이 뜬 지는 한참이나 되었다. 오늘처럼 가볍게 메시지를 주고받기까지는 다시 적지 않은 시간이 필요했다.

타인이라고 할 수는 없고, 그렇다고 지인으로 여길 수도 없는 관계. 이웃으로서의 적당한 거리감을 찾을 수 없어 계속 갈팡질팡하는 꼴이었다.

다분히 개인적인 흥미로, 둘 사이에 그어진 애매한 선 위에 먼저 발을 올려놓았던 도원은 최근 들어 영주가 급격히 거리감을 좁히며 다가오고 있음을 인지했다. 마지막 연애 뒤로 이성을 만나는 일이 뜸하기는 했어도 이것이 무엇의 전조인지를 눈치채지 못할 만큼 아둔하지는 않았다.

이튿날은 다행히 시간이 맞아 영주와 도원, 로키는 언제나처럼 천변을 따라 쭉 걸었다가 지하철 한 정거장 거리까지 가서 되돌아왔다.

로키는 오늘도 혼자 바빴다. 먼저 저만치 뛰어가 잔디에 코를 한참 박고서 냄새를 맡았고, 군데군데 영역 표시를 하는 것도 잊지 않았다. 또 가끔 아는 강아지를 만나면 꼬리를 흔들어 주고, 장난을 치고, 때로는 이를 드러내며 으르렁거리기도 했다.

"날이 많이 풀렸네요. 저녁에 나와서 걷기 딱 좋아요."

집에서 나올 땐 조금 쌀쌀한 것 같아도 돌아올 즈음엔 열이 올라 후끈해졌다.

"다다음주 쯤 벚꽃 피면 볼만할 겁니다."

"벚꽃이요?"

"천변 따라서 심어진 나무가 다 벚꽃이에요. 매년 식목일 전후로 벚꽃 축제도 하고."

곧게 뻗은 도원의 검지가 푸릇푸릇하게 잎사귀 돋은 나무들을 쭉 따라 그렸다.

"뉴스에도 종종 나올 만큼 유명한데요."

"정말요? 그럼 올해는 멀리 안 가도 꽃구경은 하겠네요!"

눈을 반짝이면서 들리지 않는 리듬에 몸을 들썩거리는 영주를 보고 도원이 웃음을 터뜨렸다.

"오늘도 맥주 한 잔?"

"편의점으로 가죠. 과자도 사고."

"좋아요!"

골목 입구 편의점으로 향했다. 네 캔을 묶어 만 원에 할인 행사를 하는 수입 맥주와 짭짤한 과자를 골라 계산했다. 입구 옆으로 플라스틱 테이블이 일렬로 놓인 곳에 자리를 잡았다.

"오늘은 안 보이네요."

"뭐가요?"

"퇴근할 때 여기 지나가면, 꼭 아저씨들 여럿 앉아서 담배 피우더라고요. 여기서부터 저기까지 숨 참고 걸어요."

눈살을 찌푸리며 하는 말에 괜히 얌전히 있던 흡연자 마음이 뜨끔거렸다. 도원이 주의를 돌리듯 캔 맥주의 뚜껑을 따 영주에게 건넸다.

　사람이 나누는 대화에 지분이 있다고 한다면, 두 사람의 대화는 영주의 지분이 월등하게 컸다. 도원은 원래부터가 말이 많은 편이 아니었고, 초반에 낯을 가리던 영주는 날이 갈수록 꺼내 놓을 이야기가 많아졌다.

　도원은 그녀가 주민 센터에서 만난 사람들, 학창 시절에 기억 남는 일화, 호주에 있다는 단짝 친구에 대해 재잘거리는 것을 지루한 내색 하나 없이 들어 주었다.

　쉴 새 없이 떠들던 영주가 불현듯 휴지기를 맞은 것처럼 입을 다물었다. 한 손을 테이블 위에 올려 맥주 캔을 쥐고, 시선은 밤을 밝히는 도시의 전광판들을 향해 있었다. 도원은 영주의 검은 동공 위로 차의 헤드라이트가 일직선을 그리며 지나가는 모습을 말없이 지켜보았다.

　그러다 문득 영주가 무언가를 발견한 것처럼 입을 벌렸다.

　"왜요?"

　그녀의 시선을 따라 뒤를 돌아보았다. 편의점이 있는 골목의 입구와 육차선 도로를 가르는 횡단보도. 그곳에 딱히 눈에 띄는 것은 없었다. 다시 고개를 돌려 영주를 보았다. 그녀의 붉은 입술이 살짝 벌어져 있었다.

　"아니, 아닐 것 같긴 한데……, 아닐 거예요."

　대체 뭐가 아니라는 건지. 부정만 반복하는 영주의 손등을 검지로 톡톡 두드렸다. 딴생각에 빠져 있던 영주의 시선이 자신을 물끄러미 쳐다보는 도원에게 닿았다. 그녀의 두 볼이 조금 더 붉게 달아올랐다.

"확실한 건 아닌데, 누굴 좀 닮은 것 같아서요."

"누가요?"

도원이 다시 한번 상체를 틀어 뒤를 살폈다. 딱히 누구냐고 물을 것도 없었다. 마침 딱 한 사람, 신호를 기다리면서 손에 쥔 휴대폰만 내려다보고 있는 남자가 있었다.

도원이 한쪽 어깨로 그 남자를 가리키자, 영주가 고개를 끄덕였다. 그녀가 몸을 기울여 도원에게 손짓을 했다. 도원이 영주 가까이 얼굴을 가져다 대자, 한 손으로 입가를 가리며 속삭였다.

"요새 이 근처에 빈집털이범이 자주 나온대요. 수배지를 본적 있는데, 비슷한 것 같아요."

대단한 국가 기밀이라도 말하는 것처럼 잔뜩 긴장한 목소리가 귀여웠다. 엉뚱한 의심이라고는 생각했지만 내색하지 않고 도원도 심각한 표정을 지으며 남자를 힐끗거렸다.

"얼굴이 잘 안 보이는데."

"얼굴은 저도 몰라요. 그냥 전체적인 분위기랄까, 느낌이 닮았어요. 볼래요?"

영주가 주섬주섬 휴대폰을 꺼내들었다.

"닮았죠. 그죠?"

영주가 내미는 휴대폰 화면을 유심히 들여다봤다. 멀리서 찍힌 흑백 사진을 다시 멀리서 찍은 애매한 사진. 심지어 흔들리기까지 했는지 윤곽조차 뚜렷하지가 않았다. 도원이 영 모르겠단 얼굴로 고개를 젓자, 영주는 손가락으로 화면을 한 번, 서 있는 남자를 한 번 가리키며 설명했다.

"여기 모자하고 저기 저 사람 모자하고 똑같아요. 윗도리도 같은 것 같고."

요목조목 짚어 가며 설명하지만 여전히 동일인이라는 걸 확신하기엔 역부족이다. 흔한 야구 모자에 흔한 점퍼. 비슷하다면 비슷했고, 다르다면 또 다른 것 같기도 했다.

"……아닌가. 너무 신경을 써서 그런가 봐요."

영주가 조금 실망한 목소리로 중얼거렸다.

"뭐가 그렇게 신경이 쓰여서? 원래 그런 데 관심 있어요?"

직업상 평범한 사람들보다 더 자주 경찰서를 들락거리고 형사들을 만나 인터뷰를 하는 도원도 사실상 수배 전단 같은 것에 눈길을 주는 일은 거의 없었다.

요즘엔 주민 센터 공무원들한테도 그런 걸 꼼꼼히 살펴보게 하는 건가.

"왜, 그때 있잖아요. 내가 소리 지르고, 301호 씨 뛰어내려 왔을 때. 그 남자랑 동일 인물 아닐까 싶어서 유심히 봤거든요."

영주의 말에 도원의 눈이 조금 커졌다.

"저 사람하고 닮았습니까?"

"비슷한 것도 같고, 아닌 것도 같고……. 저도 모르게 예민해진 탓인가 봐요."

경찰이 물었을 땐 잘못 본 것 같다고 얘기해 놓고, 이제와

법석 떠는 것처럼 보였을지도 모르겠다. 민망한 마음에 영주가 휴대폰을 주머니 속으로 소심하게 집어넣을 때였다.

"어디 가요?"

"얼굴 좀 확실하게 봐 두려고요."

의자를 뒤로 끌며 일어난 도원의 소매를 영주가 다급히 붙들었다.

"네? 됐어요. 얼굴은 봐서 뭐 하게요!"

"혹시 또 근처 어슬렁거릴지도 모르니까. 얼굴을 봐 두는 편이 나아요."

"안 돼요. 다른 사람이면 어떡하려고!"

뜯어말리는 영주의 손을 감싸 쥐고서 도원이 걱정하지 말라며 웃었다. 그냥 스쳐 가면서 얼굴만 보고 오겠다고. 길이라도 묻는 척 한다면 남자도 이상하게 생각하지는 않을 것이다.

"실례합니다."

휴대폰 배터리가 다 되어서 그러는데, 하는 변명을 떠올리며 도원이 웃옷 안주머니에서 휴대폰을 꺼내려던 때였다.

"에이, 씨발!"

다가서는 도원을 돌아본 남자의 얼굴이 잿빛이 되더니, 이내 냅다 도망을 쳐 버렸다. 주머니에 손을 집어넣은 채 어안이 벙벙해진 도원이 무의식적으로 영주를 돌아보았다. 그녀 역시 도원 못지않게 얼떨떨한 얼굴을 하고 있었다.

순간적으로 도원이 남자를 쫓기 시작했다. 생각보다 본능이 앞선 움직임이었다. 그저 눈앞에서 도망을 치는 저 남자를 일

174

단은 잡아야겠다고.

빠른 속도로 멀어지는 남자의 등을 쫓으면서, 도망도 찔리는 게 있으니 치는 거라고 뒤늦게 이유가 따라붙었다.

"잠깐, 거기 서요!"

"채도원 씨!"

뒤에서 영주가 비명처럼 도원의 이름을 불렀지만 소용없었다. 쏜살같이 뛰어가는 도원은 영주가 도저히 따라잡을 수 없이 날쌨다.

"이봐요!"

뒤에서 영주가 애타게 부르는 것을 알지 못한 채 도원은 황소처럼 하나만 보며 뛰고 있었다. 평소 꾸준하게 해 온 조깅이 이런 순간에 도움이 될 거라는 생각은 꿈에도 해 본 적 없었는데. 그런 도원이 따라가기에도 벅찬 속도로 줄행랑을 치는 남자를 향해서 의심은 더 커져 갔다.

"큭!"

순식간에 모퉁이를 돌아 모습을 감추는 남자를 따라 도원도 급격히 방향을 꺾은 찰나였다. 인도 위를 스르르 달려오던 배달 오토바이를 미처 보지 못하고 그대로 충돌하고 말았다.

"으악!"

도원과 부딪치기 직전 오토바이가 핸들을 꺾으며 바닥으로 미끄러졌다. 간신히 정면 충돌은 피했지만 배달하던 음식들이 길 위에 와르르 쏟아져 버린 것은 어쩔 수 없는 일이었다. 물론 음식을 버린 것보다 더 불행한 일은 도원과 사고를 낸 것이었을 테다.

"저기 괘, 괜찮아요?"

오토바이에 깔렸던 한쪽 다리를 절뚝이면서 배달원이 도원에게 다가왔다. 어쩔 줄 모르는 얼굴로 바닥에 넘어져 있는 도원을 부축했다.

"아……."

그러는 동안 도원이 쫓던 남자의 모습은 이제 찾을 수 없게 되었다. 아쉽고 분한 마음에 저도 모르게 흘러나온 신음을 고통 때문인 것으로 오인한 배달원의 낯빛이 좋지 않았다.

바닥에 흩어진 음식과 도원과 쓰러진 오토바이를 번갈아 보는 시선 속에 그의 패닉이 읽혔다.

"아이고, 미안합니다. 내가 배달이 급해 가지고 앞을 제대로 못 보고……."

인도에서 난 사고니 오토바이의 과실이 분명했다. 당장 가야 할 배달을 못 가게 된 데다 오토바이가 망가지고 사람까지 다쳤으니, 도원 앞에서 쩔쩔매는 것도 이해가 갔다.

"이, 이걸 어째! 많이 다쳤어요? 어디 좀 봅시다."

정작 도원은 제 몸이 얼마나 다쳤는지 관심 없이 놓쳐 버린 남자만 눈으로 하염없이 좇고 있는데, 배달원은 거기에 목숨이라도 달린 것처럼 유난스러웠다. 이래저래 짜증이 나 돌아본 도원이 순간적으로 멈칫했다.

뒤늦게 바닥에 쏟아진 음식을 보았다. 오토바이를 아슬아슬하게 비껴 넘어지면서 뒤로 짚은 손목이 욱신거렸다. 저도 모르게 눈살을 찌푸렸다.

"괜찮습니다. 저도 앞을 제대로 안 보고 뛰어왔어요. 많이
다치셨습니까?"

그의 앞에서 절절매는 남자는 아까부터 다리를 절고 있었
다. 헬멧을 벗으니 꽤 연배가 있는 데다, 누가 보더라도 도원
보다는 눈앞의 배달원이 더 다친 모습이었다. 애초에 그를 탓
하기도 애매한 상황이었다.

"세상에! 괜찮아요? 넘어진 거예요? 어디 다쳤어요?"

그때, 멀리서부터 도원을 쫓아온 영주가 한 발 늦게 사고를
발견하고 달려왔다. 헥헥 숨을 몰아쉬면서도 도원의 팔을 붙
들고 앞뒤로 살피며 다친 곳이 없는지부터 확인했다.

"봐요. 정말 어디 아픈 데 없어요?"

팔꿈치와 무릎, 허리를 매만지던 손길이 올라와 턱을 붙잡
고 이쪽저쪽으로 돌린다. 우둑, 하는 소리가 들린 것 같지만
애써 무시하며 그녀의 손을 붙잡았다.

"다친 데 없어요. 괜찮습니다."

직접 어깨를 돌리고 다리를 번갈아 들며 괜찮다는 것을 보
여 준 후에야 영주도 안도하며 가슴을 내려놓았다. 여전히 불
안한 얼굴로 자리를 지키고 있는 배달원을 보며 도원이 그만
가 보시라고 말했다.

"네? 그러면 쓰나요. 그렇게 하면 뺑소니나 다름없는데."

배달원이 일단 병원부터 가라며 두 손을 내젓는다.

"정말 괜찮아서 그럽니다."

배달원의 처지를 동정하는 것보다도 당장 영주 앞에서 이런 꼴인 게 쪽팔렸다. 수상쩍기 그지없던 남자는 남자대로 놓치고, 도원은 도원대로 사고를 치고.

괜찮지 않아도 괜찮은 것처럼 보여 1초라도 빨리 이 상황에서 벗어날 작정이었다. 도원이 제자리에서 뛰며 멀쩡하다는 것을 과시했다.

"그것 참, 그래도……."

정 그러시면 연락처를 남기고 가시라는 말에 배달원은 입고 있던 조끼 앞주머니에서 중국집 메뉴가 빼곡히 적힌 스티커를 꺼내 내밀었다. 식당 이름이 낯익다 싶었는데, 지난번 영주의 집에서 시켜 먹었던 그 중국집이었다. 별 우연도 다 있다고 생각하면서 몸을 돌렸다.

"그러니까 가지 말라고 그랬잖아요. 위험하다고, 하지 말라고……."

그리고 곧장 맞닥뜨린 것은 울먹거리는 영주의 얼굴이었다.

지난번 일로 지명 수배된 빈집털이범의 사진까지 따로 찍어서 가지고 다닐 정도니, 영주가 정체 모를 남자를 뒤쫓아 가는 도원을 보며 어떤 끔찍한 상상을 했을지 예상 못 할 바는 아니었다.

그렁그렁한 눈으로 그의 섣부른 행동을 탓하는 영주 앞에서, 도원은 차라리 욕을 먹거나 몇 대 맞는 편이 백배는 낫겠다고 생각했다.

"괜찮아요. 다친 데 없다니까."

영주의 어깨에 올려놓은 오른 손목이 찌릿찌릿했다. 흘낏 내려다보니 점점 부어오르는 모양새다.

"많이 놀랐어요? 괜찮아요. 걱정하지 말아요."

아랫입술을 안으로 말아 고집스런 입매를 하고 있는 영주를 살며시 품으로 끌어당겼다. 도원이 내뱉는 작은 한숨이 머리 위로 쏟아졌다.

툭툭 등을 쓸어내리는 무심한 손길에 안겨 있던 영주의 어깨가 살짝 움츠러들었다. 이런 상황에서 버튼이라도 눌린 것처럼 술렁대는 가슴이 참 속도 없다 싶다가도, 이 커다란 손 역시 그저 호의일 뿐이란 생각이 들어 속이 아렸다.

이 정도면 이 남자, 참 다정도 병이다. 아니, 내게는 벌일지도.

차마 주란에게도 털어놓지 못한 마음이었다. 주란에게 말하면, 먼저 그녀의 미련함부터 한바탕 구박할 것이 틀림없어서.

야, 이 멍청한 계집애야! 왜 네 멋대로 차이는 것부터 생각하고 쫄아 있어? 세상 어느 남자가 아무런 관심이 없는 여자한테 그렇게까지 하니? 인류애? 그건 드라마에서나 나오는 거고!

하지만 실제로는 깊은 한숨과 함께 사랑의 선결 조건이 불안일 수밖에 없다는 사실을 알려 줬을 것이다.

어째서 거절당할 것을 전제로 삼느냐고 스스로에게 묻고 싶을 때도 있었다.

나는 거절당하는 게 무서운 걸까, 아니면 아주 조금은 거절당하기를 바라는 마음이 무서운 걸까.

"다음부터는 절대 그러지 마요. 그 사람이 어떤 사람인 줄 알고 그렇게 쫓아가요?"

영주가 두 눈을 꾹 감았다 뜨며 눈꺼풀을 파르르 떨었다. 벌써부터 휘둘리기 시작한 마음이 다다를 곳이 결코 닮고 싶지 않은 그 뒷모습일 것 같아, 그녀는 결국 가벼운 한숨과 함께 도원에게서 한 걸음 물러섰다.

〈미안한데, 오늘은 약속이 있어서 못 나갑니다.〉

퇴근을 한 시간쯤 남기고 도착한 도원의 문자에 영주의 기분이 실망으로 물들었다. 퇴근이 가까워질수록 밝아지던 얼굴에 어둔 그늘이 졌다.

누구와의 어떤 약속이길래 영주를 뒤로 미루나 야속한 생각까지 들었다가, 한없이 가라앉는 마음을 다잡아야 했다.

"무엇을 도와드릴까요?"

어느새 그녀의 앞에 서 있는 민원인을 반기며 애써 경직된 미소를 지어냈다. 번호표를 받아 들고, 발급해야 할 서류를 프린트했다. 설령 마음이 따라 주지 않아도 이미 몸에 익어 버린 일이었다.

도원이라고 해서 매일 저녁이 한가로운 것은 아닐 것이다.

당연히 일도 하고 친구도 만나겠지. 애초에 영주와 짧게나마 공유하는 저녁 시간에는 아무런 강제력도 없으니 아쉬워해서는 안 된다고 생각하면서도 좀처럼 기분은 나아지지 않았다.

유감스럽게도 영주의 실망은 다음 날까지 이어졌다.

〈오늘도 못 나갈 것 같아요. 미안합니다.〉

메시지를 받은 것은 점심시간 즈음이었다. 옆자리 은하와 동네에서 방송 여러 번 탄 걸로 유명한 칼국수집에서 해물 칼국수를 먹고 있었다.

요즘 한창 주민 센터 근처의 맛집을 찾아다니는데 재미가 들린 참이다. 언젠가 도원이 제게 그려 줬던 것처럼, 자신도 도원에게 맛집 지도를 그려 주면 좋을 것 같았다. 조금 더 용기를 내서 그중 한 곳에 함께 가자고 말해 본다면 더 좋을 테고.

"무슨 일 있어? 왜 그래?"

내내 맛있다고 감탄을 하던 영주가 휴대폰을 확인한 뒤로 금방 침울해하자, 은하가 그 이유를 캐물었다.

"매일 보던 사람이 두 번이나 약속을 파투 내면 그게 무슨 뜻일까요?"

"남자가?"

은하가 모시조개에서 속살을 떼어 내 입으로 쏙 집어넣고, 껍데기를 쓰레기통에 버리며 되물었다.

"뭐, 만나기 싫다는 말을 완곡하게 하는가 보지."

대수롭지 않게 한 말이 영주에게는 가시처럼 꽂혔다.

"역시 그럴까요?"

"근데 맨날 보던 사람이면, 뭔가 사정이 있을지도 모르고."

그 말 한마디에 또 그런가 싶기도 하고. 그렇게 일희일비하고 있는 영주를 보며 은하가 의미심장하게 웃었다.

"애인 생겼구나?"

"에이, 아니에요."

"맞는데, 뭘. 근데 이런 건 그냥 본인한테 직접 물어보는 게 제일 빨라. 괜히 복잡하게 생각했는데 상대방은 아무 생각 없을 때도 있고, 반대로 단순하게 생각하고 넘어갔는데 걸고넘어질 때도 있거든."

우리 남편만 해도 10년 가까이 같이 살았는데 아직도 무슨 생각을 하고 사는지 모르겠다며 은하가 설레설레 고개를 저었다. 영주는 그런가, 대꾸하며 괜스레 턱을 긁적였다.

결국 퇴근하고 돌아와 로키와 둘이서만 천변을 한 바퀴 돌아 산책을 마쳤다. 가는 길에 로키가 두 번이나 큰일을 보는 바람에 챙겨 간 배변 봉투가 묵직하게 늘어졌다.

배가 꺼진 탓에 평소보다 안달하는 로키의 저녁을 먼저 챙겨 주었다. 그러고 나서 영주도 밥을 먹으려는데, 오늘따라 입맛이 없었다. 냄비에 라면 하나를 끓여서 반쯤 먹고, 반은 변기에 쏟아 버렸다.

거실에 무릎을 끌어안고 앉아 잠시 로키와 놀아 주었다. 로

키가 제일 좋아하는, 그러나 때가 너무 타서 이제는 만지는 것
조차 살짝 꺼려지는 인형을 베란다나 주방을 향해 던지고, 가
져오면 다시 빼앗아 던지고, 또 던지는 일을 반복했다.

8시가 조금 지났을 무렵에는 마음을 굳히고 자리에서 일어
났다. 거실을 가로질러 주방으로 향한 영주를 로키가 졸졸 따
라왔다.

조그마한 냉장고 문을 열고 야채 칸과 냉동 칸을 뒤적거리
던 영주가 짜증스럽게 문을 닫았다. 집에서 올려 보낸 음식으
로 처치 곤란할 정도로 과포화 상태에 있던 냉장고가 오늘따
라 휑했다.

뭐라도 핑계거리가 있었으면 했는데. 울상으로 냉장고를 흘
겨보던 영주는 비장한 심정으로 가게에서 사 온 반찬통을 꺼
내들었다.

집을 나서기 전에 머리도 다시 빗고 입술도 새로 발랐다.
잠옷 대용으로 입고 있던 초록색 트레이닝 대신 청바지에 품
이 넉넉한 맨투맨을 받쳐 입었다.

어딜 또 나가느냐며 닦달하는 것 같은 눈으로 올려다보는
로키에게 금방 돌아오겠다고 뽀뽀를 해 주고는 현관문을 닫았
다.

한 층을 올라가 301호 문 앞에 섰다. 손에는 진미채 볶음이
든 플라스틱 반찬통을 들고서.

집에서 보내 줘서 나누는 거라고 말하기에는 열무김치나 오
징어 젓갈 쪽이 나았을 거란 생각이 뒤늦게 들었지만 별수 없

었다. 가게에서 사 와서 아직 개봉하지 않는 반찬은 이것뿐이었으니까.

문 앞에서 5분쯤을 망설였던 것 같다. 도원을 보지 못한 게 고작 이틀이었다. 그새를 못 참고 찾아온 영주를 질린다는 듯이 보면 어쩌나 하는 걱정이 초인종으로 나아가는 손을 주저하게 만들었다.

이내 떨치듯 머리를 흔들었다. 지난 이틀간의 답답하고 초조한 심정이 결코 지금의 망설임보다 작지 않았다. 나를 피하는 건지 아니면 정말 사정이 있었던 건지 분명하게 묻고 싶었다.

사실 도원이 보내온 메시지에 답장을 보냈더라면 가장 빨리 알 수 있었을 테지만, 그렇게 하지 않았다. 지난번 영주가 보낸 메시지에 그가 답장을 하지 않았듯이.

비루한 핑계를 들고서 초인종을 누르고, 대답이 돌아오지 않아 다시 손으로 문을 두들겨 보았다. 사람이 없나 싶어 돌아가려던 즈음에 안에서 누구냐고 묻는 소리가 들렸다.

"201호예요."

이름보다 호수를 대는 편이 그녀가 이곳에 감정을 이기지 못해 찾아왔다는 뉘앙스를 흐리게 만들어 줄 것 같았다. 그렇게 얕은 꾀를 부리면서, 영주는 문이 열리기를 기다렸다.

"다른 건 아니고, 집에서 반찬을 보내 줘서 나눠 먹으려……. 어?"

잠금장치가 열리는 전자음이 들리고, 벌어지는 문틈으로 드러난 도원을 보며 그녀의 눈이 절로 커다래졌다.

"손 왜 이래요?"

차마 손은 대지 못하고 붕대를 가리키며 묻는 말에 도원이 머쓱하게 대답했다.

"좀 접질렸어요."

별것 아닌 것처럼 말하는 도원을 영주가 매섭게 흘겨보았다.

"설마, 엊그제 사고 났을 때 다친 거예요?"

아니라고 발뺌해 볼까 하다 이내 소용없는 짓이란 걸 깨닫고 고개를 끄덕였다.

"못 살아!"

곧바로 영주에게 찰싹찰싹 팔뚝을 얻어맞은 건 도원으로서도 전혀 예상치 못한 일이었다. 얼떨떨해 하는 그를 밀치며 영주가 안으로 성큼 들어섰다. 그 기세가 전에 없이 사나웠기 때문에, 도원 역시 군소리 없이 문을 닫고 영주의 뒤를 따라 들어왔다.

영주가 가져온 반찬통을 식탁 위에 내려놓았다. 그러고는 처음 들어와 보는 도원의 집을 생경한 눈으로 둘러보았다. 발밑이 그녀가 살고 있는 집인데도 두 공간은 첨예하게 다른 분위기가 났다.

무엇보다 도원이 거실을 침실로 사용한다는 점이 인상 깊었다. 커튼이 쳐진 베란다 바로 옆에 거실의 반을 차지하는 침대가 놓여 있었다. TV는 그녀의 집과 같은 자리에 있었는데, 침대에 비스듬히 누워 TV를 보다가 잠이 들 도원의 모습을 쉽게 상상할 수 있었다.

집 안에 햇빛이 들어오는 시간을 소중하게 여기는 영주의 거실은 얇은 레이스 커튼과 파스텔 톤 소품들로 화사한 공간으로 꾸며 놓았다. 반면, 도원의 거실은 무채색 시트와 벽지, 심플한 가구들로 이루어져 있어 도시적인 느낌이 물씬 풍겼다.

작게 입을 벌린 채 집을 둘러보는 영주의 뒤에서 도원은 머리를 긁적였다. 딱히 집을 지저분하게 쓰는 편은 아니지만, 여자의 시선에서 보면 또 다를지도 모른다.

덜렁 침대만 놓여 있어 앉을 데가 마땅치 않은 것을 보고, 도원이 주방의 식탁 의자를 다치지 않은 손으로 들어 옮겼다.

"뭐 마실래요? 탄산수랑 물, 커피도 있고."

"됐으니까 도원 씨나 앉아요. 그 몸으로 무슨 손님 접대를 해요?"

조금 접질린 것뿐이라고 말을 보탰다가 또다시 날카로운 눈총을 받았다.

"밥은 먹었어요?"

"아직 안 먹었어요."

"그럼 밥부터 먹어요. 죽 같은 걸 먹어야 하나?"

고개를 갸웃거리는 영주를 보며 작게 웃어 버렸다.

"병 걸린 게 아니라 그냥 삐끗한 거라니까."

그 말에 슬며시 볼을 붉히면서도 꿋꿋하게 주방으로 걸어가는 영주의 뒷모습이 사랑스러웠다. 붕대로 고정시켜 둔 제 오른 손목을 가만히 내려다보던 도원이 이내 픽 웃으며 영주를 뒤따랐다.

"이것저것 손대도 되죠?"

"얼마든지."

막상 주방에 들어서서는 싱크대 수납장이나 냉장고를 쉽사리 열어 보지 못하고 망설이는 영주에게 흔쾌히 고개를 끄덕였다. 그뿐 아니라, 아까 침대 옆으로 가져갔던 의자를 다시 식탁에 가져다놓고서는 거기 앉아 영주가 하는 양을 빤히 지켜보기까지 했다.

"밥은 냉동실에 있긴 한데, 반찬이 없을 거예요. 한 이틀 움직이기가 불편해서."

"병원은 언제 다녀왔어요?"

"어제요. 그저께까지는 정말 괜찮았는데."

"그 괜찮다는 말, 이제 안 믿어요."

영주가 쌜쭉해져서는 삐죽 입술을 내밀었다. 한참을 수납장과 냉장고를 뒤적거리던 그녀가 한 손에 프라이팬을 들고서 침울한 얼굴로 돌아섰다.

무슨 문제라도 있는 건가 싶어 도원이 한쪽 눈썹을 추키며 그녀의 입술이 열리기를 기다렸다. 마른침을 한 번 꿀꺽 삼켜 넘긴 영주가 마침내 자신 없는 투로 물었다.

"……떡볶이 먹을래요?"

평소 요리를 즐기지 않는다던 영주의 최선의 메뉴인 모양이었다. 도원이 참지 못하고 폭소를 터뜨렸다.

같은 구조여도 익숙하지 않은 주방에서 손에 익지 않은 조리 기구를 들고 한참이나 씨름하는 듯했다. 도와줄까 물어도 거실 가서 TV보고 있으라며 극구 도원을 떠밀어 보냈다. 찾는 게 없었는지 잠깐 집에 다녀오겠다면서 신발을 꿰어 신다가 문득 망설이며 물었다.

"로키 데려와도 될까요?"

"그래요."

잠시 뒤 영주가 떡과 어묵, 라면 사리와 냉동 만두를 품에 잔뜩 안아 들고 왔다. 그녀의 발밑에 로키도 목줄을 메고서 도원의 집으로 들어섰다. 신발장이 있는 현관에서 잠시 주춤하더니, 저를 두고 훌쩍 안으로 들어가 버리는 영주를 보며 애처롭게 낑낑거렸다.

낯선 냄새가 나는 곳에 차마 그녀를 따라 들어가지 못하고 종종 발만 구르는 로키를 영주가 안아 도원의 품에 내려놓았다. 도원의 허벅다리 위에서 로키의 네 발이 꼿꼿하게 섰다.

"요리하는 동안 둘이 놀고 있어요."

이참에 친해질 기회를 가져보라며, 애타게 앞발질하는 로키를 외면하고 돌아섰다. 챙겨 온 배변 패드를 베란다에 넓게 깔고, 문을 살짝 열어 두는 것으로 최소한의 대비를 마친 영주가 다시 주방으로 가 버렸다. 도원이 냉정한 주인의 면모에 충격을 받은 로키를 대신 쓰다듬어 주었다.

떡볶이가 영주의 주력 메뉴였던 것만은 분명해 보였다.

15분이 채 지나지 않아 맛있는 냄새가 거실까지 풍겼다. 다시 10분이 지나고, 영주가 둥그런 팬을 식탁의 한가운데 내려놓으며 도원을 불렀다.

"와. 진수성찬인데."

감탄하는 소리에 언뜻 장난기가 배어 있어, 영주가 도원을 얄궂게 흘겼다. 도원의 앞에 앞접시와 포크, 숟가락이 놓였다. 두 사람이 먹는 것치곤 꽤나 양이 많은 떡볶이와 만두를 보며 도원이 입맛을 다셨다.

주로 한식을 좋아하고, 군것질은 좀처럼 하지 않는 편이지만 내색 없이 떡 하나를 포크로 찍어 입어 집어넣었다. 씹을수록 맵고 달달한 맛이 입안으로 퍼졌다.

"맛있네요."

"정말요?"

"정말."

"다행이다."

도원의 감상을 듣고 나서야 영주도 겨우 마음을 놓고 음식을 맛보았다. 이윽고 살짝 홈이 팬 미간을 보니 정작 본인 성에는 그다지 차지 않는 눈치였다.

"원래는 더 맛있게 할 수 있는데."

영주가 아쉬움을 담아 중얼거렸다.

"충분히 맛있어요. 어머니가 주신 진미채도 맛있고."

떡볶이와 진미채. 썩 어울리는 조합은 아니었다. 영주가 냉장고 한쪽에 안 보이게 넣어 둔 반찬통을 어느새 꺼내 식탁에 올린 남자는 군말 없이 그것을 먹어 치우고 있었다.

이쪽도 저쪽도 짜고 매운 음식뿐이라, 분명 자기 전쯤엔 기
갈이 날 것이다. 영주가 한숨을 쉬며 반찬통의 뚜껑을 덮었다.
그쪽으로 포크를 뻗던 도원의 한쪽 눈썹이 찡그려졌다.

"안 먹어도 돼요."

"지금 안 먹는 게 아니라 못 먹고 있는데."

도원이 다시 열라는 듯 턱짓했으나, 영주는 도리어 손바닥
으로 뚜껑을 꼭 눌러 제 쪽으로 끌어당겼다.

"줬다 뺏다니, 치사한데."

도원이 장난스럽게 항의해도 꿈쩍도 않던 영주가 이내 어깨
가 가라앉을 만큼 크게 한숨을 내쉬었다.

"거짓말했어요."

"무엇을?"

"이거요. 실은 엄마가 보내 준 거 아니에요. 그냥 가게에서
산 거예요."

그러니 애써서 먹을 필요 없다고 덧붙이려는데, 도원이 왼
손을 뻗어 반찬통을 다시 가운데로 끌어당겼다.

"상관없어요. 어차피 다 똑같으니까."

왼손 하나로는 뚜껑을 열기가 힘에 부치는지 두어 번 손이
미끄러졌다. 도원이 미간을 좁힌 채 같은 손짓을 반복하자, 영
주가 어쩔 수 없다는 듯 그것을 도와주었다.

어차피 다 똑같다니. 맛이나 질을 이야기하는 건 아닐 것이
다. 어쩐지 이유 없이 서운해지려던 차, 도원이 영주의 눈을

반듯이 응시하며 덧붙였다.

"영주 씨가 주는 거면 나한테는 어느 쪽이든 똑같아요."

아, 또. 이 남자는 언제나 이런 식으로 조금씩 선 밖으로 발을 뻗어왔다. 화를 내야 할지 아니면 경고를 해야 할지 도무지 갈피를 잡지 못하는 채로 영주가 먼저 도원의 눈을 피했다.

습관처럼 안쪽으로 말아 물었다가 제자리로 돌아온 입술이 그녀의 두 뺨만큼 붉은 색을 띄었다. 영주가 말없이 도원의 빈 앞접시에 다시 떡볶이를 퍼 주었다.

"아. 잠깐만요. 내가 해 줄게요."

영주는 떡볶이 안에 삶은 계란이나 메추리알을 넣어 먹는 것을 좋아해 오늘도 그렇게 했다. 다만 그것을 포크로 집어 먹기가 여의치 않다는 것을 미처 헤아리지 못했다.

도원이 가뜩이나 허술한 왼손으로 자꾸만 앞접시 안에서 미끄러지는 메추리알과 실랑이를 벌였다. 보다 못한 영주가 도움의 손길을 뻗었다. 메추리알을 콕 집어 내미는 손을 도원이 그대로 붙잡아 당겼다.

그녀의 손에 쥐어진 포크째로 입속에 집어넣자, 영락없이 직접 먹여 준 모양새다. 냄비 안에 남은 떡볶이 국물처럼 점점 더 빨갛게 달아오르는 영주를 보며 도원이 만족스러운 미소를 지었다.

두 사람이 부른 배를 쓰다듬으며 잠시 의자에 기대어 있을 즈음, 누군가 301호의 초인종을 울렸다.

"누구 올 사람이라도⋯⋯. 아, 혹시 가족분이라든지."

"아니요."

도원이 단번에 부정했다. 가끔 택배나 가스 검침원, 종교인
들이 찾아올 때는 있지만, 저렇게 연달아 초인종을 누르는 사
람이라면 하나밖에는 없었다.

도원이 성가신 얼굴로 자리에서 일어났다. 예상대로, 문밖
에 서 있는 사람은 무관이었다.

"아따, 뭐 허냐. 벨 누르면 싸게 싸게 튀어나오지 않고."

적당히 문밖에서 돌려보낼 셈이었는데 그것을 눈치챈 듯,
무관이 완전히 열리지 않은 문틈으로 쑥 고개를 뺐다.

"야, 새끼야! 너 팔 왜 그래?"

문을 붙잡고 벌컥 열어젖힌 무관이 도원의 손목에 감긴 고
정대를 가리키며 버럭 호들갑을 떨었다.

"지금 손님 있으니까 그냥 가라. 나중에 전화할 테니까."

"야, 인마! 작가라는 새끼가 손을 이렇게 해 먹고 뭘 잘했다
고……."

그러다 문득 무관의 시선이 도원의 어깨너머로 미끄러졌다.

"누, 누구……."

뒤늦게 서로를 발견한 영주와 무관이 어색하게 꾸벅이며 인
사를 했다. 얼빠진 얼굴로 묻는 무관을 보며, 도원이 한숨과
함께 몸을 틀었다.

"이쪽은 문영주 씨."

그리고 놀란 영주를 향해 무관을 소개하는 것도 잊지 않았
다.

"여기는 한무관이라고……, 친굽니다."

출판사 담당자라든가, 직장 동료라고 말하면 분명 티 나게 서운해할 게 빤했다. 저 커다란 덩치를 가지고 토라져서는 몇 날 며칠을 구시렁대겠지.

간단한 소개가 끝나자, 어느새 신발을 벗고 안으로 들어선 무관이 먼저 살갑게 웃으며 영주에게 다시금 자기소개를 했다.

"한무관입니다. 만나서 반가워요."

익숙하게 품에서 꺼낸 명함을 건네자, 영주가 조금 당황한 얼굴로 그것을 받아 들었다. 출판사 이름과 직위가 쓰여진 것을 확인하고, 무관을 한 번, 그리고 도원을 한 번 힐끔거렸다.

"문영주예요. 죄송해요. 제가 지금 명함이 없어서."

"아닙니다. 그나저나 도원이 녀석이랑은 어떻게 아는 사이신지."

"아, 저는……."

바로 그때, 거실 한구석에서 몸을 둥그렇게 말고 잠이 들었던 로키가 일어나 우다다 달려왔다. 영주와 부쩍 가깝게 서 있는 무관을 경계하며 사납게 짖어 대기 시작했다. 그 기세에 놀란 무관이 제자리에서 펄쩍 뛰었다. 그런 무관에게 놀라 또 로키가 펄쩍 뛰며 이를 드러냈다.

"으아악!"

순식간에 난장판이 벌어졌다. 제 발만큼이나 작은 로키가 덤빈다고 냅다 소리를 지르는 놈이나 자다 깨서 온몸으로 으르렁대는 로키나. 금세 일어난 소란에 영주가 당황하여 로키를 들어 달랬고, 도원은 이마를 부여잡았다.

"아무래도 로키가 많이 흥분했나 봐요. 집으로 데려갈게요."

영주는 발작 수준으로 짖어 대는 로키가 걱정인 모양이었다. 그대로 돌아가려다가 시선이 식탁과 싱크대에 미쳤다.

"아, 맞다. 설거지……."

요리를 한답시고 잔뜩 벌려 놓았는데. 손을 다친 사람에게 뒤처리를 맡길 수도 없는 노릇이라 갈등하는 빛이 역력했다.

"괜찮아요. 설거지는 이놈이 할 거니까."

"뭐?"

"아님 네가 가든가."

도원이 무심한 투로 선택지를 던졌다. 잠시 험악한 눈으로 도원을 노려보던 무관이 이내 혀를 차며 고개를 끄덕였다.

"하하. 설거지는 제가 또 기가 막히게 합니다. 취사병 출신이라."

"그럼 부탁드릴게요."

영주가 미안한 듯 웃으며 신발을 찾아 신었다.

"영주 씨."

도원이 막 문을 열고 나가는 영주를 불러 세웠다. 의아한 얼굴로 돌아본 영주는 그가 생각보다 가까운 거리에서 그녀를 내려다보고 있음에 놀랐다.

"내일도 올 거죠?"

굽어보는 도원의 얼굴에 검은 음영이 졌다. 영주가 동그란 눈으로 그런 도원을 올려다봤다.

"⋯⋯네?"

"내일도 와요."

질문은 이내 부탁이 되었다. 아니, 부탁보다는 온화한 요구 같은 느낌이었다. 영주가 저도 모르게 고개를 끄덕이며 알겠다고 대답했다.

"조심해서 가요."

눈웃음으로 배웅하며 도원이 영주 대신 문고리를 잡고 현관문을 열어 주었다. 자연스레 그녀의 눈앞으로 바짝 다가온 탄탄한 가슴을 피해 영주가 뒷걸음질을 했다. 순간적으로 숨 쉬는 것까지 잊어버린 듯했다.

겨우 한 층 내려가는 것을 조심씩이나 하라는 도원에게 가까스로 고개를 끄덕였다. 영주가 조금 빠른 걸음으로 돌아섰다. 그렇게 내려가는 길이 내내 후끈거려 혼났다.

한편 문을 닫고 몸을 돌리자마자 도원은 곧장 무관을 맞닥뜨렸다. 팔짱을 낀 채로 능글맞게 웃고 있는 무관을 보며 도원이 슬며시 눈살을 찌푸렸다.

"뭐냐."

"뭐가."

"뭐냐고."

바보들의 만담처럼 뭐냐는 말만 반복하는 무관을 그대로 지나쳤다. 무관이 포기하지 않고 도원을 쫓아오며 계속 영주에 대해 캐물었다.

"너 이 새끼. 여자 소개시켜 준다고 해도 극구 됐다더니, 뒤로 호박씨 까고 있었네!"

돼먹지 않은 추측을 곁들이며 대체 언제부터 만난 거냐고 캐물어 왔다.

"그런 사이 아니야."

"웃기시네. 내가 현장을 딱 잡았는데 어딜 잡아 떼?"

"아랫집 사는 사람이야."

"아랫집? 여기 이 밑에?"

무관이 멍청한 표정으로 바닥을 가리켰다.

"어. 사고 났을 때 옆에 있어서 걱정돼서 와 준 거고."

"아, 맞다. 너 인마, 팔은 어쩌다 그런 거야?"

마침내 도원이 원치 않던 화제로부터 벗어났다.

"그냥 사고가 좀."

"무슨 사고?"

"넘어졌어."

아마도 넘어졌다는 네 글자보다는 더 긴 사연이 있으리라고 짐작한 무관의 눈초리가 매서워졌다. 그러나 성가시다는 듯 손을 내젓는 도원은 더 이상 말할 생각이 없어 보였다.

하여간에, 무뚝뚝한 자식.

속으로 혀를 차면서, 무관이 도원의 붕대 감긴 손목을 심란한 눈으로 내려다보았다.

"그래 가지고 글은 쓸 수 있겠냐?"

"어째 지난번부터 내 걱정하는 것 같지가 않다?"

도원이 한쪽 눈썹을 휘며 비꼬자, 무관이 얼른 비굴한 표정
으로 바꾸며 헤헤 웃었다.

"글 걱정이 다 네 걱정이지요, 작가님."

제 몫은 남겨 놓은 것도 없으면서 일만 시킨다고 투덜대는
무관에게 설거지를 시키고, 도원은 서재로 들어와 노트북의
전원을 켰다.

지난밤 써 둔 부분 중에 눈에 거슬리는 문장을 군데군데 수
정했다. 어차피 이야기를 마무리 짓고 나면 최소 일곱 번 이상
검토하며 퇴고의 과정을 거치겠지만, 당장 떠오르는 표현이나
묘사, 문장들은 그 순간을 지나고 나면 까맣게 잊어먹기 마련
이었다.

"아, 출출한데. 뭐 먹을 거 없냐?"

설거지를 마친 무관이 방문 앞을 기웃거렸다.

"배고프면 네 와이프한테 가서 밥 차려 달라고 해."

"친정 갔어. 하루 쉬고 온단다."

익숙하게 피자 한 판을 주문하더니, 냉장고에서 맥주 캔을
꺼내 와 그중 하나를 도원에게 건넸다.

"요새 자주 집 비우는 것 같은데, 제수씨 어디 안 좋아?"

걱정을 담은 질문에 어째 무관의 입가가 흐물흐물해진다.
그 꼴을 가느스름하게 뜬 눈으로 보던 도원이 픽 웃으며 물었
다.

"그래서. 예정일이 언젠데?"

"11월 말. 아, 우리 하은이한테 드디어 동생이 생기는구나!"

"축하한다."

모처럼 반가운 소식이었다. 도원이 무관의 맥주에 제 것을 가져가 부딪쳤다.

"오늘 축구하잖아. 어디랑 하지? 이란이던가, 이라크던가."

"이란. 틀어 봐."

거실에 자리를 잡고 앉아 TV 채널을 중계 방송에 맞췄다. 마침 이제 막 선수 입장이 끝나고 전반전이 시작되고 있었다.

"아무튼 출산 선물 기대한다."

선수들이 몸 풀기 식으로 공을 주고받으며 가볍게 필드를 가로지르는 모습을 지켜보던 무관이 은근하게 옆구리를 찔렀다.

"뭐 필요한데?"

하은이가 태어났을 땐, 지금의 아내와 작은 월셋방에서 동거 중이던 무관을 위해 200만 원어치 백화점 상품권을 선물했다. 총각인 도원이 갓 태어난 아기에게 뭐가 필요한지 알 도리가 없었던 까닭이었다.

나중에 사정이 나아지고서야 무관은 그때 그 상품권을 요긴하게 썼다며 고마워했다. 아기 기저귀와 분유 값도 부족하던 시절에 그마저 없었다면 정말 힘들었을 거라고.

"크게 바라는 건 없는데……."

무관이 말끝을 흐리며 슬쩍 도원의 눈치를 보았다.

"기왕이면 이번 참에 베스트셀러 하나 내주면 안 되냐? 너도 떼돈 벌고, 나도 떼돈 좀 벌어 보게."

부담 주는 소리를 해 대면서, 연신 도원의 다친 손목을 흘
끗거렸다.

"우리 막내 붙여 줄까? 너 다 나을 때까지 와서 타이핑 좀
하라고."

"됐다. 못 움직일 정도 아냐."

조금 붓고 욱신거리기는 해도 실제로 남의 도움을 받아야
할 정도로 심각한 부상은 아니었다. 대학 시절 축구하다 발목
인대가 나갔을 때 한동안 목발까지 짚고 다녔던 것에 비하면
가벼운 축이다.

"어, 어어! 아이, 저걸 못 넣냐!"

영국 프리미어 리그에서 뛰는 한국 팀 대표 선수 하나가 공
을 몰고 골대 가까이 빠르게 쇄도했으나 아쉽게 막히고 말았
다. 무관이 화면에 대고 실속 없는 삿대질을 해 댔다.

전반전이 끝나고 후반이 시작되기 전 휴식 시간을 갖는 동
안 때맞춰 피자 배달이 왔다. 무관이 현관에 나가 받아 온 피
자를 거실 바닥에 아무렇게나 펼쳐 놓았다.

금세 시작된 후반전을 지켜보면서 도원도 피자를 두 조각
집어 먹었다. 아무래도 영주가 해 준 떡볶이만으로는 배가 차
지 않았던 모양이다.

"간다, 간다, 간다! 와아아! 이야, 저걸 저 각도로 꽂냐. 대
한민국에서 저런 선수가 나오다니. 진짜 난놈이다, 난놈!"

후반이 끝나기 10분 전까지 1:0으로 지고 있던 경기가 막바

지 힘을 발휘했다. 전반부터 날아다니던 선수가 마침내 역전 골을 쏘아 넣은 것이다. 지켜보는 내내 아쉬운 경기력을 답답해하며 맥주를 다섯 캔이나 비운 무관의 얼굴이 흥분으로 잔뜩 붉어졌다.

"진짜 속이 다 시원하네!"

앉은 자리에서 벌떡 일어나 소리를 지르다 결국 도원에게 뒤통수를 얻어맞은 무관이 바닥에 벌러덩 드러누웠다. 슬슬 술기운도 오르고 잠도 오는지 풀어진 눈을 끔뻑거리고 있었다.

"이게 얼마만이냐. 맘 놓고 술 마시고, 축구 보면서 소리 지르고."

한숨과 함께 그의 가슴이 들썩였다.

"평소에는 제수씨랑 하은이밖에 모르는 놈이 두 사람 친정만 갔다하면 외박하려고 기를 쓰지."

"너도 결혼해 봐, 인마. 사랑하는 거랑 별개로 집에 들어가기 싫을 때도 있는 거야."

"그 말 그대로 제수씨한테 전달하면 되냐?"

"그래라. 나 쫓겨나면 여기 빌붙을 거니까."

되레 어깃장을 놓으며 천장을 올려다보는 무관의 시선이 몽롱했다.

"잘 거면 방에 들어가서 자라. 그 덩치로 걸리적거리지 말고."

짜증스런 한숨과 함께 작은 방으로 들어간 도원이 그곳에 이불을 깔았다. 평소에는 책과 옷을 두는 창고처럼 쓰이는 방이었는데, 이따금씩 무관이 자고 갈 때도 있었다. 늦은 새벽 시간에 일을 하는 도원을 방해하지 않기 위해서였다.

대강 이불을 펴 놓고 다시 거실로 나온 도원이 그새 잠든 것처럼 눈을 감고 있는 무관을 말없이 내려다봤다. 굳이 확인하지 않아도 안면으로 매섭게 쏟아지는 시선을 느낀 무관이 입맛을 다시는 척 옆으로 돌아눕더니, 끝내 배기지 못하고 일어나 앉았다.

"그만 차, 새끼야! 내가 축구공이냐?"

"방에 들어가라고."

무심히 턱짓하자, 무관은 토라지기라도 한 것처럼 팽하니 머리를 돌렸다.

"간만에 자취하던 시절 기분 좀 내볼까 했더니."

좁아터진 반지하 방에서 걸핏하면 사내자식들 몰려와 포개 자던 끔찍한 시절이 있긴 있었다.

"뭐 좋은 시절이었다고. 맨날 술 퍼마시고 돈 없어서 라면으로 끼니 때우기 일쑤였는데."

"하긴. 그때 기억 나냐? 2학년 여름이었나. 비가 억수로 와가지고, 네 자취방도 발목까지 잠기고 난리도 아니었잖아."

학기가 끝나도 서울에 있는 본가에 돌아가지 않고 도원의 자취방에 붙어 있던 무관과 혼비백산 수습했던 일이 떠올라 도원도 옅게 웃음이 터졌다.

"생각해 보면 별로 좋은 기억도 아닌데, 왜 그때만 떠올리면 웃음이 나는지 몰라."

도원도 무관의 말에 동의했다. 확실히 소란만 쫓던 철부지 였고, 온갖 고생을 사서 하던 젊은 날이었다. 아마도 즐겁게 회상할 수 있는 건 3학년 여름 계절 학기까지.

그리고 그 해 가을, 도원은 교통사고로 돌아가신 부모님의 부고를 들었다.

창졸간에 부모님 두 분을 한꺼번에 잃고, 도원이 군입대한 사이 유일한 가족이었던 할아버지마저 뇌출혈로 쓰러졌다. 그 때 부랴부랴 청원 휴가를 내고 달려온 도원 대신 의식 없는 할 아버지의 병실을 지켜 준 사람이 무관이었다.

끝내 다시는 깨어나지 못한 할아버지를 빈소로 모시고, 조 촐하게 3일장을 치르는 동안에도 무관은 도원이 무너지지 않 도록 마지막까지 손을 거들며 자리를 지켰다.

"야, 채도원."

"왜."

"나 부탁 하나만 들어주면 안 되냐? 내가 나중에 다 갚을게. 너 늙으면 내가 운전 기사라도 해 줄 테니까."

"무슨 부탁인데."

혹시 몇 해 전 폐암 진단을 받고 수술과 항암 치료를 마친 무관의 어머니에게 무슨 일이라도 생겼나. 둘째 임신이라는 기쁜 소식 뒤에 저리 무거운 표정을 지을 까닭이 달리 생각나 지 않았다.

"너 이번에 쓰는 글, 진짜 잘 써 달라고."

"당연한 소리를. 언제는 건성으로 썼냐?"

"내가 진짜 한 몸 부서져라 프로모션이고 마케팅이고 다 밀어 줄 테니까. 이참에 대박 한 번 터뜨려 보자. 그래야 우리 수정이 예쁜 백도 사 주고, 우리 하은 공주님도 발레 학원도 보내 주지⋯⋯."

그러던 무관의 목소리가 끝내 흔들렸다.

"적어도 없는 형편에 임신했다고 와이프 걱정시키는 놈으로 살면 안 되잖냐."

도원의 시선이 낮게 가라앉은 친구의 얼굴과 그가 비우고서 구겨 버린 맥주 캔과 꺼진 TV 화면, 어둑한 거실에 차례로 머물렀다 거두어졌다.

오늘 내내 억지스럽게 들떠 있었던 이유가 이것이었나. 아이가 찾아왔어도 현실적인 걱정이 앞선 아내 앞에서는 차마 내색할 수 없었던 착잡함이었을 것이다.

"그러니까 네가 나 위해서 대박 좀 터뜨려라. 알겠지?"

그렇게 당부하며 무관은 어깨에 무겁게 얹힌 짐을 다시 익살스런 웃음으로 덮어 버렸다.

다음 날, 거실에 뻗어 잠들었던 무관이 눈을 뜬 건 그가 나가야 할 시간을 한참 지나서였다. 부랴부랴 기름 낀 얼굴만 대충 세수한 채 뛰어나가면서, 무관은 다시 한번 도원에게 부담 주는 것을 잊지 않았다.

"그럼 간다. 열심히, 잘 쓰고. 알지?"

"빨리 가, 새끼야."

도원이 무관의 엉덩이를 걷어차 현관 밖으로 밀어냈다.

"아, 맞다. 그리고 아랫집 산다는 영주 씨 말이야."

꼼짝없이 지각하게 생겼는데도 모처럼 재미난 놀림거리를 놓치긴 싫은 모양이었다.

"좋은 사람 같더라. 내가 아는 누구 중에 똑 닮은 사람이 있거든. 개 키우고, 밝고, 호기심도 많고, 어린데 예쁘기까지 한……. 아악, 손! 알았어, 인마. 간다고, 가!"

끝까지 붙잡고 놓지 않는 문을 그대로 당겨 닫아 버렸다. 문밖에서 인정머리 없는 놈이라고 욕하는 소리가 들리더니 곧 잠잠해졌다.

이른 아침부터 무관과 한바탕 푸닥거리를 한 도원이 도로 침대에 뛰어들었다. 평소의 패턴이 깨진 탓에 피로한 몸과는 별개로 좀처럼 잠들지 못하고 천장을 노려보았다.

"하여간에, 쓸데없이 눈치만 빠른 놈."

지끈거리는 이마 위에 왼팔을 올려놓으며, 도원이 나직하게 중얼거렸다.

6

백 마디 말을 대신할 하나의 행동

"영주 씨, 뭐 해? 교대하고 점심 먹으러 가자."

옆자리 은하가 생각에 빠져 있던 영주의 어깨를 톡 건드렸다.

"아, 네. 가요."

"오늘 이상하게 멍하네? 혹시 어디 안 좋아?"

"아니요. 와, 너무 배고프다. 얼른 가요."

애교 있게 웃으며 은하에게 팔짱을 낀 영주가 그녀를 잡아끌었다.

늘 그렇듯이 점심 메뉴를 고민하다 들어간 곳은 초밥집이었다. 점심 특선으로 8천 원짜리 알밥을 시켜 먹었다. 입안에서 톡톡 터지는 날치알의 식감을 느끼면서 한편으로는 저녁 식사 메뉴를 걱정하고 있었다.

어제 도원의 집에서 만들어 먹은 떡볶이는 솔직히 그렇게 맛있지는 않았다. 물 양이 적어서 너무 짰고, 내색하지는 않았어도 물을 두 컵은 들이켠 도원은 그다지 배불러 하는 것 같지도 않았다.

엄마가 차려 주는 밥상만 받고 큰 건 남자나 여자나 다르지 않으니, 여자라는 이유만으로 요리를 잘해야 한다는 건 선입견이라 생각하지만, 솔직히 어제는 창피했다. 그런 창피함이 실은 도원에게 잘 보이고 싶어 하는 욕심으로부터 기인했음을 인정했다.

오늘만큼은 서툰 모습 보이지 말아야지.

결심 하면서 그녀가 요리할 수 있는 메뉴를 찬찬히 꼽아 보았다. 아니, 사실은 찬찬히 꼽을 것조차 없었다. 라면, 계란 프라이, 계란 밥, 김치찌개, 파스타……. 그 수가 열 손가락조차 채우지 못했으니까.

틈틈이 인터넷에서 간단히 할 수 있는 요리를 검색해 봤다. 대체 어디가 간단하다는 건지, 실제로는 전혀 간단해 보이지 않았다.

무엇보다 믿을 수 없는 건 자신의 손이었다. 차라리 포장 음식을 사 갈까, 아니면 아예 시켜 먹을까 궁리하던 것이 은하의 눈에는 멍하니 앉아 있는 것처럼 보인 모양이었다.

식당에서 나와 그 바로 옆 작은 테이크아웃 카페에서 커피를 주문했다.

"그 남자한테는 물어봤어?"

문득 생각났다는 듯이 은하가 물었다.

"표정 보니까 잘 풀렸나 본데?"

영주가 수줍게 고개를 끄덕였다.

"아파서 그랬던 거더라고요."

"오. 그럼 어제부터 1일?"

"에이, 아니라니까요. 그런 거."

어제도 그렇고 오늘도 같은 결론을 향해 몰아가는 은하에게 손사래를 쳤다.

"아니, 맨날 얼굴 보는 사이에 오해까지 풀렸으면 이제 잘 되는 일만 남은 거 아냐?"

"그런 게 아니라……, 실은 윗집 사는 남자예요. 그래서 매일 마주치는 거고, 어쩌다 보니까 같이 산책도 하게 된 거고……."

일단 오해를 풀기 위해 해명해 보았으나, 여전히 은하는 전혀 그것을 납득하지 못했다.

"자기야. 나도 이웃은 있어. 근데 윗집 아니라 옆집이어도 매일 마주치지는 않는다고. 어쨌거나 서로 마음이 있으니까 그런 기적 같은 우연이 계속 이어지는 것 아냐?"

영주를 지그시 쳐다보는 눈빛이 마치 이번에도 아니라고 할 수 있겠느냐고 묻는 것만 같았다. 때마침 주문한 음료가 나와서 다행이었다.

은하가 줄을 서서 기다리는 사람들을 뚫고 나아가 두 사람의 커피를 받아 왔다. 영주가 한 모금을 쭉 빨아 마시는데, 바로 그 순간 전화가 걸려 왔다.

수신자를 확인한 영주의 얼굴이 밝아졌다. 누군지 묻지 않아도 알겠다는 얼굴로 은하가 먼저 들어가 있겠다며 손을 흔들었다.

—영주 씨.

전화를 받자마자 부드러운 저음으로 영주의 이름을 불렀다. 그것만으로 영주의 가슴은 콩닥콩닥 펌프질을 시작했다.

"네."

—점심 먹었어요?

"먹었어요. 도원 씨는요?"

—나도 먹었어요, 대충.

차마 무엇을 먹었느냐고 묻지는 못했다.

—이따가 몇 시쯤 와요?

당연히 영주가 오는 것을 전제한 물음이었다. 물론 어제 그러겠다고 약속은 했지만……. 영주가 괜히 샐쭉해져서는 말했다.

"글쎄요. 어제 봐서 알겠지만, 제가 간다고 딱히 도움이 될 것도 아닌데."

더욱이 어제는 갑작스레 그의 친구가 찾아와서 거의 밀려나듯이 집으로 돌아와야 했다. 로키가 심하게 짖어 댄 탓이기도 하고, 낯선 도원의 친구와 한 공간에 머물 자신이 없었던 탓이기도 하지만 막상 현관문을 열고 집에 들어섰을 땐 서운함부터 찾아들었다.

평소랑 다르게 밤늦게 윗집에서 쿵쿵대는 소리가 났을 때에도, 딱히 이유를 정의하기 힘든 심술이 영주의 마음에 새싹처럼 돋아나는 듯했다.

—누가 그래요? 어제 떡볶이 정말 맛있었는데.

도원이 정색을 하고 하는 말에 퉁명대던 마음은 금세 누그러졌다.

—오늘은 진짜 영주 씨 없으면 안 되는데. 정말로 안 와요?

이어 영주의 도움이 꼭 필요하다고 말하는 도원의 애원조에는 마음뿐 아니라 얼굴 근육마저 풀려 버렸다. 괜히 실없는 웃음이 샐 것 같아 아랫입술을 한 번 꾹 깨문 영주가 애써 태연한 척 물었다.

"무슨 일인데요?"

—그건 오면 말해 줄게요. 큰 부탁이라. 대신이라고 하기는 뭣하지만 저녁 정도는 사고 싶은데.

오전 내내 이어졌던 영주의 고민을 단번에 해결하는 제안이었다.

"알겠어요. 이따가 갈게요."

—그럼 저녁에 봐요.

통화를 마무리하며 주민 센터의 계단을 올랐다. 어쩐지 남은 근무 시간이 부쩍 느리게 지나갈 것만 같았다.

저녁을 산다기에 당연히 배달 음식을 생각하고 있었다. 본인 말로는 크게 다치지 않았다지만, 오른 손목에 감긴 붕대와

211

고정대 때문에 불편해 보이는 건 사실이었으니까.

도원은 영주가 벨을 누르자 기다렸다는 듯이 현관문 밖으로 나왔다. 그녀가 안고 있는 로키를 보더니 곤란한 듯 볼을 긁적였다.

"잠깐 두고 나와야겠는데요. 식당에 갈 거라."

내려가는 길에 로키를 다시 집에 들여보냈다. 빌라 현관을 나와 혹시 차를 타나 하고 주춤거리는 영주를 도원이 웃으며 돌아보았다.

"멀지 않아요. 걸어서 2분?"

"아, 네."

영주가 조르르 뜀걸음으로 도원에게 따라붙었다. 앞 동 필로티를 지나 익숙한 천변이 보이고, 그를 따라 조성된 거리를 걸어갔다. 일정한 간격으로 서 있는 가로등 불빛 아래, 언젠가 보았던 것처럼 수줍게 겹쳐 있는 그림자가 발끝에 묶여 있었다.

"영주 씨."

"네?"

"다 왔어요."

그러다 문득, 도원이 부르는 소리에 고개를 들었다. 나무로 된 문에 기호로 된 간판. 처음 이사 와서 이 앞을 지나다닐 때에는 대체 무슨 가겐지 알지 못했는데, 나중에 도원이 그려 준 맛집 지도를 보고서야 알았다.

"언제 한 번 같이 오려고 했던 곳인데……. 일단 들어가요."

낮에는 줄곧 문이 닫혀 있고, 안쪽을 쉬이 들여다볼 수 있는 구조도 아니었다. 도원이 문을 열자, 영주가 생소한 시선으로 관찰하며 먼저 입장했다.

"어서 오세요."

크지 않은 실내에는 가게 주인으로 보이는 한 사람뿐이었다. 어렴풋하게 내리쬐는 노란 조명이 따스한 빛을 품고 있었다. 특이하게도 테이블이라고는 주방을 둘러싼 바 테이블이 전부. 의자도 겨우 여덟 개밖에 놓이지 않았다.

영주를 보며 인사하던 주인이 그 뒤를 따라 들어오는 도원에게는 반가운 미소와 함께 손을 흔들어 보였다.

"오랜만에 오셨네요."

"그렇게 됐습니다."

도원보다는 어리고, 영주보다는 나이가 있을 것 같은 가게 주인은 곱슬머리가 덥수룩한 청년이었다. 그가 두 사람에게 자신이 서 있는 바로 앞좌석을 가리켰다.

"이쪽으로."

영주가 어색하게 자리를 잡는 동안 도원이 다치지 않은 손으로 영주의 의자를 빼 주었다.

"고마워요."

작게 속삭이는 말에는 부드럽게 미소를 지었다.

"손은 어쩌다가…… 글로 먹고 사시는 분이."

영주는 이 식당의 주인이 도원의 직업을 이미 알고 있다는 사실에 눈을 동그랗게 떴다.

"그러고 보니 작가라고 들었는데, 무슨 글 써요?"

"소설이요."

도원이 선뜻 대답했다. 영주가 입을 헤, 벌렸다.

"우와, 몰랐어요."

"우리 작가님이 또 자기 입으로 말하고 다니는 스타일은 아니죠."

식당 주인이 웃으며 끼어들었다. 그는 테이블 가장자리에 비스듬히 꽂혀 있던 몇 권의 책 중 하나를 집어 영주에게 건넸다.

'붉은 길, 푸른 길'. 도원의 저서 중 한 권이었다. 동맥과 정맥을 묘사한 제목에서 알 수 있듯이, 어느 대학 병원에서 일어난 의문의 살인 사건을 파헤치는 의학 스릴러였다.

영주는 검은 바탕에 환자용 침대가 을씨년스럽게 그려진 표지를 손으로 가만히 쓸어 보았다. 겉면을 펼치자, 그 안쪽 페이지의 공백에 도원의 사인이 들어가 있었다.

"세상이 참 좁죠? 좋아하는 책이라 가게에 갖다 놨는데, 그걸 쓴 작가님을 만날 줄이야."

가게 주인이 뿌듯해하며 영주가 돌려주는 책을 다시 제자리에 꽂아 두었다.

"그럼 주문은?"

메뉴판을 한참이나 들여다보고 있던 영주가 여전히 고민스러운 낯으로 입술을 말아 물었다. 새로운 것을 시도하길 좋아하는 걸 익히 아는 도원이 선택지를 좁혀 주었다.

214

"일단 살치살하고 통감자 구이는 여기 오면 꼭 먹어 봐야 합니다. 영주 씨가 이 위에서 하나, 파스타 중에 하나 골라 줄 래요?"

"그럼 저는 채끝 등심하고 명란 파스타요."

"음료는?"

"추천해 줄 수 있어요?"

도원이 영주 대신 포트와인을 주문했다.

잠시 뒤, 숯불 위에서 고기 익는 소리와 함께 군침 도는 냄 새가 코에 뭉근하게 퍼졌다. 가게 주인이 종전까지의 발랄함 은 간데없이 진지한 얼굴로 요리를 시작했다. 앞에 놓인 포트 와인을 한 입 홀짝이며 설핏 미간을 찡그린 영주가 문득 생각 났다는 듯이 도원을 돌아보았다.

"혹시 술 좋아해요? 집에서 자두주 보내 준다고 해서요."

"자두주?"

"시골집 뒷마당에 커다란 자두나무가 두 그루나 있거든요. 여름 내내 먹어도 못다 먹어서 담가 둔 자두주만 열 병이 넘어 요."

술을 좋아하는 편은 아니지만, 마음이 들어간 선물이라면 거절하기는 어려웠다. 도원이 주신다면 감사히 받겠다며 웃었 다.

그러는 동안, 전채 요리로 특제 소스가 뿌려진 샐러드 접시 가 둘 사이에 놓였다. 싱싱하게 버무려진 샐러드에서 새콤한 향이 나서, 절로 군침이 돌았다.

"부모님이 좋아하셨어요."

주인이 젓가락 대신 내어 준 포크로 양배추와 새싹 채소를 찍어 입안에 넣었다. 아삭아삭 씹어 삼킨 뒤, "무엇을?" 하고 물었다.

"음식 같은 거 보내지 말라고 맨날 짜증만 부리다가, 나눠 먹을 이웃이 생겼다고 하니까⋯⋯."

영주가 수줍은 듯 목을 움츠렸다. 그녀의 둥근 어깨를 따라 미끄러진 시선에 서로를 엮고 문지르는 조그마한 두 손이 보였다.

"아무래도 저 혼자 서울에 있는 게 늘 걱정이었는데, 친하게 지내는 이웃이 생겨서 마음이 조금 놓이시나 봐요."

도원이 포크를 내려놓고서 한쪽에 밀어 두었던 와인 잔을 들었다. 한 모금 머금기가 무섭게 퍼지는 단맛과 쌉쌀함이 무언가 걸려 있는 것처럼 답답한 목구멍을 씻어 내려갔다. 도원은 아까보다 배는 더 무거워진 것 같은 바디감을 느끼며 잔을 둥그렇게 한 번 돌렸다.

"오히려 제가 영주 씨 이웃이라 호강하죠."

마침 알맞게 구워진 채끝 등심이 접시에 담겨 나왔다. 부탁하지 않았는데도 도원을 위해 잘게 조각난 고기가 접시 위에 정연하게 줄 서 있었다. 영주가 하얗게 김이 오르는 고기를 황홀한 눈으로 맞이했다.

곧이어 줄줄이 나오기 시작한 요리들이 바 테이블을 빼곡하게 채웠다. 파스타 위에 눈처럼 뿌려진 치즈 가루와 겉면이 노룻하게 구워진 감자에서는 버터의 풍미가 흘러나왔다.

고기는 입에 넣는 대로 사르르 녹아 없어졌고, 명란으로 맛을 낸 파스타는 감칠맛이 좋았다. 고소하게 구워진 감자와 곁들여 먹으면 절로 신음이 나올 정도로 맛있었다. 앞접시에 조금씩 덜어 맛을 보면서 영주는 연신 감탄을 숨기지 않았다.

"저번에 우리 집에 달아 준 그거 덕분에 이제 꽤 안심하고 있어요. 확실히 그 일 있기 전에도 좀 불안했었는데."

"그거 다행이네요."

영주는 식사를 하는 중간 중간에도 쉴 새 없이 재잘거렸다. 아무래도 고기랑 궁합이 좋다며 홀짝홀짝 마셔 댄 포트와인에 취기가 오르는 모양이었다. 반 정도 비워진 와인 잔을 힐끔거린 도원이 그것을 주인에게 건넸다.

"어? 아직 남았는데……."

"그러다 취합니다. 여기 물 좀."

와인 대신 얼음이 동동 띄워진 냉수를 받아 들고서 영주가 입을 삐죽거렸다.

주문한 양이 어마어마해서 분명 남기게 될 거라고 생각했는데. 확실히 남자랑 여자는 들어가는 양부터가 달랐다. 불편한 왼손으로도 끝없이 음식을 집어먹은 도원 덕분에 나온 요리는 거의 가니쉬만 남은 상태였다.

"이거 걸쳐요. 밖에 추우니까."

앉은 자리에서 계산까지 마친 도원이 영주에게 벗어 두었던 겉옷을 건네며 일어났다. 그새 깜깜하진 밤공기가 서늘했다.

다행히 집까지 거리가 멀지 않았기 때문에 영주는 별말 않고 그의 재킷을 어깨에 걸쳤다.

"또 오세요!"

"또 올게요."

식당 주인의 인사에 화답하며 밖으로 나왔다.

"진짜 맛있는데 손님이 하나도 없어서 어떡해요. 오래오래 장사하셨으면 좋겠는데."

영주는 그들이 처음 들어가 식사를 마칠 때까지 다른 손님은 한 테이블도 오지 않은 가게를 걱정했다. 혹시라도 사장의 귀에 들릴까 봐 도원의 옆으로 바짝 붙어 소곤대는 영주를 보며 그가 픽 웃었다.

"아버지가 건물주래요."

도원이 턱짓하는 5층짜리 빌딩을 올려다보았다. 턱을 젖히면서 저절로 벌어진 입속에 새빨간 혀가 보였다. 괜스레 침이 넘어간 도원의 목젖이 크게 한 번 울렁였다.

"와. 건물주 아들이었구나."

그제야 납득이 간다는 듯이 영주가 귀엽게 고개를 끄덕거렸다.

도원의 집으로 올라가는 길에 영주가 집에 들러 로키를 데려왔다. 잠깐 혼자 두고 간 것이 그렇게 서러웠던지, 아니면 옷에 밴 고기 냄새 때문인지 애기 울음소리 비슷하게 울며 영주의 품에 머리를 비벼 대기 바빴다.

301호의 문을 열고 들어선 시각이 오후 9시. 영주는 불 꺼진 현관에 어정쩡하게 서서 도원이 조명 켜기를 기다리고 있었다.

"잠깐 기다려요. 옷 갈아입고 나올 테니까."

영주가 그때까지 어깨에 걸치고 있던 도원의 겉옷을 식탁 의자 등받이에 걸어 두었다.

"집 구경해도 돼요?"

"얼마든지."

허락을 구하고서도 쉽사리 발을 떼지 못하고 주방과 거실을 잇는 어중간한 곳에 선 영주의 어깨를 도원이 가볍게 쥐었다 놓았다.

"보면 알겠지만, 여기가 침실. 그리고 저 방이 서재입니다. 여기보다는 볼 게 있을 거예요."

금방 나오겠다며 도원이 작은 방으로 들어갔다. 머뭇거리던 영주가 이내 서재로 걸음을 옮겼다.

도원이 서재로 쓰고 있는 방은 영주가 침실로 쓰고 있는 방의 바로 위. 언젠가 통화하면서 의자 바퀴 구르는 소리를 들었던 걸 기억하고는 작게 웃었다.

"이게 새로 산 의잔가?"

고급스럽게 가죽이 덮인 의자에 풀썩 앉아 보았다. 다리를 꼬고 등을 깊숙이 기대자 등받이가 유연하게 휘어졌다. 그대로 한 바퀴를 빙그르르 돌며 벽면이 온통 책장으로 가득한 방을 둘러보았다.

만약 어제 이 방에 들어와 봤다면, 아마 영주는 누가 알려주지 않아도 도원의 직업을 금세 알아맞췄을 것이다.

종류를 가리지 않고 가로세로로 꽂혀 있는 책들을 눈으로 훑다, 마침내 도원의 이름을 찾아낸 영주의 눈이 반짝였다. 그저 수많은 책 중의 한 권일 뿐이라는 듯이 무심하게 꽂혀 있는 게 도원답다고 생각했다. 빡빡하게 꽂혀 있는 책의 윗동을 검지로 살살 긁어 빼내었다.

하얀 밤

눈으로 뒤덮인 설경에 강렬한 붉음이 몇 방울 떨어진 표지를 조심히 넘겨보고 있을 때였다.

"재밌어요?"

어깨너머로 불쑥 나타난 도원 때문에 깜짝 놀란 영주가 그대로 책을 떨어뜨렸다. 얼핏 보면 영락없이 나쁜 짓을 하다 걸린 꼴이었다.

"이런 책 좋아해요?"

본의 아니게 그녀를 놀라게 만든 것을 미안해하며 도원이 책을 주워 영주에게 건넸다.

"……솔직히요?"

영주가 책을 받아 들며 눈치를 보자, 도원이 어깨를 한 번 으쓱였다.

"무서운 건 잘……. 불안하고, 마음이 조마조마하잖아요.

220

그런 거에 약해서……. 근데 주란이는 아마 도원 씨 책 알지도 몰라요. 이런 장르 되게 좋아하거든요."

혹시나 그의 책이 싫다는 말처럼 들렸을까 싶은 영주가 뒤늦게 사족을 달았다. 대학 시절부터 주란이 자기를 끌고 다니며 보게 만든 스릴러 영화들을 줄줄이 늘어놓으며 하소연하는 영주를 도원이 무슨 생각을 하고 있는지 알 수 없는 표정으로 빤히 쳐다보았다.

그러다 문득 올라온 그의 손이 볼을 간질이던 머리칼을 쓸어넘겨 주었을 때, 영주는 놀란 눈을 들어 그를 마주했다.

"겁이 많은 건 알고 있었는데. 불안하고, 조마조마한 거라……. 그래서 계속 망설이고 있는 겁니까?"

도원에게 무슨 말이냐고 되묻지 않았다. 물을 필요가 없었다. 이미 도원이 그녀의 마음을 알아챘고, 그것을 말로써 내뱉었다는 것을 알았다.

"……나가죠."

다행히 도원은 영주를 그 이상 몰아붙이지 않았다. 당장 대답을 요구한다면, 영주는 지금까지 그래 왔듯 제 감정을 꽁꽁 숨긴 채 엉겁결에 그를 밀어내고 말았으리라.

"내가 뭘 도와주면 돼요?"

도원이 이끄는 대로 방을 나온 영주가 두 사람 사이에 팽팽하게 당겨졌던 텐션을 끊어 내며 화제를 돌렸다.

도원과 함께 보낸 저녁 시간이 한때의 데이트처럼 달콤했던 것은 이미 지나간 일이다. 볼일만 마치면 곧장 돌아가겠다는 결의가 말투에 묻어났을 것이다.

"괜찮으면 머리 좀 감겨 줄래요?"

"……뭐라고요?"

"머리 좀 감겨 달라고요."

잘못 들었다는 듯이 되물어도 똑같은 답만 되돌아왔다. 영주가 저도 모르게 입을 떡 벌렸다.

"다른 건 다 되는데, 머리 감는 게 불편해서. 샴푸도 잘 안 씻기고."

도원이 커다란 손으로 검은 머리칼을 털어 냈다.

"혹시 이런 것도 영주 씨한테는 불안하고 조마조마한 축에 듭니까?"

그렇게 묻고는, 허리를 숙여 그녀의 얼굴을 가까이 들여다보았다. 그녀의 반응을 반드시 확인하고 싶은 사람처럼.

"피할 겁니까?"

한 뼘도 채 안 되는 거리에서 그녀의 혼란스런 표정을 지켜보는 검은 동공이 그윽했다. 무의식적으로 마른침을 꿀꺽 삼켜 넘긴 영주가 간신히 대답했다.

"……안 피해요."

그러고는 약간의 오기를 빌어 그의 소매를 움켜쥐었다.

"가요. 머리 감겨 줄 테니까."

순순히 뒤따라오는 그에게서 쿡쿡 웃는 소리가 들렸지만 오기로 돌아보지 않았다. 분해서인지 아니면 부끄러워서인지, 귓바퀴에 바짝 열이 올랐다.

공간의 용도가 다를 뿐 구조는 똑같아서, 영주는 익숙하게 보일러를 온수로 맞추고 화장실의 조명 스위치를 켰다. 욕실화가 한 개 뿐이라 도원이 먼저 맨발로 들어가고, 뒤따르던 영주가 그녀의 발에 한참은 큰 욕실화를 신고서 발을 끌었다.

"우와, 욕조!"

영주가 구석에 설치된 욕조를 발견하고 깜짝 놀랐다.

"원래 우리 빌라에 욕조가 다 들어가 있어요?"

"아뇨. 전 주인이 달아 놓은 겁니다."

대수롭지 않게 대답하고는 어떤 식으로 자리를 잡을까 고민했다. 결국 욕조 안에 들어가 비스듬히 몸을 눕힌 도원이 목을 빼꼼히 밖으로 내밀었다. 그때까지도 욕조를 살펴보고 있는 영주의 눈에 부러움이 가득했다.

"가끔 와서 써도 돼요."

"뭐를요? 욕조를?"

어처구니없는 농담을 들은 것처럼 영주가 정색했다.

"불편하면 집도 비워 줄게요."

농담인지 진담인지, 태연하게 대꾸하는 도원의 진의를 도통 가늠할 수가 없었다.

"목욕비 받아요?"

"이웃이니까 물값만 받죠."

그래도 이렇듯 실없는 웃음을 주고받는 것이 싫지 않았다. 영주가 풀어진 표정을 감추기 위해 걸려 있던 수건을 끌어내려 도원의 얼굴 위에 덮었다. 욕조에 기대고 있는 모습이 불편

223

해 보여서 수납장에서 수건 하나를 더 꺼내 목 밑에 괴어 주었다.

샤워기를 내려 물을 틀었다. 아마 그녀의 집처럼 몇 초 기다려야 온수가 나오기 시작할 것이다.

"자, 손님. 샴푸 시작합니다."

손가락 끝으로 두피를 꽉 쥐었다 놓는 영주의 장난에 눈을 감고 있던 도원의 입매가 슬쩍 밀려 올라갔다.

샤워기에서 쏟아지는 물줄기가 서서히 그의 머리를 적셨다. 머리칼 사이로 파고든 가느다란 손가락이 두피를 자극하며 머리를 쓸어내렸다.

몽글몽글하게 피어오른 거품이 사르르 부서지는 소리가 났다. 그녀의 손끝이 곳곳을 어루만지는 동안, 도원은 절로 흘러나오는 신음을 참으며 입술을 굳게 붙였다. 여유로웠던 미소는 차츰 지워져 갔다.

"이제 거품 낼 거예요."

장난스럽게 속삭이는 영주의 목소리는 그런 도원을 더 자극하는 꼴밖에는 되지 않았다. 욕조 바닥을 짚고 있던 도원의 양손이 어느새 꾹 쥐어져 있었다.

"헹굴게요."

달콤한 고문 같았던 샴푸가 마침내 끝이 나고, 그녀가 잠시 세면대에 걸쳐 두었던 샤워기를 끌어내렸다.

"엄마야, 미안해요! 괜찮아요?"

샴푸가 묻어 미끄러운 손으로 샤워기를 놓쳐 버린 영주 때문에 졸지에 도원이 찬물을 뒤집어썼다. 욕조에 기대고 있던 등을 타고 옷이 다 젖어 버렸다. 앉은 자리까지 축축해지는 것을 느끼며 몸을 일으키자, 영주가 어쩔 줄 몰라 하며 발을 동동 굴렀다.

"괜찮아요. 오히려 정신이 확 드는데요."

하얀 거품이 목덜미를 타고 흘렀다. 도원이 입고 있던 하얀 셔츠가 피부에 달라붙어 갈라진 근육의 윤곽을 그렸다. 눈에 들어간 샴푸 때문인지 손바닥으로 눈을 비비며 살짝 찡그린 표정조차 외설적이었다. 힐끔힐끔 훔쳐보던 영주는 그만 현기증이 날 것 같았다.

"수, 수건 줄까요?"

"어차피 갈아입어야 할 것 같은데, 마저 하죠."

청바지까지 젖은 채로 도원이 다시 욕조에 들어가 앉았다. 자국이 남아 진해진 그의 바지를 망연한 눈으로 보던 영주도 덩달아 쪼그려 앉아 그의 얼굴에 튄 물을 그의 어깨에 걸쳐 놓았던 수건으로 훔쳐 내 주었다.

"그럼 헹굴게요."

미지근했던 물이 이제 적당하게 뜨뜻해졌다. 도원에게 가져다 대기에 앞서 손등에 뿌려 온도를 확인했다. 손날을 세워 도원의 이마에 대고 위에서부터 거품을 씻어 내려가기 시작했다.

그의 가느다란 머리카락이 손등에 찰싹 달라붙었다. 생각보다 결이 좋았고, 손가락이 닿는 두피는 뜨거웠다. 손끝으로 동그랗고 예쁜 두상의 모양을 가늠할 수도 있을 것 같았다.

225

실수로 찬물을 뿌리기 전까지 건성이었던 손길이 보다 세심해졌다. 거품이 묻은 귓가를 헹구면서 그의 귓바퀴를 따라 엄지를 지분거렸다. 지그시 눈을 감고 있던 그의 입술 사이로 신음인지 깊은 한숨인지 알 수 없는 나른한 소리가 새어 나왔다.

"어때요?"

"……좋아."

풀어진 목소리로 하는 대답에 영주가 작게 웃음을 터뜨렸다. 영주 역시 애써 태연한 척해도 갇힌 공간 안에 들리는 물소리와 축축한 공기 그리고 손끝에 오른 열기만큼은 감출 수 없었다.

"휴우……."

저도 모르게 흘린 한숨이 그의 목덜미에 닿았던 모양이다. 도원의 단단한 어깨가 움찔하는 것이 느껴졌다.

자꾸만 이런 식으로 농밀해지면 더는 걷잡을 수 없는 분위기로 흘러가겠다는 위기감에 영주가 허리를 바로 세웠다. 미용실에서 보고 느낀 것을 기억하며 그대로 도원의 뒷목을 잡고 거품을 짜내고, 다시 물로 씻어 내고, 손끝으로 긁어내길 반복했다.

확실히 그녀가 생각했던 것보다 거품을 씻는데 오래 걸렸다. 한 손을 쓸 수 없으면 불편할 수도 있겠다, 납득하다가 이내 고개를 내저었다.

머리를 감겨 달라는 부탁이 실은 핑계에 불과한 것을 알고 있다. 그가 데려간 조용한 심야 식당과 맛있는 음식, 그리고 그의 재킷을 덮고서 걸어 온 골목길의 의미를.

거기에 도원이 던진 의미심장한 질문과 지금의 이 밀접한 거리감을 더한다면, 그들의 관계가 이 짧은 시간 동안 얼마나 변화했는지 계산할 수 있을 것이다.

"자, 샴푸 끝났습니다, 손님. 자리 옮기실게요."

영주가 도원의 어깨에 걸쳐 두었던 수건으로 그의 머리를 터번처럼 감싸 올렸다. 자리에서 벌떡 일어난 도원이 영주가 건네주는 수건으로 얼굴과 옷에 묻은 물기를 대충이나마 닦아 냈다. 그대로 거실로 나왔다.

"드라이기 어디 있어요?"

"화장실 수납장에."

드라이기를 꺼내 온 영주가 그것을 식탁 옆 콘센트에 연결했다.

"서비스 좋은데요."

"개업 특별 서비스예요, 손님."

받아치며 꽁꽁 묶어 두었던 수건의 매듭을 풀었다. 식탁에 걸터앉은 그가 순순히 고개를 숙여 주었다. 영주는 수건으로 아직 물기가 떨어지는 그의 젖은 머리칼을 한 번 쓸어 올렸다. 그대로 뒷머리까지 털어 내는 손길이 야무졌다.

"이제 드라이할게요."

손바닥에 대고 온도와 세기를 시험하는 영주를 보며 도원이 웃었다.

그의 얼굴에 바람이 가지 않도록 앞머리부터 차근히 말려나가기 시작했다. 식탁에 엉덩이를 걸치고 두 다리를 쭉 뻗었는데도 도원의 눈높이가 영주보다 높아서, 뒷머리를 말릴 때는 어쩔 수 없이 좀 더 가깝게 다가서야 했다.

어느 순간 돌아보니, 영주가 그의 다리 사이에 쏙 들어간 상태였다. 당황한 영주가 저도 모르게 드라이기의 전원을 껐다.

귓가에서 위잉위잉 시끄럽게 작동하던 드라이기가 멈추고, 도원이 고개를 들었다. 생각지 못하게 가까이 와 있는 영주의 얼굴을 놀란 눈으로 보았다.

영주가 들어 올린 손을 따라 도원의 시선이 움직였다.

"······아."

머리에서 떨어진 한 방울의 물이 콧등을 타고 내리는 것을 보다 저도 모르게 손을 뻗은 영주가 뒤늦게야 자신이 한 짓을 깨달았다. 도원의 아찔한 콧날을 타고 오르던 검지의 끄트머리에 물기가 남아 있었다.

무슨 일이 일어난 건지 모르겠다는 듯 깜빡이는 도원의 속눈썹이 그 상태로 굳어 버린 영주의 중지를 간질이자, 영주가 순간적으로 손을 움츠렸다. 도원이 그런 영주의 손목을 잡아채 그대로 영주의 팔을 당겼다.

주춤주춤 끌려온 영주는 이제 그와 몸이 맞닿을 정도로 밀착해 있었다. 붕대 감긴 도원의 오른손이 영주의 허리를 감아안았다. 등을 타고 미끄러지는 온기가 현실감 없이 그녀를 눌렀을 때, 어느새 입술에 닿은 도원의 숨결을 느끼며 영주가 눈을 크게 떴다.

"자, 잠깐만요."

그야말로 손가락 한 마디도 채 떨어지지 않은 간격이었다. 누구 하나 성급하게 움직인다면 입술이 닿고 말 거리.

영주의 말 한마디에 멈추어 선 도원이 눈으로 이유를 물었다.

"……나 좋아해요?"

속으로 곱씹던 수많은 질문들 중에서 뭉툭하게 튀어나온 물음은 부끄러울 정도의 날 것이었다.

"좋아해요."

도원이 망설임 없이 담담한 어조로 대답했다. 한시도 떼지 않고 그녀의 눈을 응시하는 눈동자 역시 같은 대답을 하고 있었다.

"정말요?"

그럼에도 영주는 그의 진심을 쉽사리 믿지 못하고 의심했다.

"알다시피, 나는 글을 쓰는 사람이라 빚어내는 모든 단어에 의미를 부여합니다. 글 속에서라면 한 줄의 글로 지금부터 내가 할 모든 행동을 설명할 수 있겠죠. 원한다면 그럴 듯한 말로 영주 씨를 납득시킬 자신도 있고."

도원이 손등으로 그녀의 볼을 조심스레 쓸어내렸다. 그녀의 턱을 살며시 쥐고 들어 올리자, 더는 그의 눈을 피할 수 없게 되었다.

"하지만 현실에서는 반대로 하나의 행동이 백 마디 말을 대신할 때가 있어요."

어느새 그의 입술이 시야에 들어오지 않게 되었을 때, 영주는 도원에게서 느껴지는 열기를 감당하지 못하고 눈을 감았다. 동시에 영주의 입술에 도원의 입술이 부드럽게 밀려들었다.

윗입술과 아랫입술 사이에 고여 있는 누군가의 숨결이 생경했다. 저도 모르게 움츠리고 마는 영주를 기다려 주듯이, 도원은 잠시 입술을 마주 댄 채 움직이지 않았다.

그녀의 턱선을 쓸어 올리며 엄지로 뺨을 살며시 문지르는 손길에 점차 긴장이 누그러졌다. 그러다 문득 그녀의 아랫입술을 핥아 오는 도원에게 놀라 감고 있던 눈을 떴다.

"응……, 잠시만……."

잠깐만 멈춰 달라고, 기분이 이상하다고 말하고 싶었다. 그러나 밀어내야 한다는 생각과는 달리, 양손이 도원의 팔을 움켜잡고 있었다. 도원이 영주의 허리를 더욱 세게 당겨 안았다. 그녀의 가슴이 도원의 단단한 품에 밀착했다.

부드럽게 입술을 자극하던 혀가 어느 순간 안으로 파고들어 왔다. 뜨거운 감각이 이 사이를 벌리고, 숨어 있던 그녀의 것에 닿았다. 톡톡 부딪쳐 오던 것이 조금 더 깊숙이 침투하여 맞물리기 시작했을 때, 영주는 참지 못하고 신음을 흘렸다.

그녀의 뺨을 감싸고 있던 손에 얼굴을 기대었다. 타인의 것이 그녀를 헤집고 들어오는 날 것의 감각에 머리가 멍했다. 그녀의 안에서 벌어지는 낯선 행위와 낯선 온도와 촉감에 홀린 듯이 빠져 들어가고 있었다.

그러다 한순간 아주 자그마한 용기를 내보았다. 소극적으로 받아들이기만 하던 것을 작게나마 돌려주기로.

도원이 그랬던 것처럼, 그의 입술을 핥아 보았다. 그에 순간적으로 멈칫한 그의 입술 안으로 빼꼼하게 혀를 넣어 보기도 했다.

그러자 영주를 안고 있는 도원의 팔에 더욱 힘이 들어갔다. 이제는 밀어붙이는 그를 감당하지 못하고 상체가 뒤로 기울어지기 시작했다. 마치 갈급한 사람처럼 도원은 끝없이 그녀의 입안을 훑고, 고이는 타액을 마셨다.

"하아, 하아……."

익숙지 않은 그녀를 지나치게 몰아붙였다는 자각은 있었다. 그러나 그녀가 시도한 앙큼한 도발에는 도저히 넘어가지 않을 수 없었다.

도원은 점차 버거워 하는 영주를 위해 잠시 물러났다. 아직 입술이 맞닿아 있는 상태에서 가쁘게 내쉬는 그녀의 숨결마저 사랑스러웠다.

맞닿은 가슴이 빠르게 오르내렸다. 야릇한 감촉보다도 그 안에서 쿵쿵 뛰고 있는 심장 소리가 좋아서 그녀를 더욱 압박했다. 이내 지친 듯이 그의 어깨에 이마를 기대는 영주를 꼭 끌어안고 머리에 입을 맞추었다.

영주가 첫 키스의 여운에서 서서히 깨어날 즈음, 도원이 그녀를 조심스레 놓아주었다. 반사적으로 반걸음 쯤 몸을 물리며 도원을 올려다보는 얼굴이 붉게 상기되어 있었다. 도원이 참지 못하고 다시금 그녀의 이마에 입을 맞췄다.

"내 행동이 영주 씨가 원하는 모든 말을 대신했습니까?"

부드러운 목소리로 물었다. 그 말이 흐릿해지던 입맞춤의 감각을 고스란히 되돌렸는지, 끝내 고개를 푹 떨구고 만 영주의 귓바퀴가 새빨갰다.

"조금만……, 조금만 생각할 시간을 줘요."

밀어내는 듯 말하면서도 도원의 옷소매를 꽉 부여잡은 손이 애달팠다. 그 손짓 하나로 밀어내는 말이 아니라 허락을 유예하는 것임을 깨달은 그가 옅은 미소를 지었다.

영주의 불그스름한 뺨을 어루만지던 손이 어깨로, 그리고 팔을 타고 손등으로 미끄러져 내렸다. 작고 가는 손가락 사이로 파고들어 깍지를 엮은 도원이 그대로 영주의 손끝에 입을 맞추었다.

"다음 주면 벚꽃이 피어요. 영주 씨랑 같이 보고 싶어요."

허리를 숙여 그녀의 귓가에 입을 가져다 대고 속삭였다.

"기다릴 테니까. 늘 만나는 '우리' 시간에. 늘 만나는 장소에서."

교차된 손가락에 잠깐 힘을 주었다가 다시 스르르 풀며 그녀의 새끼손가락에 자신의 새끼손가락을 걸었다.

"그게 영주 씨 대답이라고 생각하겠습니다."

그녀가 꼭 와 주길 바라는 마음을 담아.

7

같이 보러 와요

오후 6시가 되자, 어김없이 주민 센터의 셔터가 내려갔다.

퇴근을 준비하며 책상을 정리하는 영주의 몸짓이 바빴다. 어깨에 가방을 메고 건물을 나오면서 동료들과 인사를 주고받았다.

"문 주무관님, 내일 봐요."

"조심해서 들어가세요."

손을 흔들며 버스 정류장으로, 지하철역으로 향해 가는 이들 사이로 우식과 눈이 마주쳤으나 찰나였다.

먼저 영주의 눈을 피한 우식이 빠른 걸음으로 멀어져 갔다.

해가 기울고, 선선한 바람이 불어와 상승했던 대기의 온도를 가라앉혔다. 요 며칠은 귀갓길이 조금 길어졌다. 일부러 길을 빙 둘러 가면서, 낮 동안 미뤄 두었던 생각들을 정리하기 위해서였다. 서로 이웃해 있는 소방서와 경찰서를 지나고, 도원이 알려 준 마트에서 장을 보고 나서, 골목을 돌고 돌아 집으로 향하는 중이었다.

생각은 뫼비우스의 띠처럼 출구도 없이 같은 자리를 맴돌고 있었다. 그러다 연상 작용으로 도원과의 키스를 떠올릴 때면, 절로 심장 뛰는 속도가 빨라지고 뱃속의 간질거리는 감각이 손가락 끄트머리까지 퍼져 나갔다.

영주는 행동 하나로 백 마디의 말을 대신하겠다던 도원의 말뜻이 무엇인지 차차 깨달아 갔다.

일주일의 유예 기간을 갖기로 한 이후, 그녀는 우연하게라도 도원과 마주치는 일이 없었다. 여태까지의 우연이 실은 우연이 아니었음이 쉽게 증명된 셈이었다. 서로에게 이끌리기 시작한 마음이 강한 요인으로 작용했음을 부정할 수 없었다.

그리고 오늘로써 약속한 일주일. 언젠가 도원이 했던 말처럼, 천변을 따라 심어진 벚꽃이 만개하여 절정을 이루었다.

다음 주 조금 이른 봄장마가 오면 지고 말, 찰나의 호강이고 사치였으나 당장은 심란하기만 한 영주의 마음조차 잠시 잠깐이나마 화사해졌다.

해 질 무렵의 주홍빛이 하얀 꽃잎에 물들어 있었다. 가족 단위로 나와 벚꽃 길을 걷는 이들이 많았다. 한철 장사를 노린 노점상들도 드문드문 눈에 띄었다.

남들은 부러 시간을 내서 찾아오는 꽃구경을 조석 출퇴근마다 할 수 있으니 전에 없는 호사라 할 것이었다.

236

그뿐이랴. 매일 로키를 데리고 산책하면서는 꽃잎 떨어진 길을 밟고, 내리는 꽃비를 맞을 수 있으니 본격적인 꽃놀이라 해도 무방했다.

이처럼 삶의 여유를 가지는 게 대체 몇 년 만인지 모르겠다. 공부에 아르바이트에, 매번 꾸벅꾸벅 졸면서 실려 다녔던 버스 차창으로만 접했었던 그림 같은 풍경 속에 이제 영주가 들어 있었다.

이곳에 이사를 온 후로, 영주는 모든 것이 다 좋아지고 있다고 느꼈다. 그 점에 있어 누구보다 도원의 공이 컸다는 사실 만큼은 분명해 보였다. 도원이 아니었더라면 악몽처럼 각인될 순간들도 더러 있었으니까.

도원과 처음 만났던 접촉 사고, 마트에서 불친절한 응대에 화가 났던 일, 집까지 쫓아온 우식을 떨쳐 낸 날과 낯선 사람의 그림자를 보고 놀랐던 아침.

비단 좋았던 날뿐만 아니라 좋지 않았던 날들에도 도원은 항상 옆에 있었다.

그는 어느 누구에게도 의지하지 않고 혼자 해내겠다는 아집 내지는 독선을 나무라지 않았다. 비난하지도 않았다. 그저 옆에서 지켜보며, 혼자 해낼 수 있는 방법을 일러주었다. 그런 도원에게 영주는 항상 존중받는 기분을 느꼈다.

그리고 벚꽃이 흐드러지게 핀 오늘 밤, 그와 함께였으면 좋겠다는 하나의 욕심이 영주의 발을 이 자리에 이끌었다.

빌라 현관에서 마주친 도원이 마지막으로 보았던 것과 같은 미소로 인사했다.

우리의 시간에, 우리의 장소에서.

일주일의 공백 같은 건 전혀 느껴지지 않아서, 그만 영주도 허무하게 웃어 버렸다.

"식사는 했어요?"

"먹었어요."

반가운 기색을 애써 감춘 영주가 작게 대답했다. 도원이 자연스레 영주의 옆에서 보폭을 맞춰 걸었다.

"저녁 시간에 사람이 더 많네요."

벚꽃놀이 인파가 몰린 산책로로 접어들었다. 어디 한 곳에 정체하지 못하고 흘러가는 물결에 합류했다. 걸음이 빠른 이들과 종종 어깨를 부딪치는 영주를 안쪽으로 잡아끈 도원이 그녀의 손을 살며시 감싸 쥐었다.

"왜요?"

아까부터 머리 위에 하얀 벚꽃 잎 한 장을 얹고 다니는 도원을 힐끔 곁눈질하던 영주가 작게 미소 지으며 고개를 저었다.

"……아무것도 아녜요."

영주의 손이 살며시 도원의 손바닥을 간질였다.

"벚꽃이 피자마자 끝물이네요. 내일부터 비 소식 있다고 들었어요."

"아쉬워요?"

"조금요. 1년 내내 기다려도 즐길 수 있는 시간은 일주일도 채 안 되네요."

잔잔하게 부는 바람에 꽃잎이 눈발처럼 휘날렸다. 길 위에 멈춰 서서 사진을 남기는 이들의 표정이 꽃을 닮아 있었다.

"그럼 내년에는 조금 더 이르게 오죠. 봉오리 맺힐 즈음에, 막 꽃잎 피어날 무렵."

그녀와 함께 또 꽃비 내리는 이 길을 걸을 수 있다면, 한 해의 기다림은 달게 지나갈 것이다.

시끌벅적한 인파를 스치며 도원이 그녀의 귓가에 속삭였다.

"그날도 오늘처럼 같이 보러 와요."

잡은 손에 바짝 힘이 들어가 있어, 영주는 마치 그에게 꼭 안겨 있는 듯한 기분이 들었다. 영주가 떨리는 목소리로 답했다.

"벌써부터 기대되네요."

찬연하게 꽃눈 틔게 될 봄날이. 그 밑에 나란히 서 꽃비를 맞을 두 사람과 한 마리의 다정한 구도가.

그렇게 더는 오가는 말 없이 발끝에 툭툭 차이는 꽃송이에만 시선을 주었다. 마주 잡은 두 손이 깍지를 단단하게 엮으며 말로 다 못 할 애틋함을 대신해 주고 있었다.

❀   ❀   ❀

난데없는 비명소리가 휴대폰의 스피커를 뚫고 나왔다.

반사적으로 귀에서 휴대폰을 떨어뜨린 영주가 얼른 버튼을 눌러 음량을 낮추었다.

　—대박! 내가 이럴 줄 알았어! 너 윗집 남자랑 처음 만난 얘기 들었을 때부터 뭔가 감이 딱 왔다니까?

　"……솔직히 아직도 실감이 잘 안 나는 것 같아."

　—그럴 만도 하지. 문영주 인생 첫 연애니까. 우리 영주 다 컸네. 언니가 이제야 조금 마음이 놓인다. 히히.

　주란이 소식을 듣고서 영주보다 더 기뻐해 주었다.

　—그래서 그분은 어때? 어떤 사람이야? 너 유머러스한 남자 좋아했잖아. 그런 스타일?

　"전혀. 오히려 좀 과묵한 편이라고 해야 하나."

　—그래? 아무래도 연세가 좀 있으셔서 그런가?

　주란의 말에 키득거리던 영주가 이내 도원을 편들었다.

　"그런데 그게 또 매력 있어. 난 좋더라."

　—오, 문영주. 벌써부터 어른 남자의 매력에 푹 빠진 거야?

　무슨 말을 해도 음흉하게 받아들이는 친구에게는 그만 고개를 내젓고 말았다.

　"뭐라고 표현해야 할지 잘 모르겠는데……."

　채도원이라는 사람을 도무지 한 단어로 설명할 자신이 없어 입안에서 곱씹고 곱씹다가, 처음 그에게 설레던 순간을 떠올렸다.

　"함부로 말하는 법이 없어. 나오는 말마다 진심이고, 깊어. 진해. 무거워. 무슨 말을 해도 쿵쿵 가슴이 울려. 그래서 그런가 봐. 자꾸 가슴이 두근거리는 게."

—어우, 야. 듣는 나까지 괜히 두근거리잖아.

주란은 벌써부터 도원을 만나고 싶다며 호들갑이었다.

"안 그래도 너 보고 싶어 하더라."

—나를 아셔?

"응. 나 친구 너밖에 없잖아. 그래서 맨날 네 얘기 했더니, 이제 친구 얘기라고 하면 '주란 씨?' 그래."

—역시. 나도 여기서 만나는 사람들이 다 널 알아. 나중에 모르는 외국인이 말 걸어도 그러려니 해.

주란도 영주 못지않게 주변에 영주 얘기를 적잖이 하고 다니는 모양이었다.

무슨 말을 했을까. 남자라면 질색을 하고, 안정된 라이프 스타일만 추구하는 고루한 사고방식의 소유자라고?

아니. 그러지 않았을 것이다. 모든 사람에게 친근하게 굴어도 실은 진짜 자기 사람이라고 생각하는 몇몇에만 각별한 주란이니까.

어딜 가서도 자랑만 늘어놓았겠지. 나중에 우연이라도 주란의 지인들을 만나게 된다면, 서로 퍽 민망한 상황이 되어 버릴지도 모르겠다.

—만에 하나 그 사람이 너 아프게 하면 바로 말해. 언니 귀국 티켓 오픈 항공권인 거 알지?

"말만 들어도 고맙네요. 근데 걱정하지 마. 자상한 사람이야. 일요일에는 로키 데리고 피크닉도 가기로 했어."

—피크닉? 피이크니익?

주란이 말꼬리를 잡아 늘이자, 영주가 얼른 말머리를 돌렸다.

"새로 옮긴 어학원은 어때? 괜찮아?"

—여기는 수업이 다양해서 좋아. 나 지금 바리스타 코스 듣고 있는데, 재밌어. 주말에 RSA 자격증 수업 들으러 가기로 했어. 여기서는 술 파는 데서 일하려면 그게 필요한가 봐.

주란은 얼마 전 멜버른에서 시드니로 거처를 옮겼다. 지난 주말에는 본다이 비치에서 서핑을 했고, 2주 뒤에는 스카이다이빙 예약을 잡아 놓았다며 자랑했다.

세상 무서울 것 없이 자유로운 애가 지금껏 갑갑한 서울 공기를 마시며 어떻게 살아왔을까. 한국에 돌아오는 대신 이대로 영영 호주에 눌러 산다고 할까 봐 지레 겁이 난 영주가 다짐을 받듯 약속을 잡았다.

"너 한국 들어오면 꼭 밥 한 번 먹자고 했어. 나도 너한테 제일 먼저 소개시켜 주고 싶고."

—그거야 당연한 소리지. 딱 기다려. 나도 여기서 실한 놈 하나 물어갈 테니까.

주란의 여전한 포부에 쿡쿡 웃으며 진전이 좀 있었느냐고 물었다. 주란은 마치 이 질문만 기다린 사람처럼, 지금 시드니에서 썸을 타고 있는 남자들의 신상을 줄줄이 늘어놓기 시작했다.

—얼마 전에는 사우디아라비아에서 온 형제랑 친해졌거든. 근데 얘네가 진짜 겁나 부자야. 보니까 여기는 그렇더라. GDP

낮은 나라에서 온 애들은 리얼 리친데, 오히려 유럽이나 잘 사는 나라에서 온 애들이 맨날 아르바이트하느라 허덕여. 아무튼 그래서…….

사우디아라비아에서 온 형제 중에 형은 직업이 변호사로 나이가 꽤 있고, 모국에 아내가 둘이나 있다고 했다. 동생 쪽은 아직 대학생에 영어도 유창하고, 성격이 좋아서 처음 만났을 때부터 쉽게 어울렸단다.

그런데 알고 보니 이 두 형제의 아버지는 부인만 여덟이라, 누가 봐도 사이가 좋아 보이는 이 형제 역시 어머니가 다른 이복형제였더라는 반전 있는 이야기를 들으며 열심히 맞장구를 쳐 주었다.

주란과 배가 당길 지경으로 웃느라, 말 그대로 시간 가는 줄을 모르고 떠들어 댔다.

✻   ✻   ✻

소설이 마침내 후반부에 접어들었다.

엉킨 실타래처럼 머릿속에 대략적인 형태로 뭉쳐 있는 이야기를 가느다란 글줄로 뽑아내는 일은 상당한 정신력을 필요로 했다. 한정된 지면을 선별된 단어로 채워 납득이 가는 결말을 써내야 하는 까닭이다.

키보드에 올려 두었던 한 손을 습관적으로 뻗었다. 텀블러를 움켜쥐었으나 기대와는 달리 가벼운 무게감밖에 느껴지지 않는다.

노트북 없이는 일을 해도 커피 없이는 일하지 못하는 도원이 결국 의자를 밀며 일어났다. 커서는 그가 손을 멈춘 그 순간에 못 박혀 깜박이고 있었다.

비록 맥은 끊겼으나 집중력만은 고무줄처럼 길게 늘어난 채, 이어 쓸 부분에 대해 입으로 재차 곱씹었다.

싱크대 앞에서 물이 끓기를 기다리고 있을 때, 휴대폰으로 전화가 걸려 왔다.

"여보세요."

─도원이냐? 큰일 났다. 여기 병원인데, 지금 서 선생님이…….

통화를 마친 도원이 급하게 외투를 걸치고 집을 나섰다. 어두워진 안색으로 간신히 신호를 지켜 차를 몰았다.

응급실에 들어서자마자, 먼저 자리를 지키고 있던 무관이 손을 흔들었다. 정신이 없어 아직까지 손에 쥐고 있는 차 키를 주머니에 집어넣으며, 도원이 무관에게로 다가갔다.

"어떻게 된 거야? 선생님은?"

"지금 막 도착해서 쉬고 계셔. 이따가 오전에 수술 들어간다고."

무관도 새벽에 급히 걸려 온 전화를 받았다고 했다. 그 역시 예고 없이 일어난 일에 경황없이 휘둘린 얼굴을 하고 있었다.

"자제분 외국에 있고 따로 연락할 가족도 없으시니까. 혹시

몰라서 무슨 일 생기면 연락 달라고 명함 돌려놓기를 천만다
행이었지."

서 선생님이 쓰러져 있던 걸 발견하고 처음 신고해 준 이웃
이 무관에게도 소식을 알렸단다. 달려온 구급차에 실려 지역
의 2차 병원으로 옮겨졌지만, 당장 수술할 의사가 없어 결국
서울로 이송되었다고.

"얼마나 안 좋으신 건데."

"나도 모르겠다. 설명은 들었는데 무슨 소린지 알아들을 수
가 있어야지. 일단 수술받고 나서 지켜봐야 한다는데, 다행히
그렇게 어려운 수술은 아니래."

어쩌면 무관이 도원보다 더 놀라서 달려왔을 것이다. 옷은
챙겨 입었어도 머리는 자다 깬 상태 그대로 눌린 채였다.

무관이 응급실 가장 안쪽에 방치되듯 누워 있는 서 선생님
에게로 도원을 데려갔다.

"선생님."

대답을 기대한 것은 아니었다. 그저 창백한 낯을 하고 있는
눈앞의 노인이 그가 아는 서 선생님이 맞나 싶어 한 번 불러
봤을 뿐.

의식이 없는 와중에도 고통만은 선연한 듯 눈썹 사이가 일
그러져 있었다.

"근데 문제는 수술이 아니야."

"그건 또 무슨 소리야?"

불길한 생각에 얼른 무관을 돌아보았다.

"……재발하셨다."

젠장. 거친 어감이 귀를 할퀴고 지나갔다. 도원이 차게 식은 서 선생님의 손을 잡으며 의자에 걸터앉았다.

3년 전, 정기 검진에서 담낭의 암세포가 발견되었다.

절제 수술과 항암 치료를 받은 뒤 쭉 추적 검사를 해 왔다고 들었다. 담낭암 자체가 전이가 잘 되는 데다 재발 위험도 높다고는 하지만…….

"될 수 있으면 가족들한테 연락해 보라고 해서 아까부터 전화했는데 안 받아."

이미 오래전 사별한 사모님을 제외하고, 제 가정을 꾸리자마자 이민을 간 아들이 선생님의 유일한 가족이었다.

지금은 서로 거의 연락도 하지 않을 정도로 멀어진 사이였는데, 그런 아들에게 전하라고 할 만큼 상황이 좋지 않다는 뜻이리라.

한참을 서 선생님의 고단한 얼굴을 지켜보다 버릇처럼 한숨을 내쉴 때쯤, 무관이 어깨를 툭툭 두드렸다. 잠깐 나가자는 말에 잠들어 있는 서 선생님을 한 번 돌아보고는 조용히 그의 뒤를 따라나섰다.

응급실 문을 열고 나오자 이제 막 입구에 도착한 구급차가 환자를 내렸다. 진로에 방해가 되지 않게 한쪽으로 비켜섰다가 아예 같은 건물 다른 입구로 자리를 옮겼다.

진료 시간이 끝난 병원의 외진 벽이 어둡게 가라앉아 있었다. 그림자를 지붕 삼아 마주 보고 서서 담배를 태웠다.

"네가 새벽부터 고생했다."

"나야 뭐, 쫓아다니기만 했는데. 선생님이 고생이시지."

제수씨와 결혼하면서 금연을 약속한 이후 웬만해서는 피우지 않는 담배를 입에 문 걸 보니 무관도 몹시 심란해하는 듯했다.

"선생님 병세도 병센데……."

무관이 반절 남은 꽁초를 구두 끝으로 지려 밟으며 말끝을 흐렸다.

"또 뭔 일인데?"

어차피 할 말이면 그냥 하라며 도원이 피우던 담배의 끝을 젖은 바닥에 짓이겼다.

허리를 굽혀 꽁초를 주우면서는 저도 모르게 끙 소리를 냈다. 밤새 일을 하고, 잘 시간까지 눈을 뜨고 있으려니 몸이 젖은 빨래처럼 무거웠다.

"이런 상황에서 꺼낼 말은 아닌데, 당장 선생님 소설 런칭 날짜가 다음 달이라……."

지난해부터 무관이 이 일에 얼마나 심혈을 기울여 왔는지 아는 도원이 덩달아 착잡한 얼굴을 했다.

"서 선생님 상태가 저러신데, 집필은 무리지. 적당히 끼워 넣을 원고 없어?"

"너랑 서 선생님한테만 돌린 제안인데, 당연히 없지. 출판사에서도 이번 런칭에 사활을 건다고 부담 주는 판이라 미치겠다, 나도."

양손으로 머리를 쥐어뜯으며, 무관이 길게 한숨을 흘렸다. 평소라면 한 대에 그쳤을 담배를 또 하나 빼어 입에 물었다.

"……아직 완고는 안 났는데, 다음 달이면 어떻게든 되겠지."

중얼거리는 말에 무관이 잔뜩 늘어뜨리고 있던 표정을 대번에 일으켜 세웠다.

"진짜냐? 진짜지?"

"퇴고하면서 연재 진행하려면 빠듯하기야 할 테지만 어쩔 수 없으니까. 서 선생님 편찮으신데 그런 것까지 신경 쓰시게 할 수도 없고."

소설을 런칭 할 플랫폼뿐 아니라 미디어 제작사와 차후 판매될 관련 굿즈 업체까지 선별이 끝난 상태였다.

투병 중인 서 선생님을 책임감에, 무관을 부담감에 짓눌리게 할 바에야 도원이 두 사람의 짐을 대신 지는 편이 나았다. 무관이 은인을 만난 것처럼 눈물을 글썽이며 그런 도원의 어깨를 재차 두드렸다.

아침까지 응급실 한쪽 조그만 의자에 교대로 앉아 대기하다 서 선생님을 수술실로 올려 보냈다.

고통이 극심했는지 수술실 들어갈 때까지 제대로 된 이야기는 나눌 수 없었다. 초조하게 기다리며 두어 시간이 지났을 즈음 수술이 끝났다. 다행히 경과가 아주 좋았다.

마취에서 깨어나 의식이 돌아올 때까지는 중환자실에 있어야 한다는 말을 듣고, 무관과 늦은 아침을 먹으러 병원 밖으로 나왔다. 지하에 식당가가 있었으나 둘 다 내켜 하지 않았다. 근처에 바로 대학가가 있어 번화가까지 걸어가기로 했다.

한 집 건너 한 집이 죄다 TV에 방영되고 소개된 맛집이라는데, 둘은 좀처럼 식사를 할 식당을 정하지 못했다. 결국 무난하게 전국에 체인이 여럿 있는 설렁탕집으로 들어갔다.

"넌 이거 먹고 들어가라. 벌써부터 눈 밑이 시꺼멓다."

뚝배기를 비우는 동안에는 오가는 건 수저밖에 없었다. 받침대에 뚝배기를 괴어 놓고 국물 한 점 남기는 것 없이 후루룩 들이켠 무관이 함께 병원으로 돌아가려는 도원을 만류했다.

"그래도 선생님 얼굴은 뵙고 가야지."

병원에 돌아온 지 얼마 지나지 않아 마취에서 깬 선생님이 병실로 내려왔다. 의식은 차렸어도 여전히 약 기운에 비몽사몽인 얼굴이 하룻밤 사이 10년은 더 늙은 모습이었다.

매점에 내려가 주스와 과일, 그 외 입원에 필요한 물건들을 대충 추려 사 온 도원이 그만 자리에서 일어날 즈음에서야 명료한 눈으로 두 사람을 맞았다.

"아이고, 선생님! 제가 진짜 얼마나 식겁을 했는지 모릅니다."

무관이 침대로 와락 달려들어 선생님을 마주했다. 곰 같은 놈이 눈도 목소리도 축축하게 젖어 하는 말을 서 선생님은 그저 웃는 얼굴로 받아 주었다.

"좀 어떠세요? 어디 불편한 곳은요?"

도원도 한결 안도하여 다가섰다.

"바쁜데…… 뭐 하러들……."

간헐적인 말소리는 너무 작아서 귀를 바짝 가져다 대지 않으면 무슨 말인지 알아들을 수 없었다.

"무슨 말씀이세요! 건강이 이렇게 안 좋으셨으면 저한테라도 미리 말해 주셨어야죠. 얼마나 걱정한 줄 아십니까?"

"소……설은……."

누가 작가 아니랄까 봐, 겨우 정신이 들고 한다는 말이 소설 걱정이었다. 무관과 도원이 서로를 곤혹스러운 시선으로 돌아보았다.

"그건 걱정 마십시오. 저희가 다 알아서 하겠습니다. 당분간은 아무 생각 마시고, 보중하는 데만 신경 쓰세요."

무관이 서 선생님의 허리에 걸쳐진 이불을 어깨까지 끌어올리며 말했다.

"채 군이…… 고생하겠네……."

말하지 않은 저간의 사정까지 모두 이해한 서 선생님이 미안한 듯 침대 위에 올려둔 도원의 손등을 툭툭 두드렸다.

"무관이 말대로 아무 걱정하지 마세요. 얼른 회복하시고요."

대답할 기력조차 달린 듯 힘없이 고개를 끄덕인 서 선생님이 다시 수마에 빠져들었다. 도원과 무관이 소리 죽여 병실을 빠져나왔다.

"너는 다시 올라갈 거지?"

"간병인 구할 때까지는 곁에 있어 드려야지. 자제분한테도 한 번 더 연락해 보고."

아무리 사이가 틀어졌어도 하나뿐인 혈육이었다. 부친의 위중한 상태는 알려야 하지 않겠느냐며 무관이 피곤한 낯으로 한숨지었다.

"아, 맞다. 너 차 쓸 일 없으면 며칠 좀 빌리자."

"네 차는 어쩌고."

"당분간 수정이 타라고 줬지. 홑몸도 아니고, 하은이까지 데리고 다녀야 하는데. 우리 형편에 차를 한 대 더 뽑기도 그렇고."

뽑는다고 해 봐야 주차할 곳도 없어 머리에 이고 잘 형편이라며 하소연하는 무관에게 선뜻 그러라고 했다.

"그럼 주말에 가지러 간다?"

"아, 주말은 안 돼."

"주말에 어디 가냐?"

"어. 약속 있다."

여상하게 대꾸했으나, 무관의 레이더에 무언가가 감지된 모양이었다.

"약속? 누구랑? 문영주 씨?"

히죽대는 무관을 무시하며, 마침 그들이 있는 층과 가까워지는 엘리베이터 쪽으로 걸음을 옮겼다.

"네 글에 사랑이 필요하다는 거. 사실 서 선생님께서 하신 말씀이었다."

문득 털어놓는 말에 도원이 무관을 돌아보며 대답했다.

"알고 있어."

문 열린 엘리베이터 안에는 환자복을 입은 두어 명이 타고 있었다.

도원이 성큼 올라섰다. 밖에서 손을 흔들고 있는 무관의 모습이 사라지며 천천히 문이 닫혔다.

지하에 주차해 둔 차의 운전석에 앉고 나서야 도원은 주머니에서 휴대폰을 꺼내 확인해 볼 여유가 생겼다. 영주로부터 온 확인하지 않은 메시지가 두 개. 지금 막 일어났고, 출근했다는 내용이었다.

점심시간이 지나 벌써 업무를 시작했을 것이다. 전화를 거는 대신 메시지로 새벽에 급하게 나와 연락을 할 수 없었던 사정을 밝히며 미안하다고 전했다.

시동을 걸고서 잠시 기다렸으나 메시지 옆에 뜬 1은 사라지지 않았다. 업무 시간이라 확인하지 못했거나, 부러 확인하지 않고 있을 것이다. 만약 도원이 10분 늦게 답장을 하면, 영주는 15분 늦은 답장을 보내는 여자였으니까.

다시 한번 퇴근하면 전화 달라는 메시지를 보내고, 도원이 기어 스틱을 D로 맞추었다. 이내 그의 차가 느린 속도로 주차장을 빠져나갔다.

운전해 집으로 가는 도중 영주에게서 전화가 걸려 왔다.

잠깐 신호에 걸린 틈을 타, 도원이 거치대에 휴대폰을 고정하고 통화 버튼을 눌렀다.

"일하고 있었던 거 아니야?"

─잠깐은 괜찮아요. 금방 들어가야 되지만.

자리를 옮겼는지, 손으로 가리고 말하는 것처럼 막혔던 목소리가 이제 선명하게 들렸다.

─지금 집에 가는 거예요?

"응. 피곤하다."

도원이 답지 않게 힘든 내색을 했다.

"목소리가 많이 지친 것 같아요."

영주는 주민 센터의 뒷문으로 나와 분리수거장까지 걸었다. 이쯤이면 사람도 없겠지 싶어, 거의 속삭이듯 말하던 목소리를 키웠다.

─응. 잠을 못 자서. 들어가서 쉬려고.

"새벽부터 고생했어요."

위로하는 말에 수화기 너머에서 작게 웃는 소리가 났다.

"주말에 우리 피크닉 가기로 했잖아요. 도시락을 싸 갈까 하는데."

─힘들지 않겠어?

"전날 해 놓으면 되니까 괜찮을 것 같아요. 로키 데리고 식당 들어가기가 좀 그렇잖아요."

─네가 힘들지만 않으면 나야 영광이지. 벌써 기대되는데.

어쩐지 영주는 지금쯤 그가 수화기 너머에서 짓고 있을 짓

253

궂은 얼굴을 그릴 수도 있을 것 같았다.

그냥 이웃 사이였을 땐 점잖고 매너 있는 남자라고 생각했는데. 연인이 된 그는 의외로 장난기가 많았고, 애정을 표현하는 데 스스럼이 없었다.

매일 저녁 산책을 할 때엔 당연하다는 듯이 먼저 손을 잡았다. 영주가 찬 바람에 부르르 몸을 떨면 긴 팔을 뻗어 그녀의 어깨를 감싸 주었다.

고개를 들면 아침 햇살처럼 내리쬐는 도원의 눈빛과 맞닥뜨렸다. 그 다정한 시선 속에서, 영주는 때때로 울고 싶어지기도 했다.

연애의 시작점에서부터 너무 깊이 빠지지는 말자고, 너무 멀리 바라보지도 말자며 마음을 아끼는 영주의 얄팍한 속을 들여다보기라도 하는 것처럼, 도원은 야금야금 그녀의 경계심을 무너뜨리며 다가왔다.

의식하지 못하는 새 자꾸만 그의 애정에 부딪쳐 어지러웠다. 조류가 이는 바다에 빠진 것처럼 마구 휩쓸리고, 그녀가 알지 못하는 미지의 세계까지 떠밀려 가는 기분이었다.

"기대는 하지 말고요. 알잖아요. 나 요리 못하는 거."

도원에게 처음이자 마지막으로 해 줬던 떡볶이가 실패작이었다는 건 영주도 인정하는 바였다. 더군다나 피크닉 요리라니. 기왕이면 보기에도 좋고, 맛도 좋은 요리를 하고 싶은데 어떤 걸 준비해야 할지 감이 잡히지 않았다.

종일 짬짬이 시간이 날 때마다 '피크닉 도시락'을 검색했다. 레시피가 자세히 설명된 블로그를 들여다보았다.

―왜. 난 맛있었는데. 떡볶이.

"치. 됐거든요."

―정말로. 다음에 또 해 주러 와. 떡볶이.

떡볶이가 목적인지, 아니면 그의 집으로 불러들이는 게 목적인지는 곧 이은 말로 분명해졌다.

―아니면 내가 오늘 밤 내려갈까?

못 살아. 사람이 은근히 엉큼해.

통화를 마무리하면서 투덜거렸다. 그러면서도 왠지 모르게 자꾸만 웃음이 났다.

밀려 올라간 광대를 꾹꾹 누르며 돌아서는데, 유리문 안쪽에 누군가 서서 영주를 지켜보고 있었다. 우식이었다.

눈이 마주치자, 방금 전까지의 벅찬 기쁨은 신기루처럼 사라지고 말았다. 손에 담배를 들고 있는 걸 보니 잠깐 끽연하러 나온 듯했다.

안으로 들어가며 그를 지나치려는데, 우식이 문득 물었다.

"문 주무관님, 연애해요?"

직장 동료로서 사심 없이 묻는다기에는 뉘앙스나 표정이 묘했다. 못 들은 척할까 하다가 결국 고개를 저었다.

"아니요."

거짓말을 하려던 게 아니라, 습관적인 부정이었다.

"조심해요."

의미심장한 말에 영주가 움찔 멈춰 섰다. 돌아본 우식은 언제나처럼 웃고 있었다.

"문 주무관님은 사람이 너무 좋으니까. 남자들은 멍청해서 그런 걸로도 오해하거든요."

무슨 뜻으로 하는 말인지 알아듣지 못할 정도로 멍청하지는 않았다. 불쾌함을 숨기지 않는 영주의 시선이 그녀를 지나쳐 밖으로 나가는 우식의 뒤통수를 집요하게 따라붙었다.

✿   ✿   ✿

초인종 누르는 소리에 로키가 먼저 뛰어나가 왈왈 짖었다. 막 옷을 입고 있던 참이라 목만 겨우 끼워 넣은 줄무늬 티셔츠가 불편하게 앞발에 휘감겨 두 번이나 미끄러졌다. 그런 로키를 한 손으로 안아 올리고는, 현관문을 열어 주었다.

"미안해요! 이것저것 준비하다 보니까 늦어져서……."

얼굴 보자마자 사과부터 하는 영주를 도원이 가만 훑어보다 이내 씩 웃었다.

"예쁘다, 오늘."

모처럼 신경 쓴 머리와 봄이라는 계절을 그대로 담아낸 플라워 패턴 시폰 원피스, 시간을 들여 한 화장이 그 한마디에 우쭐해졌다.

"도원 씨도요."

깔끔한 진회색 슬랙스에 흰 티, 그리고 베이지색 카디건을 걸친 도원의 옷맵시가 긴 다리와 넓게 벌어진 어깨 덕에 모델

같았다.

평소랑 다르게 뒤로 손질하여 넘긴 머리 모양과 반듯한 이마, 짙은 눈썹, 날렵한 콧대와 깎아 놓은 듯 윤곽이 선명한 턱을 차례로 타고 내린 시선이 마침내 그의 발끝에 닿았다.

"오늘 더 멋있어요."

부끄러운 듯 말한 영주가 살며시 그의 허리춤을 붙잡고서 품에 머리를 기대 왔다.

그녀가 먼저 안겨 오는 건 좀처럼 드문 일이라, 잠시 멈칫했던 도원이 영주의 등을 살며시 감싸 안았다. 그리고 뒤뚱뒤뚱. 장난스럽게 박자를 타는 도원의 품 안에서 영주도 아이처럼 키득거렸다.

그러다 문득 영주를 안고 있는 손에 힘이 들어갔다고 느꼈다. 가슴의 고동이 들릴 정도로 그와 몸이 딱 붙은 순간, 도원이 은근한 목소리로 속삭였다.

"나가지 말고 집에 있을까?"

말소리와 함께 숨결 역시 귓불을 간질이고 지났다. 저도 모르게 목을 움츠리며, 영주가 파르르 속눈썹을 떨었다.

"도시락 다 싸놨어요. 얼른 준비할게요."

어깨를 틀어 도원의 품에서 빠져나왔다. 후다닥 방에 들어가 버린 영주를 따라 로키도 목만 낀 옷을 입고서 종종걸음을 쳤다.

현관에 덩그러니 남겨진 도원이 조금 전까지 영주의 온기가 닿아 있던 손을 한 번 꽉 쥐었다가 폈다.

어설프게 걸쳐 있던 로키의 옷을 마저 제대로 입혀 주고서, 영주 역시 작은 손가방과 미리 챙겨 두었던 도시락 가방을 들고 나섰다. 현관에서 기다리고 있던 도원이 영주에게서 도시락 가방을 받아 들었다.

"갈까?"

남은 한 손으로 영주의 손을 잡고 주차장으로 내려갔다. 스마트키로 문이 열리고, 영주가 로키를 안아 든 채 조수석에 올랐다.

"안전벨트."

"아, 내가 멜게요!"

도원이 조수석 쪽으로 몸을 기울이기가 무섭게 영주가 머리 옆에 달린 안전벨트를 마구 잡아당겼다. 턱턱 걸려서 내려오지 않는 벨트를 붙잡고 줄다리기를 하는 모양이 귀엽기도 하고, 약간은 서운하기도 하고. 지켜보던 도원이 팔을 뻗었다.

움찔하며 눈치를 보는 영주를 힐끗 내려다보며 부러 가깝게 고개를 기울였다. 그의 입술이 이마에 닿을 듯 말 듯 하자, 눈까지 꼭 감고서 부들거리는 모습에는 어쩔 수 없이 웃음이 났다.

찰칵, 하는 소리와 함께 영주가 눈을 떴다. 어느샌가 채워진 안전벨트와 운전대를 잡고 있는 도원을 번갈아 보다 민망함을 이기지 못하고 입술을 안쪽으로 말아 물었다.

"내가 무섭습니까?"

도원이 사이드 브레이크를 도로 채우며 물었다.

"그런 거 아니에요."

영주의 눈이 순간적으로 동그래졌다. 질문도 그렇지만 그보다는 갑작스레 바뀐 말투에 더 놀랐을 것이다.

"그럼요?"

"그냥…… 낯설어서요."

"내가?"

그건 그것대로 도원에게 충격이었나 보다. 그가 안전벨트를 풀고 아예 영주 쪽으로 몸을 틀었다.

"아, 아니요. 그냥…… 이런 일들이요."

"어떤 일들? 이런 거?"

곧장 다가온 도원이 영주의 입술에 담백하게 입을 맞추고 물러났다. 놀라거나 움츠릴 겨를도 없었다. 부드러운 감각이 남은 아랫입술을 무의식적으로 매만지던 영주가 곧 작게 고개를 끄덕였다.

"아직 익숙하지가 않아요. 적응이 안 돼서. 301호 씨가 싫어서 그런 건 아니에요."

아마도 거리감 느껴지는 도원의 존대에 대한 반발이었을 것이다. 부러 '301호 씨'라고 강조해 부르는 영주의 얼굴에 그런 고집이 서려 있었다. 그게 또 귀여워서, 끝내 더 따져 묻지 못하고 웃어 버리고 말았다.

"알겠어."

도원이 팔을 뻗어 그녀의 머리를 흩뜨렸다.

"근데 낯선 일일지는 몰라도, 이상한 일은 아니야. 그냥 당연한 거야."

그러고는 진지하게 눈을 맞추며 이야기했다.

"사랑하는 사람 만지고 싶고, 안고 싶은 건 자연스러운 일이야. 네가 싫다고 하지 않는 이상, 나는 앞으로 계속 이렇게할 거야. 만지고, 키스하고, 안을 거야."

아주 중요한 사실을 일러두는 것처럼.

"그러니까 너도 얼른 익숙해져, 나한테."

그렇게 다시 다가오는 도원의 얼굴을 이번에는 피하지 않았다. 사르르 감기는 영주의 눈이 도원의 웃는 입술을 마지막으로 담았다.

영주에게 첫 키스는 미처 예상하지 못했던 낯선 감각의 향연이었다. 잔뜩 긴장하여 겨우 반이나 제정신이었을까 싶으면서도, 이따금 돌이켜 생각할 때마다 얼굴이 붉게 달아오를 만큼 강렬한 기억으로 남았다.

지금 이 순간, 조심스럽게 다가온 도원의 입술은 그때와 달리 달고 상냥하게 영주를 자극했다. 만약 영주가 조금이라도 거부하는 반응을 보였더라면, 곧장 거리를 두고 떨어질 거라는 걸 알 수 있었다.

짧은 입맞춤이었다. 부드럽게 아랫입술을 머금다 멀어졌다. 입술이 닿았던 자리를 도원의 엄지가 덧그리듯 살며시 매만졌다. 영주는 내심 그의 키스가 남긴 온기를 아쉬워했다.

주말이라 평소보다 차가 막히는 도로 위에서 시간을 보내는 동안 도원은 영주의 손을 가져가 그 손등에 입을 맞추고, 입술로 손가락 마디를 잘근잘근 깨물었다.

"내 손이 핫팩인 줄 알아요? 뭘 그렇게 만지작대요."

툴툴대면서도, 사랑받는 기분이 들어 행복했다.

가는 내내 멀미라도 했는지 영주의 다리 위에서 풀죽은 얼굴로 웅크리고 있던 로키는 차가 멈추고 나서야 영주의 허벅지를 위태롭게 디디고 일어나 몸을 털었다. 공기 중에 부유한 갈색 털들이 햇빛을 받아 하얗게 빛났다.

다시 한번 리드 줄을 확인하고서 차밖에 로키를 먼저 내려 주었다. 바닥에 발이 닿자마자 재차 몸을 털어 내는 표정이 한 갓졌다. 아무래도 답답한 공간에, 그것도 제 의지와 상관없이 덜컹거리는 불안정한 곳에 갇혀 있었던 게 싫었던 모양이다.

호수 둘레를 따라 조성된 가로수 길과 잔디밭, 드문드문 세워진 구조물을 구경하며 느린 걸음으로 걷기 시작했다. 도중에 사람 적고 적당히 그늘진 자리가 보여 돗자리를 펴고 선점했다.

한참을 쫄쫄거리며 뛰어다닌 로키가 가장 먼저 엉덩이를 붙이고 앉았다. 영주가 챙겨 온 그릇에 물을 따라 주니 고개를 박고 정신없이 할짝거렸다.

"배고파요?"

"응. 뭐 준비했어?"

도원이 도시락 가방에 손을 뻗기가 무섭게, 영주가 얼른 그 것을 끌어안았다.

"안 줄 거야?"

도원이 헛웃음을 지었다. 잠시 머뭇거리는 기색을 보이던 영주가 결국 도시락 가방을 열고 삼단으로 된 도시락 통을 꺼냈다.

　"오, 과일!"

　도원이 잘 씻은 방울토마토 한 개를 집어먹었다. 그 아랫단에는 김밥이, 마지막 단에는 크루아상 샌드위치가 들어 있었다.

　김밥은 그새 이음새가 풀려 밥알이 굴러다녔지만, 적어도 크루아상 샌드위치는 자신 있었다. 고등학교 때 동네 베이커리에서 아르바이트를 하며 배운 레시피였다. 치즈와 슬라이스 햄, 오이 피클과 허니 머스타드 소스가 들어가 보기도 좋고 제법 맛도 좋았다.

　"만드느라 고생했겠는데."

　"맛없어도 맛있게 먹어야 돼요. 안 그럼 상처 받으니까."

　"잘 먹겠습니다."

　영주는 썩 자신 없어 했지만, 도원은 그녀가 기분 좋아질 만큼 맛있게 먹는 모습을 보여 주었다.

　중간에 도원이 근처에 있는 편의점에서 마실 것을 사 왔다. 그를 기다리는 동안 로키와 함께 잔디밭에서 한참을 뛰어다닌 영주가 땀을 식힐 겸 돗자리에 그대로 드러누웠다.

　"자."

　마시던 음료의 뚜껑을 닫아 한쪽으로 치워 놓고, 도원이 영주의 옆에 누워 팔을 뻗었다. 멀뚱히 보고만 있는 영주에게 제 팔을 두 번 두드려 보였다.

"얼른."

도원이 기어이 제 팔을 베게 했다. 잠시 뒤엔 영주도 그것이 편했는지, 그의 어깨 위로 머리를 기대었다.

"하늘 예쁘다."

영주가 나른한 목소리로 중얼거렸다. 시야를 반쯤 가린 나뭇잎 사이로, 보석처럼 부서진 햇살이 쏟아지고 있었다. 도원이 다른 한 손을 뻗어 영주의 얼굴에 차양을 만들어 주었다. 그녀의 오밀조밀한 얼굴 위로 그림자가 졌다.

"이러다 잠들면 어떡하지……."

그렇게 중얼거리면서도 이미 눈은 반쯤 감기고 있었다. 아마 새벽부터 일어나 도시락을 준비하느라 피곤했을 것이다.

모양은 조금 어설펐어도 만든 사람의 정성이 보였던 도시락을 떠올리며 도원이 엷게 웃었다. 그가 벗어 두었던 카디건을 영주에게 덮어 주며 다시 그녀의 이마에 입술을 가져다 댔다.

"한숨 자도 돼. 괜찮아."

졸음이 켜켜이 내려앉은 무거운 눈꺼풀을 들어 올려 도원을 보는 영주의 눈동자가 흐렸다. 도원이 그녀의 몸을 품으로 바짝 끌어안았다.

도원의 어깨에 머리를 얹고, 가슴에 한 손을 올린 영주가 오래지 않아 쌕쌕 고른 숨을 내쉬기 시작했다.

실바람에 흐트러진 영주의 머리칼을 귀 뒤로 넘겨주고서, 양털 같은 구름이 떠가는 하늘을 올려다보던 도원도 이내 지그시 눈을 감았다.

두 사람이 깜빡 졸고 일어났을 땐 벌써 30분 정도가 지나 있었다. 영주가 도원보다 먼저 잠에서 깼는데, 아무래도 움직이지 않고 누워 있으려니 몸이 오슬오슬 추워진 탓이었다.

눈 뜨자마자 도원의 옆얼굴이 보여서 깜짝 놀랐다. 꽤 오랫동안 그의 팔을 베고 있던 것이 미안해져 도원의 겨드랑이 밑으로 꾸물꾸물 내려왔다.

손에 익지 않은 요리를 하느라 꼭두새벽부터 수선을 떤 그녀보다 도원이 더 곤히 잠들어 있었다. 새로 연재하기로 예정되었던 소설의 출간일이 급작스럽게 앞당겨지면서 바빠졌기 때문일 것이다.

그 와중에 여유를 내어 영주와 시간을 보내기가 쉽지 않았을 텐데. 고맙고 안쓰러운 마음이 들어 조심스럽게 가져다 댄 손이 차마 그에게 닿지 못하고 그 위를 덧그리기만 했다.

앞머리를 뒤로 쓸어 넘겨 고정시켜 둔 까닭에 도원의 반듯한 이마가 두드러졌다. 모양이 잘 잡힌 진한 눈썹과 곧게 뻗은 콧대, 살짝 벌어진 분홍빛 입술을 예술 작품 감상하듯 구경하다가 조금 용기를 내 보기로 했다.

팔꿈치로 상체를 지탱하고서 목을 쭉 뺀 영주의 입술이 도원의 볼에 살며시 닿았다가 떨어졌을 때, 도원의 입매가 부드러운 웃음을 그려 냈다.

"깨어 있었어요?"

마른 눈을 가느스름하게 뜬 도원이 제 볼을 손등으로 한 번

썼다.

"아니. 방금 일어났어. 백설 공주의 기분을 알겠더라고."

짓궂은 웃음조차 왜 이리 멋있는지. 영주가 참지 못하고 다시 한번 그의 입술에 가벼운 입맞춤을 남겼다.

"여기 봐봐."

문득 도원이 그의 다리를 가리켰다. 영주가 의아한 눈으로 몸을 일으켰다.

"많이 친해졌네요. 우리 로키 낯 많이 가리는데."

도원의 무릎 옆에 등을 딱 붙이고 누워 잠이 든 로키가 보였다. 자그마한 머리통을 쓸어 주는데도 귀만 몇 번 쫑긋거릴 뿐 깨지 않았다. 무슨 꿈을 꾸고 있는지 자꾸만 잠꼬대를 옹알거려, 지켜보던 두 사람이 웃고 말았다.

오후 나절 돗자리 위에서 꽤나 많은 일을 했다. 책을 읽고, 음악을 듣고, 쌩쌩해진 로키와 터그 놀이를 하다가 다시 이런저런 얘기를 나누면서 손장난을 치기도 했다.

도원이 일할 때 듣는다는 영화 OST 반주 위로 부모와 함께 온 어린아이들의 목청 높은 웃음소리가 섞여 들었다.

공익 광고에서나 나올 법한 주말 오후의 평화로운 정경이 공포 영화의 전조처럼 뒤바뀐 것은, 예기치 못한 빗방울이 하나둘 떨어지기 시작하면서였다.

"예보에 비 소식은 없었는데. 하여간에 맞는 날이 없어."

본격적으로 퍼붓기 전, 간신히 주차장으로 되돌아온 영주가 울상이 되어 투덜거렸다.

"어디 봐. 안 젖었어?"

그나마 도원의 카디건을 걸치고 있던 영주는 비를 덜 맞았다. 반면 도원은 이마까지 흘러내려 온 물기 어린 앞머리를 손으로 대충 털어 냈다.

"한 번 더 해 봐요."

"뭘?"

영주의 진득한 시선을 경계하며 도원이 슬쩍 몸을 물렸다. 그러자 외려 영주가 바투 따라붙어 그를 올려다보았다.

"이렇게 머리 쓸어 올리는 거요. 되게 섹시했는데."

그녀의 손이 이마에 닿기 직전에 도원이 그것을 낚아챘다. 생각보다 힘이 들어갔는지, 영주가 움찔 놀란 표정을 지었다.

"내가 아니라 지금 상황이 섹시한 것 같은데. 그래서 위험하고."

아닌 게 아니라, 갑작스럽게 공기의 색이 변했다. 도원이 짙어진 눈매로 잡고 있던 그녀의 손등에 입술을 묻었다.

"너는 젖었고, 우린 지금 지붕이 있는 좁은 공간에 붙어 있어."

그의 뜨거운 입김이 글자를 새기는 것처럼 손등이 화끈거렸다. 저도 모르게 움츠렸으나, 잡힌 손을 빼내지는 못했다. 영주의 손마디에 뜨겁고 부드러운 혀가 스쳤다.

"읏!"

하염없이 지분거리던 입술이 손바닥에 새겨진 생명선을 거슬러 올랐다. 눈에 보일 정도로 맥박이 뛰는 손목을 빼꼼하게 나온 혀가 슥 핥아 올렸을 땐 저도 모르게 신음을 흘리고 말았다.

뜨거운 입술이 점점이 피부에 닿아 손목을 타고 올랐다. 시폰 원피스의 소매가 힘없이 말려 올라갔다. 팔꿈치까지 다다르자, 그는 그 안쪽 주름진 자리에 깊이 입을 맞추었다.

도원의 입술 안으로 빨려들어 갔다가 가지런한 치열 자국이 남을 만큼 깨물리고, 다시 그 자리를 혀로 핥는 동작이 반복되었다.

"그러니까 꼭 기억해 둬. 상황이 섹시해지면, 너도 위험해진다는 것."

마침내 입술을 뗀 자리에는 그의 경고를 각인시키듯 붉은 자국이 남아 있었다.

전면 유리로 투두둑 떨어지기 시작한 빗방울의 크기가 제법 컸다. 다행인 것은 차 지붕을 내리치는 빗소리가 하도 요란해서 좀 전까지의 아슬아슬한 분위기도 조금씩 희석되고 있다는 점이었다. 좀처럼 열기를 식히지 못해 손부채질을 하던 영주가 녹색이 씻겨 나가는 바깥의 풍경을 구경했다.

"저녁은 뭐 먹고 싶어?"

"음. 비도 오고 날씨도 꿀꿀한데, 집에서 치맥 어때요?"

"집에서?"

방금 그렇게 경고를 했는데. 비가 오고, 우리는 이미 젖어 버렸고, 그러니 지붕이 있고 좁은 곳에 들어가면 안 된다는 말을 다시 해야 할까 고민하다 결국 그만두었다.

그것이 영주의 순진함 때문이든, 대범함 때문이든 간에 먼저 탓해야 할 것은 결국 자신의 음험함일 것이다.

이미 이웃으로서 몇 차례나 그녀의 집을 방문했던 전적 때문일까. 남자인 도원은 그렇게 경계했으면서도 연인인 도원에 대해서는 좀처럼 거리감을 재지 못하고 있었다. 이 역시 영주에게는 몇 번의 시행착오가 필요한 일 같아 보였다.

관건은 그때까지 자신이 영주를 재촉하지 않고 기다려 줄 인내심을 가질 수 있겠느냐 하는 건데. 그런 생각을 하다 보니 문득 떠오르는 얼굴이 하나 있었다.

"그때 그 남자, 그 이후로 별일 없어?"

"누구요?"

잠시 곰곰이 생각해 본 뒤에야 영주는 그가 우식을 말한다는 걸 알아챘다.

"으응, 뭐. 가끔 자잘하게 부딪칠 때는 있는데 괜찮아요."

"그 미친놈이 또 집적거리면 곧바로 나한테 전화해."

"너무 걱정하지 말아요. 알아서 잘할 테니까."

걱정해 주는 도원이 고마웠지만, 이 일은 엄연히 자기가 해결해야 할 일이라고 판단한 영주가 부드럽게 선을 그었다.

"그런 놈들 어떤 놈들인지 내가 더 잘 알아. 남자 친구 있다고 말하고, 가서 얼굴 한 번 보는 게 빨라."

영주의 집에 들어가려 수작 부리던 꼴을 도원의 눈으로 목격했다. 도원의 눈치를 보며 내뺀 것을 보면, 저보다 약한 여자를 우습게 여기는 놈이 분명했다.

"그래도······. 내 문제잖아요. 내가 도원 씨 앞세워서 이제 남자 친구가 있으니까 그렇게 행동하지 말라고 하면, 반대로 남자 친구 없으면 그렇게 해도 된다는 것처럼 생각할 것 같아서 싫어요."

"문제를 그렇게 감정적으로 받아들일 게 아니라, 효율적으로 해결을 해야지."

"애초에 감정적으로 발생한 문제예요. 당신을 방패처럼 내세운다고 그게 제대로 된 해결도 아닐 거고."

의견 차이가 계속되면서 공기가 서서히 얼어붙었다. 서로에게서 원하는 대답을 듣지 못하는 대화는 점차 차갑고 매서운 어조로 대체되었다.

"왜 고집을 부리는 건지 도통 이해가 안 되는데."

피곤하다는 듯이 머리를 흔들며 도원이 그렇게 말했을 때, 영주는 눈썹 위를 파르르 떨며 일축했다.

"이해 못 한다니 별수 없죠. 나도 더는 입 아프게 말하고 싶지 않아요. 어쨌거나 내 문제고, 내가 알아서 해결할 거예요. 남자 친구가 있든 없든 상관없이, 내가."

그러고는 빌라에 도착할 때까지 두 사람 다 입을 꾹 다문 채 말을 하지 않았다.

어색한 정적을 가려 주던 빗소리가 차츰 잦아들었다. 어둑하게 하늘을 가리던 소나기는 이미 지나갔는데, 두 사람의 마음에는 아직 먹구름이 잔뜩 끼어 있는 채였다.

끼이익. 도원이 주차장에 차를 세웠다. 곧장 내리려는 영주를 붙잡으며, 그녀가 열었던 조수석의 문을 도로 닫았다. 그런 그를 쏘아보는 영주의 눈매가 제법 매서웠다.

"이대로 들어가면 둘 다 마음 안 좋잖아."

운전을 해 집으로 오는 동안 영주가 한 말을 곱씹으며 이해해 보려고 노력했다. 전부는 아니더라도, 영주가 무엇을 말하고자 하는지는 조금 알 것 같았다.

언젠가 도원은 그녀가 질문을 던지는 사람이라고, 그렇게 세상을 움직이는 사람이라고 말한 적이 있다. 그랬던 도원이 이제 와서 그녀의 남자 친구랍시고 제 등 뒤에 숨어 편하게 가란 말을 해서는 안 되었다.

아마 그래서 더욱 섭섭했을 것이다. 그녀가 말하는 혼자는 '스스로'를 의미했다. 그리고 그것은 영주가 가장 중요하게 생각하는 가치였다.

"속상하게 해서 미안해."

도원이 조수석 쪽으로 몸을 기울여 영주를 가볍게 끌어안았다. 아직 앙금이 남아 쉽사리 끌려오지 않으려는 그녀의 몸짓에서 미약한 거부와 슬픔을 읽을 수 있었다.

"걱정했어. 착각도 했고. 내가 나빴다."

영주의 어깨를 쓰다듬으면서 나지막하게 고백했다.

그녀를 걱정했다는 것만은 틀림없는 진심이었다. 그러나 그의 걱정이 그녀가 소중하게 생각하는 가치보다 우선되어서는 안 되었다.

"미안해."

이대로 그녀가 마음을 풀지 않으면 어쩌나 우려한 것도 잠시. 그에게 얼굴을 묻은 영주가 결국 가늘게 울음을 터뜨렸다.

"……이런 거 너무 싫어요. 무서워요. 아까까지만 해도 정말 행복했는데, 어떻게 한순간에 이렇게 괴로워질 수가 있어요?"

울먹거리며 하는 말에 도원이 괴로운 듯 눈가를 일그러뜨렸다. 헐떡이기까지 하는 그녀의 귀에 대고 쉬이, 괜찮으니 울지 말라고 위로하며 등을 쓸어 주었다.

집으로 돌아오는 내내 영주의 머릿속은 온통 혼란과 절망의 범벅이었다. 공원에 누워 하늘을 쳐다볼 때까지만 해도 세상에서 가장 행복한 사람이라는 착각에 빠져 있었는데.

끝내 도원과 말다툼을 하고 대화마저 단절되었을 때엔, 이대로 영영 침묵하는 관계가 되어 버릴까 봐 몹시도 겁이 나기 시작했다.

그야말로 하루 만에 연애의 온탕과 냉탕을 고루 오간 셈이었다. 혼이 쏙 빠졌다.

집에 거의 도착할 즈음해서는 애초에 무엇이 싸움의 발단이었고, 무엇 때문에 화가 났는지는 제대로 기억조차 나지 않았다. 구질구질했던 고시생 시절을 탈피한 이후 이렇게까지 급격한 감정 변화를 겪는 것은 처음이었다.

머릿속에서 싸움의 결말이 자꾸만 이별로 이어지던 때에 도원이 먼저 사과를 해 주어 천만다행이었다.

미안하다며 안아 주는 도원이 고마웠으나, 한편으로는 야속한 마음도 남아 있었다.

만감이 교차하여 눈물에 뚝뚝 묻어 나왔다. 달래 주는 손이 서럽고, 안심되고, 그러면서도 불안한 마음이 여전히 남아 있어 그 울음이 그칠 줄을 몰랐다.

"그만 울어. 응? 괜찮아."

도원이 아이를 달래듯 등을 쓸어 주었다.

"고개 좀 들어 봐. 얼굴 보여 줘, 영주야."

서서히 불안정한 호흡도 진정되기 시작했다. 영주는 눈물로 얼룩진 못난 얼굴을 보이기 싫어 그의 품에 고집스레 고개를 파묻었다.

후우, 하고 옅은 한숨이 영주의 정수리를 간질였다. 그제야 도원이 저 못지않게 속상했으리란 걸 깨달은 영주가 얼굴을 들어 그를 마주했다.

"미안해. 내가 잘못했어."

그녀의 눈을 곧이 응시하면서, 도원이 다시 한번 사과했다.

"나도요. 나도 미안해요."

그의 진심에 철없이 오기를 부리고 싶지 않았다. 영주 역시 조심스러운 어조로 미안한 마음을 전했다.

"이렇게 울다 쓰러지겠다. 다음부터는 차라리 화를 내."

도원이 한참 울고 나서 진이 쭉 빠져 앉아 있는 영주의 손을 움켜잡고 제 어깨를 내려치는 시늉을 했다. 영주가 손등으로 축축한 볼을 훔치며 고개를 저었다.

"화가 나는 것보다 무서워서 그래요."

"뭐가 그렇게 무서워?"

도원이 눈가를 비비적거리는 영주의 손을 거두어 내고, 엄지로 조심스레 눈 밑을 쓸어 주었다.

"그냥…… 이렇게 싸우다가 어느 순간 당신이 나한테 정떨어질 것 같아서."

연인으로서 관계를 쌓아 나가는 데에는 부단한 시간과 노력이 필요했다. 온통 생소할 뿐인 경험들을 받아들이고, 인정하고, 자연스러워지기까지 영주의 내면은 무수한 혼란을 겪어야 할 터였다.

반면에 쌓기는 어려워도 부수기는 쉬운 모래성처럼 관계가 깨어지는 것은 한순간이었다. 오늘처럼 한번 틀어지기 시작하면 불길처럼 걷잡을 수 없이 번질 수 있다는 사실이 영주에게는 너무나 충격이었다.

"더 단단해지라고 두드리는 거야. 깨지지 말고 더 단단해지라고."

연인이라고 해 봐야 이제 겨우 한 달. 이웃으로는 서너 달을 알고 지냈으나, 그 역시 한 사람을 완벽하게 이해하기에는 턱없이 부족한 시간이었다.

영주의 두 손을 모아 잡고서 도원은 말했다. 우리는 아직 시행착오를 겪고 있는 것뿐이라고.

"나하고 이것 하나만 약속해. 만약 그 자식이 자꾸 널 힘들게 하면, 그래서 도저히 혼자 감당할 수 없을 만큼 힘들면, 그땐 나한테 꼭 말하기로."

도원이 양 엄지로 그녀의 손등을 동그랗게 문지르며 재촉했다. 쉽사리 대답하지 못하는 영주에게 이렇게 덧붙이는 것도 잊지 않았다.

"대신 싸워 준다는 말 아니야. 싸우는 네 옆에서 손이라도 잡고 있겠다는 말이야. 그러니까, 응?"

애타는 눈으로 답을 기다리는 도원에게 결국 영주가 새끼손가락을 내밀어 보였다.

8

헤어지기 싫은 밤

"한 시간 뒤에 내려와요."

영주가 손을 흔들며 201호로 들어가고, 도원도 일단은 집으로 돌아왔다. 젖은 옷을 벗고 샤워를 한 도원이 뻣뻣해진 머리 위에 수건을 뒤집어쓰며 잠시 침대에 기대 누웠다.

〈순살로 시켜도 돼요?〉

몇 분 전에 도착한 영주의 메시지에 좋다고 답장을 보내고는 수건으로 젖은 머리를 털었다. 평소라면 잘 하지 않는 머리 모양을 몇 시간이나 하고 있었던 탓에 이마까지 당기는 느낌이 들었다.

얼굴에 스킨과 로션을 잊지 않고 챙겨 바르고 손으로 착착 두드렸다. 고작 반나절이 지났을 뿐인데, 벌써부터 피로가 엄습해 오는 건 단지 기분 탓만은 아닐 것이다.

고작 반나절, 그의 연애는 롤러코스터를 탄 것처럼 천국과 지옥을 오르내렸다.

새삼 서 선생님이 도원의 소설에 사랑이 필요하다고 말씀하셨던 게 이런 뜻이었나 싶기도 했다. 도원이 한숨과 함께 몸을 일으켰다.

집에서 6개들이 맥주 한 박스를 옆구리에 챙겨 들고 나와 영주의 집 초인종을 눌렀다. 차를 타고 이동하는 내내 영주의 다리에 웅크리고 있던 로키가 팔팔한 기세로 뛰어나와 도원을 맞았다.

"왔어요? 들어와요."

반팔 티셔츠에 청바지 차림이 된 영주가 뽀얀 얼굴로 도원을 안으로 들였다.

그녀 역시 씻고 나왔는지 두 볼이 상기되어 있었고, 젖은 머리에서 풍기는 라즈베리 향기가 그녀가 지나간 자리마다 잔향이 되어 남았다. 그 뒤를 따르던 도원의 입안에 절로 침이 고였다.

"아마 금방 배달 올 거예요. 배고프죠?"

도원보다도 오늘 하루 걷고, 뛰고, 웃고, 울고, 화내던 영주의 속이 더 허기졌을 테다.

"우리 거실에서 영화 보면서 먹어요."

"내가 들고 갈게."

영주가 미리 준비해 둔 물잔, 앞접시, 포크가 놓인 조그만 접이식 식탁 위에 들고 온 맥주를 내려놓은 도원이 그것을 거실로 옮겼다.

무슨 영화를 볼까 고민하다가 한 달 전 개봉한 액션 코미디 영화를 결제했다. 벽에 등을 기대고 앉아 막 맥주 캔을 따려는데, 때마침 치킨 배달이 도착했다. 도원이 카드를 꺼내 계산하고 치킨을 받았다.

"우와, 맛있는 냄새!"

영주가 상자를 열자마자 훅 퍼지는 기름 냄새에 눈을 빛냈다. 크리스마스 선물을 받은 아이처럼 신이 난 얼굴을 보고 있자니, 아까 눈물 흘리던 여자와는 전혀 다른 사람 같아 웃음이 났다.

"짠, 할까요?"

도원의 캔 맥주와 영주의 병맥주가 경쾌하게 부딪쳤다. 평소와 다르게 한껏 꾸미고 나들이를 나가는 것도 즐거웠지만, 역시 편한 장소에서 편한 차림으로 마주할 수 있어 좋았다.

치킨을 먹으면서 영화를 재생시켰다. 흘러가는 장면을 생각 없이 들여다보다 눈이 마주칠 때마다 번번이 도원이 먼저 시선을 피했다.

오늘 하루 종일 물고 빨았던 건 다른 사람이었나?

오전과 오후가 다른, '낮이밤져' 남자가 되어 버린 도원을 영주가 뚱한 눈으로 흘겨보았다. 그 시선이 뚜렷하게 느껴질 텐데도 돌아보지 않는 도원 역시 고집스러웠다.

어느 정도 배가 부른 뒤에는 상을 한쪽으로 밀어두었다. 줄곧 도원의 대각선 자리에 앉아 있던 영주가 은근슬쩍 도원의 옆으로 자리를 옮겼다.

치킨을 먹는 내내 상에, 영주의 다리에, 도원의 다리에 매달려 애처롭게 울어 대던 로키는 영주가 마지못해 꺼내 든 개 껌 하나를 물고 제 방석으로 도망가 버리고, 나란히 앉은 둘을 방해할 것은 이제 아무것도 없었다.

영주가 용기를 내어 그의 어깨에 머리를 기대었다. 그녀보다 반 뼘 남짓 높은 어깨에 단단하게 힘이 들어가는 것이 느껴졌지만, 모르는 척 그렇게 마저 영화를 시청했다.

마약반과 마약상의 우스꽝스런 격투 씬을 보면서는 같이 배를 잡고 낄낄거렸다. 중간에 도원이 잠시 화장실에 다녀오면서 두 사람 사이의 간격이 다시 반 뼘 벌어졌다. 이상한 일이었다.

영주가 다시금 도원의 옆에 바짝 붙어 앉았다. 그녀를 물끄러미 내려다보는 그의 눈빛이 위험하리만치 짙었다.

"······키스하고 싶어요."

영주의 말에 놀란 듯 도원의 눈이 크게 뜨였다. 꿀꺽, 마른침 넘어가는 소리가 들리고, 동시에 도원의 결후가 크게 일렁였다.

입술을 향해 찬찬히 떨어져 내리는 시선을 느끼면서 영주가 지그시 눈을 감았다. 이어 도원의 입술이 눈길이 쓸고 간 그 자리에 가볍게 내려앉았다.

보드라운 감각이 입술을 꾹 눌렀다. 입술에도 고동이 있다는 걸 처음 느꼈다.

영주의 떨림인지 아니면 도원의 떨림인지 알 수 없는 고동이 서로 공명했다. 그 고동이 심장까지 퍼져나가던 그때, 입술에 닿았던 온기가 멀어졌다.

아, 또다. 줄곧 감겨 있던 눈이 뜨이고, 그녀의 눈동자 위로 아쉬움이 떠올랐다. 그들의 첫 입맞춤처럼 영주를 깊이 몰아쳐 주었으면 하는 바람이 빛 가루처럼 서려 있었다.

촉촉하게 젖어 있는 영주의 눈을 외면하느라 도원은 이를 악물어야 했다. 속이 타고, 입술이 메말랐다. 당장이라도 저 붉은 입술을 헤집고 혀를 얽어 갈증을 풀어내려는 욕망을 억누르느라 턱이 아릴 지경이었다.

그러나 한 번 입을 맞추면 그것만으로 끝나지 않을 것이다. 그녀를 눕히고, 부드러운 살을 쓸고, 핥고, 깨물다가 결국에는 여린 살갗을 억지로라도 열어 그를 집어넣으려 할 테지.

그러니 지금 여기서 그쳐야 했다. 이곳이 그가 욕망을 이성으로 통제할 수 있는 마지노선이었다.

"그만 일어날까."

끝까지 그의 발목을 붙잡는 미련과 아쉬움을 분연히 떨쳐 버린 채 그가 자리에서 일어났다.

날은 이미 어두워진 지 오래였고, 오후에 소나기가 오고 갠 듯했던 하늘에서는 다시 추적추적 봄비가 내리고 있었다.

밤이라는 시간적 공간이 사람의 욕망을 얼마나 부추기는지 모르지 않기에, 도원은 되도록 빨리 집으로 돌아가는 것이 좋겠다고 판단 내렸다.

알아서 척척 상을 치우기 시작한 그의 등 뒤에서 영주가 어떤 표정을 짓고 있는지는 미처 알지 못한 채였다.

"벌써 가요?"

쫓기는 사람처럼 후다닥 뒷정리를 마치고 현관에 선 도원을 배웅하면서 영주가 물었다.

"가서 일해야 돼요? 조금 더 있다가 가면 안 되나?"

아쉬워하며 붙잡는 영주를 가만 내려다보던 도원이 끝내 옅은 한숨을 내쉬었다. 제 앞머리를 거칠게 털어 내던 손이 이윽고 영주의 어깨를 감싸며 품으로 끌어들였다.

"영주야."

무언가를 억누르는 듯한 목소리에 순간적으로 영주가 부르르 몸을 떨었다.

"이 이상 넘어오지 마. 여기에 있어."

오른손으로 그녀의 왼팔을 붙잡았다. 스르르 타고 내려간 손끝이 팔꿈치 안쪽을 움켜쥐자, 영주가 움찔 놀랐다.

"아까 내가 한 말 기억하지? 넘어오면 내가 너 어떻게 할지 몰라."

샴푸 향이 짙게 남은 영주의 머리칼에 코를 묻고 깊이 숨을 들이마신 그가 경고의 의미를 담아 그녀의 귓바퀴를 잘근 깨물었다. 펄쩍 뛰며 뒷걸음질 치는 영주의 머리를 마구 비비다 이내 문을 열고 나갔다.

도원이 집에 돌아온 시간은 10시. 그것만으로 이미 충분히 긴 하루를 보냈다고 생각했다.

신발을 벗고 들어서서 가장 먼저 한 일은 냉장고를 열고 물을 꺼낸 것이었다. 컵에 찬물을 따라 벌컥벌컥 들이켰다. 타는 듯한 갈증을 목구멍에서부터 내리누르려 애썼다. 하나 별 소용은 없었다.

조금 더 같이 있고 싶다는 영주의 말이 돌림노래처럼 귓가를 맴돌았다. 그것이 어떤 의미로 들릴지 전혀 모르고 한 말은 아닐 것이다. 그렇다고 완벽하게 결심이 서서 한 말도 아닌 게 분명했다.

도원은 쉽사리 유혹에 지려는 마음을 힘겹게 다잡았다.

"후우……."

절로 흘러나오는 한숨이 깊고 무거웠다. 마냥 달달한 기분에만 취해 있기에는, 오늘 밤에도 해야 할 일이 쌓여 있었다.

주말 하루를 온전히 영주와 보내기 위해서 잠시 뒤로 미뤄두었던 일거리를 떠올렸다. 빈 컵을 싱크대 안에 넣어 두고서, 열기를 좀 식힐 겸 욕실로 걸음을 옮길 때였다.

딩동. 누군가 초인종을 울렸다.

인터폰보다 문과 가까이 있어, 도원이 맨발로 현관 타일을 밟았다. 누구냐고 묻는 말에 문 너머에서 작은 대답이 들렸다.

"저, 저예요. 영주."

문가에 입을 가져다 대고 소곤거리는 듯한 은밀한 목소리.

도원이 순간적으로 멈칫했다. 마치 그가 붙들고 있는 문고리 너머에 어마어마한 함정이라도 기다리고 있는 것처럼.

이내 마음을 다잡고 문고리를 비틀어 여는 도원의 미간에
움푹 주름이 팼다.

"……혹시 내가 일하는데 방해했어요?"

현관문이 열리자마자 맞닥뜨린 차가운 인상을 보고, 영주가
쭈뼛거리며 물었다. 도원이 손으로 눈가를 문지르며 아니라고
둘러댔다.

"그런데 무슨 일로?"

좀 전까지 같이 있었으면서 굳이 또 올라온 이유를 묻자,
영주가 어색하게 웃어 보였다.

"들어가서 얘기하면 안 돼요?"

"잠깐……."

그건 별로 좋은 생각이 아닌 것 같다고 말릴 틈도 없었다.
도원의 겨드랑이 밑으로 냅다 파고든 영주가 이미 현관 안쪽
으로 들어와 버렸으니까.

도원이 그런 영주를 황망한 기분으로 돌아보았다. 대체 무
슨 생각을 하고 있는 건지. 영주와 말없이 대치하다가 결국엔
헛숨을 흘리며 문을 닫았다.

"헤헤."

심사가 복잡한 도원의 사정은 까맣게 모르는 채, 그저 좋다
고 웃는 영주가 이제는 야속할 지경이었다.

"그래서 용건은?"

따져 묻는 도원의 말투가 평소와 다르게 사무적으로 들렸다

고 해도 어쩔 수 없는 일이었다.

"남은 맥주 가져왔는데 우리……, 읏!"

핑계처럼 들고 온 맥주를 내밀어 보이기도 전이었다. 영주의 손목을 낚아챈 도원이 그대로 그녀를 신발장에 밀어붙였다.

조명을 등지고 선 도원의 그림자가 그의 욕망을 대변하듯 순식간에 영주를 덮쳤다. 영주를 굽어보는 도원의 눈동자에 검은 불길이 일렁이고 있었다.

"너 대체 무슨 생각으로……. 내가 너한테 무슨 짓 할지 모르는 거 아니잖아."

도원의 직설적인 물음이 도리어 영주를 자극했다. 턱을 치켜든 영주가 도발하듯이 응수했다.

"이대로 헤어지기 싫었어요."

"하."

기도 안 찬다는 듯이 헛웃음을 뱉어 낸 도원이 결국 영주의 어깨 위에 힘없이 고개를 떨어뜨렸다.

"……왜 망설여요? 내가 내 발로 당신한테 왔는데."

"지금 그 말, 후회 안 할 자신 있어?"

물음이었으나, 그보단 거칠게 다그치는 것에 가까운 어조였다. 입술을 꾹 다문 채 도원의 눈만 들여다보고 있던 영주가 별안간 발뒤꿈치를 세워 그에게 입을 맞추었다.

그저 닿았다는 것을 알 수 있을 정도의 짧은 입맞춤이었다. 그러나 전혀 예상하지 못한 것은 사실이어서, 도원은 궁지까지 몰린 토끼에게 코끝을 깨물린 사자처럼 얼떨떨해하고 있었다.

잠시 뒤, 도원의 눈썹이 사납게 일그러졌다.

아마도 그것이 도원의 마지막 망설임이었고, 영주가 그에게서 도망칠 마지막 기회였을 것이다.

현관의 자동 센서 등이 꺼지는 것과 동시에 엄습하는 도원의 기세는 마치 이때만을 기다리며 줄곧 웅크리고 있던 짐승 같았다. 저도 모르게 파르르 몸을 떤 영주가 거부하지 않고 그를 받아들였다.

전에 없이 거칠게 영주의 입안으로 파고드는 도원은 마치 태풍 같았다. 마침 밤비까지 내리고 있어 더 그랬다.

한 손으로 영주의 턱을 잡고 다른 손으로는 허리를 휘감았다. 그대로 밀어붙이는 힘에 영주는 신발장 손잡이에 어깨죽지를 부딪쳤다.

아, 하는 신음을 내려고 벌어진 입속으로 뭉근한 혀가 침입했다. 그것이 영주의 혀를 휘감아 질척하게 빨아들였을 땐, 야릇한 기운이 혀뿌리를 타고 온몸으로 퍼져 결국 다리가 풀리고 말았다.

그녀가 무너져 내리기 전에 허벅지 사이로 도원의 다리 하나가 파고들었다. 허리에 감겨 있는 팔에 더욱 힘이 들어가 자연스레 영주의 가슴이 도원에게 딱 붙은 채로 몸이 기울었다.

자세에 불안함을 느낀 영주가 도원의 옷깃을 움켜쥐었다. 그러나 실제로 그녀를 지탱하고 있는 것은 도원이었다.

입술이 떨어졌다 맞붙는 간격이 점차 짧아졌다. 어느 순간부터는 밖으로 새는 호흡조차 아까운 사람처럼 영주의 숨을 탐했다.

아이러니하게도, 무자비한 키스에 정신 못 차리는 이 순간, 그가 지금까지 얼마나 영주를 조심스럽게 대했는지를 알 수 있었다.

턱을 쥐고 있던 도원의 손이 뺨을 문지르고, 뒷덜미를 감쌌다. 그가 닿을 수 있는 가장 깊숙한 곳까지 파고들었다. 그런 도원의 기세를 벅차하던 영주가 조금씩 용기를 내기 시작했다.

뼈마디가 도드라질 정도로 꽉 움켜쥐고 있던 손을 풀었다. 보잘것없이 구겨진 자국이 남은 셔츠를 따라 어깨를 거슬러 오른 두 팔이 도원의 목을 휘감고 매달렸다.

붉은 혀가 얽히며 질척거리는 소리가 한층 짙어졌다. 그녀의 어설픈 움직임을 받아 주던 도원이 감고 있던 눈을 떴다. 속눈썹이 닿는 거리에서 마주한 그의 눈빛에 야성이 깃들어 있었다. 오싹하게 치밀어 오르는 흥분에 영주의 볼까지 소름이 올랐다.

목덜미를 쥐고 있던 손이 앞으로 움직이는 느낌이 선했다. 그 종착지가 어디일지 예상하지 못할 만큼 순진하지는 않았다.

따라서 이어질 흥분을 기대하며 눈을 감는데, 뜻밖에도 도원의 손끝이 지분거리는 것은 목 아래 도드라진 쇄골이었다.

엄지로 원을 그리며 문지르더니, 바로 그 자리에 입술을 가져다 댔다. 영주가 움츠릴수록 움푹 팬 곳을 혀로 핥았다. 뜨겁고 미끈한 것이 피부를 쓸고 지나자 영주의 입에서 절로 신음이 샜다.

"미치겠다. 너 때문에."

윗니로 아랫입술을 지그시 깨문 채 그 소리를 가둬 두고 있는 영주의 얼굴이 도원을 얼마나 부추기는지 그녀는 알지 못할 것이다. 웃을 수도 없고, 그렇다고 화를 낼 수도 없어 결국 짐승처럼 으르렁거리며 그녀의 목덜미를 콱 깨물었다.

"아!"

반사적으로 상체를 앞쪽으로 구부리는 영주를 그대로 들어 안았다. 영주가 돌연 허공에 뜬 두 다리를 버둥거렸다.

도원이 그녀를 안으로 데리고 들어갔다. 그가 침대로 향하고 있음을 안 영주가 그의 목을 꽉 끌어안고, 어깨에 얼굴을 묻었다.

곧 엉덩이에 푹신한 매트리스가 닿았다. 자연스럽게 도원이 영주를 타고 올랐다. 그녀의 머리 옆으로 두 팔을 짚고 있는 도원을 올려다보며 영주가 문득 물었다.

"왜 망설였어요?"

"혹시라도 네가 후회할까 봐."

"……자신 없어요?"

눈을 동그랗게 뜨며 하는 되바라진 물음에는 실소밖에 나오지 않았다. 도원이 영주의 코를 아프지 않게 꼬집었다.

288

"아주 제대로 도발하네, 이 아가씨가."

그러고는 영주의 겨드랑이며 허리를 마구 간질였다. 도원의 품에 갇혀 피하지도 못하고 애꿎게 몸만 비틀던 영주가 곧 숨을 헐떡였다. 도원이 하얀 이마에 어지럽게 엉겨 붙은 머리칼을 쓸어 주었다.

"아까 싸운 게 마음에 걸려서 그러는 거면 안 그래도 돼."

"아, 까먹고 있었는데……."

작은 목소리로 중얼거린 영주가 방어하듯 가슴팍에 교차하고 있던 팔을 들어 도원의 턱을 감쌌다. 까슬까슬하게 올라오기 시작하는 수염을 신기하다는 듯이 만지작거렸다. 무언가 말하려던 도원의 입을 영주가 입술로 막으며, 도원의 아랫입술을 살짝 물어 당겼다.

"그냥…… 오늘 하루가 더 완벽해졌으면 좋겠어요."

한 팔을 도원의 목에 걸고, 다른 손으로 눈가를 쓸었다. 미소 띤 영주의 얼굴을 가만히 내려다보던 도원이 이내 그녀의 허리 밑으로 손을 쑥 집어넣었다. 그대로 감아 안은 채 침대 안쪽으로 무릎걸음을 하자, 영주도 그 힘에 들리다시피 하여 옮겨졌다.

그녀의 셔츠 안으로 들어와 허리를 쓸어내는 손에 더 이상의 머뭇거림은 없었다. 오목한 등줄기를 따라 불거진 날개 뼈를 쥐고 들어 올렸다. 그 탓에 내밀어진 영주의 가슴에 도원이 얼굴을 비볐다.

"꺅!"

생소한 접촉에 영주가 작게 비명을 질렀다. 그것을 벌주듯이 도원이 입술로 그녀의 목덜미를 앙, 물었다.

아프지는 않았으나 뒤이어 혀로 쓸어 올리는 행위는 전기에 감전된 사람처럼 짜릿한 쾌감을 느끼게 했다.

"부드러워."

어느새 도로 얼굴을 기울인 도원이 그녀의 가슴 사이에 한숨을 쏟아 내며 중얼거렸다. 뜨끈한 입김이 가슴골에 닿자 영주의 고개가 절로 꺾였다.

돌돌 말린 티셔츠가 브래지어를 드러내고, 레이스의 테두리를 따라 지분거리는 입술은 점점 아슬아슬한 경계까지 닿았다.

잠깐 고개를 들어 영주의 젖은 눈동자 옆에 키스한 도원이 먼저 상체를 일으켜 입고 있던 셔츠를 머리 위로 벗어 냈다.

그녀의 골반 즈음에서 한 번 하체를 문지르자, 영주가 물밖에 나온 생선처럼 펄쩍 뛰었다. 진즉부터 단단하게 굳어 버린 도원의 욕망을 적나라하게 맞닥뜨린 탓이다. 이 상황이 낯설고 부끄러운 나머지 두 손으로 얼굴을 가렸다.

"이제 더한 짓을 할 건데 벌써부터 긴장하면 어떡해?"

웃음기 어린 목소리로 도원이 영주를 놀렸다.

"나, 난 처음이란 말이에요!"

손을 비끼며 앙칼진 눈으로 노려보자, 도원이 그녀의 눈썹을 엄지로 문지르며 말했다.

"알아. 그래서 고맙게 생각하고 있어."

"내가 처음이라서요?"

되묻는 목소리가 불퉁했다. 도원이 손을 내려 그녀의 도톰한 아랫입술을 문질렀다.

"아니. 네가 지금까지 소중하게 간직해 온 걸 나하고 함께해 줘서."

도원의 그 대답이 영주의 마음을 울린 것만은 틀림없었다. 영주가 그의 뺨을 잡아 저에게로 내렸다.

맞물린 입술 틈에서 혀와 혀가 휘감겼다. 뜨거운 타액이 오가며 몸이 달아올랐다. 영주가 바라는 만큼 그녀를 깊이 빨아들이는 도원이 아래위로 허리를 움직이며 욕망을 가감 없이 드러냈다.

그러는 와중 툭, 하고 가슴을 억압하고 있던 브래지어가 풀렸다. 들뜬 속옷 안으로 도원의 기다란 손가락이 파고들었다. 둥그런 살을 한껏 쥐었다 풀고, 다시 덧그리다 손끝으로 도드라진 곳을 문질렀다. 그의 손짓에 어설프게나마 응답하며 허리를 휜 영주가 손등으로 눈을 가렸다.

"……너무 밝아요."

제 욕심과 그녀의 부끄러움 사이에서의 고민은 길지 않았다. 몸을 일으킨 도원이 침대 맡 무드 등을 켜고 거실 조명을 껐다.

은은한 불빛이 영주의 소담한 실루엣을 비춰 주었다. 그녀의 발밑에 무릎을 대고 앉아 영주가 입고 있던 청바지를 아래로 끌어내렸다.

침대 아래에 하의를 모두 벗어 둔 채 도원이 움츠리고 있는 영주의 곁에 누웠다. 그녀의 목 아래에 한 팔을 끼워 넣고 다른 손으로 옆구리를 쓸어 올렸다. 오소소 돋아나는 소름이 그녀의 긴장을 대신 말해 주고 있었다.

도드라진 갈비뼈를 피아노 치듯 두드렸다. 그녀의 뒷목을 따라 입을 맞추며, 옆으로 쏠린 가슴을 다시 움켜쥐었다. 손가락을 길게 뻗어 한 번에 양 가슴을 문질렀다가 다시 뾰족한 부분을 찾아 꼬집었다.

영주의 귓바퀴를 깨물며 왼손을 내렸다. 쏙 들어간 허리와 높게 솟은 골반을 황홀한 듯이 어루만지며 그녀의 엉덩이를 둥그렇게 문질렀다.

다리 사이로 파고든 도원의 손이 은밀한 부위를 파고들었을 땐, 영주는 저도 모르게 눈앞으로 뻗친 도원의 팔을 양손으로 움켜잡고 말았다. 그가 반복해서 동그랗게 솟은 정점을 문질렀다. 생각지 못한 곳에서 젖은 소리가 났다.

영주는 가려운 건지 아니면 아픈 건지 알 수 없는 감각에 부들부들 떨며 그 순간을 최대한 느껴 보려고 노력했다. 세게 깨물고 있는 잇새로 그녀가 미처 자각하지 못하는 신음이 새어 나갔다.

뜨거워. 몸이 이상해. 이러면 안 될 것 같아. 무서워.

속으로 웅얼거리는 말은 온전한 단어가 되지 못하고 자꾸만 혀 위에서 뭉개졌다.

"나한테 기대. 괜찮아."

그녀의 다리 하나를 제 다리 위에 걸쳐 놓으며 도원이 귀에 대고 속삭였다. 그의 기다란 손가락 하나가 속으로 깊숙이 파고들었다.

"이, 이상해요. 이제 그만……."

도원의 손이 빠르게 움직일수록 영주의 헐떡임도 점차 높아져 가던 순간, 도원이 그녀를 꽉 부둥켜안았다. 파르르 떨며 영주의 몸이 와르르 무너져 내렸다.

생경한 경험이었다. 몸 안쪽이 뜨거웠고, 쉽사리 진정되지 않았다. 심장이 다리 사이에서 뛰고 있는 느낌이었다. 한동안 그녀를 부드럽게 어루만지던 그가 허벅지 위에 걸쳐져 있던 영주의 다리를 내려 주었다. 영주가 아기처럼 몸을 옹송그렸다.

"계속 할 수 있겠어?"

등 뒤에서 물어오는 도원의 호흡 역시 거칠었다. 지금까지 했던 것이 아직 시작에 불과하다는 점을 주지시키면서도, 한 손으로 영주의 등과 허리, 골반을 연신 쓰다듬고 있었다.

도원은 쉽사리 대꾸하지 못하는 영주를 재촉하지 않았다. 대신 맞붙은 허벅지를 파고드는 이물감에 영주가 헉, 하고 헛숨을 들이켰다.

"괜찮아. 오늘은 그냥 이렇게 있어."

영주의 몸을 꼭 끌어안으며 달래듯 말했다. 영주의 호흡이 진정되기를 기다린 다음에서야 느리게 허리를 움직이기 시작했다.

도원의 몸짓에 무력하게 흔들리던 영주가 어느 순간부터는 조금씩 호응하며 허리를 휘었다. 그에 안심한 듯 보다 거세게 몸을 치받기 시작한 도원의 손이 영주의 다리 사이를 매만졌다.

축축하게 젖은 둔덕에 손을 올려 깊은 곳을 들쑤시고, 움키고, 강하게 문지르며 영주의 귀에 낯선 숨소리를 쏟아 내었다. 머지않아 마침내 쾌락의 절정을 느낀 두 사람이 서로를 빠듯하게 그러안았다.

행위가 끝난 뒤 곧바로 잠이 몰려오는 건 그만큼 섹스가 만족스러운 까닭이라는 연구 결과를 본 적이 있다.

비록 완전한 섹스는 아니었어도 강렬한 애무로 그를 만지고 느낀 영주 역시 눈앞이 가물거리고 있었다. 기력이 하나도 없고, 정신은 혼미했다. 손 하나 까딱하기 싫은 영주의 마음을 아는 것처럼, 도원이 그녀를 자신과 마주 보도록 돌려 안았다.

"졸려?"

이마에 입을 맞추며 도원이 물었다. 정작 그녀보다 격하게 몸을 움직인 도원의 음성은 잠기운 하나 없었다.

영주는 일말의 기대감이 담긴 도원의 눈을 모른 체하며 힘없이 고개를 끄덕였다. 옅은 한숨이 정수리를 스쳤으나 그뿐. 그래, 하며 덩달아 끄덕거린 도원이 땀에 젖은 그녀의 머리칼을 쓸어 주었다.

"자자."

"······잘 자요."

그리고 간신히 웅얼거린 인사가 영주가 기억하는 마지막 대화였다.

✽　　　✽　　　✽

영주가 어렴풋하게 눈을 뜬 건 아직 날이 밝지도 않은 새벽녘이었다.

낯선 장소와 낯선 온기, 낯선 냄새가 가득한 침대 위에서 전날의 행적을 덧그리는 데에는 약간의 시간이 필요했다. 이윽고 영주의 얼굴이 걷잡을 수 없이 달아올랐다.

변명을 해 본다면 분위기에 진탕 취해 있었다고 할 것이다. 욕망이 끓는 눈빛으로 영주를 보고, 열감이 묻어나는 손길로 영주를 어루만지는 도원에게. 젖은 공기와 그의 체취가 잔뜩 묻어 있는 공간에. 세상에 오직 둘 뿐인 것만 같던 그 시간에.

영주는 이불 속 맨 몸 위에 턱 하고 걸쳐진 도원의 팔뚝을 하릴없이 만지작거렸다. 마주하고 있는 작은 간격 속에 그가 내쉬는 숨의 냄새가 고여 있었다.

잠결에 도원이 영주를 제 품으로 더욱 당겨 안았다. 순순히 그에게 몸을 맡긴 영주가 그의 가슴에 볼을 대고서 심장 소리를 들었다.

"……뭐 해?"

장난스럽게 그의 넓고 단단한 가슴 위로 하트며 별 같은 것을 덧그리고 있을 때였다. 머리 위에서 잔뜩 갈라진 낮은 음성이 들렸다. 제대로 눈도 뜨지 못한 도원이 가는 시선으로 그녀를 보고 있었다.

"일어났어요?"

"응."

그의 눈이 영주의 부스스한 머리와 무방비한 얼굴, 벗은 어깨를 차근히 쓸고 지났다.

"아, 잠깐만. 보지 말아요."

영주가 가슴까지 내려가 있던 이불을 머리 위로 뒤집어썼다.

"답답해. 나와."

도원이 이불자락을 잡아당기는데도 꾹 버텼다. 쓸데없는 고집을 부리는 영주를 보며 낮게 웃던 도원이 그녀를 이불 째 끌어안았다.

"아, 숨 막혀요!"

버둥거려 봐도 놓아주질 않았다. 별로 힘을 주고 있는 것 같지도 않은데, 그녀의 몸 위에 얹고 있는 다리며 감겨 있는 팔을 뿌리칠 수가 없어서 끝내 심술을 부렸다.

콱, 깨문 가슴팍에 잇자국이 남았다. 순간 움찔한 도원이 서서히 팔을 풀고 영주를 덮고 있던 이불을 걷어 냈다. 황당한 표정으로 내려다보는 도원에게 심술을 부리듯 다시 한번 그 자리에 입을 가져다 댔다.

잘 물리지 않는 살을 이 사이에 넣고 쭉 빨아들였다. 생각보다 자국을 만드는 게 힘들어 몇 번이나 반복해야 했다. 결국

엔 제 팔꿈치 안쪽과 똑같은 울혈을 만들어 놓고 만족스럽게 웃었다.

"너 진짜……. 어제부터 아주 사람을 갖고 노네."

좀 전의 장난기는 어느새 증발해 버린 도원이 안고 있던 영주를 빙그르르 돌려 제 몸 위에 올려놓았다. 잔뜩 성이 나 버린 하체를 영주의 허벅지에 대고 비비면서 물었다.

"어떻게 책임지려고. 응?"

애초에 그런 의도로 도원을 자극했으면서, 막상 그의 욕망을 있는 그대로 맞닥뜨리니 잊고 있던 민망함이 찾아들었다. 영주가 애써 창피함을 떨쳐 내며 그의 아랫배를 타고 올랐다.

"잠 다 깼어요?"

"누구 덕분에."

도원의 손이 자연스럽게 영주의 허벅지와 허리를 오르내렸다. 그러다 와락 가슴을 쥐고 그 끝을 당겼을 때 아, 하며 도원의 위로 몸을 포갰다. 영주가 거칠게 수염이 올라온 그의 턱을 쓰다듬으며 말했다.

"하고 싶어요."

끝까지 멈추지 말고. 아파도 좋아요. 우리, 해요.

그의 귀에 대고 속삭이는 소리가 어쩌면 도원에게는 악마의 유혹처럼 들렸을지도 모르겠다. 순식간에 도원과 영주의 자세가 반전되었다. 영주는 욕망이 들끓는 눈으로 자신을 내려다보는 도원에게 웃음 지어 보였다.

생각해 보면 그는 늘 그랬다. 중요한 선택의 순간순간마다 혼란스러워하는 영주를 타일렀고, 이해시켰고, 기다려 주었으며 존중해 주었다. 그런 도원이기에 망설임은 없었다.

영주의 손이 도원의 평평한 가슴과 근육의 음영이 뚜렷한 복부를 지나 아래를 움켜쥐었다. 눈을 크게 뜬 그가 작게 신음했다.

"네 말대로 아파도 끝까지 할 거야. 이제 못 멈춰."

견고한 그가 거대한 노도처럼 영주를 뒤덮었다. 낯선 고통과 그 고통의 끄트머리에서 피어나는 쾌락, 그리고 감당하기 힘들 정도로 차오르는 충만함을 견디지 못하고 영주의 손끝이 도원의 어깨와 등에 날카로운 자국을 새겼다. 도원은 길게 흐느끼며 전율하는 영주의 몸을 끌어안았다.

"따뜻해, 영주야. 네가 너무 따뜻해."

그녀의 안을 채우고, 다시 비우는 속도가 점차 빨라졌다. 나중에 가서는 도원조차도 그 반복된 움직임을 감당하지 못하는 것처럼 보였다.

그러다 마침내 참고 참았던 열기가 한꺼번에 분출되었을 때, 그는 빠르게 흩뿌려지는 쾌감을 아쉬워하는 사람처럼 몇 번 더 영주를 치받았다.

"후우……."

모든 걸 비워 낸 도원이 그녀의 위로 쏟아졌다. 영주가 힘없는 손길로 그의 머리를 쓰다듬어 주었다.

두 사람 모두 진이 빠져서 한참을 그 상태로 숨을 골랐다. 그러다 도원이 다급히 상체를 세워 앉았다. 제 쓸모를 다한 콘

돔의 끝을 묶어 버리고, 땀으로 번들거리는 영주의 나신을 이불로 잠시 덮어 두었다.

영주는 욕실로 걸어가는 도원의 뒷모습을, 탄탄한 엉덩이를 홀린 듯 지켜보고 있었다. 도원이 들어간 화장실에서 물소리가 나고, 다시 밖으로 나온 그의 손에 젖은 수건이 들려 있었다.

"어디 아픈 덴 없고?"

"……응. 생각보다 기분 좋았어요."

아직 도원의 손이 닿는 게 어색한 모양이었다. 시트를 올려 얼굴만 가린 영주가 사랑스러웠다.

"사랑해."

도원이 말했다.

"사랑해요."

영주가 수줍게 응답했다.

자상한 손길로 그녀의 몸을 닦아 준 도원이 다시 이불 속으로 들어왔다. 팔을 내밀자, 영주가 제자리를 찾아 머리를 기댔다. 겨우 하룻밤 만에 서로의 쉴 곳이 된 두 사람이 한 몸처럼 다리를 엮고, 팔을 감았다.

"몇 시예요?"

베개 밑을 더듬어 휴대폰을 찾은 도원이 시간을 확인했다.

"다섯 시 조금 넘었어."

"아직도 깜깜해요."

"조금만 있으면 밝아질 거야."

무드 등을 끄자, 그저 흐릿한 그림자로만 서로의 실루엣을 확인할 수 있을 뿐이었다. 불현듯 속이 텅 빈 것 같은 느낌에 영주가 몸을 바짝 붙이며 도원의 가슴에 귀를 가져다 댔다.

"뭔가 이상해요."

"뭐가?"

도원의 심장이 쿵쿵 뛰고 있었다. 그가 소리를 낼 때 가슴이 울리는 게 기분 좋았다.

"좋은데……, 한편으론 허전한 것도 같고, 슬픈 것도 같고. 이상한 느낌."

도원이 그런 영주를 더욱 세게 끌어안았다. 도원에게 거의 반쯤 올라탄 영주가 그의 가슴에 얼굴을 비볐다.

"얘기해 줘요."

"무슨 얘기?"

"아무거나. 채도원이란 사람에 대해서 내가 모르는 것들."

곧 팔꿈치를 대고 턱을 기대며 물었다.

"언제부터 혼자 살았어요?"

"음……. 이제 10년쯤 됐나. 부모님 돌아가시고 바로니까."

영주가 멈칫하며 도원을 보았다.

"부모님이 두 분 다 돌아가셨어요?"

조심스레 묻는 영주와는 달리, 도원의 어조는 담담했다.

"교통사고였어. 대학 다닐 때였고. 철없이 살다가 두 분 한꺼번에 돌아가시고 한동안 정신 못 차렸지. 군대 다녀와서 첫 소설로 등단했고, 돈 버는 게 얼마나 힘든 건지 알고 나서야 제대로 실감이 났어."

부모님의 사망 보험금이나 유산을 정리해 준 할아버지가 도
원에게는 그나마 유일하게 기댈 수 있는 어른이었다. 한데 부
모님 돌아가시고 겨우 1년 만에 할아버지마저 잃었다. 이후로
는 불가항력으로 어른이 되어야만 했다.

"원래는 아파트에 살았는데, 집에 혼자 있는 게 싫어서 자
꾸 밖으로 나돌다 보니까 어느 순간부터는 집이 집 같지가 않
았지. 관리비며 세금도 많이 나오니까 그냥 내가 혼자 유지할
수 있는 집을 찾다가 이사 온 게 바로 여기."

처음 그가 이 빌라로 이사 왔을 때만 해도 주변에 정말 아
무것도 없었다며 웃었다.

천변은 정비되기 이전이었고, 주변은 노후한 건물뿐이었다.
지금처럼 세련된 카페나 레스토랑을 찾아볼 수 없어 어쩔 수
없이 요리 실력이 늘었다고 했다.

"남들처럼 대단한 목표 세우고 사는 거, 사실 나랑은 안 맞
아. 무엇이 됐든 내가 유지할 수 있는 만큼만 가지면 된다고
생각하니까. 집도, 사람도. 취미나 생활 습관 같은 것까지."

이야기를 들으며 그의 어깨를 어루만지는 영주를 끌어안으
며 그녀의 이마에 입술을 내렸다.

"글을 써도 스릴러 소설을 쓰던 놈인데. 네가 내 아랫집에
이사 온 이후로 내 장르가 로맨틱 코미디가 돼 버렸어."

영주가 쿡쿡 웃음을 터뜨렸다. 그 작은 진동이 맞닿은 피부
를 타고 퍼져 도원을 온통 울렸다. 도원은 제 위에 올라와 있

301

는 그녀의 무게감이 누름돌처럼 그를 안정시키는 기분을 느꼈다.

"이제 네 얘기 해 봐. 넌 언제부터 혼자 살았어?"

"고등학교 졸업하고 서울로 대학 오면서 바로요."

"힘들었겠다."

"아주 어렸을 때부터 집을 나올 결심을 했어요. 전에도 말했지만…… 나는 엄마처럼은 살기 싫었거든요."

만약 부모의 팔자 대물림이 하나의 자연 현상 같은 거라면, 영주가 성장한 그 작은 시골 동네는 그것이 유달리 강하게 작용하는 곳이었다.

농부의 아들이 자라서 농부가 되고, 목장 주인 아들이 자라서 그 목장을 물려받았다. 한평생 동네 아줌마들에게 파마를 말아 주는 엄마 옆에서 네일아트 시술을 하는 미용실 집 딸내미를 보며 '알아서 제 살길 찾았다'며 대견하게 여기는 그런 고리타분한 동네였다.

"공무원이 되려고 한 것도 그래서였어요. 서울에 아무도 없으니까 혼자서 단단히 기반을 잡지 않으면 안 된다고 생각해서."

고집을 부려 집을 나온 만큼 본가의 부모님한테는 기댈 수 없었고, 누구보다 영주 자신이 하루라도 빨리 스스로를 책임질 수 있는 어른이 되기를 바랐다.

"그래서 실은 연애도 사랑도 하고 싶지 않았어요. 지금의 나로서는 감당할 수 없을 것 같아서."

막상 닥쳐오니, 사랑은 자력으로 밀어낼 수 있는 성질의 것이 아니었다. 공기처럼 스며서 온 세포를 일깨웠다. 그렇게 정신없이 휩쓸려 지금에 이른 와중에도 하나만은 변하지 않았다.

"나는 여전히 내가 제일 중요해요. 이기적이라고 해도 하는수 없어요. 이게 내가 날 지키는 방법이니까."

사랑 앞에서 자신을 속이고 거짓을 말하는 건 애초에 영주가 할 수 있는 일이 아니었다.

"……섭섭하지는 않아요?"

"별로. 내가 너보다 늙었으니까. 네가 나보다 너 자신을 더사랑하는 걸 섭섭하게 생각하지 않는 게 내 나잇값이야."

"하핫, 그게 뭐예요."

도원의 너스레에 영주가 작게 웃음을 터뜨렸다.

"사랑하는 사람에게 더 많은 걸 주고, 더 많은 걸 이해하는쪽이 결코 손해가 아니라는 걸 보여 주는 것도 내가 지불할 나잇값이고."

그렇게 답하는 도원을 물끄러미 쳐다보다가, 다시 그의 팔에 머리를 베고 누웠다.

"응. 나한테 더 많이 가르쳐 줘요. 나는 아직 모르는 게 많으니까."

계속 옆에서 쭈욱…….

마지막 말은 끝내 소리가 되어 나오지 않고 영주의 입안에서만 웅얼거렸던 것도 같다. 거짓말처럼 다시 졸음이 쏟아지기 시작했다.

밝아 오는 새벽빛이 거실을 비추고, 침대 위에 연리지처럼 한 몸으로 엮인 두 사람의 그림자가 마루 위에 다정한 그림을 그렸다.

그렇게 사랑하는 사람이 주는 아늑한 온기에 휩싸여, 누가 먼저랄 것 없이 깊게 잠이 들었다.

9
공감과 편견

수술 후 차도가 좋았던 서 선생님이 퇴원하던 날이었다. 도
원과 무관의 만류에도 불구하고 부득불 서산의 별장으로 돌아
가겠다는 그의 고집을 꺾을 수가 없었다. 결국 무관과 함께 선
생님을 별장으로 모셔 가기로 했다.

　"무관이나 제수씨나 다들 편한 사람들이니까 긴장할 필요
없어."

　함께 가겠느냐고 물었을 때, 영주는 선뜻 고개를 끄덕였다.
이번 참에 도원의 지인들과 만나 보고 싶다는 이유에서였다.

　"무관…… 씨? 그분은 저번에 만났던 사람 맞죠?"

　"어. 우리 집에서 본 그놈. 오늘 제수씨랑 하은이도 데리고
올 거야. 이제 세 돌 지난 무관이 딸."

　첫딸은 아빠를 닮은 경우가 많다는데, 천만다행으로 제수씨

를 쏙 빼닮아 앙증맞기 그지없는 아이를 떠올리며 도원이 부드럽게 미소 지었다.

"서 선생님 별장 뒤쪽에 계곡이 있어. 거의 사유지나 마찬가지라 로키랑 놀기 괜찮을 거야."

오늘은 노란색 원피스를 차려입은 로키가 제 이름이 들리자 영주의 품 안에서 귀를 쫑긋 세웠다.

도착했을 때 병실에는 먼저 와서 서 선생님의 퇴원 준비를 돕고 있는 무관뿐, 서 선생님과 그의 가족들은 보이지 않았다.

"……뭐 해?"

도원이 열린 병실 문 밖에 멀뚱히 서 있는 영주를 돌아보았다.

"서 선생님이란 분, 혹시 서인구 작가님이세요?"

영주의 눈이 휘둥그레졌다. 그녀가 손으로 입을 가리며 놀라워했다.

"진짜 유명하시잖아요! 옛날에 우리 학교에 강연 오신 적도 있었는데. 저 그 수업 들었거든요."

그때 들은 강연이 아직도 감명 깊게 남았다며 반가워하는 영주의 등 뒤로 문득 누군가가 끼어들었다.

"이런, 고마울 데가. 늙은이가 강단에 서 봐야 학생들 조는 얼굴들밖에 더 볼까 했는데, 재밌게 들어 줬다니 다행이구만."

무관의 아내인 수정과 퇴원 전 마지막 검사 결과를 듣고 돌아온 서 선생님이었다. 그의 주름진 손을 꼭 잡고 있던 하은이 다다다 뛰어와 무관의 품에 안겼다.

"글쓰기도 바쁜 사람이 여긴 무엇 하러 왔어."

나직이 나무라는 어조에 미안함이 담겨 있어, 도원은 그저 수더분하게 웃어 보였다.

"선생님 퇴원하시는데 와 봐야죠. 소개시켜 드릴 사람도 있고요."

영주가 엉거주춤 도원의 옆에 붙어 서서 인사를 했다.

"안녕하세요, 선생님. 문영주라고 합니다."

"반가워요. 서인구요. 채 군 여자 친구 되시나?"

"네, 선생님."

영주가 수줍게 웃으며 답했다.

"이렇게 또 만나네요, 영주 씨. 이쪽은 제 와이프 수정이. 그리고 여기 이 사랑스런 아가씨가 수정이 미니미 하은입니다."

"안녕하세요. 안녕, 하은아."

"만나서 반가워요. 하은이도 언니 안녕하세요, 해야지."

엄마의 재촉에 어른들을 힐끔대던 하은이 꾸벅 고개를 숙였다. 동시에 손까지 바쁘게 흔드는 모습을 보며 어른들 모두 흐뭇하게 웃음 지었다.

"선생님께선 제 차로 가시죠."

"음, 그럴까?"

도원이 침대 위에 놓인 보스턴백을 들며 앞장섰다. 서 선생님과 영주가 도란도란 이야기를 나누며 뒤따랐다.

멍! 멍!

병원까지 함께 들어가지 못한 로키가 열어 둔 창문 틈으로 밖을 내다보며 짖었다. 영주가 얼른 다가가 로키를 꺼내 주자, 한껏 서운했던 마음을 티 내며 꼬리를 흔들었다.

"멍멍이!"

로키보다 더 흥분한 사람이 있다면 단연 하은이었다. 꼭 잡고 있던 아빠 손까지 놓아 버리고 우다다 달려와서는 반짝이는 눈으로 로키를 보고 있었다.

"만져 볼래, 하은아?"

영주가 쪼그려 앉으며 로키의 등을 내밀었다. 영주가 로키의 얼굴을 단단히 고정하고 있어도 여전히 겁은 나는지 쭈뼛쭈뼛 손을 뻗었다.

"멍멍이!"

단풍잎처럼 자그마한 손에 로키의 부숭부숭한 털이 살짝 닿았다가 떨어졌다. 신이 나서 빽 소리를 지르고는 다시 로키의 엉덩이를 통통 두들겼다.

"아이, 예쁘다 해야지."

수정이 하은에게 시범을 보여 주었다. 덩치 큰 남자들에게만 유독 사납게 구는 로키는 서툰 하은이의 손짓을 잠자코 받아 주었다. 할짝, 혀를 내밀자 다시 하은이 꺅 소리를 질렀다.

어느새 다가온 서 선생님도 주름진 손으로 로키의 턱을 살살 긁어 주었다. 로키가 그 손길을 즐기며 사르르 눈을 감았다.

"죄송해요, 선생님. 댁에 처음 가는데, 강아지까지……."

"내가 오라고 했어요. 이 예쁜 강아지도 잘 따르니 얼마나 좋아요. 나도 옛날에 이렇게 작은 개를 꽤 오래 키웠어요."

낯선 사람들에게 좀처럼 마음 주지 않는 로키가 서 선생님의 무릎 위에서는 얌전했다. 서 선생님이 로키와 함께 뒷좌석에 오르고, 영주가 올 때처럼 조수석에 앉았다.

중간에 한 번 휴게소에 들러 로키의 용변을 보게 하고, 출출한 배를 채웠다. 그리고 다시 출발해 두어 시간쯤을 더 갔을 때 비로소 한적한 산길에 접어들었다. 차 한 대가 겨우 지날 법한 흙길을 한참 파고들고서야 영주는 언덕 위에 호젓하게 지어진 별장을 발견할 수 있었다.

다락이 있는 지붕이 우뚝 솟아 있는 목조 건물은 아담한 규모여도 운치가 있었다. 색을 칠하지 않은 나무 본연의 색이 주변과 잘 어우러졌다. 특히 겨울에 오면 별장은 설경을 담은 그림처럼 아름다울 것 같았다.

"예쁘다……."

절로 감탄하며 영주가 차에서 내려섰다. 허리 정도 오는 하얀 울타리가 별장의 경계를 나누었다. 뒤로는 야트막한 산을 배경처럼 거느리고 있었다. 로키가 가장 먼저 땅 냄새를 맡으며 주변을 살폈다. 그런 로키의 뒤를 하은이 졸졸 따라다녔다.

"오래 비워 뒀는데도 깨끗한 걸 보니, 이 씨가 다녀갔나 보군."

"제가 미리 부탁 좀 드렸습니다."

사람이 없는 동안 먼지 쌓인 별장을 근처에 사는 이웃이 와서 미리 청소해 주었다.

"선생님 드시라고 음식도 준비해 준 것 같은데요."

성의 표시로나마 다만 얼마 정도의 사례는 하고 있었어도, 실제로 이만큼이나 서 선생님을 챙기고 걱정해 주는 건 이웃의 정이 아니고서야 힘들 것이다. 남에게 폐 끼치는 걸 질색하는 서 선생님도 이런 성의까지 뿌리치지는 못했다.

"선생님. 잠깐 들어가 쉬세요. 멀리 오느라 피곤하실 텐데."

일행보다 조금 늦게 하은을 데리고 들어온 수정이 서 선생님의 창백한 안색을 걱정스레 살폈다. 무관이 서 선생님의 짐을 들고 방으로 가 자리를 봐드리고 나왔다.

"하은이가 제일 쌩쌩한데?"

"오는 동안 내내 잤거든요. 지금은 강아지랑 놀고 싶어서 애가 닳았어요."

아닌 게 아니라, 엄마에게 잡혀서도 연신 찡찡거리며 로키를 부르고 있었다. 영주가 웃으며 로키를 현관에 내려놓았다. 로키가 열린 문틈으로 빠져나갔다.

"멍멍이 같이 가! 멍멍이 같이 놀아!"

너른 마당을 뜀박질하다 한구석에서 영역 표시를 하는 로키를 하은이 열심히 쫓아다녔다.

"계곡 보러 갈래?"

도원이 영주의 어깨에 팔을 걸치며 물었다.

"안 피곤해요? 오래 운전했잖아요."

"괜찮아."

이른 아침 집에서 출발하여 퇴원수속을 밟고 병원에서 나온 게 열시 즈음이었다. 주말이라 교외로 빠져나가는 교통량이 많았다. 차가 막히는 바람에 세 시간이나 운전해서 도착할 수 있었다.

"그럼 선생님 조용히 쉬시게 우리 다 나가자."

무관이 챙겨 온 원터치 텐트와 돗자리를 들고 앞장을 섰다. 계곡은 별장의 바로 뒤편에 흐르고 있었다. 뒷산에서부터 저 멀리 개천으로 이어지는 맑은 물이었다.

무관이 평평한 곳에 짐을 내려놓고, 하은이를 품에 안아 계곡 밑으로 내려 주었다.

"과일 좀 드세요. 영주 씨도 과일 먹어요."

별장 주방에서 이것저것 먹을 것을 챙겨 온 수정이 솜씨 좋게 과일을 깎았다.

"제가 할게요. 저 주세요, 언니."

"그러지 말고 얼른 먹어요. 사실 내가 요리는 영 꽝인데, 과일 하나는 기가 막히게 깎거든."

불편해하는 영주의 마음을 알고서 수정이 장난스럽게 눈을 찡긋거렸다. 도원과 무관이 땅을 고르고 그 위에 텐트와 돗자리, 차양막을 설치할 동안 여자들은 하은과 로키를 데리고서 계곡 바로 앞까지 나아갔다. 아직 물에 들어가기는 이른 날씨라 기껏해야 손이나 담그는 정도에 그쳤어도 마음만은 다들 들떠 있었다.

영주가 자갈밭 위를 총총 걸어 다니는 로키를 잡아 계곡에

313

띄우자, 로키가 허공에서 네 다리를 휘저으며 헤엄치는 시늉을 했다. 그 모습이 귀여워 다들 크게 웃음을 터뜨렸다.

하은이 물가에 쪼그려 앉아 조막만 한 손바닥으로 수면을 찰박찰박 내리치며 장난을 쳤다. 하은의 옆에 주저앉은 로키가 영문도 모른 채 물방울을 맞고 있었다. 수정과 영주는 그런 하은과 로키를 지켜보며, 10년은 알고 지낸 사이처럼 수다 삼매경에 빠졌다.

"아무래도 항암 치료 받으려면 서울에 있는 편이 낫지 않아?"

평평한 바위에 걸터앉은 도원과 무관이 계곡 쪽을 내려다보며 과일을 먹었다.

"몇 번이나 말해도 당최 들으셔야지. 차라리 조금이라도 마음 편한 곳에 모시는 게 낫겠다 싶기도 하고."

"가족이랑은 아직도 연락이 안 닿았고?"

병원과의 거리가 먼 것보다도 서 선생님 본인에게서 좀처럼 투병 의지를 찾아볼 수 없다는 점이 사실 가장 큰 문제였다.

"안 그래도 간신히 연락 닿아서 소식 전했다. 진짜로 상황 안 좋다고, 많이 위독하시다고 겨우겨우 설득했어. 그쪽도 사정이 있어서 이 달 안에 들어오기는 힘든가 봐. 정리하는 대로 가능한 한 빨리 온다고는 하더라."

그나마 불행 중 다행이었다.

"그전까지는 내가 자주 내려와서 들여다볼 거니까 걱정하지 마라. 오늘도 여기서 자고 월요일에 올라갈 거야. 미리 월

차도 냈고."

사이가 틀어진 탓에 서로 연락도 주고받지 않는 아들보다 무관이 더 자식처럼 살뜰하게 서 선생님을 챙기고 있었다. 덕분에 도원도 조금은 마음을 놓을 수 있었다.

"온 김에 너도 하루 쉬었다 가, 영주 씨랑. 방도 남는데."

"영주 월요일에 출근해. 오늘 올라가야 내일 하루 쉬고 나가."

그런 도원을 무관이 생경한 눈으로 쳐다보았다. 그러다 이내 고개를 절레절레 내저었다.

"나 솔직히 조금 걱정됐걸랑?"

"뭘."

"너 영주 씨 만나는 거. 만에 하나라도 이번 소설 때문인가 해서."

"미친놈."

대꾸할 가치도 없다는 듯이 일축했던 그가 설핏 인상을 찡그리더니, 이내 무관의 의심을 부분적으로나마 인정했다.

"확실히 처음엔 그런 이유로 눈길이 갔는지도 모르지."

도원이 소설의 히로인을 고민하고 있을 때, 거짓말처럼 영주가 그의 아랫집으로 이사를 왔다. 첫인상은 그저 서툴지만 솔직한 여자라는 것. 이후 그녀를 알아갈수록, 그녀에 대한 인상도 조금씩 변해 가기 시작했다.

신기했다. 어린애가 쪼그려 앉아서 개미나 꽃 들여다보듯이 세상을 보는 그녀가. 쉽게 웃고 울고, 상처 받았다가 또 금세 기운을 차리는 모습들이.

어느 순간부터인가 자연스레 그녀를 관찰하고 있었다. 글을 쓰기 위해서라는 목적이 핑계가 되기까지 그리 오랜 시간이 걸리지 않았다.

지금에 와서는 어쩌다 시선을 준 곳에 조금씩 호감이 쌓이기 시작했는지, 아니면 애초에 그녀에게 호감이 있어 자꾸 시선을 주었던 건지 그 전후 관계를 따지기 어려웠다.

"오늘 잠깐 봐도 알겠더라. 네가 영주 씨 좋아 죽는 거. 아주 닳겠다, 닳겠어. 가만두지를 못하고 종일 만지고, 끌어안고. 그렇게 좋냐? 막 짜르르 하고, 응? 막 그래?"

"어."

좀처럼 속이야기를 꺼내 놓는 법이 없는 도원이 영주를 향한 제 감정을 덤덤하게 털어놓는 걸 보고 무관도 내심 놀랐다. 무관은 도원의 다정한 시선이 줄곧 영주를 향해 있는 것을 보며 허탈한 듯 웃었다.

"이 새끼. 아주 사랑에 눈이 돌았구만. 어디가 그렇게 매력적이지, 영주 씨? 어린 거? 예쁜 거?"

"둘 다. 어리고 예쁜데, 생각까지 깊어, 우리 영주가."

"와, 진짜. 이 도둑놈의 새끼."

친구의 가감 없는 비난에도 도원은 끄떡하지 않았다.

"자식. 진짜 변했네, 이거. 사랑의 위대함인가. 역시 연애를 하니까 사람이 바뀌네."

끝내 절레절레 고개를 내젓는 무관의 얼굴에도 숨길 수 없는 미소가 드리워져 있었다.

실컷 놀고 나서 낮잠 잘 시간이 되었는지 찡찡거리기 시작한 하은을 무관이 방으로 데리고 들어가 재웠다. 그 김에 장거리 운전으로 피곤했던 어른들도 잠시 눈을 붙이고 나오기로 했다.

도원은 별장에 머물 때마다 사용하는 2층 방으로 영주를 데리고 올라갔다. 영주가 챙겨 온 방석 위에서 로키는 금세 곯아떨어졌고, 도원과 영주도 오후의 볕이 이불처럼 내려앉는 침대에서 알람을 맞춰놓고 잠이 들었다.

한 시간 쯤 자고 일어나자 짧은 숙면이 제법 휴식이 되었다. 이제는 눈 뜨면 마주하는 서로의 얼굴에도 조금씩 익숙해지고 있었다.

얼른 나가 봐야겠다는 영주를 붙잡고 얼굴과 목덜미에 키스를 퍼붓다가 아슬아슬한 지점까지 닿았을 때, 눈치 없이 무관이 부르는 소리가 들렸다.

영주가 얼른 일어나 아기 새처럼 도망쳐 버리고, 도원은 말똥한 눈으로 저를 쳐다보고 있는 로키를 챙겨 1층 발코니로 향했다.

무관이 먼저 바비큐 그릴을 닦아 놓고, 수정은 안에서 야채를 씻고 있었다. 영주가 팔을 걷어붙이며 수정을 돕겠다고 부엌으로 향했다.

"선생님은?"

"조금 전에 일어나신 것 같던데."

도원이 목장갑을 찾아 꼈다. 나무 장작을 쌓고, 토치에 불을 댕겼다. 별장에 올 때마다 이곳에서 고기를 구워 먹는 일이 익숙했기 때문에 불을 붙이고, 고기와 채소를 굽기 좋게 잘라 한쪽에 놓인 테이블에 세팅하는 것은 금방이었다.

잠시 뒤 밖으로 나온 서 선생님은 다행히 아까보다 한결 나아진 안색이었다. 어른들이 식사를 하는 동안 하은이는 로키를 껴안고 뽀뽀를 하며 온 털을 침 범벅으로 만들었다. 다시 운전을 해야 하는 도원을 제외하고 무관과 수정, 영주는 간단하게 와인을 곁들여 식사를 마쳤다.

뒷정리까지 끝내놓고 나서 바로 서울에 올라갈 준비를 했다. 나오실 필요 없다고 말려도 다 같이 나와 도원과 영주를 배웅해 주었다.

"그럼 올라가 보겠습니다."

"그래. 바쁠수록 건강 유의하고."

"몸조리 잘 하십시오."

영주도 서 선생님과 수정, 하은이에게 각각 인사를 전하고 조수석에 올랐다.

"신세만 지다 가는 것 같아서 죄송해요. 다음에 또 뵐게요."

"조심해서 올라가요."

마지막으로 도원이 운전석 창문을 내려 무관에게 당부했다.

"고생해라. 무슨 일 있으면 바로 연락하고."

"운전 조심해서 가라."

별장이 보이지 않게 될 때까지, 그 앞에 주르륵 늘어선 이

들이 손을 흔들어 주었다.

산길을 벗어나 고속도로에 접어들 즈음에는 날이 어둑해지기 시작했다. 교외에서 서울로 들어가는 차가 많아서, 고속도로 위에서 한참을 가다 서다를 반복했다. 도원이 졸음을 쫓으려고 틀어 놓은 라디오에서는 귀에 익은 노래가 흘러나왔다. 조수석의 영주가 그것을 조그마한 목소리로 따라 불렀다.

사랑에 목매지 않고, 남 시선 신경 쓰지 않고, 내 꿈을 쫓으며 살겠다는 가사. 나는 나를 사랑한다는 문장을 몇 번이나 반복하는 유행가를 허밍처럼 부르는 영주를 돌아보았다.

"……왜요?"

"그냥. 귀여워서."

민망함에 금세 빨개진 영주의 볼을 살짝 꼬집었다.

"더 불러 줘. 듣고 싶어."

귓불을 만지작거리며 노래해 보라고 해도 입술을 꾹 다문 채 고개만 도리도리 내저었다. 도원이 아쉬운 얼굴로 앞차가 움직인 만큼 거리를 좁혔다.

"피곤하죠. 내가 교대해 줄 수 있으면 좋은데. 알다시피 운전 실력이 영 못 미더워서……."

이미 핑크색 경차로 한 번 도원의 차를 들이받은 전적이 있어, 함부로 운전대를 넘겨달라는 소리가 나오지 않았다. 도원이 주눅 든 영주의 얼굴을 힐끔 보며 물었다.

"다음에 운전 연습하러 갈까?"

"정말요? 근데 이 차로? 괜찮겠어요?"

좋으면서도 한편으로는 걱정도 되는 모양이었다. 도원이 그런 영주를 안심시켰다.

"가까운 데로 가자. 지난번에 로키랑 셋이 갔던 공원이나 북악산 드라이브 코스도 좋고."

"진짜죠? 약속했어요! 실은 나 진짜 운전 배우고 싶거든요. 면허는 땄는데, 차가 없으니까 연습을 할 수가 없어서."

"틈틈이 알려 줄게. 대신 운전 익숙해질 때까지는 나랑 꼭 같이 다니고."

흔히들 운전은 애인에게 배우면 안 된다는 말이 있지만, 영주는 별로 걱정하지 않았다.

처음 만났던 날 주차를 도와주었을 때에도, 벽에 구멍을 뚫는 방법을 가르쳐줄 때에도 도원은 그녀를 다그치거나 재촉하는 법이 없었으니까.

그러니 무엇을 가르쳐 주든, 도원이라면 믿을 수 있었다.

하지를 열흘 앞둔 6월의 날씨는 무더웠다. 아침에 집을 나서면서 걸쳐 입은 얇은 거즈 카디건은 매번 사무실 의자 등받이에 걸어 놓고서 잊어버리고 돌아오기 일쑤였다.

점심이 지나 오후 근무를 하고 있을 때였다. 민원 업무를 보는 틈틈이 주민 자취 위원을 공개 모집하는 공고를 만들고 있던 영주의 모니터 위로 그림자 같은 것이 드리웠다.

"무슨 일로 오셨어요? 도와드릴까요?"

고개를 드니 보이는 건 아직 앳된 기가 얼굴에 남은 젊은 여자. 영주가 용건을 물었으나, 고개를 푹 수그린 채 어깨 너머로 흘러내린 긴 머리칼로 표정을 가린 여자는 좀처럼 입을 떼지 못했다.

'옆 창구를 이용해 주세요' 라는 푯말을 무시하고 계속 앞을 가리고 서 있는 여자에게 평소 같았으면 내심 짜증스런 마음이 들었을 것이다.

하지만 말 한마디 쉽사리 뱉어 내지 못하는 여자의 모습이 어딘지 위태로워 보여서 영주는 그녀를 걱정스럽게 주시하고 있었다.

"저……."

마침내 여자가 어렵사리 입을 열었다.

"여기 혹시 박우식 씨라고……."

여자는 우식을 찾고 있었다. 옆자리에서 이쪽을 힐끔거리던 은하가 의자를 가까이 붙이며 끼어들었다.

"박우식 주무관 찾아왔어요? 실례지만, 무슨 일로 그러시죠?"

"아, 저, 저는……."

이어 어떤 관계냐고 묻자, 당황한 듯 말을 얼버무렸다. 급기야 홱 돌아서 버리는 여자를 황급히 붙잡으려는데, 때마침 외근으로 잠시 자리를 비웠던 우식이 들어섰다.

"다녀왔습니다. 오늘은 진짜 날이 덥네요. 한여름인 줄 알

앉어…….”

손수건으로 얼굴에 흐른 땀을 닦아 내며 민원대를 지나오던 그와 여자의 눈이 마주쳤다. 아주 잠깐, 어색한 정적이 스쳤으나 그건 말 그대로 찰나였을 뿐이다.

“……송진이? 송진이 맞아? 이야, 하마터면 못 알아볼 뻔했다. 이게 얼마만이야?”

반갑게 웃으며 여자에게 먼저 다가선 것은 우식이었다.

“잘 아는 친구예요. 여긴 어떻게 왔어? 아아. 저번에 말한 자립 지원 별도 가구 보장 신청하려고 온 거야?”

이미 찾아온 용무를 짐작한다는 듯 여자를 자리로 이끌었다.

“저쪽으로 가자. 자세히 설명해 줄게.”

우식이 여자를 커피 자판기와 테이블이 있는 휴게실로 데려가면서, 그렇게 별일 없이 지나가는 듯싶었다.

같은 날 저녁, 퇴근하고 집으로 돌아가던 길에 영주는 뜻밖에 아는 얼굴을 발견하고 멈춰 섰다. 커다란 교회 건물 처마 밑에 쪼그리고 앉아 있는 여자의 모습이 낯익었다. 자세히 보니 낮에 주민 센터에 찾아온 그 여자였다.

“저기요, 괜찮아요?”

언뜻 보기에도 그녀의 안색이 너무 좋지 않았기 때문에 그냥 지나치지 못했다. 가까이 다가가 살펴보니, 자그마한 얼굴이 온통 눈물자국이었다. 그 자리에서 꽤 오래 그러고 있었는지 영주를 발견하고 일어서던 다리가 크게 휘청거렸다.

"어, 조심!"

반사적으로 뻗은 손이 여자의 팔을 붙들었다. 배를 가리며 머리부터 고꾸라질 뻔한 여자가 그 손에 의지해 겨우 중심을 잡고 섰다.

"……고맙습니다."

중얼거리는 소리는 귀를 기울이지 않으면 들리지 않을 정도로 작았다. 오히려 뒤이어 꼬르륵, 울리는 배 소리가 더 선명했다. 삽시간에 얼굴이 붉게 달아오른 여자가 몸을 바싹 움츠렸다.

낮에 얼핏 듣기로 사정이 어려운 것 같던데. 요즘 세상에 돈 없어서 굶는다는 말이 생경하게 들릴지 몰라도, 주민 센터에서 일하다 보면 종일 폐지를 줍고 설탕물로 허기를 때우는 어르신들이나 적은 돈이 든 급식 카드로 겨우 한 끼 식사를 하는 아이들을 어렵지 않게 만날 수 있었다.

"혹시 괜찮으면 같이 저녁 먹을래요?"

고민하다가 결국 그렇게 먼저 물어보았다. 한참 망설이던 여자가 작게 고개를 끄덕였다.

여자를 데리고 간 곳은 근처 백반집이었다. 저렴한 가격에 맛도 좋고, 찬도 다양해서 점심 때 자주 가는 식당이었다.

"나는 자반고등어 먹을 건데, 뭐 먹을래요? 여기 김치찌개 냄새 안 나고 괜찮아요. 불백도 맛있고."

"저는…… 김치찌개요."

주문을 마치고 얼마 지나지 않아 밑반찬 접시가 상 위를 푸짐하게 채웠다. 김이 올라오는 공깃밥을 눈앞에 두고도 쉽사리 수저를 들지 못하는 여자를 물끄러미 보다 영주가 먼저 식사를 시작했다.

"음, 맛있다. 여기, 생선도 먹어 봐요."

영주의 재촉에 못 이겨 여자가 머뭇거리며 뜬 밥 한 술을 천천히 입에 넣었다. 마지못해 씹는가 싶더니, 이내 간신히 틀어막고 있던 허기의 댐이 터진 사람처럼 밥을 먹기 시작했다.

"천천히 먹어요. 먹고 더 시켜도 되니까."

결국 목이 막혀 켁켁 기침을 하는 여자에게 얼른 찬물을 따라 건넸다. 가만히 두고 보다가는 급체할 게 빤해서, 영주는 중간 중간 여자에게 말을 걸었다.

"아까 이름 들었는데, 뭐였죠?"

"유, 유송진이요."

"이름 예쁘네요. 난 문영주예요."

영주가 싱긋 미소 지었다.

"더 먹을래요?"

"아니요. 이제 배불러요."

역시 밥을 먹고 나니 기운이 좀 났을까. 초면에 여러모로 민망한 모습을 보인 탓에 부끄러워하기는 했어도 아까처럼 주눅이 들어 있지는 않았다.

"죄송해요. 오늘 정신이 없어서 식사를 못 했더니, 눈앞이 어지러워서."

"죄송할 게 뭐 있어요. 그런 날도 있는 거지. 나도 가끔 바쁘면 화장실 가는 것도 까먹고 그래요."

부러 너스레를 떨고 서야 송진의 얼굴에 처음으로 옅은 웃음이 어리는 것을 볼 수 있었다.

식사를 마치고 나서 밥값을 계산하고 백반 집을 나왔다. 전철을 타고 간다기에, 역을 지나서 가는 영주와 중간까지 같이 가기로 했다.

"대학생이에요? 아니면 고등학생?"

"스무 살이요. 아르바이트하고 있어요."

"우와, 어리다! 부러워라."

스무 살, 스물한 살 그 즈음, 지금의 송진처럼 아르바이트를 하던 영주에게 같이 일하던 언니들이 늘 부럽다고 말했던 것을 이제야 이해할 수 있을 것 같았다.

이렇게나 예쁜 나이였구나. 미소가 두꺼운 화장보다 예쁜 그런 나이구나, 하고 새삼 감회에 젖었다.

고깃집에서 서빙 일을 한다는 말에 영주도 손뼉을 치며 대학 시절에 잠깐 일해 본 적이 있다고 말했다. 손님이 많은 날이면 손이 다 부르트도록 철판을 닦았던 일이나, 술 취한 손님, 막말 손님을 상대했던 경험담을 늘어놓다 보니 어느새 지하철역까지 금방이었다.

초반에 낯을 가리던 모습과는 달리, 헤어질 때가 다 되어서는 송진도 그 나이 또래들처럼 평범하게 수다를 떨고 웃는 모습을 보여 주었다. 영주가 송진을 역 앞에서 배웅했다.

"혹시 자립 지원 관련해서 물어볼 것 있으면 언제든지 찾아와요. 박우식 주무관님한테 말하기 힘든 일 있으면 나한테 얘기해도 좋고. 주민 센터 문이야 늘 열려 있으니까."

고맙다고 엷게 웃으며 계단을 두어 개 쯤 내려가던 송진이 계단을 도로 거슬러 올라왔다. 의아한 얼굴로 쳐다보는 영주 앞에서 한참을 머뭇거리다가 입을 열었다.

"……사실은 저, 오늘 그런 것 때문에 찾아온 거 아니었어요."

무언가를 결심하듯 주먹을 굳게 쥔 채, 크게 심호흡을 하던 그녀가 날숨과 동시에 와락 말을 뱉어 냈다.

"애 아빠 만나러 간 거였어요. 저…… 임신했거든요."

"그게 무슨……."

"아무한테도 말할 사람이 없어요. 주위에 어른도 없고, 어떻게 해야 할지 도저히 모르겠어서……. 언니가 이야기만이라도 들어 주시면 안 돼요?"

제발 부탁이니 도와달라고 애원하는 스무 살짜리 여자애를 도저히 그대로 버리고 갈 수가 없었다. 결국 송진을 데리고 역 근처 프랜차이즈 카페로 자리를 옮겼다.

"박우식 씨……, 박우식 주무관님이 아기 아빠예요."

하마터면 입에 머금고 있던 커피를 그대로 뱉어 낼 뻔했다. 테이블 위 케이크 접시를 가운데 두고 마주 앉아서 제일 먼저 터져 나온 고백에 영주는 머리가 다 띵해지는 것 같았다.

"지우라고 하는데, 도저히 그럴 수가 없어서……."

어설프게 쌓아 놓은 모래 탑 무너지듯 한순간에 감정이 와르르 무너져 내린 송진의 입술이 덜덜 떨렸다.

"잠깐만요. 울지 말고요."

영주가 얼른 일어나 냅킨을 뭉텅이로 가져와서 건넸다. 송진이 움켜진 갈색 냅킨 위에 눈물 자국이 콕 찍혔다.

"어, 그러니까 일단 박우식 주무관, 아니, 박우식 씨가 유부남인 건⋯⋯."

"알아요. 처음에는 저도 정말 몰랐는데, 나중에 그 사람에게 직접 얘기 들었어요."

조심스럽게 꺼낸 질문에 긍정하는 것을 보며, 영주는 그만 이마를 부여잡고 말았다. 무작정 송진을 다그치는 대신 이유를 묻고 싶었다.

"할머니랑 둘이 사는 조손 가정이에요. 박우식 주무관님이랑도 그래서 알게 됐고요. 처음 만났을 땐 그냥 친절한 사람이구나, 정도로 생각했어요."

시기를 보아, 아마도 지난 해 하반기에 시행했던 '찾아가는 복지 서비스'가 만남의 계기가 되었던 듯싶다. 주민 센터의 이용이 여의치 않은 소외 계층을 사회복지사와 함께 직접 방문해 필요한 서비스를 제공하고, 지역 내 복지 시설을 이용할 수 있도록 돕는 사업이었다.

"자주 들러서 이것저것 많이 챙겨 줬어요. 가전 제품 지원 들어오는 것도 다 가져다주고, 할머니 연금 받을 수 있는 방법도 알려 주고⋯⋯, 많이 신경 써줬어요."

고등학교 졸업식 날, 아무도 와 줄 사람이 없는 송진을 교문 앞에서 기다려 주었던 건 꽃다발을 손에 들고서 미소 짓는 우식이었다.

"그날, 같이 저녁을 먹었어요. 얘기도 많이 하고, 눈이 마주칠 때마다 너무 따뜻하게 쳐다봐줬어요. 머리를 쓰다듬거나 어깨를 두드려 주는 게 기뻤어요. 주변에 그런 걸 해 주는 어른이 없었으니까……. 결국 제가 먼저 좋아한다고 고백했어요."

엉겁결에 튀어나온 속마음이었다. 어수룩한 고백이었지만, 그녀의 진심까지 어수룩하지는 않았다. 더듬더듬 마음을 고백하는 송주를 보며, 그는 슬픈 얼굴을 했다.

"송진 씨가 먼저 고백을 하니까, 주무관님이 뭐래요?"

"그 사람도 제가 좋다고……. 그래서 괴롭다고 했어요."

어른이라면, 더군다나 유부남이라면 스무 살짜리 여자애가 그런 충동적인 고백을 해 왔을 때 덥석 받아들일 게 아니라 잘 타일렀어야 옳았다. 영주는 낮은 불 위에 올려놓은 주전자처럼 천천히 속이 들끓는 것을 느꼈다.

"제가 붙잡았어요. 어쩔 수 없었어요. 그땐 이미 너무 좋아하게 된 다음이라……. 그 사람을 다시는 볼 수 없게 되는 게 무서웠어요."

사회적으로 비난받을 관계라는 것을 알았고, 때문에 연인이 되고서도 조심스러울 수밖에 없었다. 어디 한 군데 떳떳하게 나가 데이트할 수 없었음에도 한동안은 그저 사랑받는 것이 행복했다.

"그 사람도 많이 힘들어했어요. 아내한테도 미안하고, 나한 테도 너무 미안하다고⋯⋯."

죄책감으로 괴로워하는 우식 앞에서 송진이 더 미안해할 수밖에 없었다. 우식에게 송진은 항상 죄인이었다. 이 불안한 관계를 지속하는 것 이외에 더 바랄 수 있는 것도 없었다.

송진의 사랑에는 미래가 없었다. 관계는 일방적이었고, 송진은 그것을 그저 감수해야 했다.

"그런데 지난달부터 생리가 없어서⋯⋯. 아기가 생길 줄은 정말로 몰랐는데⋯⋯."

말을 하다 보니, 다시금 감정이 격해진 모양이었다. 금세 볼록하게 고인 눈물이 볼을 타고 뚝뚝 떨어져 내렸다. 하는 수 없이 영주는 또 한번 일어나 송진에게 냅킨을 가져다주어야 했다.

"오늘도 그 얘기를 하러 온 거였어요?"

송진이 고개를 끄덕거렸다.

"어린애처럼 굴지 말고 지우래요. 자기는 모르는 일이래요. 솔직히 자기 아이인지도 의심스럽다고. 막말로 부모가 뭔지도 모르는 네가 돈도 없이 어떻게 키울 거냐고⋯⋯."

후우. 어떻게 들어도 한숨밖에 나오지 않는 이야기였다. 한숨이 아니면 당장에라도 욕이 튀어 나갔을 것이다. 어쨌거나 홑몸이 아닌 송진 앞에서 험한 소리를 할 수는 없는 노릇이었다.

영주가 송진을 달래며 카운터에서 찬물을 가져다줬다. 소리도 내지 못하고 뚝뚝 눈물만 흘리던 송진이 한참만에야 울음을 그치며 속을 진정시켰다.

"우리가 만났다는 증거도 없으니, 낳아도 자기는 책임지지 않겠대요."

"그게 무슨 말이에요? 만났다는 증거가 없다니."

"저도 그게 무슨 소리인가 했는데, 정말 없어요. 같이 찍은 사진도 없고, 아는 사람도……."

남들 눈을 피해서 만났다고는 해도 어쨌거나 두 사람이 교제한 기간이 네 달인데 그 흔한 사진 한 장이 없다니. 믿기 힘든 얘기였다.

"하다못해 통화 기록이나 주고받은 메시지는 있잖아요?"

"공무원들은 휴대폰 요금을 국가에서 지원받기 때문에 사적인 용도로 쓰면 나중에 문제가 된다고 했어요. 그래서 다른 사람 명의로 된 휴대폰으로만 연락했어요."

말도 안 되는 거짓말이었다. 송진의 귀에 진실처럼 들렸던 건 그 거짓말이 권위를 입었기 때문일 것이다. 어른으로서의 권위. 또 공무원으로서의 권위.

"나쁜 자식."

걷잡을 수 없이 부아가 치밀었다. 애초부터 송진을 농락할 작정으로 차명의 휴대폰을 이용했다는 의미밖에는 되지 않았다.

"울지 마요. 엄마가 그렇게 울면 아기도 힘들 거예요."

누구한테 말도 못하고 이 모든 얘기를 속에 얼마나 묵혀 두었던 건지. 한마디 하고 울고, 또 한마디 하고 우는 송진을 달래는 게 일이었다.

듣자 하니, 고령이신 할머니도 중증 치매를 앓고 있어 최근 요양 병원으로 모셨다고 한다. 고등학교를 졸업하자마자 혈혈단신이 된 어린 여자애. 아무렇게나 가지고 놀다 버려도 문제가 되지 않을 거라고 생각한 걸까?

"아기 낳아도 자기 자식으로 인정하지 않겠다고 했어요. 그러니까 멍청하게 굴지 말고 지우라고……."

우식이 달갑게 받아들이지 않을 거라는 건 어느 정도 짐작하고 찾아간 거였다. 하지만 설마 그런 취급을 받을 줄은 꿈에도 상상하지 못해서, 나오는 길에는 다리 힘이 풀려 도저히 걸을 수가 없었다고.

"어쩌면 그 사람 말이 맞는지도 몰라요. 그 사람도 원치 않으니까, 지우는 편이 저한테도, 아기한테도 나을지도……."

그 차가운 돌변을 마주하고서는 송진도 그만 의지가 꺾여 버린 모양이었다.

"실은 저도 어릴 때 엄마한테 버림받아서 할머니 손에 컸어요. 그래서 나는 절대로 그러지 말자고, 무책임한 부모가 되지 말자고 다짐했는데……, 그래도 제가 많이 노력하면 키울 수 있지 않을까요?"

어느 한쪽으로 마음을 정하지 못하고 이리저리 흔들리는 게 눈에 보였다. 굳이 영주의 입을 빌려 듣고 싶은 말을 알 것 같았지만, 끝끝내 해 줄 수 없었다.

"글쎄요. 송진 씨 상황을 잘 모르는 입장에서 내가 아기를 낳으라 마라 할 수는 없어요. 그건 송진 씨가 결정할 몫이니까."

영주가 함부로 입을 댈 사안이 아니었다. 이미 생긴 아기를 낳든, 지우든 송진에게는 평생을 짊어져야 할 멍에가 될 것이다. 당장 우식에 대한 증오나 오기 때문에 낳으려는 거라면 아기와 송진 모두가 불행해질 지도 모르는 일이고. 때문에 진부한 위로밖에 해 줄 수 없어 입맛이 썼다.

"많이 고민하고 멀리 내다 봐요. 되도록 후회가 적은 쪽을 선택했으면 좋겠어요."

잠시 후, 카페를 나온 송진이 허리 숙여 감사 인사를 전했다.

"당장 눈앞이 깜깜하고 너무 무서웠는데, 덕분에 생각이 많이 정리가 됐어요. 정말 고맙습니다."

때로 걱정은 누군가 성의 있게 들어 주는 것만으로 그 무게를 덜 수 있었다.

"도움이 됐다면 다행이에요."

말 그대로 들어 준 것밖에는 한 일이 없는 영주가 손을 내저었다.

"제 말, 왜 믿어 주세요?"

문득 송진이 물었다.

"……그냥. 그냥 믿어요."

언젠가의 영주도 송진처럼 누구 하나 믿어 주지 않을 부당한 일을 당한 적이 있었으니까. 만약 누군가 자신과 같은 입장에 처했을 때, 기꺼이 편이 되어 주겠다고 다짐했었다.

소리 내어 말하는 대신 꿀꺽 삼켜 낸 대답이 깔끄러웠다. 목구멍이 가늘게 조여드는 기분을 느끼며, 영주는 간신히 그렇게 답할 뿐이었다.

송진과 헤어지고서 마침내 집으로 돌아가는 발걸음이 평소보다 무거웠다. 밤에 잠깐 영주의 집으로 내려온 도원이 오늘따라 유독 말도 없고 표정도 무거운 영주를 걱정할 정도였다.

"무슨 일 있었어?"

혹시 낮에 주민 센터에서 안 좋은 일이 있었던 건 아닌지, 민원인이 또 행패를 부렸던 건 아닌지, 이미 그녀와 나쁘게 얽힌 직장 상사가 또 괴롭히지는 않았는지 염려하는 눈치였다.

안 그래도 우식의 이름만 나오면 눈에 불을 켜는 도원에게 우식과 관련된 일을 털어놓을 수가 없었다. 결국 착잡한 마음의 한 조각을 한숨에 섞어 두루뭉술하게 흘려보냈다.

"사랑이 참 어려운 것 같아요."

"갑자기?"

"그냥요. 아는 사람이 많이 힘들어해서요."

유부남이라는 걸 알았을 때, 어떤 식으로든 끝이 비극이 될 줄 알면서도 송진은 그와의 관계를 시작했다. 오로지 사랑한다는 이유 때문에.

도원을 만나기 전이었다면, 그런 송진을 어리석다 말하며 혀를 찼을지도 모른다. 하지만 도원을 사랑하게 된 지금이라면 과연 그녀를 어리석다고만 볼 수 있을까.

"무슨 일인지 몰라도 속상한 일 있었나 본데."

묵묵히 영주의 말을 들어주던 도원이 침울해하는 그녀의 어깨를 감싸 안으며 이마에 입술을 가져다 댔다.

"……조금요."

지친 마음을 끌어안는 따스한 온기를 느끼며, 영주가 스스로에게 물었다.

언제가 우리에게도 끝이 올 것임을 안다고 해서, 이 사랑을 거부할 수 있을까?

"기대서 좀 쉬어. 대신 싸워 주고 싶지만, 네가 원하지 않을 테니까. 적어도 위로는 할 수 있게 해 줘."

그녀의 머리를 살며시 눌러 기대게 하며, 나직하게 속삭였다.

"응. 그럼 조금만 쉴게요."

도원이 주는 안도감을 밀어내는 대신, 두 팔로 그의 허리를 감은 영주가 그의 품으로 푹 안겨 들었다.

✾   ✾   ✾

그날 이후 며칠 송진의 일로 마음이 무겁긴 했지만, 그 역시 남 일이라며 그리 오래 연연하지는 않았다.

애가 애를 밴 격이라, 어쩌다 임산부를 마주칠 때면 송진이 떠오르기는 했어도 딱히 영주가 무엇을 더 해 줄 수 있는 것도 아니었다. 송진의 사정을 진심으로 안타깝게 생각하지만, 타인의 불행은 결국 내 오늘 치 고단함조차 이기지 못했다.

출근길이었다. 도보 10분이면 주민 센터에 다다르는 지근거리로 이사를 온 이후, 영주는 아침 시간에 누리는 한 시간의 여유가 삶의 질을 좌우한다는 사실을 몸소 체감했다.

한 달에 서너 번 사무실 문을 여는 당번인 날을 제외하면 간단하게나마 아침을 챙겨 먹을 수 있었다. 상쾌한 새벽 공기와 함께하는 짧은 도보로 하루를 기분 좋게 시작할 수 있었다.

아마 내년에 근무지가 바뀌게 되면 누리지 못할 메리트일 테지만, 그건 그때 가서 전세 계약을 갱신할지 말지 결정할 일이다. 지금으로서는 도원과 가까이 지낼 수 있는 이 집에서 이사를 갈 생각이 없었다.

하지만 내년에 전세금이 오를지도 모르고, 또 만에 하나 그때 가서 도원과의 관계가 달라질 지도 모르니까.

만남의 시작점에서부터 한계를 정해 둔 탓이었을까. 도원과의 미래를 떠올릴 때면 영주의 상상력이 다다르는 종착역은 항상 이별이었다.

막연한 비관론 같은 거였다. 현재의 그들에게서 어떠한 이별의 조짐을 찾아볼 수 없음에도, 시선은 언제나 끝을 바라보고 있었다. 도원이 알았다면 몹시도 서운해했겠으나, 영주로서도 어쩔 수 없는 일이었다.

스물일곱, 사회초년생. 가진 거라곤 현관 정도 지분을 빼면

죄다 은행 빚인 전셋집 하나. 가부장적인 집안에서 엄마의 모진 시집살이를 목격하며 자란 탓에 열등감과 자격지심, 남자에 대한 경각심으로 가시를 세운 고슴도치 같은 여자.

그게 영주가 생각하는 스스로의 모습이었다.

사랑이 그런 영주를 조금씩 변하게 만들었다. 도원이 내 손에 제 것을 얹는 일이 자연스러워지고, 사랑한다는 속삭임에 같은 속삭임을 되돌려 주었다.

깊은 밤을 뜨겁게 헐떡이며 서로의 체온으로 몸과 마음이 충만해지는 걸 느끼는 순간순간마다 불안은 사랑의 반작용처럼 찾아들었다.

아, 이 사랑도 언젠가 끝은 오겠지. 막연한 불안감이 늘 행복의 메아리처럼 따라붙었다.

길었던 하루가 끝나고, 6시가 되자 민원 업무가 마감되었다. 오늘 영주가 받은 마지막 민원인의 번호표가 328번. 종일 화장실도 못 가고 서류를 등록, 수정, 발급하느라 눈코 뜰 새 없었다.

심지어는 한 시간의 점심시간도 눈치를 보며 나갔고, 빨리 식사를 마치고 들어와 곧바로 교대해 주어야 했다. 유독 민원인들이 몰리는 월요일이라 더 했을 것이다.

대민 업무를 마쳤으니, 퇴근 시간인 6시부터는 밀린 행정 업무를 처리해야 했다.

매일 한 시간 일찍 출근해 미리 서류를 봐두는 편이지만, 오늘은 곧 있을 구민 체육 대회를 준비하느라 꼼짝없이 야근

당첨이었다.

　이런 행사가 한 번 잡히면, 특히 선거 때가 되면 야근 뿐 아니라 주말 출근도 불사해야 했다. 작년 6월 지방 선거 때만 해도 매일 별을 보면서 집에 돌아간 기억이 있다.

　남들은 공무원이라고 하면, 특히 주민 센터에서 일하는 공무원이면 다들 6시 칼퇴근이 당연한 줄 아는데, 알고 보면 공무원도 보통의 회사원과 다름없이 야근을 하고, 필요하면 휴일 출근도 불사해야 했다.

　다들 상황이 비슷한지 직원 대부분이 남아서 밀린 서류 업무를 보고 있었다.

　도원에게 오늘은 조금 늦는다고, 대신 로키 밥을 좀 챙겨 줄 수 있겠느냐는 메시지를 보내 놓고서 답장을 기다리고 있을 때였다. 밖에서 일찍 저녁을 먹고 들어오는 동료들이 보였다. 영주도 잠깐 화장실에 다녀올 작정으로 자리에서 일어났다.

　"이제 막 고등학교 졸업한 애가 얼마나 먹고살기 막막했으면 그런 생각을 했을까 싶기도 하고. 여러모로 마음 쓰이네요."

　"하여간에, 사람이 너무 좋은 것도 탈이야. 그런 애들은 누가 호의를 보이면 그걸 이용해 먹을 생각부터 한다니까? 이번에도 봐. 그동안 도와준 게 얼만데, 어떻게 애를 가졌다고 얼토당토않은 소릴 하냐."

　복도 자판기에서 커피를 빼들고 서서 잠깐 동안 수다를 즐기는 모양이었다.

그 안에 우식도 끼어 있었다. 저들끼리 주고받는 얘기에 불현듯 이목이 쏠렸다.

"아무튼 요즘 어린 여자애들, 하나같이 발랑 까져서는. 그러니까 다들 잘 몸 사리고 다닙시다."

"어떻게 공무원한테까지 그런 꽃뱀이 달라붙지? 쥐꼬리 같은 월급에 뜯어먹을 데가 어디 있다고."

평소 우식과 가까이 지내는 김용식 주무관이 쯧쯧 혀를 찼다. 특유의 깐깐한 인상 때문에 이유 없이 불친절 신고를 받는 일이 많은 유석정 주무관도 그에 동조했다.

"오히려 공무원이라서 더 붙는 거예요. 그런 질 나쁜 소문 하나로도 잘리기 십상이니까. 애들이 영악해서 다 안다니까요."

"부모 없이 할머니 손에 커서 사정 어려운 건 알고 있었는데…… 정말 걱정입니다. 뭔가 나쁜 일에 휘말린 건 아니어야 할 텐데."

지켜보던 영주가 더는 가만히 듣고 있지 못하고 앞으로 나섰다.

"무슨 얘기들 하세요?"

애써 웃는 낯을 하고서 그들 사이로 끼어들었다.

"뭐 재밌는 일이라도 있어요?"

"재밌는 일이면 차라리 다행이죠. 말도 마요. 며칠 전에 박주무관 찾아온 그 애 있잖아요? 아까도 와서 말도 안 되는 억지를 부리더라고요. 다들 어이가 없어서, 그 얘기 하고 있었어요."

역시나 송진의 이야기였다.

"아……, 무슨 일인데요?"

영주가 모르는 척 사정을 물었다.

"걔가 글쎄, 박 주무관님한테 돈을 달라고 하더래요. 자기한테 몹쓸 짓 한 것처럼 협박까지 하면서."

"정말요?"

"그렇다니까. 아주 임신을 했네, 어쨌네, 나름 각본까지 써온 모양이던데."

"뭐 정말 애가 들어섰는지도 모르지. 누구 애인지야 알 수 없는 일이지만."

어제 송진에게서 들은 이야기와는 전연 딴판이었다. 대체 상황이 어떻게 돌아가는 건지 알 수 없어 혼란스러웠다.

"너무 그러지 마세요. 아직 어려서, 이렇게 큰 문제가 될 줄은 몰랐을 거예요."

그때, 우식이 나서서 냉소적으로 빈정대던 둘을 만류했다. 뿐만 아니라, 어른의 입장에서 송진의 철없는 잘못까지 감싸고 있었다. 그 모습만 놓고 본다면, 송진에게 그런 짓을 한 사람이라고는 도무지 생각하기 어려웠다.

"저기, 근데 대체 왜…… 그랬을까요?"

옆에서 그들이 하는 얘기를 쭉 들어 보다가 끝내 납득하지 못한 의문이 입 밖으로 튀어나왔다. 세 사람이 영주를 멀뚱히 돌아보았다.

"돈 때문이라고 하잖아요."

"돈 때문이라고 해도요. 저는 잘 이해가 안 돼서요."

"안 그래도 우리도 계속 그런 얘기 하고 있었어요. 하여간 요새 애들은 무슨 생각을 하는지 알 수가 없어서 더 무섭다니까. 쯧."

송진이 정말 거짓말을 했을까. 했다면 그게 정말 돈 때문인 걸까.

만약 거짓이라면 쉽게 탄로 날 일이었다.

이들이 말하는 대로 어리고 생각이 짧아 저지른 일이었을까?

"그럼 그냥 경찰에 신고하는 게 어때요?"

"네?"

"어차피 경찰 조사하면 밝혀질 일이잖아요."

"그건 그렇지만……. 아무리 그래도 어떻게 신고를 하겠어요. 애가 물정 모르고 벌인 짓일 텐데."

당황스러워 하는 우식의 표정이 진심인지 가식인지 눈으로는 가려낼 수가 없었다. 다만 속모를 우식의 태도보다는 넘어질 뻔한 순간에 가장 먼저 손으로 배를 감싸던 송진의 행동에 더 마음이 쏠렸을 따름이다.

"일이 커지면 박 주무관도 곤란해지니까 그러는 거지. 와이프도 오해할 테고, 또 우리 같은 공무원한테 그런 혐의는 치명적이니까."

"혐의로 있을 때 치명적인 거죠. 오히려 찝찝하게 덮고 넘어갔다가 나중에 더 큰 문제가 생길 수도 있잖아요. 박 주무관님 말대로 정말 그 애가 거짓말을 하고 있는 거라면 따끔하게 혼을 내서 가르치는 편이 옳은 일이기도 하고요."

물론 옳은 일을 한다고 해서 그것이 항상 최선의 결과로 이어지는 것은 아니었다. 이번 일 역시 괜한 불씨를 키우는 것보다는 무난하게 넘기는 편이 더 낫다고 생각하는 얼굴들이었다.

"그보다 '그 애가 정말로 거짓말을 하는 거면'이라니. 그 말은 좀 섭섭한데요."

"그러게. 조금 이상하게 들리긴 하네. 그럼 문 주무관은 그런 애 말을 믿어?"

"……이런 일을 한쪽 말만 듣고서 판단하기는 어렵다고 생각해요."

조심스러웠지만 소신을 굽히지는 않았다. 그런 영주를 두고, 잠시 얼음 같은 정적이 스쳐 지났다.

"하기야, 문 주무관님은 워낙 그런 부분에 있어서 민감하게 반응하시니까."

"요즘 젊은 사람들 중에 문 주무관 같은 여자들 꽤 있죠."

우식의 몰아가는 말에 석정이 '문 주무관 같은 여자들'이라며 영주를 넌지시 깎아내렸다.

"집에서 치이고, 직장에서 치이고. 사방에 권리 따지고, 평등 따지는 여자들 때문에 요새는 어딜 가나 눈치 보면서 몸 사리는 게 일이라니까. 이걸 예민하다고 해야 돼, 아니면 자의식이 과잉이라고 해야 돼? 아오, 진짜 피곤하다, 피곤해."

마치 무언가를 알고 있다는 듯이 하나둘 말을 보태는 이들을 보며 절로 뒤통수가 싸해지는 느낌이 났다.

왜 진작 예상하지 못했을까.

우식이 지금처럼 영주와의 일도 자기한테 유리한 방향으로 떠들고 다녔을 거란 사실을.

뒤늦은 깨달음으로 머리가 멍해졌다. 이윽고 음습한 안개 속에 갇힌 것처럼 가슴까지 갑갑해지고 말았다.

10

충전해 줄게

터덜터덜 집으로 돌아가던 길, 뜻밖에 도원이 골목 어귀에서 영주를 마중해 주었다. 도원을 발견하자마자 달려간 영주가 와락 달려들어 그 품을 파고들었다.

"너 지금 되게 로키 같았어."

그녀를 마주 안아 주는 도원에게서 작게 웃는 소리가 들렸다. 그녀가 도원을 반가워하는 모습이 로키가 그녀를 반가워하는 모습과 꼭 닮아 있다는 뜻이라는 걸 알고 영주가 그의 등을 얄궂게 할퀴었다.

"놔요."

그러고는 심술이 나 밀어내는 영주를 더 세게 끌어안았다. 그들의 발밑에서 로키가 앞발로 영주의 장딴지를 딛고 일어나 참견했다.

"밥 먹고 나니까 산책가지고 조르더라."

이제는 하루 한 번 산책이 당연한 저녁 일과가 되어 버렸으니, 리드 줄이 걸린 신발장 주변을 보란 듯 서성거렸을 것이다. 어디선가 붙이고 온 풀잎을 떼어 주면서 영주가 로키의 옆구리를 살살 긁어 주었다.

"여기까지 산책 나온 거예요?"

"응. 왠지 너, 충전해 줘야 할 것 같아서."

엉뚱하게도 텔레파시를 받았단다. 오늘 무척 고단한 하루를 보냈으니 빨리 와서 안아 달라는 수신인 불명의 텔레파시를.

"그리고 이것도, 필요해 보이는데."

그가 상의 주머니에서 길고 각진 상자 하나를 꺼내어 건넸다. 투명한 필름 안쪽으로 내용물이 보였다. 영주가 놀란 눈으로 색색의 마카롱이 든 상자와 도원의 얼굴을 번갈아 보았다. 이내 빙긋 웃으며 그의 옆으로 돌아가 손깍지를 꼈다.

"맞아요. 충전이 필요했어요."

도원은 가로등 불빛이 어룽어룽 떠 있는 그녀의 눈동자가 약간 젖어 있는 것을 알아챘다.

"근데 진짜로 어떻게 나 나올 시간에 딱 맞춰 나왔어요?"

"기다렸어. 로키랑. 너 이 길 지나갈 거 아니까."

"……괜히 힘들게."

미안한 듯 웅얼거리면서도, 영주는 단숨에 기운이 나고, 웃음이 나는 것을 느꼈다.

다디단 마카롱과 함께 마실 커피를 사서 벤치에 앉았다. 오늘은 차가운 아메리카노 두 잔. 단 음료를 좋아하던 영주의 입맛이 조금씩 도원을 닮아 갔다.

부드럽게 씹히는 마카롱이 입 안에서 오렌지 향을 퍼뜨렸다. 꼭꼭 씹어 삼키고, 씁쓸한 아메리카노로 입을 헹궜다.

당분이 스민 몸이 조금 전보다 가뿐해진 것 같은 기분이 들었다. 아니, 가뿐해진 건 기분 쪽인가? 어쨌거나 한결 풀어진 표정으로 영주가 도원의 어깨에 머리를 기대었다.

"많이 힘들었어?"

도원이 손을 뻗어 영주의 어깨를 감쌌다.

"응. 조금."

많이 힘들었다는 건지, 조금 힘들었다는 건지, 조금 많이 힘들었다는 건지 아리송한 대답이었다. 영주가 금박 가루가 뿌려진 마카롱 하나를 또 집어 들었다.

"맛있다."

"다행이네."

"한 입 줄까요?"

"난 그거 화장품 냄새 나서 별로야."

솔직한 감상에 영주가 작게 웃었다.

"아, 맞다. 어제요. 오랜만에 주란이랑 통화를 했거든요. 요새 걔가 영어 공부하느라 바빠서."

종알종알 늘어놓는 사소한 이야기들은 오늘 그녀의 기분을 축 쳐지게 만든 일과는 무관할 것이다. 그럼에도 도원은 무슨 일이 있었느냐고 묻는 대신, 그녀의 귀여운 수다를 귀 기울여 들어 주었다.

"이번에는 정말 제대로 사랑에 빠진 것 같아요. 도서관에서 처음 만났대요. 꼭 영화 같지 않아요?"

게다가 가끔씩 영주의 입을 통해 전해 듣는 주란의 이야기가 꽤나 재미있기도 했다. 영상 통화로 몇 번 겸연쩍게 인사만 나누었던 영주의 친구가 마침내 정착할 사람을 찾았다는 소식에 도원도 의외라는 듯이 눈썹을 들썩였다.

"마지막으로 데이트했던 남자가 사우디아라비아 형제라고 했었나?"

"그쪽은 썸만 탔고. 이번에 만난 남자는 호주 시민권자인 한인 2세. 지금 대학원 다니고 있대요. 아무래도 거기 사는 사람이다 보니까 차가 있어서, 좋은 데도 많이 데려가 준다고 자랑하더라고요."

파란만장했던 그간의 연애 방랑기가 무색하게도, 한 달 만에 주란은 그 남자에게 폭 빠져 버렸다.

"솔직히 여태껏 주란이가 만난 남자들이 좀…… 가볍다고 해야 하나. 지난번 브라질 남자처럼 상종 못할 놈들도 있었고요."

"그 파티 광 양다리?"

오죽 주란 얘기를 많이 했으면 도원이 그녀의 연애 전적을 다 외우고 있을까 싶어, 영주는 조금 멋쩍어졌다.

"근데 K는 다른가 봐요. 좀 더 안정된 사람인 것 같아서 다행이에요."

마치 꿈을 꾸고 있는 것 같다고 말하던 주란의 목소리가 무척이나 행복해 보였다.

　　"역시 사람은 자기한테 없는 걸 가진 사람에게 끌리는 걸까요? 주란이도 그렇고, 우리도 그렇고."

　　영주와 도원 역시 판이하게 다른 사람들이었다. 삶의 방식이나 사고방식, 심지어는 가치관까지도.

　　"솔직히 그런 것들 때문에 걱정했던 적 있어요. 도원 씨랑 나는 해와 달처럼 생활 패턴부터 정반대잖아요."

　　실제로 플랫폼에서 새로 연재하는 소설의 론칭이 끝나고 잠시 휴식기를 가졌을 때, 도원은 영주와 함께 여행을 가고 싶어 했었다. 하필 영주의 바쁜 시기와 맞물려 무산되고 말았지만.

　　무관에게 듣기로, 보통 도원은 소설을 퇴고할 때마다 며칠씩 낯선 곳에 가서 심상을 환기하고 돌아온다고 했다. 하지만 이번에는 영주가 함께하지 못한다는 이유로 여행을 취소하고 집에 머물렀다.

　　"난 그래서 오히려 다행이라고 생각했는데."

　　"뭐가 다행이에요?"

　　"한 사람이라도 일정을 조율할 수 있으니까. 내가 너한테 맞추면 문제없겠다 싶어서."

　　"……왜요? 왜 나를 위해서 그렇게까지 해요?"

　　내가 생각해도 내게 그럴 만한 가치는 없는데. 당신이 이렇게 마중을 나와 기약도 없이 기다릴 만큼 대단한 여자도 아니고, 당신은 입에도 안 대는 간식을 그저 날 기쁘게 하겠다는 마음으로 사올 만큼 사랑스러운 여자도 아닌데.

힘든 하루였다고 어리광은 부리면서도 끝내 무슨 일이 있었
는지는 터놓지 않을 만큼 고집스럽고 이기적인 나인데. 그런
나를 위해서, 당신이 왜?

"내가 더 사랑하니까."

도원은 주저 없이 대답했다.

글을 쓰는 사람이라서, 도원은 내뱉는 말이 늘 진중한 남자
였다. 때문에 영주는 그 짧은 대답을 통해서 정말로 듣고 싶었
던 모든 질문의 답을 들을 수 있었다.

누구 말대로 자의식 과잉일지 모르겠으나, 반대급부로 구겨
졌던 자존감은 도원으로 말미암아 조금씩 차오르기 시작했다.

영주가 마카롱 상자를 잘 갈무리해 닫고서 플라스틱 컵에
든 커피를 단번에 쭉 빨아들였다. 이내 손을 툭툭 털어 내고
일어섰다.

"가요. 지금부터는 내가 도원 씨 충전해 줄게요, 밤새."

곧 그녀를 성급하게 잡아끄는 도원을 못 이기는 척 따라가
며 영주가 소리 높여 웃었다.

새벽부터 민방위 보충 훈련으로 불려나가 잡일을 떠맡고 온
영주가 비틀거리며 주민 센터 문을 열고 들어섰다. 속으로 끙
끙 신음을 흘리며 지난밤의 여운이 근육통으로 남은 몸을 힘

없이 두드렸다.

다음 날 출근해야 하는 영주를 늘 배려해 주던 도원이 이 정도로 그녀를 몰아붙인 것도 결국 자업자득이라, 불평할 생각도 들지 않았다. 어젯밤 마른 볏짚 위에 겁도 없이 불을 댕긴 건 바로 영주 자신이었으니까.

이리 와, 얼른. 충전해 준다며. 조금만 더. 아직 부족한데, 한 번만 더, 응? 한 번 더…….

밤새도록 그녀를 괴롭히며 몸을 얽고, 잇고, 맞추고. 지난밤의 그는 지나치게 위험했다. 흔들리는 시야 속에 눈썹 사이가 구겨진 그의 얼굴이 놓여 있었다. 몸이 흔들릴 때마다 부여잡고 있던 그의 등 근육이 움찔움찔 조여들었다. 악문 턱의 예리한 선이 그녀를 베듯이 스치고 지났다. 그의 눈동자 속에 야수가 살아 숨 쉬는 것 같았다.

순간적으로 화르륵 타오른 얼굴에 연신 손 부채질을 했다. 정신없이 몰아쳤던 간밤의 기억이 생생했다. 풀리지 않는 피로가 지금까지 영양을 미치고 있긴 하지만, 덕분에 다른 생각 같은 것은 할 겨를이 없었다.

창밖이 푸르스름하게 밝아올 즈음 잠이 든 도원은 평소보다 일찍 그의 품을 벗어나는 영주로 인해 덩달아 잠에서 깼다.

몇 시간 눈 붙이지도 못하고 출근 준비를 하는 영주를 안쓰럽게 보다가 결국 차로 5분 거리밖에 되지 않는 초등학교까지 그녀를 태워 주었다. 내리기 전에, 키스해 달라며 볼을 내밀던 도원의 머리에는 까치 가족이 두어 세대는 들어갈 만한 집이

지어져 있었다.

"왔어? 일찍 나와서 피곤하겠다."

"좋은 아침이에요."

7시에 시작하여 30분도 지나지 않아 끝이 난 소집 훈련을 정리하고 돌아오니, 은하처럼 일찍 출근해 그날의 서류 업무를 미리 봐두는 이들이 벌써부터 몇몇 자리해 있었다.

"안 그래도 벌써 오셨을 것 같아서 두 잔 사 왔지요."

은하의 책상에 커피를 내려놓자, 그녀가 눈을 찡긋하며 인사를 대신했다.

영주가 막 책상 앞에 앉아 업무에 임할 준비를 하고 있을 때였다. 김용식 주무관이 사무실 안으로 들어섰다.

"웬일로 이렇게 일찍 나오셨대?"

은하가 반갑게 손을 흔들었다. 그에 용식이 민원대에 팔꿈치를 대고 상체를 기울여 은하와 인사를 나눴다.

"어젯밤에 갑자기 장모님이 올라오셔 가지고. 내 집인데 편히 쉴 수가 있어야지."

"어머니 오랜만에 오셨나 보네."

은하와 김용식 주무관의 와이프가 신림동 고시생 시절부터 친구였다는 얘기는 들었다. 김용식 주무관과도 그때부터 알고 지낸 사이라고.

"와이프만 살 판 났지, 뭐. 임신했다고 꿈쩍도 안 한다. 내가 상전 모시고 살아, 아주."

"임신했으면 상전이지, 암만."

그러다 문득 용식과 눈이 마주쳤다.

"문 주무관님도 일찍 나오셨네."

"오늘 민방위 보충 있었잖아."

영주 대신 은하가 대꾸해 주었다. 용식이 아, 하고 고개를 끄덕였다.

"거기서는 싫은 티 안 냈어요?"

히죽 웃으면서 묻는 말에 영주가 고개를 들었다. 중간에서 은하만 비꼬는 말을 이해하지 못하고 고개를 갸웃댔다.

"아니. 남자랑 닿는 것도 불편해한다고 하길래."

"아침부터 왜 뺄소리야."

눈치 빠른 은하가 눈썹을 찡그리며 가볍게 그를 나무랐다. 그것을 가만 듣고만 있던 영주가 마침내 입을 열었다.

"왜 그렇게 말씀하세요?"

직설적인 물음에 김용식 주무관도 순간 당황하는 듯싶었다.

"저랑 업무적인 것 외에 사담 나눈 적 없으시잖아요. 저에 대해서 잘 모르면서 왜 그렇게 말씀하세요?"

금세 낯을 굳히는 남자와 눈을 마주치고 있는 것이 쉽지는 않았으나, 그렇다고 시선을 피하고 싶지는 않았다. 영주는 용식의 얼굴이 서서히 붉어지는 것을 지켜보았다.

"그야 나도 들은 게 있으니까……!"

"그거 선입견이잖아요."

그런 식으로 나를 안다고 이야기하는 것은 기만이라고, 영주가 단호하게 부정했다.

"다른 사람 입을 통해서 저를 다 안다고 생각하세요? 거리낌 없이 비난할 정도로?"

"그래. 옆에서 들어 보니까 김 주무관이 먼저 잘못했어."

은하도 영주를 두둔하고 나섰다. 자세한 사정은 알지 못해도 그가 영주를 오해하고 있다는 사실 정도는 눈치를 챈 모양이었다.

"좋은 아침입니다!"

심술궂은 타이밍이었다. 으레 그랬듯 밝은 인사와 함께 등장한 우식이 세 사람이 몰려 있는 자리를 보더니 멈칫했다. 그런 그를 김용식 주무관이 끌어들였다.

"뭐, 괜히 그런 말 나오겠습니까? 들어 보니까 별것 아닌 일로 박 주무관한테도 껄끄럽게 구는 것 같던데."

영주의 시선이 그의 옆에 선 우식에게로 미끄러졌다.

"잘됐네. 온 김에 직접 말 좀 해 봐. 본인 말마따나 오해면 이 자리에서 풀자고."

용식이 부추기자, 우식이 곤란한 기색을 보이며 손을 내저었다.

"김 주무관님도 참, 정말 별일 아니었다니까요. 사람마다 틀리니까, 불쾌하게 느꼈을 수도 있죠. 문 주무관님, 내가 미안해요. 말이 와전됐나 본데, 너무 기분 상해하지 말아요."

그가 영주에 관해 어떤 식으로 말을 해 놨을지 뻔히 예상이 가는데, 어쩜 이렇게 뻔뻔할 수가 있을까. 이쯤 되니 이제는 영주조차 헷갈릴 지경이었다. 정말 모든 게 영주의 과민한 반

354

응에 의해 야기된 문제였을 뿐인지.

"틀린 게 아니라 다른 거죠."

"네?"

"제가 틀린 게 아니라, 각자 입장이 다른 거라고요."

이전이었다면 그냥 그렇게 별일 아니었던 것처럼 넘어갔을지도 모르겠다. 사람이 사람에게 맞선다는 건, 그것도 직장 동료이자 신체적으로 차이가 나는 이성에게 맞선다는 건 생각보다 큰 용기가 필요한 일이니까.

"그리고 별일 없었던 건 맞지만, 아무 일도 없었던 건 아니잖아요. 그건 박 주무관님이 더 잘 아실 텐데요."

"아니, 그런 식으로 말하면 사람들이 오해하잖아요. 이런 오해, 나보다 여자인 영주 씨한테 더 달갑지 않을까 봐 내가……."

영주가 가차 없이 말을 끊었다.

"아니요. 오히려 아무 말도 안 하니까 사람들이 더 오해하는 것 같아서요. 지금도 그렇잖아요. 저는 잘못한 게 없는데. 오히려 박 주무관님이……."

"다들 일찍 나왔네! 어, 그래. 좋은 아침!"

바로 그때, 해맑은 미소로 등장한 동장으로 인해 잠시 대화가 끊겼다. 모두의 주의가 그쪽으로 쏠려 있는 사이, 우식이 민원대를 손마디로 똑똑 두드렸다.

"저기요, 문영주 주무관님."

허리를 굽혀 민원대 안쪽으로 상체를 숙인 우식의 그림자가 머리 위로 엄습해 왔다. 그에 영주의 어깨가 움찔 떨렸다.

"……말조심합시다. 예?"

나직한 목소리로 경고하더니, 다시 아무 일 없었던 것처럼 몸을 물렸다. 영문을 모르는 다른 사람들과 다르게, 마주친 써늘한 눈빛에 영주는 절로 몸이 움츠러들고 말았다.

영주는 종일 마음이 뒤숭숭했다. 아침에 있었던 일 때문인지 그녀를 둘러싼 분위기가 묘했다. 얼굴 위로 점점이 찍히는 동료들의 시선이 느껴지는 건 다만 영주의 과민 반응일까. 은하는 신경 쓰지 말라며 어깨를 두드렸지만 괜히 주눅이 드는 것은 별수 없는 일이었다.

쉴 새 없이 주민등록증, 토지대장, 가족관계증명서, 혼인 증명서를 포함한 각종 증명서를 발급했다. 인감을 등록, 수정, 발급하고, 전입 신고를 하고, 확정일자를 처리하고, 수수료를 정산하고, 홈페이지에 올라온 민원도 해결했다.

그렇게 밀려드는 업무를 처리하다 보니 시간은 다행히 물 흐르듯이 지나갔다. 민원 업무 종료 시간이 다가올 즈음엔 이미 정신적으로나 육체적으로도 심각하게 지쳐 있었다.

대기하고 있던 민원인들이 모두 돌아가고, 막 셔터를 내리고 있을 때 누군가가 돌연 입구를 비집고 들어왔다.

"죄송하지만 업무 시간이 끝났는데요. 내일 다시 이용해 주세요."

공익 요원이 다가가 업무 종료를 알렸지만 막무가내였다. 그렇게 안으로 들어선 여자는 망설임도 없이 우식의 자리를 향해 성큼성큼 걸어갔다.

짜악!

손바닥이 찰지게 날아가 우식의 뺨을 때렸다. 누가 다가오는 줄도 모르고 책상에 머리를 숙이고 있던 우식이 자리에서 벌떡 일어섰다.

"여, 여보……?"

"박우식, 이 쓰레기 같은 새끼야!"

꽥 내지르는 소리가 비명과 닮아 있었다. 그것도 여자의 마른 체구에서 나왔다기에는 믿어지지 않을 만큼 크고 처절한 비명이었다.

"당신이 여긴 왜, 아니, 대체 왜, 왜 이러는 거야!"

우식에게는 말할 기회조차 주지 않고, 여자는 계속해서 우식의 머리며 뺨이며 가슴을 인정사정없이 내리쳤다. 우식이 그런 여자의 두 팔을 붙잡고 한참 실랑이를 했다. 끝내 힘이 빠진 여자가 우식의 멱살을 붙잡고 매달렸다.

"네가 어떻게 나한테 이럴 수가 있니? 어? 어떻게 나한테 이래!"

우식으로서는 당황스럽기 그지없는 일이었을 것이다. 직장까지 가정사를 끌고 온 꼴이었으니. 사무실의 온 이목이 집중되자, 얼굴이 멍게처럼 붉게 달아올라선 소리쳤다.

"너 제정신이야? 대체 왜 이러느냐고!"

"네가 어떻게 바람을 펴? 쓰레기 같은 놈아, 네가 어떻게……."

"바, 바람이라니, 누가 그런 소릴 해?"

우식이 정색을 하며 극구 부인했다. 그런 우식을 빤히 노려 보던 여자가 이내 그의 손을 뿌리치더니, 흐느적대던 몸을 바 로 세웠다. 손바닥으로 눈물자국도 박박 닦아 지워 냈다. 그 결에 표정까지 모조리 닦아낸 사람처럼, 핼쑥하게 선 여자의 얼굴에는 아무것도 남은 게 없었다.

"어쩜 이렇게 뻔뻔하니. 정말 너란 인간 어쩜 이렇게 뻔뻔 해. 진짜 정떨어진다. 알아?"

"오해야, 정말! 내 말 좀 들어 보라니까!"

우식이 아무리 해명해도 소용없었다. 무슨 이유에선지, 여 자는 이미 우식의 불륜을 확신하고 있었다. 여자가 주머니에 서 무언가를 꺼내 우식의 눈앞에 들이밀었다.

"이래도 오해니?"

손바닥만 한 휴대폰. 영주는 그것이 무엇을 의미하는지 곧 장 알아챘다.

"이 안에 네가 한 짓 다 들어 있더라. 여자랑 자는 걸 무슨 게임이라도 하듯이 떠벌리고……. 네 쓰레기 같은 친구들이 추켜세워 주니까 자랑스러웠어?"

"혜, 혜진아. 내가 다 설명할게. 설명할 수 있어. 응?"

어떻게든 붙잡으려는 우식의 손을 매섭게 쳐낸 여자가 그대 로 돌아섰다. 창백하게 질린 우식이 그녀를 몇 번이나 부르며 민원대 밖으로 뛰어나왔으나 소용없었다.

그 모습을 당황스럽게 지켜보던 이들 사이에서 우연히 영주와 눈이 마주친 여자의 표정이 묘했다. 놀랄 새도 없이 여자가 영주를 향해 걸어왔다.

"박우식 와이프 되는 사람이에요. 내 남편 휴대폰 속에 당신 사진이 있던데. 뭐, 그쪽뿐만이 아니지만, 어쨌든 확실하게 해 두려고요. 혹시 그쪽도 내 남편이랑 놀아났어요?"

여자의 질문에 영주가 졸도할 것 같은 기분을 느끼며 입을 벌렸다. 억울하기도 하고, 당혹스럽기도 하고, 창피하기도 하고. 이미 모든 직원들이 주말 연속극 보듯 이 난장판을 구경하고 있었다. 영주가 두 발에 힘을 꽉 주고 버티어 섰다.

"아니요. 절대로요. 사랑하는 남자 있습니다."

그러니 당신 남편 따위 누가 트럭으로 줘도 싫다는 뜻을 강력하게 피력했다. 영주의 눈을 가만히 응시하던 여자가 이내 고개를 끄덕였다.

"미안해요. 보면 알겠지만, 나도 지금 제정신이 아니라서."

영주가 보기에도 충분히 그럴 만한 상황이었다. 때문에 울컥 치받았던 화는 금세 가라앉았다. 그렇게 여자의 볼일이 끝났나 싶었던 것도 잠시.

"잠깐만 시간 좀 내줄 수 있어요?"

뜻밖의 요청에는 곤혹스러울 수밖에 없었다. 잠시 고민하던 영주가 결국 알았다며 외투와 가방을 챙겨 들었다. 여자를 뒤따라 나가는 영주의 등 뒤로 뜨거운 시선들이 따라붙는 것을 느낄 수 있었다.

일단은 가까운 카페로 자리를 옮겼다. 얼마 전 송진과 마주

보고 앉았던 그 카페에서 이름도 모르는 여자와 커피를 마시고 있는 이 상황이 그저 아이러니했다.

"박우식 씨 휴대폰에 제 사진이 있었다고요."

서로 어색하게 창밖만 내다보다가 결국 영주가 먼저 화제를 꺼냈다.

"그 인간 휴대폰에 여자 사진만 수두룩하게 들어 있어요. 개중에 당신 사진은 얌전한 편이죠. 멀리서 몰래 찍은 것 같은 사진이니까."

영주가 저도 모르게 인상을 찡그렸다.

"지워 주세요."

그리고 단호히 요구했다. 다른 사람도 아니고 우식의 휴대폰에 그녀의 사진이 저장되어 있다는 사실이 소름 끼치게 싫었다.

"그럴게요. 근데 별 소용은 없을 거예요. 자기가 찍은 여자 사진을 친구들하고 돌려봤거든요, 그 자식이. 온갖 역겨운 음담패설을 주고받으면서."

하, 하고 헛숨을 내뱉은 영주는 이제 표정이 어떻든 신경 쓰지 않았다.

"그래요. 정말 더러웠어요. 도저히 내 남편이 한 짓이라고 믿기지 않을 만큼⋯⋯ 지독했죠."

아까 보았던 독기 어린 모습과는 달린 어딘가 맥이 풀려 버린 듯한 어조였다. 혹시나 하는 마음에 영주가 냅킨이 있는 쪽을 흘끗거렸다.

"아침에 그 애가 찾아왔어요. 어떻게 알고 왔는지 물으니까 차 앞 유리에 붙은 번호를 적어 두었대요. 친구 차라고 했는데, 그게 거짓말이라는 걸 바로 알겠더라고……. 여자의 감이 그래서 무서운가 봐요."

난데없이 이야기를 시작한 여자는 그저 속에서 넘치는 것을 쏟아 내고 있을 뿐이었다. 딱히 영주에게 들려주기 위해 하는 말은 아닌 것 같았다.

"처음엔 안 믿었어요. 악질적인 사기 같은 거라고 생각했죠. 그러고 나서는 그 애를 때려죽이고 싶어졌어요."

"……."

"나도 모르는 새 부엌에서 칼을 찾고 있더라고요. 처음 눈이 마주친 순간부터 무릎 꿇고 잘못했다고 비는 그 애의 목을 비틀어 버리고 싶었어요. 나쁜 년, 걸레 같은 년, 온갖 욕을 쏟아 내도 마음이 풀리지가 않았죠."

순진한 건지 멍청한 건지, 그 갖은 욕설을 다 듣고 있더라며 여자가 허탈하게 웃었다.

"대체 왜 내 눈앞에 나타났냐고, 그렇게 죄송하면 평생 숨어서 죄인처럼 살지 왜 기어 나왔느냐고 물으니까 그러대요. 아무도 안 믿어 주던 자기 말을 그래도 한 사람은 믿어 주더라고. 그래서 용기가 났다고."

조용히 이야기를 듣고 있던 영주의 눈이 커진 것은 그때였다. 영주가 마른침을 꿀꺽 삼켰다. 혹시 그녀가 부추겼다고 생각하는 걸까. 누군가에게 건너 듣는 말이라는 게 결국 오해의 발단밖에는 되지 않는다는 것을 이번 우식의 일을 통해 진저리 날 만큼 겪은 참이었다.

"나는 내가 다를 줄 알았어요, 정말로. 드라마에서 남편이 외도하면 꼭 상간녀를 못살게 구는 걸 보면서 말예요."

그 순간, 뜻밖에도 여자의 눈에서 눈물 한 줄기가 뚝 떨어졌다. 머뭇거리던 영주가 그녀에게 냅킨을 건넸다. 그것을 사양한 여자가 가방에서 손수건을 꺼내 눈가를 두드렸다.

"이제 막 고등학교를 졸업했다는 애를 앞에 두고 얼마나 끔찍한 상상을 했는지 아마 모를 거예요. 내가 그 정도 인간밖에 안 된다는 게 참……."

남편에 대한 배신감과 더불어 자괴감에 빠진 여자의 안색이 어둡게 가라앉았다. 떨리는 한숨이 울음처럼 새어 나왔다.

"속일 거면 차라리 걸리지나 말지."

여자가 눈물을 떨구며 이마를 짚었다. 남편의 배신을 알게 되고, 그걸 직접 눈으로 확인까지 한 과정은 여자에게 절망만을 안겨 주었을 것이다.

"어쨌거나 아까는 설마 하는 마음에서 물어본 거였어요. 남편 직장에 남편 휴대폰에 저장된 사진 속 여자가 앉아 있으니까 또 눈이 뒤집혀서."

영주는 대꾸 없이 커피 잔을 들어 목을 축였다.

"미안하게 됐어요."

"괜찮습니다."

사과라면 이미 받았다. 정신적으로 빈사 상태나 다름없는

눈앞의 여자에게 아까의 무례함을 따지고 싶은 마음도 없었
다.

"그럼 이만 일어나도 될까요?"

오해가 풀렸다면 그것으로 되었다. 여자에게는 말할 상대가
필요한 걸지도 모르지만, 굳이 영주가 그 상대가 되어 주어야
할 이유는 없으니까.

여자의 대답을 기다리지 않았다. 자리에서 일어나면서 드
륵, 하고 의자 끄는 소리가 났다. 테이블이 얕게 진동했고, 그
위에 반쯤 남은 커피도 얕은 파문을 그렸다.

카페의 유리문을 밀며 밖으로 나오니, 어느새 세상은 저녁
으로 얼룩져 있었다. 줄곧 긴장하고 있던 터라 허공에 뱉어 내
는 숨의 밀도가 진했다.

"맛있는 저녁 해 놓고 기다릴 테니까, 일찍 와."

오늘 아침 아쉬운 눈으로 영주를 배웅하던 도원을 떠올리며
걸었다. 하루가 길고 무겁게 어깨에 얹혀 있었다.

그녀보다 월등히 맛있는 요리를 할 줄 아는 남자의 품에 아
무것도 모르는 얼굴로 웃으며 안겨 쉬고 싶었다. 이미 마음이
두 발보다 먼저 그를 향해 달려가기 시작했다.

끝내 상대방이 응답하지 않는 영상 통화를 종료한 영주의 미간에 깊은 홈이 팼다.

닷새 째였다. 주란과 연락이 닿지 않은 것이. 마지막으로 한 번 더 걸어 볼까 하다가 이내 한숨과 함께 전화기를 내려 놓았다. 며칠에 한 번 꼴로는 사진을 올리며 근황을 전해 오던 SNS도 요즘 통 조용했다. 무슨 일이 있는 걸까. 괜한 걱정만 더해 갔다.

여름이 한창이었다. 가만히 앉아만 있어도 공기가 지글지글 끓는 것 같아, 얼마 전에는 안방에 에어컨을 장만했다.

이전에 살던 분들이 노인이었던 까닭에 에어컨을 설치한 적이 한 번도 없어 새로 타공 작업이 필요했다. 실외기와 배관을 연결하기 위해 안방 벽에 구멍을 뚫는데, 외벽이 하필 대리석이라 설치 기사가 꽤나 고생을 했다.

오늘도 불볕더위 때문에 아침 일찍부터 휴대폰에 알림 메시지가 떴다. 폭염주의보가 내렸으니 노약자들은 되도록 실외 활동은 자제하라는 경고. 때문인지 대기 의자에는 더위를 피해 주민 센터로 온 노인들이 여럿 모여 앉아 조곤한 목소리로 이야기를 나누고 있었다.

"그거 혹시 게시판 붙일 거예요?"

지나가던 김용식 주무관이 영주에게 물었다.

"아, 네."

"줘요. 마침 나도 공고문 붙이러 가던 참이니까."

"고마워요."

영주에게서 인쇄물을 건네받는 용식의 옆얼굴에 아직 멋쩍은 기색이 남아 있었다. 우식의 사건이 터진 후로 여전히 어색해하는 모양새였다.

특히 우식이 음란 사진과 동영상을 공유한 대화창 멤버들이 현직 공무원이라는 소문이 돌면서, 김용식 주무관도 여직원들의 눈총을 톡톡히 받아야 했다. 나중에서야 그것이 우식의 동기 네 사람이 포함된 대화창이었다는 사실이 밝혀지면서는 그의 무고함을 겨우 증명할 수 있게 되었다.

"김 주무관이 사람은 괜찮아. 가끔 경솔한 짓을 해서 그렇지."

중간에서 사이를 중재해 주던 은하의 말이 틀리지 않았다. 오해였음을 인정하고 가장 먼저 영주에게 사과하러 온 용식과는 달리, 유석정 주무관과는 여전히 데면데면하게 지내는 중이었다.

하지만 영주는 더 이상 그런 것에 신경 쓰지 않기로 마음먹었다. 살아가면서 이유조차 없는 악의는 몇 번이고 찾아와 뾰족한 돌부리처럼 그녀의 발을 걸고넘어질 것이다. 영주에게 필요한 것은 돌부리를 원망하는 마음이 아닌, 넘어졌을 때 손 내밀어 줄 소중한 이들이었다.

얼마 전 우식은 공무원 징계 위원회에서 해임 처분을 받았다. 딱히 그것에 대해 속이 시원하다던가 하는 감상은 들지 않았다. 그저 그가 잘못한 만큼의 대가를 받았다고 생각했을 뿐.

이혼 소송에, 외도에 대한 위자료 청구 소송, 곧 태어날 아이에 대한 양육비 소송까지 감당하려면 앞으로는 근면하게 살 수밖에 없을 것이다.

　한동안 시끌시끌했던 우식의 사건은 쉼 없이 흐르는 날짜와 함께 모두의 관심에서 조금씩 밀려나고 있었다. 일정한 주기로 근무지를 옮기는 공무원들의 특성 상 서로에게 그다지 큰 관심을 두지 않는 까닭도 있을 것이다. 남의 사정을 가볍게 입에 올리는 건 유희가 되지만, 뭐든 지나치게 깊이 파고들면 서로가 피곤해지기 마련이기에.

　그날도 영주는 도원과 저녁 산책을 마치고 돌아왔다. 시간을 확인하니, 오후 8시 30분. 호주와는 시차가 크지 않으니 한 번 더 주란에게 전화해 볼 요량이었다.

　신호가 오래 울렸다. 막 전화를 끊으려고 하던 참에, 상대방이 응답해 왔다.

　"여보세요? 주란아?"

　—……어, 영주야.

　"자고 있었어? 미안. 내가 깨웠나 보다."

　—아니야. 몸살이 와서 그래. 네 목소리 들으니까 힘이 좀 난다.

　기운 없이 갈리진 주란의 목소리. 불안한 예감을 숨긴 채 영주가 먼저 안부를 물었다.

　"얼마나 바쁘게 지내길래 이렇게 연락이 안 돼? 네 전화 기다리다가 목 빠지겠다."

─나 며칠 여행 다녀왔어. 골드코스트에. 생일이었잖아.

안 그래도 지난 월요일이 주란의 생일이었다. 때문에 더욱 연락이 닿지 않는 것을 걱정했었다.

─K가 가자고 해서, 거의 그날 준비해서 다녀왔어. 같이 사는 K 친구들이랑 넷이서.

남자 친구가 생일 축하해 준다고 여행을 데려갔다는데, 정작 주란의 목소리는 그다지 즐거웠던 것 같지 않았다.

"같이 사는 친구들이면, 쉐어한다는 사람들?"

그리고 영주는 그 까닭을 어렵지 않게 유추할 수 있었다.

─나 K랑 같이 살고 있어.

주란이 폭탄 같았던 발언을 떨구었던 게 벌써 지난달의 일이었다. 경악하는 영주에게 변명처럼 덕지덕지 설명을 덧붙였었다.

호주는 워낙 집값이 비싼데다 이민자나 유학생들이 많아서, 보통 하우스 쉐어로 한 집에 여럿이 모여서 사는 일이 많다고. 주란이 원래 지내고 있던 집 역시 그랬는데, 이번에 집주인 언니가 이혼했던 전 남편과 다시 살림을 합치게 되면서 피치 못하게 다른 곳을 구해야 했단다. 좀처럼 괜찮은 집이 없어 고민하던 차에, K가 선뜻 자기 집으로 오라고 권해 주었다고.

"골드코스트는 어땠어?"

─좋더라. 바다도 보고, 유원지도 가고, 카지노도 들어가

봤어.

"거기 바다가 그렇게 예쁘다던데."

골드코스트가 호주의 어디에 붙어 있는지는 몰라도 아름다운 경관으로 신혼 여행지로 손꼽힌다는 얘기는 어디서 주워들은 적이 있었다. 부러움을 가득 담아 말하자, 주란이 정말 그랬다며 웃었다.

"좋은데 다녀왔다면서 목소리는 왜 이렇게 기운이 없어. 응?"

―실은…… 여행가서 대판 싸웠거든.

"K랑? 어쩌다가?"

―그냥 심통이 좀 났던 것 같아. 요새 계속 둘 사이에 친구들이 끼니까. 저번에 영화 보러 갔을 때도 그렇고, 이번 여행도 그렇고.

데이트에 매번 친구들을 대동하는 남자라니, 주란이 아니라 그 누구라도 화가 날 일이었다. 오죽했으면 생일 기념으로 간 여행지에서까지 다투었을까.

―나보고 그냥 한국 들어가래.

"뭐?"

―그냥 싸우다가 홧김에 한 소리 같은데……. 그리고 나서 결국 화해는 했는데, 이상하게 그 한마디가 가시처럼 박혀서 계속 따끔따끔거리네.

"당연하지! 듣는 나도 다 서운하다."

영주가 주란보다 더 성을 내며 K를 나무랐다.

"다른 사람도 아니고 K가 그러면 안 되지. 지금 그 사람 하나 믿고 네가 그 집으로 들어간 건데, 그런 식으로 말하는 건 좀 치사한 것 같아."

—나는 종일 함께라서 좋았는데, K는 아니었나 봐. 옆에 있는 난 없는 사람인 것처럼 맨날 게임만 하고, 친구들 만나느라 바빠.

흔히들 연애 감정에는 유통 기간이 있다고 말한다. 만약 그 것이 과학적으로 검증된 사실이라 쳐도, 3개월 만에 변질되는 건 지나치게 짧지 않나. 하다못해 라면 한 봉지도 그보다는 유통 기한이 길 텐데.

어디 가서 마음 아픈 티도 내지 못하고 혼자 앓고 있을 주란을 생각하니 더 속이 상했다.

—아무튼 나도 이런저런 생각이 많아서 요즘 연락을 통 못 했어. 미안. 걱정했지?

오랜만에 하는 통화인데 우중충한 이야기는 그만 하자며, 주란이 애써 밝게 웃었다. 분위기를 바꿔서, 영주가 생일 선물로 보낸 소포가 곧 도착할 거라는 소식을 듣고서는 잠시나마 행복한 비명을 내지르기도 했다.

주란이 원치 않는 화제는 일단 묻어 두고서, 한동안 연락하지 못한 사이 두 사람에게 일어난 일을 신변잡기 식으로 늘어놓았다.

하지만 빙빙 돌고 돌던 수다는 머지않아 다시 원점으로 되돌아왔다. 영주의 일상을 이야기하는데 도원을 빼놓을 수 없듯이, 주란의 일상에도 K가 이미 커다란 부분을 차지하고 있었기 때문이었다.

　─지금도 K가 한 말을 떠올리면 심장이 푹 꺼지는 느낌이 들어. 나는 K랑 영원히 함께 할 거라고 믿고 있었는데, 이 사람은 벌써부터 끝을 보고 있다는 게 와 닿아서. 응. 그래서 슬픈 것 같아.

　주란이 음울한 목소리로 중얼거렸다.

　통화를 마치고도, 상대가 끝을 바라보고 있다는 사실이 너무나 슬프다고 읊조리던 주란의 목소리가 귓가에 버석거리며 남아 있었다. 그 말이 영주를 밤새 잠 못 들고 뒤척이게 했다.

✳　　　　✳　　　　✳

　마트에 다녀오는 길이었다. 빌라 현관 앞에 멀뚱히 멈춰 선 영주의 곁으로 도원이 다가섰다.

　"뭐 해?"

　"내일이 말일이라 관리비 계좌 적어 가려고요. 이번 달부터는 401호에서 걷는다고 해서."

　그제야 생각났다는 듯 아, 하고 소리를 낸 도원도 휴대폰을 꺼내 적혀 있는 계좌번호를 사진 찍었다.

　"뭔가 다른 게 붙어 있네요."

　영주의 손이 가리키는 회람판에 전에는 보지 못했던 전단이 붙어 있었다. 무슨 내용을 이렇게 심각한 표정으로 읽고 있을

까. 그녀를 따라 그것을 읽어 내려가던 도원이 이내 턱을 쓸었
다.

"아무래도 곧 휴가철이라."

'빈집털이를 주의합시다.' 라는 제목 아래에 부쩍 증가한
빈집 절도 사례와 예방법이 적혀 있었다.

문단속을 하고, SNS에 휴가 관련 정보를 올리지 않고, 라디
오를 틀어 놓는 게 얼마나 대단한 예방이 될지는 모르겠으나,
관할서에서 직접 시답잖은 안내문까지 붙일 정도면 근방에서
사건이 일어났을 가능성이 컸다. 도원이 안내문에서 무심한
눈길을 거둘 때까지 영주는 못 박힌 듯 그것을 들여다보고 있
었다.

"아직도 그 수배범 사진 갖고 다녀?"

수배범과 닮은 놈 잡겠다고 나섰다가 도원은 손목까지 삐끗
한 일이 있었으나, 결과적으로는 그 일이 영주와 가까워지는
계기가 되었다.

"아니요."

문득 생각나서 묻자, 다행스럽게도 영주가 웃으며 고개를
저었다. 사진은 앨범에서 지워 버린 지 오래라면서.

아마 도원과 연애를 시작하고 얼마 지나지 않았을 즈음일
것이다. 빌라 외벽의 가스 배관이 어느 쪽으로 연결되어 있는
지 더는 신경 쓰이거나 불안하지 않았던 게.

"이번 휴가에 둘이서 여행 다녀올까?"

유독 더위를 타는 도원이 최단 거리로 제주도, 그보다 멀게

는 하와이나 뉴칼레도니아를 꼽고 있을 때 영주가 어두운 얼굴로 답했다.

"실은 이번 휴가 때 집에 좀 다녀와야 할 것 같아요."

"본가에?"

"아무래도 다녀온 지가 좀 돼서. 아빠가 이번에는 꼭 내려오라고 성화세요."

학생 시절에는 공부한다고, 고시생 시절에는 차비를 아낀다는 핑계로 1년에 추석과 설날 두 번씩만 집에 다녀왔었다.

작년에는 막 임용되었을 때라 직장에 적응하는 것만으로도 벅찼고, 올해 역시 그렇게 넘어갈 예정이었는데. 이번에 내려오지 않으면 직접 서울로 올라오겠다는 아버지의 으름장에 결국 버스 표를 예약했다.

아직 집에 만나는 사람이 있다는 말도 하지 못했는데, 혹시나 부모님이 서울로 올라왔다가 윗집에 사는 도원을 마주치게 된다면 그보다 더 어색해질 수 없을 테니까.

"사흘만 다녀올게요. 주말은 같이 보내요."

"그래. 모처럼 맛있는 것도 먹고, 푹 쉬고 와."

도원이 별말 없이 웃으며 영주를 보내 주었다.

서울에서 고속버스를 타고 두 시간, 터미널에서 다시 시내버스로 30분을 더 가서야 비로소 차창 밖 풍경이 서서히 눈에

익었다.

한창 파르라니 벼가 자랄 시기였다. 조금만 들여다보면 온갖 뿌리채소와 나무열매들이 산이며 들에 지천이고, 밭에는 농부의 손길을 받은 작물들이 수확을 기다리며 쑥쑥 올라오고 있을 것이다.

버스에서 내려섰을 땐 피할 길 없이 정수리로 곧장 내리쬐는 볕 때문에 불이 붙을 것만 같았다. 장장 세 시간 남짓한 귀경에 지칠 대로 지친 영주가 정류소 앞 편의점을 찾아들어갔다. 2년 전만 해도 초등학교 동창의 부모님이 하던 슈퍼가 어느새 편의점으로 둔갑해 있었다.

쪽쪽 빨아먹는 아이스크림을 골라 낯선 얼굴의 아르바이트생에게 계산하고 밖으로 나왔다. 큰 건물 하나 없어 뙤약볕을 피할 수 없는 시골의 아스팔트가 자글자글 끓고 있었다. 그 끝에 희미한 아지랑이가 피어나는 것을 보며 영주가 크게 숨을 들이켰다.

잠시 뒤, 이마에 송골송골 맺힌 땀을 소매로 닦아 낸 영주가 눈을 감고도 찾아갈 수 있는 익숙한 길을 걷기 시작했다.

낮은 담장을 따라 열린 대문 안으로 들어섰을 때, 가장 먼저 영주를 반긴 것은 마당 수도에 쪼그려 앉아서 채소를 씻던 엄마였다.

"아이고, 딸내미! 왔어? 왜 이리 늦었어? 우린 점심 때 올 줄 알고 여태 기다리고 있었네."

"그러게 먼저들 식사하시라니까."

영주가 들고 온 가방을 툇마루에 내려놓으며 걸터앉았다. 딱 사흘만 머물고 돌아갈 거라는 다짐을 보여 주듯 그녀의 짐은 단출하기 그지없었다. 더위를 먹은 나머지 풀이 죽어 툇마루에 퍼진 영주를 흘낏 쳐다본 엄마가 끄응, 하는 신음과 함께 다리를 펴고 섰다.

"들어가, 얼른. 밥 먹어야지. 아버지랑 오빠도 안에서 기다리고 있어."

"응. 잠깐만 쉬고."

"안에서 쉬지. 에어컨도 틀어놨는데."

"여기가 더 편해요."

모처럼 집에 내려와서도 안보다 밖이 더 편하다는 딸을 심란한 눈길로 보던 엄마가 결국 먼저 부엌으로 들어갔다. 영주가 도착했다는 소식에 가족들이 하나둘 거실로 나왔다.

"영주 왔냐."

"잘 지내셨어요."

문지방을 넘어 거실로 들어섰다. 1년에 몇 번 틀지 않는 에어컨의 쾌쾌한 냄새가 시원찮은 냉기 속에 섞여 있었다. 땀으로 끈적거리는 피부에 기분 나쁜 바람이 와 닿았다. 영주가 미간을 찌푸리며 낡은 가죽 소파 아래에 주저앉았다.

"여, 문영주. 얼굴이 폈다, 아주?"

"그러는 넌 시꺼먼 게 딱 부시맨이네."

"이게 맨날 오빠한테. 맞먹어라, 아주."

낮잠이라도 자고 있었는지 송주가 머리를 긁으며 가죽 소파

한가운데 풀썩 주저앉았다. 쿠션이 꺼지면서 영주의 뒷덜미로
후끈한 공기가 훅 밀려왔다.

거실에 길게 놓인 3인용 소파의 가운데 자리는 어려서부터
오빠의 지정석이었다. 바로 그 옆에는 할머니와 아빠가, 엄마
와 영주는 수발드는 시녀처럼 바닥에 앉아 그들을 올려다보곤
했다.

그것이 습관처럼 몸에 뱄는지, 아니면 그깟 자리 내줘도 싫
다는 오기인지 영주는 커서도 소파에는 엉덩이 한 번 걸쳐 본
일이 없었다. 제 자리가 아니라는 압박, 제 것이 아니라는 압
박이 이 시골집 곳곳에 얼룩처럼 묻어 있었다.

영주가 오기 한참 전부터 준비하고 있었던 점심상이 거실로
들어왔다. 할머니가 돌아가시고 엄마가 가장 먼저 사서 들여
놓은 동그란 원목 식탁은 부엌 한쪽에 방치되어, 이제는 식탁
으로써의 기능보다 잡다한 식기들의 거치대가 되어 있다.

"뭘 이렇게 많이 했어요. 그냥 평소대로 밥 한 끼 먹으면 되
지."

"그러니까 말이야. 얘야 시원한 사무실에 앉아서 일하고,
정작 힘쓰는 건 난데. 상다리 휘겠다, 아주."

오빠 송주가 옆에서 툴툴거렸다. 그의 말마따나 한눈에 봐
도 상차림이 요란했다. 노릇노릇하게 구워진 갈치 토막, 단호
박으로 감칠맛을 낸 갈비찜에 피망과 시금치로 색을 낸 잡채
까지. 모두 영주가 좋아하는 음식들이다.

"먹자."

아빠가 숟가락 들기를 기다렸다가 곧 식사를 시작했다.

"서울에는 음식이 부실한가, 어째 볼 때마다 얼굴이 반쪽이야."

"잘 먹고 다녀요."

"볼 살이 이렇게 올랐는데 무슨 소리야, 엄마는."

송주가 영주의 볼을 잡고 흔들자 영주가 매섭게 손등을 내리쳤다.

"계집애가 사납기는. 서울 가서 성격 버렸어, 얘. 이래서 어디 시집은 보내겠어?"

"너나 잘하세요."

"이게 오라버니 무서운 줄 모르고!"

만난 지 얼마나 됐다고 금세 불이 붙어 투닥거리기 시작했다. 결국 보다 못한 엄마가 남매를 야단쳤다.

"애들이 아버지 계시는데! 조용히 하고 밥 먹어."

둘 다 나이가 서른에 가까워 어린애처럼 유치하게 싸웠다는 생각이 뒤늦게 찾아들었다. 멋쩍은 마음에 밥그릇만 쳐다보며 식사에 열중했다. 결국 TV만 들어 주는 사람 없이 떠드는 가운데, 그릇에 수저 부딪치는 소리가 요란했다.

식사를 마치고 나서 아빠와 오빠는 다시 방으로 들어가고, 영주는 엄마를 도와 설거지를 했다. 뒷정리를 마친 뒤에는 잠시 쉴까 하고 거실에 드러누웠다. 툇마루로 이어지는 유리문을 통해 여름의 볕이 내리쬐었어도, 덜덜거리며 돌아가는 선풍기 바람이 땀을 훔쳐 주었다.

배도 부르겠다, 점차 노곤해지는 기분에 잠이 들락 말락 할 때쯤 부엌에서 부스럭거리던 엄마가 더덕을 한 소쿠리 담아 거실로 가져왔다. 신문지를 깔아두고서 사각사각 껍질을 벗기는 소리에 눈을 감고 있던 영주가 마지못해 일어나 앉았다.

"그냥 둬. 엄마가 할 테니까. 차타고 와서 피곤할 텐데."

"좀 쉬지, 일을 왜 찾아서 해요."

타박하면서도, 과도를 집어 들고 더덕 손질에 손을 거들었다.

"너랑 네 오빠랑 더덕구이 귀신이잖아. 너 있을 때 해야지."

기왕 먹을 거면 식구가 많을 때 먹는 게 좋다는 뜻에서 한 말이겠지만, 영주의 귀에는 그녀가 있을 때 손 많이 가는 일을 해 두는 게 낫다는 말처럼 들렸다.

사실 더덕구이는 그다지 좋아하지도 않는데. 오히려 아빠나 송주 쪽이 밥도둑 삼아 뚝딱 먹어 치우고는 했다. 엄마가 오해하고 있는 건 아마도 영주가 오빠 송주에게 지지 않으려고 아득바득 젓가락을 놀렸던 것을 기억하기 때문일 것이다.

어릴 적 영주는 코피가 잦고 빈혈이 심해 툭하면 주저앉는 아이였다. 보다 못한 아빠가 약국에서 어린이 영양제를 사다 줬는데, 그걸 먹는 모습을 보고 할머니가 혀를 쯧 차며 말했다.

"어린 게 지 몸 하나는 끔찍하게 챙기는 구나."

여물지 못한 머리로도 그것이 차가운 비아냥이라는 것은 어렴풋하게나마 눈치챘던 것 같다.

"그냥 나가서 사 먹지. 이거 얼마나 한다고."

"얘가 돈 번다고 씀씀이만 커져서는. 나중에 시집갈 돈 모으려면 한 푼이라도 아껴야지! 그리고 이게 다 자연산 더덕이야. 시장 가 봐라. 이만한 게 있나."

영주가 낼 테니 외식을 하자고 해도 소용없었다. 돈 얘기가 나오면, 그게 또 금세 시집가는 얘기로 당연한 듯 이어지고 마니까. 마치 시집을 가는 게 여자 인생의 궁극적인 목표라는 듯이.

지금 영주가 성실히 일해 돈을 모으는 것마저 그 과정인 것처럼 여기는 엄마의 말이 야속했다.

"이거 다 하면 엄마랑 목욕이나 하러 가자. 너 없으니까 등 밀어 줄 사람도 없어."

늘 똑같은 결론, 결혼하라는 잔소리로 이어지는 대화가 거북스러웠던 영주가 조용히 고개를 끄덕이는 것으로 대답을 대신했다.

시골 동네의 편의 시설은 고속도로와 연결되는 마을 입구에 집중되어 있었다.

아까 영주가 내렸던 버스 정류소와 편의점, 내과 간판을 달고 있지만 마을에서 아픈 사람이 생기면 웬만한 과목은 전부 진료하는 작은 병원, 당구장, 중국집, 그리고 그 옆에 재작년 송주가 작게 PC방을 냈다가 반년 만에 말아먹은 자리에 대신 들어선 노래방, 낡고 작은 모텔과 전통 있는 대성목욕탕이 밀집되어 있었다.

영주가 어릴 때만 해도 대성 목욕탕은 길쭉한 굴뚝이 난 낡은 붉은 벽돌 건물이었다. 대성 목욕탕 사장님의 외동아들인 황대성은 송주의 소꿉친구였다. 영주가 중학생일 적에 크게 리모델링을 해서 5층 상가로 거듭난 대성빌딩의 4, 5층 목욕탕은 말하자면 이 시골 마을의 사랑방 같은 장소였다.

주제도 없고 제한도 없는 단체 톡방이 열린 것처럼, 벌거벗은 아줌마들이 죄 영주에게 다가와 살갑게 말을 걸었다.

"아유, 영주 얘는 서울물 먹더니 어쩜 이렇게 예뻐졌니? 길 가다 보면 못 알아보겠어, 아주!"

"공무원이라고 했지? 면사무소에서 일하나?"

"서울서 잘생긴 애인 하나 안 만들어 왔어?"

깔깔깔 웃는 소리에 귀가 먹먹할 지경이었다. 대부분이 영주가 태어날 적부터 지켜본 이웃에 친구 엄마, 할머니였다. 거북한 질문들이 쏟아져도 싫은 내색을 할 수가 없어 그저 웃음으로 때웠다.

탕 안에 들어가서는, 등 밀어 줄 사람이 없다던 엄마의 말이 거짓말이었다는 걸 알아챘다. 그 안에서 가장 어리다는 이유로 나이 지긋한 할머니들의 등을 도맡아 세신해 드리고 다시 탈의실로 나왔을 땐 개운하기보다 잔뜩 지친 상태였다.

탕 밖으로 나와서도 속옷만 입고 앉아 끝없는 수다를 떨고 있는 엄마를 힐끔 쳐다보다가 먼저 돌아가 있겠다고 말하고 목욕탕을 나왔다. 신발장을 열고 샌들을 꺼내 신는 내내 등 뒤에서 그 어려운 공무원 시험에 합격해 서울에서 일하는 딸을 자랑하는 목소리가 들렸다. 혹여나 붙잡힐 새라, 영주가 도망치듯 얼른 그 자리를 벗어났다.

온탕에 오래 앉아 있었더니 밖으로 나와서도 여전히 두 볼이 발그레했다. 목욕탕 특유의 축축한 나무 냄새가 다 마르지 않은 머리칼 끝에 묻어 있었다.

고민하다 편의점에서 바나나 우유 하나를 사서 빨대를 꽂았다. 쭉쭉 빨면서 어설프게 정비된 폭 좁은 고샅길을 걸었다. 뉘엿뉘엿 해가 넘어가는 시점에도 여전히 공기는 후텁지근했다. 그나마 산 그림자에 가려진 응달을 걸어갈 때에만 잠깐 서늘했다 다시 볕을 맞닥뜨리는 반복이었다.

태어나서 학창 시절을 보내는 내내 여기서 살았다. 사람이 인위적으로 손 댄 곳은 끊임없이 변했어도 자연은 언제나 같은 모습으로 자리를 지켰다.

마을 뒷산에서부터 내려와 근처 소도시의 커다란 강줄기로 합류하는 개천만 해도 그렇다. 어렸던 그때, 공포에 얼룩진 눈으로 보았던 것과 조금도 달라지지 않은 것 같다. 심지어는 발에 차이는 돌멩이 하나까지도.

세 살, 아니 네 살쯤이었나. 영주가 간직한 최초의 기억이었으니 아마 그 정도 나이였을 것이다. 세 살 터울이 진 오빠 송주는 그 시절에도 여전히 까맣게 그을린 얼굴의 개구 진 소년이었고, 여름이면 개천에 내려가 종일 송사리를 잡고 물장구를 치며 노는 것을 좋아했었다.

아마 장마철이었을 것이고, 이전 날 크게 비가 왔을 것이다. 물이 불어난 개천에 가까이 가지 말라는 부모님의 엄명도 있었을 것이다. 그러나 지금보다 더 철이 안 든 그때의 송주가 그 말을 들었을 리 없다. 어린 여동생을 인형처럼 끼고서 개천가로 달려간 오빠와 소꿉장난 같은 것을 하고 있었던 기억이 어렴풋이 난다.

"송주야! 송주야! 아이고, 내 새끼!"

소리를 지르며 어디선가 달려온 할머니가 망설임 없이 오빠 송주를 안아 들었다. 그대로 등 돌려 멀어지는 뒷모습을 영주는 물끄러미 바라보고만 있었다. 영주는 보이지 않는다는 듯이 자꾸만, 자꾸만 멀어지던 할머니.

그것이 영주가 가진 최초의 기억이었다. 나중에야 혼비백산해서 달려온 엄마가 얼른 그녀를 데려가지 않았더라면, 어쩌면 그것이 최후의 기억이 되었을 지도 모르겠다.

집으로 돌아왔을 땐 아빠 혼자 불 꺼진 안방에 모로 누워 TV를 보고 있었다. 베개 대신 딱딱한 각 티슈를 베고 있는 아빠의 주름 진 얼굴을 보며, 영주는 새삼 시간이 참 많이 흘렀다는 걸 실감했다.

"엄마는."

"목욕탕이요. 먼저 왔어요."

한 번 목욕하러 갔다 하면 함흥차사인 것이 하루 이틀 일이 아닌지 더 묻는 말은 없었다.

안방을 지나쳐 그녀의 방으로 들어왔다. 몇 년이나 비워 두었음에도 먼지 한 자락 내려앉은 곳 없이 깨끗했다. 그러나 사람이 잘 드나들지 않는 공간 특유의 허전함이 공기 속에 배 있었다. 영주가 햇볕 냄새가 나는 이불이 깔린 침대 위에 걸터앉았다.

조용하기만 한 집. 탕에 들어갔다 나온 몸이 침대 위에서 녹을 것처럼 노곤해졌다. 그러다가 정말로 잠이 든 건 한순간이었다.

7시가 넘어 서서히 해가 저물어 갈 때쯤 어깨를 흔드는 손에 눈을 떴다. 부스스한 얼굴로 방에서 나오니, 이미 저녁상이 반듯하게 차려진 뒤였다. 부엌에서 엄마가 철판 위에 양념된 더덕을 끼워 굽고 있었다. 아빠와 오빠는 먼저 식사를 시작했다.

영주도 남은 자리에 앉았다. 막 잠에서 깨서 깔깔한 입안을 구수한 보리차로 먼저 적셨다. 점심에 이어 저녁도 부담스러울 정도로 거했다. 영주가 떨떠름하게 수저를 들었다.

저녁상을 치우기도 전에 엄마가 사과며 복숭아를 들고 와 깎고 있을 때였다. 밥을 반의반 공기 정도 남기고 슬쩍 물러난 영주가 주머니에서 휴대폰을 꺼내들었다. 낯선 번호였지만 별다른 생각 없이 전화를 받았다.

—실례합니다. 여기 경찰서인데요. 문영주 씨 휴대폰 맞습

니까?

"네. 제가 문영주인데요. 경찰서에서 왜⋯⋯."

가족들의 시선이 와르르 영주에게로 쏠렸다. 영주가 괜스레 손으로 입가를 가리며 틀어 앉았다.

—다름이 아니고요. 일전에 빌라에 수상한 사람 있다고 신고하셨죠?

"네. 그런데요."

—아무래도 빈집털이 현행범을 목격하신 것 같아서요. 수거한 도난품들이 그 뒤쪽 주택에서 도난 신고한 것과 일치하고요. 진술까지 받아 보니까, 그 주택에서 절도를 한 뒤 빌라와 맞닿은 담벼락을 타고 도주하는 과정에서 문영주 씨에게 목격된 것 같습니다.

"아, 네. 그럼 혹시 제가 증언이나 대질 같은 걸 해야 하는 건가요?"

이렇게 직접 전화까지 걸어 경위를 설명해 주는 이유를 묻자, 상대방이 웃음 띤 목소리로 아니라고 했다.

—현장범으로 잡힌 거라 괜찮습니다. 그냥 내내 불안하셨을 것 같아서 연락 드렸습니다.

"아⋯⋯, 신경 써 주셔서 감사합니다."

마음이 놓인 영주가 재차 고맙다 인사하며 통화를 마쳤다.

"웬 경찰서?"

아니나 다를까, 가족들이 무슨 일이냐고 득달같이 물어왔다.

"별일 아니에요."

괜한 걱정 끼치고 싶지 않은 마음에 얼버무리려 해도 소용없었다. 결국 대강의 사정을 털어놓자, 왜 진작 말하지 않았느냐며 부모님부터 펄쩍 뛰었다.

"그러니까 애초부터 얌전히 집에서 직장 다니면 얼마나 좋아? 면사무소나 군청에서 일하면 좋겠구만."

집에 내려올 때마다 듣는 소리에 이제는 불쑥 짜증부터 치밀었다.

"그렇게 위험한 데서 살 바엔 그냥 집으로 들어와라."

평소라면 가만히 앉아 듣고만 있었을 아빠도 묵직하게 한마디를 보탰다. 오빠 송주는 말할 것도 없었다. 계집애가 겁도 없이 혼자 집 나가서 상경할 때 알아봤다느니, 밖으로 나돌지 말고 집에 조신하게 있으라느니. 마지막에 가서는 제 친구 황대성을 소개시켜 주겠다고 까지 했다.

장차 5층짜리 대성빌딩을 상속 받아 장차 건물주가 될 테고, 영주는 일등 신붓감인 공무원이니 제법 균형이 맞을 거란다. 어쭙잖은 계획만 가지고 매번 사업이랍시고 판을 벌리는 송주의 숨은 속셈을 모르지 않아서 영주는 그저 기가 찰 따름이었다.

"그렇게 좋으면 너나 네 친구 황대성한테 시집가든가!"

끝내 영주도 참지 못하고 짜증을 부리며 쏘아붙였다.

"야, 씨! 내가 여자였으면 진즉 갔지! 이게 다 너 생각해서 하는 말이잖아!"

"저밖에 모르는 성격에 개뿔 네가 내 생각을 했겠다!"

송주가 억울하다는 듯이 가슴을 두드렸다.

"이게 진짜 아까부터 오빠한테 싸가지 없이 말할래?"

영주 역시 본가에 내려온 이후 중첩된 스트레스를 감당하지 못하고 화풀이하듯 송주에게 소리를 질렀다.

"네가 언제부터 날 그렇게 걱정했니? 나 고 3때 학원 하나만 보내달라고 울 때, 너 할머니가 준 돈으로 삼수하면서 허구한 날 술 마시고 게임하러 다녔지. 나 잠 못 자고 알바하면서 고시 공부할 때는 너 할머니가 물려준 유산 팔아서 PC방 차렸어. 그런 네가 퍽이나 날 걱정해?"

"할머니가 나한테만 물려주신 걸 나보고 어쩌라고? 그러게 너도 생전에 귀염 좀 떨지 그랬냐?"

찔린 듯한 얼굴을 하고서도 송주는 뻔뻔하게 대꾸했다. 옛날부터 영주는 송주의 이런 점이 정말 치 떨리게 미웠다.

여느 집과 다를 것 없는 남매 사이가 가끔씩 이렇듯 틀어질 때가 있었다. 송주의 잘못이 아니라는 걸 안다. 그저 사랑받기만 하는 환경에서 자란 건 엄밀히 따지면 그의 잘못이 아니니까.

단순하고 뒤끝 없는 성격 때문에 무신경한 말을 뱉어 낼 때는 있어도 영주에게 늘 먼저 전화해 안부를 묻는 오빠였다.

"제발 철 좀 들어! 너 철들기 전에는 절대 내 입에서 오빠 소리 못 들을 테니까!"

감정은 점차 격양되기만 했다. 송주에게 이럴 일이 아니라는 걸 알면서도 터진 둑처럼 와르르 쏟아지는 서러움을 달리 풀 데가 없었다.

결국 보다 못한 엄마가 영주의 등을 내리쳤다. 찰싹, 소리가 날 만큼 제법 아프기까지 해서 절로 눈물이 핑 돌았다.

다른 집은 친동기간에 싸움이 나면 나이 많은 쪽을 나무란다는데, 영주는 늘 혼난 기억밖에 없다. 어디 계집애가 오빠한테 바락바락 대드느냐는 말은 생전의 할머니에게서 가장 많이 들은 말일 것이다.

"오빠가 걱정해서 한 말에 왜 괜히 심사 틀어져서 그래? 아무튼 누굴 닮아서 이렇게 성질이 드셀까."

엄마 입에서 성질 드세단 소리까지 들으니, 이제는 열이 오르다 못해 허탈할 지경이었다.

집안의 독재자처럼 군림한 할머니와 그 할머니의 우선 순위가 분명한 편애. 딸은커녕 자기 자신도 제대로 지키지 못하는 엄마와 일방적인 고부 관계를 멀리 떨어져서 구경만 하던 아빠, 그리고 농사는 가오가 안 난다면서 어떻게든 쉽고 편한 길만 가고 싶어 하는 철없는 오빠까지.

스스로 드세지지 않았다면, 지금의 영주일 수 있었을까. 말마따나 누구를 닮은 건지는 몰라도 누가 이렇게 만들었는지는 분명한 일이었다.

"너 혼자 서울 보내 놓고 마음 졸이느니 한 집에 살면 걱정도 덜고 마음도 편하고 얼마나 좋아. 혹시 아프거나 하면 직접 챙겨 줄 수도 있고."

"적어도 여기보다는 서울이 나한텐 마음 편해요."

불현듯 그러한 현실이 숨이 막혔다. 영주는 과식한 탓에 속이 더부룩하다는 핑계로 자리에서 일어났다. 그대로 제 방에 들어가 문을 닫아 버리는 영주를 누구 하나 붙잡지 못했다.

새벽이 밝기도 전에 방문 밖에서 인기척이 났다. 침대에 누워 눈을 꼭 감은 채로 소리가 잠잠하게 가라앉기를 기다렸다. 이른 아침으로 배를 채우고 논으로, 밭으로 나가는 식구들의 발걸음이 마음을 밟고 지나는 듯 아렸다.

집 안의 모든 기척이 사라지고 나서야 영주는 스르르 눈을 떴다. 그리고 짐을 싸기 시작했다. 세수를 하고, 질끈 머리를 올려 묶었다. 밤새 뒤척인 탓인지 눈 밑에 푸르스름한 기미가 내려와 있어 콧잔등을 찡그렸다.

추석에 내려올게요.

메모지에 인사를 대신할 한 문장을 적었다. 그리고 그대로 등 돌려 집을 나섰다.

새벽이슬에 젖은 시골길이 발밑에서 자박자박 소리를 냈다. 집에서 한 걸음 멀어질 때마다 가슴에 쌓인 무거운 짐을 한줌씩 덜어내는 기분이 들었다.

가족들을 사랑하는 데서 오는 결핍과 가족들을 미워하는 데서 오는 죄악감, 구구절절 서럽고 억울했던 사연을 비워 냈다.

이 집이, 가족들이, 이 시골 동네가 그녀에게 강요하는 원치 않는 역할에 대한 부담감과 그에 붙잡히고 싶지 않아 멀리 멀리 도망치는 비겁하고 이기적인 마음을 비워 내고 또 비워 내고 나니, 비로소 가벼워졌다.

버스 정류소에 서서 터미널로 가는 버스를 기다리면서는 이대로 어디든 훌훌 날아갈 수도 있겠다 싶었다.

발 앞에 멈춰 선 버스에 망설임 없이 올랐다. 눈에 익은 풍경이 빠르게 멀어지기 시작했다.

그녀가 유기한 모든 감정들이 등 뒤에서 그녀가 사라지는 모습을 멀거니 지켜보고 있었다.

그러다 어느 순간 허전함이 몰려들었다. 비우고 또 비우고, 걷잡을 수 없이 덜어 낸 뒤에는 그녀의 가슴에 끝내 외로움만 덜컥 남겨졌다.

문득, 도원의 따뜻한 품이 몹시도 그리워졌다.

11

기로

예정보다 하루 일찍 돌아온 영주를 보며 도원이 놀란 얼굴을 했다.

그의 집에서 하룻밤을 보낸 로키가 영주를 향해 맹렬하게 안겨 들었다. 푹신하고 자그마한 온기에 얼굴을 기대면서, 영주는 겨우 집에 왔다는 실감이 났다.

"다녀왔어요."

어떻게 된 거냐, 무슨 일이 있었느냐 묻기도 전이었다. 다만 집에 돌아왔다는 안도감으로 힘겹게 미소 짓는 영주를 문틀에 비스듬히 기대 서 있던 도원이 맞아주었다.

"어서 와."

신발도 벗지 않은 채 덥석 품에 안기는 영주의 머리에 볼을 비비며 기다렸다고 속삭였다.

영주가 얼굴을 묻고 있는 그의 품이 곧 뜨거운 눈물로 축축하게 젖어들기 시작했다.

로키를 데리러 와서 뜬금없이 술을 마시고 싶다는 영주를 일단 안으로 들였다. 집에 다녀와 집으로 돌아가기 싫은 이유가 있을 것이다.

"점심은?"

도원이 바닥에 주저앉아 침대 매트리스에 등을 기댄 영주를 보며 물었다.

"아직이요."

"그럼 일단 속부터 채우고."

도원이 소매를 접으며 주방으로 향했다. 핑크색 방석에 몸을 말고 누운 로키는 하룻밤 새 도원의 집을 제집처럼 편안하게 여기게 된 모양이었다.

괜스레 심술이 난 영주가 방석을 발 앞까지 쭉 끌어당겼다.

"우리 로키 말썽 안 피웠어요?"

"무난했어. 러그 모서리에 사고 친 것 빼면."

도원이 가리키는 곳이 묘하게 색이 진한 것 같기도 하다. 영주가 유감을 담아 로키의 머리통을 꾹꾹 눌렀다.

"간단하게 비빔국수 먹을까?"

"좋아요! 안 그래도 더운데, 시원한 거 먹고 싶었어요."

도원이 주방에서 조리 기구와 재료를 척척 꺼내들었다.

탁탁탁, 가스 불 점화되는 소리가 나고, 도마 위에서 통통 칼질하는 소리, 봉투를 바스락대는 소리, 무언가를 버무리는 소리 같은 것이 요리의 과정을 고스란히 들려주었다.

그 소리들에 귀를 기울이고 있던 영주가 갑작스레 몰려드는 졸음을 이기지 못하고 크게 하품했다.

"……주야. 문영주."

잠깐 눈을 감았다고 생각했는데, 깜빡 잠이 들었나 보다. 어깨를 흔드는 손에 번쩍 눈을 뜬 영주가 멍하니 도원을 쳐다보았다.

"다 했어. 먹고 자."

도원이 얼굴까지 흘러내려온 영주의 머리를 귀 뒤로 쓸어 넘겨주었다.

"으응."

눈을 비비며 매트리스에 엎드려 있던 상체를 바로 세웠다. 도원이 영주의 양손을 잡아 번쩍 일으켰다. 비틀거리는 그녀를 식탁 앞으로 이끌었다.

자고 일어나서 입맛이 없을 줄 알았는데, 다행히 비빔국수의 새콤한 향이 침샘을 자극했다. 열무김치와 삶은 계란까지 곁들인 모양새 역시 시각적으로 즐거웠다. 영주가 얼른 나무젓가락을 집어 들었다.

"잘 먹겠습니다."

"많이 먹어."

그러고는 잠시간 후루룩 면 들이켜는 소리밖에 들리지 않았다.

꼭두새벽부터 먼 길을 올라온 참이었다. 내내 생각이 많았던 탓에 잊고 있던 허기가 한꺼번에 밀려들었다. 때문에 평소보다 빠르게, 많은 양을 먹어치우고는 부른 배를 문지르며 의자에 축 늘어졌다.

"설거지는 내가 할게요."

"몇 개 되지도 않으니까 그냥 쉬고 있어."

영주가 식탁에 턱을 괸 채로 설거지하는 도원의 등을 지켜보았다.

식사를 마친 직후라 배가 너무 불러 술이고 뭐고 무언가를 더 넣을 엄두가 나지 않았다. 결국 도원에게 이끌려 침대에 눕게 된 영주가 입술을 내밀며 투덜거렸다.

"먹고 나서 바로 자면 살찌는데."

"원래 휴가 때 살찌우는 거야. 아님 격렬하게 땀 빼게 해 줘?"

짓궂게 놀리는 말투 속에 일말의 진심이 섞여 있어서, 영주가 얼른 두 눈을 꼭 감고 자는 시늉을 했다. 도원이 그런 영주의 이마에 쪽쪽 입을 맞추고는 뒤에서 그녀를 끌어안은 채 이불을 덮었다.

영주는 자신이 도원보다 먼저 잠들었을 거라는데 전 재산을 걸 수 있었다.

제집도 아닌데 침대에 스민 낯익은 체취와 등을 덥히는 온도가 그녀를 금방 녹 다운시켰다.

여전히 졸음에 한 발을 걸친 눈이 가물가물했다. 도원의 품 안에서 한참을 꿈지럭대다가 그가 깨어나는 것에 맞춰 정신을 차렸다.

낮잠을 세 시간 가까이 자 버렸다. 그렇게 잤는데도 여전히 해가 떠 있다는 사실은 조금 유감스러웠다. 도원이 그런 영주의 기분을 알아챘는지, 밝기에 개의치 않고 냉장고에서 맥주를 꺼내왔다.

평소보다 급하게 술을 비우는 영주를 도원은 굳이 제지하지 않았다. 어차피 그의 집이었고, 그와 함께 있었다.

지금 당장 영주의 속상한 마음을 달래는데 필요한 것이 술이라면, 그의 눈앞에서 취하는 편이 나았다.

간혹 도원이 집어 주는 안주에만 병아리처럼 입을 벌리던 영주의 볼이 점차 붉게 달아올랐다. 언젠가부터는 상체를 오뚝이처럼 좌우로 뒤뚱거리기 시작했다.

꼭꼭 잠그고 있던 자물쇠가 느슨해진 건 한순간이었다. 도원이 질문하면, 영주는 한 번 물에 담갔다 건져 낸 듯 힘없는 발음으로 웅얼거렸다.

"집에서 밥도 못 얻어먹고 나온 거야?"

"아니거든요. 우리 엄마가 나 왔다고 갈비찜도 해 주고, 더덕도 구워줬거든요."

말미를 길게 빼는 말투가 어린아이 같아서 귀여웠다. 도원이 입가에 물린 머리카락을 빼주며 웃었다.

"근데 왜 이렇게 죽상이야. 집에 무슨 일 있어?"

어쩐지 까칠해 보이는 뺨을 손가락 마디로 살살 쓰다듬으며 물었다.

"아무 일 없었지요."

"거짓말."

"정말. 집에는 아무 일도 없어요."

그러더니 다시 맥주 캔을 쥐고 급하게 술을 들이키는 영주를 말릴까 하다 그냥 두었다.

"아, 맞다. 그놈 잡혔대요. 빈집털이범. 그때 내가 본 게 그놈이 맞대요."

"누가 그래?"

"어제 경찰서에서 전화 왔어요."

대수롭지 않게 말하는 영주와는 달리 도원은 표정이 심각해졌다. 근처에서 범죄가 일어난 것도 그렇고, 그녀의 집이 2층이라는 것도 새삼 마음에 걸린다.

할 수만 있으면 301호와 201호를 바꿔 주고 싶을 정도로. 아니, 기왕이면 같이 사는 편이 훨씬 안전하고 마음도 놓일 것이다.

"그 일 때문에 부모님이 집으로 들어오래요. 그 근처로 근무지도 옮기라고."

예상치 못한 말에 눈썹이 번쩍 들린 도원을 보며 영주가 얼른 손사래를 쳤다.

"안 가요. 근무지 변경하는 게 쉬운 일도 아니고. 무엇보다 내가 갈 생각이 요만큼도 없는데."

영주의 말을 듣고서 곰곰이 생각해 보는 듯하던 도원이 따놓고 마시지 않던 맥주를 들어 마른입을 축였다.

"무엇보다 난 서울이 좋아요. 말했잖아. 엄마처럼 그 좁아 터진 시골구석에서 시들지는 않을 거라고."

영주가 얼핏 일그러지는 얼굴을 두 손바닥 아래 감추었다. 마른세수를 하며 크게 한숨을 흘렸다.

"와, 내가 들어도 말 진짜 못 되게 한다. 정말 누굴 닮아서 이렇게 삐뚤어졌지……."

자책하며, 이마에 댄 두 손 아래 다시금 표정을 숨겼다. 도원이 그런 영주의 머리를 조심스럽게 쓰다듬었다. 그 손길에 살짝 턱을 들어 마주한 두 눈이 그새 축축해져 있었다.

"항상 내가 문제예요. 매번 화풀이하고, 서러워하고, 화내다가 돌아와요. 그렇게 하지 않으면…… 그냥 나만 너무 나쁜 년 같아서."

그러니 핑계를 만드는 것이다. 할머니의 눈에 보이는 편애로 상처를 받았다고 어린애처럼 징징거리면서, 엄마의 인생을 '그렇게는 살지 않겠다'고 폄하하면서.

"어쩌면 난 그저 혼자이고 싶은 것뿐인지도 몰라요."

누군가의 딸, 누군가의 아내, 누군가의 엄마라는 역할에 얽매이지 않고 자유롭게. 때로 거추장스럽게까지 느껴지는 가족들에게 끊임없는 상처를 주더라도.

스스로 나쁜 년이라고, 못돼먹었다고 자학하는 목소리가 한동안 계속되다가 점차 잦아들었다.

그와 반비례하게 느릿한 속도로 눈꺼풀을 깜빡이는 횟수가 늘어나더니, 이내 세운 무릎에 한쪽 뺨을 기댄 채로 졸기 시작했다.

도원이 슬쩍 영주에게 머리를 기울여 귀를 대보니 쌕쌕 고른 숨을 내쉬며 세상모르게 잠이 들어 있었다. 도원이 한숨 같은 웃음을 흘리며 혼자 취하고, 혼자 주정부리다, 혼자 잠이 든 영주를 조심스럽게 안아 올렸다.

두둥실 떠오르더니, 이내 엉덩이부터 폭신하게 내려앉았다. 종일 우울함이 기저에 깔려 있던 머리가 눅진하게 풀어져 수면 위에 떠 있는 기분이 들었다. 그대로 눈을 감은 채 영주는 도원이 그녀가 좋아하는 커다란 손으로 이마를 쓸어 주는 것을 느끼고 있었다.

"저 못된 건 잘 아네, 문영주."

작게 속삭이는 말이 귓가를 간질였지만 눈을 뜨고 깨어날 힘이 없었다.

"나쁜 년 맞아. 나한테 이렇게 못 되게 구는 걸 보면."

우씨, 그렇다고 정말로 욕하기 있어요?

간신히 입술을 움직여 흘려 낸 말은 도저히 사람의 언어처럼은 안 들렸다. 도원이 귓바퀴에 입을 댄 채로 큭큭 웃음을 터뜨렸다.

"내 앞에서 혼자이고 싶다는 말이 그렇게 쉽게 나와?"

그리고 아프지 않게 볼이 꼬집혔다. 슬슬 흔드는 손길에 덩달아 얼굴까지 흔들렸다. 영주가 짜증을 내듯 미간을 찌푸리자 그제야 도원도 손을 거두었다.

잠시 동안 복잡한 심경으로 영주를 들여다보는 도원의 시선이 영주의 얼굴에 덕지덕지 발자국을 새겼다.

"어쩌냐. 나는 너 혼자 두기 싫은데······."

나직이 속삭이는 말에 움찔 코를 찡그렸던 것 같기도 하다.

"너랑 평생 함께 하고 싶어. 결혼도 하고, 애도 낳고 그렇게 평생."

고집스럽게 다물린 눈꺼풀이 파르르 떨렸다. 다행히 모른 체 시치미를 떼는 시간이 그리 오래 계속되지는 않았다.

끝끝내 무의식의 세계로 의식이 넘어가면서, 도원의 목소리는 아프도록 달콤하게 영주의 가슴을 울렸다.

"또 못 들은 척하네. 문영주 못 됐다. 나쁘네, 진짜."

꿈인지 생시인지도 알 수 없는 상황에서 투덜대는 말들이 메아리처럼 흐려지다, 전원을 꺼 버린 것처럼 팍 사그라졌다.

✿   ✿   ✿

도원이 눈을 떴을 때, 시간은 자정이 훌쩍 넘어 있었다. 무의식적으로 옆자리를 더듬어 보았다.

이미 싸늘해진 침대 위에 영주는 없었다. 어둑한 실내를 노려보다 상체를 일으켜 앉았다.

하도 자서 머리가 띵했다. 원고를 끝내고 잠깐 갖는 휴식기라고는 해도 이렇게 대중없이 보낸 적은 처음이라, 하루가 어물쩍 넘어가 버린 기분이었다. 도원이 지끈거리는 머리를 부여잡으며 침대에서 벗어났다.

휴대폰은 식탁 위에 놓여 있었다. 점심에 비빔국수를 해 먹고 그곳에 둔 채로 잊어버렸을 것이다.

영주와 함께 있으면 휴대폰 같은 것에 주의를 빼앗기지 않으니까.

〈집이야?〉

혹시나 자고 있을까 싶어 메시지를 보냈다. 습관처럼 노트북을 켜고, 이것저것 검색을 하며 인터넷 서핑을 하다가 다시 책 한 권을 빼들고 거실로 돌아올 때까지 영주에게 보낸 메시지는 읽지 않은 상태 그대로였다.

영주에게서 답장이 온 건 도원이 새벽 운동을 마치고 들어왔을 때였다.

〈피곤해서 내려왔어요. 오늘도 집에서 쉬려고요.〉

가볍게 샤워를 하고 나온 도원이 메시지를 확인했다.

〈속은 괜찮아? 아침 같이 먹을까?〉

그 다음 답장은 정오가 다 되어갈 즈음에야 도착했다.

〈이제 확인했어요. 미안. 벌써 먹어 버렸네. 오랜만에 밀린 잠

좀 잘게요.〉

개가 이불을 덮고 잠이 든 이모티콘을 함께 보내왔다.

아무래도 어제의 여파가, 그것이 술이 되었든 슬픔이 되었든 간에 그대로 남아 있는 것이리라 예상하며 도원도 손을 흔드는 이모티콘과 함께 답했다.

〈푹 쉬어.〉

다음 날도, 또 그 다음 날도 만나자는 도원의 말에 영주는 싱거운 글줄로 변명을 대신 적어 보냈다.

그것이 사흘 째 계속되자, 도원은 인정할 수밖에 없었다.

문영주가 채도원을 속보이게 피하고 있다는 사실을.

✻   ✻   ✻

주말을 포함해 엿새로 예정된 여름휴가에서 벌써 닷새가 훌쩍 지나 버렸다.

이틀은 본가에서, 사흘은 집에 콕 박혀서. 어떻게 생각하면 가장 여름휴가다운 휴가를 보내고 있는 셈이었지만, 마음까지 편한 것은 아니었다.

직장인들의 가장 큰 소망이라면 밀린 대출 이자를 상환하는 것일 테고, 가장 바라는 휴식이라면 역시 밀린 잠의 이자를 청산하는 것일 테다.

모처럼 넉넉한 시간과 편안한 장소가 주어졌는데도 좀처럼 잠들 수 없는 까닭은 무엇일까.

너랑 평생 함께 하고 싶어. 결혼도 하고, 애도 낳고 그렇게 평생.

아마도 눈만 감으면 저절로 떠오르고 마는 도원의 목소리 때문일 것이다. 내내 왼쪽 벽을 보며 누워 있던 영주가 뒤척뒤척 몸을 돌렸다.

듣지 못한 척 했어도 정말 듣지 못한 것은 아니다. 눈을 꼭 감고 피하려 했으나 정말은 귀를 막았어야 했다. 그 한마디가 그녀의 마음을 이렇듯 어수선하게 만들 줄 알았으면.

차라리 뒤늦게라도 모른 체 했어야 했는데. 마냥 피하는 것이 능사가 아니란 걸 알면서도 며칠 째 이러저러한 핑계를 대며 도원과 마주치지 않으려 갖은 애를 썼다.

그러나 윗집 아랫집 사는 사이에 그것도 결국 사흘이 한계였나 보다.

"엄마야!"

문을 열고 나오자마자 복도에 버티고 선 검은 그림자를 발견하고 기겁을 했다. 다시 보니, 문 앞에 도원이 무섭게 굳은 얼굴로 서 있었다.

"어디 가?"

태연하게 묻는 것치고는 차가운 말투였다. 영주가 눈치를 보며 등 뒤로 현관문을 닫았다.

"……약속이 있어서."

"무슨 약속?"

한 걸음 다가선 도원과 현관문 사이에 갇혀 버린 영주가 곤란한 듯 눈썹을 찡그렸다.

도원이 그런 영주에게 바짝 얼굴을 들이댔다.

타오르는 듯한 도원의 눈을 마주하자, 압박감이 더욱 심해졌다.

"혹시 일부러 나 피하는 건가? 왜?"

새삼 이유를 묻는 도원을 보며 혹시 아무것도 짐작하지 못하는 게 아닐까 기대했지만.

"이게 네 대답이야?"

역시나. 피할 길 없이 구석으로 몰리는 것을 느끼며 영주가 입술을 사리물었다.

"그렇게 싫었어?"

"그럴 리가 없잖아요."

다만 싫었느냐는 물음에는 곧장 반박하며 도원을 쏘아보았다. 미안함과 원망이 섞인 영주의 눈동자에서 답을 찾고 싶은 것처럼, 도원 역시 영주를 빤히 주시하고 있었다.

"기뻤어요. 가슴도 뛰었고요. 그만큼 당신이 날 진지하게 만나는 것 같아서 좋았어요."

차라리 싫었다면 이처럼 고민할 필요도 없었을 것이다.

결혼을 말하는 그가 곤란했던 건, 그것이 마냥 싫지 않았기 때문에.

"그럼 대체 왜 피하는데."

"가, 갑작스러우니까요!"

예고도 없이 불쑥, 그것도 취기에 혼몽했을 때 들은 말이었다.

딱히 당장의 대답을 원하는 게 아니라는 것을 알지만, 그렇다고 아무 생각 없이 들어 넘길 일도 아닐 것이다.

서른넷 도원에게는 결혼이 시급할지도 모르겠으나, 아직 스물일곱인 영주에게 결혼은 만약 한다고 마음먹더라도 너무나 먼 이야기였다.

지금 당장은 아니더라도 언젠가 도원이 그녀에게 대답을 요구하면, 영주가 돌려줄 것은 결국 거절뿐일 것이다.

아마도 영주는 그것을 어떻게든 유예하고 싶었던 것 같다. 그래서 무작정 도원을 피했다. 그녀가 그와의 결혼을 원하지 않는 이상 결말은 결국 이별로 귀결될 것이므로.

"솔직히 말하면 나는 결혼에는 뜻이 없어요."

영주가 굳세게 입술을 깨물며 결국 미루고 미뤄왔던 속마음을 꺼내 놓았다. 동시에 핑하니 눈물이 고였다.

"……그러니 결혼이 급한 거라면, 도원 씨를 붙잡고 있을 수 없겠죠."

그건 너무 이기적인 일이니까.

지금의 관계를 박제해 영원히 소유하고 싶은 건 불가능한 욕심일 뿐이다.

지향점이 다른 두 사람은 더는 연인으로 남을 수 없을 테고, 결국 헤어짐이 도원을 위해 해 줄 수 있는 유일한 일이 될 것이다.

"하."

영주가 무슨 말을 하나 잠자코 듣고 있던 도원이 끝내 기가 찬 듯 실소했다. 그러면서도 머리를 쓸어 올리는 손길은 답답함을 이기지 못해 거칠기 그지없었다.

"너 정말 사람 열 받게 할래?"

으르듯 말하는 도원의 음성이 거칠었다. 지난번에 차 안에서 다투었던 때와는 비교도 할 수 없이 화난 얼굴이었다.

영주가 저도 모르게 움츠러들었다.

"분명히 알아 둬. 내가 지금 열 받는 건 네가 내 청혼을 거절해서가 아니야."

그런 영주를 의식한 듯, 도원이 애써 사나운 기세를 가라앉혔다.

"네가 지금 결혼하고 싶지 않은 것도 알겠고, 네 입장도 이해하고 존중해. 근데 여기서 내가 진짜로 화가 나는 건 고작 그걸로 우리 사이가 끝날 것처럼 얘기하는 너야."

도원이 냉정한 말투로 명료하게 쏘아붙였다. 무언가를 반박하고 싶어 하는 영주에게는 여지조차 주지 않았다.

"나를 위한 것처럼 얘기하지 마. 너는 그냥 헤어지자는 소리를 내 입에서 듣는 게 무서워서 도망치고 있는 거니까."

영주의 심중을 정확하게 찌르며 옴짝달싹 할 수 없게 만들었다.

"결혼하기 싫으면 거절해. 네가 거절한다고 헤어지자고 말할 일 절대 없으니까. 결혼하고 싶어서 너 만나는 거 아니야. 너니까 결혼하고 싶은 거야. 대체 왜 그걸 헷갈려 하지?"

다그치는 말 속에서 도원의 답답한 마음이 고스란히 느껴졌다. 영주가 울음을 참기 위해 떨리는 입술을 꾹 오므렸다.

도원이 그런 영주의 어깨를 붙든 채 낮은 목소리로 일렀다.

"앞으로도 나는 널 계속 설득할 거고, 협상할 거고, 그것도 안 되면 구걸이라도 할 거야. 너도 그런 나 받아들여. 내가 지금 널 있는 그대로 받아들이는 것처럼."

영주의 어깨를 한 번 꽉 잡았다가 놓는 손이 다시 한번 그의 머리를 마구 흩트려놓았다. 피곤한 듯 눈가를 문지르던 도원이 이내 한 걸음을 물러섰다.

"일단 약속이 있다니까 보내 주는데, 여전히 너한테는 화가 나 있다는 거 잊지 마."

그러고는 그대로 영주를 지나쳐 계단을 올랐다.

잠시 뒤 위층에서 쾅, 거칠게 문이 닫혔다.

✳   ✳   ✳

나오다가 도원을 맞닥뜨리는 바람에 생각보다 시간이 지체되었다.

조급한 발걸음으로 정류장에 도착했다. 공항 버스를 타고서 인천공항에 도착했을 때는 다행히 비행기가 도착 예정 시간을 조금 넘긴 상황이었다.

영주가 입국장 앞에서 전광판을 확인했다. 오래 지나지 않아, 열린 문으로 사람들이 하나 둘 쏟아져 나오기 시작했다.

"쭈! 쭈란! 여기, 여기!"

그중에서 낯익은 얼굴을 마침내 발견한 영주가 두 손을 번쩍 들고 흔들었다.

공항으로 오는 내내 침울했던 기분이 잠시 잊힐 만큼 벅찬 반가움이 찾아들었다. 마찬가지로 지친 얼굴로 캐리어를 끌고 나오던 주란이 영주의 목소리에 이쪽으로 고개를 돌렸다.

"문영주! 꺄악, 영주야!"

캐리어의 손잡이도 놓아 버린 채 달려온 주란이 영주와 얼싸안고 제자리에서 콩콩 뛰었다. 깍깍 지르는 비명이 요란했지만, 다행히 그들 말고도 재회를 기뻐하는 이들이 도처에 있었다.

"이게 몇 달 만이야! 얼굴 좀 보자. 살이 왜 이렇게 **빠졌**어?"

계절이 반대인 나라에서 돌아온 탓에 품이 큰 가죽점퍼를 입고 있는 주란은 영주가 기억하는 것보다 야윈 얼굴을 하고 있었다.

울었는지 눈 밑이 퉁퉁 부은 주란을 걱정스럽게 쳐다보자, 주란이 손을 내저었다.

"살이 빠지긴! 거기서 맨날 기름진 음식만 먹었는데."

"얼굴이 이렇게 홀쭉한데? 얼른 가자. 우리 쭈란이 밥부터 먹여야겠다."

애써 밝은 척하는 주란의 손을 꼭 부여잡았다. 저 뒤쪽에 쓰러져 있는 캐리어도 대신 챙겨서 주란을 이끌었다.

"잠깐 옷 좀 벗고 가자. 거기는 진짜 추웠는데, 여기 오니까 왜 이렇게 습하고 덥니. 숨이 턱턱 막혀."

그새 달아오른 얼굴에 손부채질을 하던 주란이 화장실에서 점퍼와 긴 팔 셔츠를 벗고 나왔다.

"밥 먹고 들어갈까? 아니면 뭐 시켜 먹을까?"

"짐도 있고, 일단 집으로 가자. 너도 오늘 자고 가! 오랜만에 보는데 밤새 수다 떨어야지."

"나야 좋은데, 안 피곤하겠어? 비행기 오래 탔잖아."

"너야말로 한 사흘은 못 잔 사람 같다, 야."

영주가 어색한 얼굴로 하하, 웃었다. 다정하게 팔짱을 낀 영주와 주란이 인천공항을 빠져나왔다.

가뜩이나 좁은 의자에 갇혀 열 시간을 날아왔는데, 또 번잡한 건 싫다며 주란이 택시를 잡았다. 목적지는 목동에 있는 주란의 집이었다.

어른들이 모두 시골에 내려가 비어 있는 집으로 들어갔다. 짐을 풀기도 전에 주란은 찝찝하다며 샤워를 하겠다고 했고, 영주는 주란 대신 그녀가 택시 안에서 먹고 싶다고 염불 외듯 외우던 음식들을 주문했다.

젖은 머리를 한 주란이 나오고 얼마 지나지 않아 음식이 속속들이 배달되었다.

"우와, 우리 영주 지갑 넉넉한가 보다."

"그럼. 얻어먹기만 하던 문영주 아니다."

젠 체 하며 음식을 식탁으로 가져다 날랐다. 포장을 뜯자 맛있는 냄새가 금세 퍼져 입안을 군침 돌게 했다.

영주가 익숙한 동작으로 찬장에서 컵을 가져왔다. 주란이 냉장고에서 주스를 꺼내 각자의 컵에 따랐다.

"우리 엄마가 너 등갈비 해 준다고 맨날 벼르고 있는데. 하필 타이밍이 안 맞았네."

"그러게. 어머니 요리 먹고 싶다."

"다음에 꼭 와. 그때 너 밥 두 그릇이나 맛있게 먹었던 얘기 아직도 하셔."

아르바이트를 해도 생활비가 넉넉지 않았던 시절에 종종 주란의 어머니가 차려준 식사를 얻어먹고는 했다. 사업을 해서 통이 큰 주란의 아버지도 명절마다 영주의 용돈을 챙겨 주었었다.

"내일 몇 시에 내려가? 표는 예약했어?"

"아까 확인해 봤는데, 평일이라 차편은 널널해."

"할머니 많이 안 좋으신 거야?"

요양원에 모신 외할머니가 최근 많이 위독하다는 소식을 듣고 주란은 호주에서 급작스럽게 귀국했다.

내일 바로 할머니를 뵈러 울산에 가야하는 주란이 착잡하게 고개를 끄덕였다. 영주는 주란이 좋아하는 양념치킨의 다리를 그녀의 앞접시 위에 놓아주었다.

"그래서 계속 표정이 안 좋았구나."

"뭐, 그런 것도 있고."

살이 많은 부분을 한 번 물어 오물거리고는, 주스로 입가심을 한 주란이 힘없이 포크를 내려놓았다.

"……무슨 일 있어?"

심상치 않은 얼굴을 보고 영주가 물었다. 시선을 밑으로 내린 채 잠시 주저하던 주란이 이내 후, 깊은 한숨을 내쉬었다.

"나, 헤어지려고."

다행히 누구와, 라는 얼빠진 질문은 하지 않았다.

"다시 호주로 돌아가지 않을 거야. 비행기에서 계속 생각해 봤는데, 그게 나을 것 같아."

당장이라도 쏟아질 것처럼 눈물을 모아 놓고서도, 주란은 모질게 마음먹은 듯했다.

"왜?"

"그냥…… 힘들어서."

무엇이, 라고 물으면 그건 너무 잔인한 질문이 될 것 같았다. 때문에 애써 참아낸 그 질문을 주란이 먼저 알아챘을 것이다.

어느새 버릇이 되어 버린 것 같은 길고 긴 한숨을 시작으로, 주란은 그 한숨만큼이나 긴 이야기를 들려주었다.

처음 K를 만나고, 데이트를 하고, 연인이 되고, 사랑을 나누다 이별하게 된 모든 순간을 빼놓지 않고.

"보였어. 나한테서 점점 멀어지는 게. 몸이 닿아 있어도, 마음은 자꾸만 멀어지더라. 그래서 같이 있어도 혼자인 기분이 들었어, 사람 비참하게."

뽀얀 볼에 두 줄기 자국을 만들며 눈물이 떨어졌다. 파르르 떨리는 입술에서 파르르 떨리는 낱말들이 새어 나왔다. 덩달아 영주의 눈시울까지 울컥 붉어졌다.

영주가 아는 주란은 언제나 자기감정에 솔직한 친구였는데. 호주에 있는 동안 혼자서 삭이는 법만 배워 온 것 같아 마음이 아팠다.

"끝을 내는 게 맞는 것 같아. 그래서 할머니 핑계 대고 돌아온 거야. 너도 알다시피 내가 또 어디 가서 지는 건 못 참잖아. 나 힘들었던 만큼 너도 힘들어 보라고, 이게 마지막이라는 말도 안 하고 왔어."

영주가 티슈를 몇 장 뽑아 건네자, 그것으로 눈가를 꾹꾹 누른 주란이 장난스럽게 씩 웃었다.

"아픈 말 하면서 왜 자꾸 괜찮은 척 해? 참지 말고 울어, 바보야."

"……그래도 좋았어. 그 사람을 만날 수 있어서 다행이었어. 행복했어."

떨리는 목소리로 고백한 주란은 결국 구겨진 티슈 위로 펑펑 눈물을 쏟아 내기 시작했다. 영주가 그런 주란을 꼭 끌어안고서 함께 슬픔을 나눴다.

그렇게 한참이나 울고 나서야 간헐적인 딸꾹질을 하며 눈물을 그친 주란의 얼굴에 벌겋게 열이 올랐다. 두 사람이 눈물을 닦은 휴지가 식탁에 돌탑처럼 쌓여 있었다.

"영주야."

제 풀에 지쳐 쉬어 버린 목소리로 주란이 영주를 불렀다.

"응?"

"너도 무슨 일 있는 거지? 혹시 윗집 그분이랑 싸웠어?"

역시나 주란의 눈을 속일 수는 없었던 모양이었다.

실컷 우는 바람에 목이 말랐다. 영주가 냉장고에서 시원한 보리차를 꺼내 먼저 주란에게 따라 주고, 그녀도 한 컵을 벌컥벌컥 들이켰다.

젖은 입가를 닦아 낸 뒤에, 도원과 있었던 일을 더듬더듬 털어놓았다.

"확실히 우리 나이에 결혼을 생각하기는 너무 이르지. 거기다 넌 스무 살 때부터 이미 독신주의자였잖아."

속이 말이 아닐 텐데도, 제 일을 잠깐 제쳐두고서 영주의 고민을 진지하게 들어 주던 주란이 검지로 턱을 쓸었다.

"근데 또 그분은 결혼이 급할 수도 있겠다. 아무래도 나이도 있고."

결혼이 하고 싶어서 영주를 만나는 게 아니라 영주라서 결혼하고 싶은 거라고 도원은 얘기했지만, 그 또한 근본적으로는 연애의 결말을 결혼이라고 믿는 사람일 것이다.

"......그래서 나도 여기서 놔주는 게 그 사람 위한 일인 건 아닐까 싶기도 해."

"본인이 헤어지기 싫다고 했다며. 그럼 그냥 이대로 사귀어도 되는 것 아냐?"

영주야말로 묻고 싶었다.

좋아지면 좋아질수록 두려운 이 관계를 정말 지속해도 되는 걸까?

끝을 두려워하는 마음이 무시될 만큼 채도원이란 남자를 사랑하고 있는 걸까?

"근데 그런 생각도 해. 만약에 언젠가 내가 결혼을 하게 된다면, 그 사람이랑 하고 싶다는 생각."

영주의 고백에 주란이 놀란 얼굴을 했다.

"이야! 우리 영주가 사랑을 하기는 하는구나. 가치관까지 바뀐 걸 보니 확 실감 난다."

"그냥 생각만."

한 번씩 상상해 볼 때는 있었다.

도원의 곁에서 잠을 자고, 눈을 뜨고, 그가 기다리는 집으로 돌아가는 그런 삶. 공익 광고에 나올 것처럼 인생의 밝은 부분만 조명된 것 같은 그런 행복을.

하지만 영주는 초승달만 보고 달의 모양이 뾰족하다고 말할 만큼 어리석지는 않았다.

"만약에 그분이랑 결혼까지 하게 되면, 너는 첫사랑이랑 첫 연애만 해 보는 거잖아. 아쉽다거나 불안하다는 생각은 해 본 적 없어?"

영주가 어깨를 으쓱였다.

"아쉬운 것보다 불안하기는 하지. 이 사람이 어떤 사람이고, 이 사랑은 어떤 사랑인지 비교할 대상이 없으니까."

"그러네. 혹시나 나중에 그 사람보다 더 멋지고 좋은 사람이 나타날 수도 있는 거고."

무슨 뜻인지 알 것 같다며 주란이 고개를 주억거렸다.

"그래도 '혹시나' 하는 가능성 때문에 놓아 버리기엔 아까운 사람인 거지?"

하는 물음에는 고개를 끄덕일 수밖에 없었다.

"한 번도 나를 헷갈리게 한 적 없어. 그런데도 난 그 사람한테 한 번도 확신을 주지 못해서……."

도원은 영주가 그녀 자신을 그보다 더 사랑하는 것을 섭섭하게 생각하지 않겠다고 했다.

또한 도원은 사랑하는 사람에게 더 많은 걸 주고, 더 많은 걸 이해하는 쪽이 결코 손해가 아니라는 걸 보여 주겠다고도 했다.

영주는 그런 도원의 애정이 자신에게 얼마나 과분한지를 생각했다.

어쩌면 그걸 알기에 더욱 놓치고 싶지 않은 건지도 모른다.

"사실 난 말이야. 첫 사랑이 마지막 사랑이 되는 것도 나쁘지 않은 것 같아. 영주 네가 지금 내가 겪는 아픔을 평생 모르고 살 수 있으면 다행인 거지. 안 그래?"

한창 이별을 겪고 있는 주란이 하는 조언이라 더 가슴에 박혔다. 영주는 그런 주란을 향한 안쓰러운 마음을 애써 숨겼다.

"이야. 우리 쭈란이도 사랑을 하긴 했구나. 가치관까지 바뀐 걸 보니."

　살면서 되도록 많은 남자를 만나고, 많은 연애를 경험해야 이득이라던 주란이었는데. 사랑이 결국 주란을, 그리고 영주를 변화시켰다. 두 사람이 서로를 보며 허탈하게 웃어 버렸다.

　"어쩐지 묘하네. 나랑은 정반대 입장인 것 같아서."

　문득, 씁쓸하게 중얼거리는 주란의 목소리에는 멈칫할 수밖에 없었다.

　"그런 표정 짓지 마, 나 괜찮으니까."

　기껏 시킨 음식이 죄다 식는다며, 주란이 영주를 채근해 다시 포크를 들게 했다. 주란도 뒤늦게 허기를 느꼈는지 좋아하는 치킨을 맛있게 집어 먹었다.

　그래도 예전에 비교하면 먹는 양이 확연히 줄어서, 영주는 걱정스런 눈으로 그런 주란을 힐끔거릴 수밖에 없었다.

　사랑이 주란을 변화시켰으나 이것 하나만은 변함없었다. 언제나 그녀 자신의 행복을 우선으로 한다는 것. 행복해지기 위해 사랑을 했고, 이제는 행복해지기 위해 이별을 택한 친구를 따뜻하게 위로해 줄 수 있었으면 하고 바랐다.

　식사를 마치고, 뜻밖에 주란이 먼저 나갈 채비를 했다.

　"아직 고속버스가 있어서 그거 타고 내려가려고. 아무리 불효녀여도 엄마 옆에 있어 주고 싶어. 되도록 할머니도 더 많이 지켜봐 드리고."

　애초에 오늘 하루 자고 가기로 마음먹고 온 것이었는데, 주란이 그런 영주의 등을 떠밀었다.

"너랑 나랑 심란해서 오늘 잠 한숨 못 자고 찔찔 짤 게 뻔한데, 차라리 몸이라도 움직이는 게 나아."

결국 밤 새워 수다를 떨며 회포를 풀자던 약속 대신, 영주가 주란을 터미널까지 배웅하기로 했다.

터미널에 도착해서 주란이 매표를 하는 사이, 영주가 편의점에서 물 한 병을 사 와 건넸다.

"몇 시 차야?"

"11시 10분."

"네 시간이나 가야 되네. 안 피곤하겠어? 종일 비행기 타고."

염려 섞인 물음에 주란은 괜찮다는 듯이 씩 웃어 보였다.

"버스 앉자마자 기절하면 돼."

주란은 차라리 잘됐다는 눈치였다. 오늘처럼 마음 무겁고 생각만 많을 때, 오지 않는 잠을 꾸역꾸역 청하는 것이 더 고역이었을 것이다.

승차 시간이 될 때까지 주란과 함께 대기 의자에 앉아 기다렸다. 야심한 시각임에도 어딘가로 떠나려는 사람들의 모습이 분주했다.

고정된 생활 반경 안에서만 이동하는 영주는 멀리 가 봐야 서울과 본가를 왕복할 뿐이었다.

영주는 아무 망설임 없이 가방 하나만 들고 훌쩍 떠날 수 있는 이들을 신기한 눈으로 구경했다.

"혼자서 멀리까지 가는 거, 무섭지 않아?"

뜬금없는 질문에 눈을 동그랗게 뜬 주란이 이내 부스스 웃었다.

"무섭지. 근데 설레는 마음이 더 커."

여자 혼자, 그것도 말도 잘 통하지 않는 나라에 가서 지낸다는 게 어떤 건지 쉽게 상상이 되지 않았다. 그래서 때로는 주란의 담대함에 혀를 내두르기도 했다.

"솔직히 난 너처럼 공무원이 되겠다거나 어디 취직을 하겠다거나 하는 목표가 없었잖아. 내가 뭘 해야 하는지, 뭘 잘 할 수 있는지도 모르는 상황에서 남들 따라 덜컥 취직해 봐야 그냥 그렇게 흘러갈 것 같더라고."

그냥저냥 괜찮은 직장에 들어가서 매달 월급을 받고 사는 삶도 주란이라면 잘 해냈을 것이다.

당찬 성격은 물론, 어떨 때는 무모하다 싶을 만큼 의지가 강한 아이였으니까.

"그렇게 살고 싶지 않았어. 오해하지 마. 그게 나쁘다는 게 아니라, 조금 다른 이야기를 쓰고 싶었달까……. 그때 네가 덜컥 시험에 붙는 바람에 더 초조하기도 했고."

분명 앞서 나간 것은 영주였을 것이다. 임용된 뒤로 한동안 우쭐했던 것도 사실이다.

그러나 지금은 그녀가 다른 누구보다 앞서 있다는 생각 같은 건 들지 않았다.

그저 다른 길을 걷고 있을 뿐이라는 걸, 삶은 경쟁이 아니라는 걸 이제야 조금씩 깨달아 가는 중이었다.

"다른 이야기?"

"응. 매일 일어나서 출근하고, 퇴근하고, 잠들고. 그러다 적당히 좋은 사람 만나서 연애하고, 결혼하고, 아이 낳아 늙어가는 그런 인생을 행복하게 살 자신이 없었어. 꼭 밑그림 그려진 스케치북에 대충 색칠만 하는 것 같아서."

남들은 다 힐링 된다고 좋아하는 컬러링북도 자기는 질색이라며 주란이 절레절레 고개를 내저었다.

"정해진 밑그림 말고 다른 그림을 그려 보고 싶었어. 너도 알다시피 워낙에 똥손이라 내가 생각했던 것만큼 예쁜 그림은 안 됐지만 말이야."

K와의 끝을 생각하는지 눈꼬리의 끝이 슬며시 내려앉았다. 영주가 그런 주란의 어깨를 감싸 안으며 그녀의 등을 도닥였다.

"아냐. 예뻐. 내가 아는 송주란은 언제나 반짝반짝한 그림을 그리는 사람이야."

툭툭. 느리게 쓸어내리는 등이 옅게 떨렸다.

곧 어깨에 뜨겁게 스미기 시작한 눈물을 모른 척하며, 그렇게 오랫동안 친구의 떨리는 몸을 끌어안아 주었다.

"너도 조심해서 들어가. 그분이랑 되도록 빨리 화해하고. 괜히 시간 지날수록 더 어려워지니까."

"응. 걱정 마. 너도 터미널 도착하면 바로 문자하고. 알겠지?"

"오냐."

평일 밤이라서인지 울산행 버스가 정차해 있는 정류소에는 승객이 별로 없었다. 주란이 고속버스에 훌쩍 올라탔다.

그녀가 자리에 앉아 흔드는 손에 화답하면서, 영주는 버스가 멀어져 가는 모습을 지켜보았다.

❋   ❋   ❋

터미널에서 간신히 막차를 타고 홍대 역까지 와서, 거기서부터는 다시 택시를 잡았다. 차를 타고 오는 내내 영주는 생각에 잠겨 있었다.

질문을 던지는 사람.

그렇게 조금씩 세상을 움직이게 하는 사람.

언젠가 도원은 영주가 그런 사람이라고 말해 줬었다. 그리고 그런 도원에게 영주는 지금껏 뻔한 답을 정해 놓은 겁쟁이처럼 굴었다.

도원과의 관계에 앞서 영주는 시작도 전에 밑그림부터 그려 놓았다.

연애가 그녀를 나약하게 무너뜨릴 것이라고, 결혼이 그녀의 삶을 수동적으로 만들 것이라고.

그리 예쁘지 않은 밑그림 위에 엉망진창으로 색을 칠해 가면서 도원을 상처 주고 있었다.

도원과의 끝을 두려워하는 마음과 도원을 사랑하는 마음 중에서 정말로 소중히 여겨야 하는 것은 어느 쪽이었을까?

스스로에게 묻고 또 묻던 질문의 답을 마침내 찾았을 때, 영주는 다리를 건너 어둡게 가라앉은 천변을 가로지르고 있었다.

빌라 앞동 입구에서 택시를 세우고 내렸다. 대부분 어둡게 불이 꺼져 있는 A동을 통과하여 영주가 사는 B동 입구에 다다랐다.

비밀번호를 누르고 현관을 지나 201호 앞에 서서는, 안으로 들어가지 않고 머뭇거렸다.

오늘따라 조용한 로키가 의아하면서도, 한편으로는 그 예외적이 상황이 영주를 응원하고 있다는 느낌을 받았다.

그녀는 3층으로 이어지는 계단에 주저앉아 도원에게 메시지를 보냈다.

〈산책할래요?〉

수많은 글자들을 썼다 지웠다. 마지막으로 남은 것이 저 다섯 글자였다.

이미 자정이 넘은 시각.

이 터무니없는 제안에 기가 막혀서라도 답을 하지 않을까 하는 속셈이 조금쯤은 들어 있었다. 이어 덧붙였다.

〈보고 싶어요.〉

그러자 5분도 안 되어 답장이 도착했다.

〈어딘데.〉

메시지를 확인하자마자 앉아 있던 자리에서 일어났다. 발뒤꿈치를 세워 소리 없이 계단을 올랐다.

마침내 301호 앞에 도착했을 때, 기다렸다는 듯이 벌컥 문이 열렸다. 마주한 영주를 보고서 헛것을 보는 사람처럼 눈을 깜빡이는 도원에게 영주가 불쑥 고백했다.

"사랑해요."

놀란 듯 헛숨을 들이켰던 도원이 눈썹을 와락 일그러뜨렸다.

"문영주, 너 대체……!"

"사랑해요……."

말을 끊으며 다시 한번 고백했다.

"장난하지 마. 그럴 기분 아냐."

"장난 아니에요."

지끈거리는 이마에 손을 올린 도원이 그런 영주를 매섭게 노려보았다.

"정말 사랑해요."

복잡한 얼굴을 하고 있는 도원에게 마지막으로 고백했다.

"사랑해요."

그리고 마침내, 당연하다는 듯이 도원이 답했다.

"내가 더 사랑해."

영주가 도원의 품으로 뛰어들었다.

뒷걸음치며 영주를 받아낸 도원의 등 뒤로 문이 쾅, 소리를 내며 닫혔다.

Epilogue 1

결혼 허락

연이은 몸짓에 시트는 이미 눅눅하게 젖어 버렸다. 창밖으로 보이던 달의 위치가 한 뼘이나 밀려갔다. 간간이 눈을 떠 그것을 확인하던 영주에게는 이제 시간의 흐름을 가늠할 만한 여유도 남지 않았다.

영주의 가슴을 부드럽게 감싸 쥐고 그 끝을 잘근거리던 도원이 몸을 일으켰다. 그녀의 다리 사이에 무릎을 끼워 넣으며 그녀의 턱을 감싸 입을 맞췄다.

으응, 신음을 흘리며 어깨를 밀어내려 했으나 손에 힘이 들어가지 않았다. 사실 영주 자신도 그를 밀어내고 싶은 건지 아니면 끌어안고 싶은 건지 모르겠다. 일단 지쳤으니, 에라, 모르겠다 하며 그의 목에 두 팔을 감았다.

도원이 영주의 왼쪽 가슴 위에 가만히 손을 올렸다. 그는 이따금씩 그랬다. 그 아래 뛰고 있는 심장을 보듬어 안는 것처럼. 그 울림이 참을 수 없이 사랑스럽다고 속삭였다.

그녀의 안에 들어가기 전에 도원은 매번 정성 어린 애무를 잊지 않았다. 어느새 말라 버린 곳에 손가락을 끼우고 부드럽게 문질렀다. 여린 피부에 상처가 나지 않도록 조심스러운 손길이었다.

이제는 관성이 되어 버린 것처럼 서서히 젖어들기 시작했다. 도원이 그 물기를 끌어다 다시 볼록한 부분을 꾹 누르고, 살살 원을 그리며 돌렸다.

어느 순간, 영주가 파르르 허리를 떨며 막힌 듯한 신음을 내뱉었을 때 도원은 더는 기다리지 않고 그녀의 위로 올랐다.

부스럭거리는 소리와 함께 포장지가 침대 밖으로 떨어졌다. 곧 그녀의 어깨 아래로 손을 넣어 옴짝달싹 못하게 꼭 끌어안은 도원이 서서히 몸을 맞추기 시작했다. 느릿했던 몸짓은 이내 걷잡을 수 없이 격해졌다.

상냥한 애무와 거친 삽입. 그 격차에 영주가 얼마나 가슴 설레어 하는지 이 남자는 알고 있을까.

귓가로 도원의 숨소리가 뜨겁게 쏟아졌다. 그의 단단한 가슴 근육을 가로지른 땀방울이 그와 맞닿은 그녀의 가슴으로 미끄러져 내렸다. 이윽고 황홀경이 몰아쳤다. 영주는 흔들리는 시야 속에서 창밖의 달이 또 저만치 밀려가는 것을 지켜보았다.

"⋯⋯괜찮아?"

도원이 미안한 듯이 손바닥으로 그녀의 등을 쓸어 올렸다.

"내일 일찍 나가야 되는 거 알면서."

기진맥진하여 그의 어깨를 베고 누워 있던 영주가 샐쭉하게 눈을 흘겼다.

"우리 엄마 아빠 만나러 가는 건데, 긴장 안 되나 봐요?"

"그럴 리가."

도원이 단박에 부인했다. 그의 애매한 미소가 평소보다 묘하게 경직되어 있는 것을 보고, 영주가 웃으며 그를 안심시켰다.

"걱정할 것 없어요. 남자 친구가 있다고 전에 다 말해 놨다니까."

"내가 윗집 사는 것도 아시고?"

"응. 집에서 보낸 야채들, 반찬들 너무 잘 먹는다니까 아빠가 좋아하셨어요."

이미 도원에 대해 대략적으로나마 알고 계시니, 마음 편하게 가지라는 말을 몇 번이나 해도 별 소용은 없었다. 어쨌거나 연인의 가족에게 결혼 허락을 받으러 가는 일이었으니까.

두 사람이 연인이 된 지 두 해 째의 일이었다.

처음 결혼이 언급되었을 때 크게 다툼이 있었기 때문에, 이후 도원이나 영주의 입에서 그와 관련된 화제는 자연스럽게 기피되었다.

시간은 흐르고, 소소한 일상이 계속되었다. 때로 기쁘고 슬픈 일이 영주와 도원을 스쳐 지나갔다. 때마다 둘은 서로의 곁을 지켰다. 대체적으로 무난한 하루들이 모여 한 달이 되었고, 1년이 되었고, 그리고 2년이 되었다.

누군가 그런 말을 했다. 시간은 나이의 속도로 흐른다고.

요즘 들어 그 말이 어떤 의미인지를 실감하는 날이 많았다. 허무할 정도로 빠르게 흐르는 나날 속에 그나마 다행인 것은, 두 사람이 함께한 추억이 지나간 시간의 증명처럼 남아 쌓이고 있다는 사실이었다.

앞으로 계속 설득하고, 협상하고, 그것도 안 되면 구걸까지 하겠다던 포부는 까맣게 잊었는지, 좀처럼 결혼에 대해 일언반구가 없는 도원을 영주가 슬슬 원망하기 시작했을 때였다.

영주가 도원의 청혼을 받은 것은 크리스마스의 아침이었다. 그것은 특별히 대단하다거나 요란하지 않았다. 일상의 한 장면인 것처럼 자연스럽게 이루어졌다.

전년도 크리스마스이브에는 도원과 짧게 여행을 다녀왔다. 바다가 보이는 호텔방에서 따뜻한 자쿠지에 함께 들어가 샴페인 잔을 기울였다. 꿈같은 순간이었지만, 오가는 시간이 악몽 같은 정체였기 때문에 올해는 집에서 평범하게 보내기로 약속한 터였다.

맛있는 식사를 하고, 저녁에는 도원이 미리 주문해 둔 생크림 케이크를 나눠 먹었다. 좋아하는 영화를 보고, 음악을 듣고, 대화하다가 한 침대에서 사랑을 나눴다. 겨울 밤 시린 공기가 스밀 틈도 없게, 두 사람의 열기로 가득한 밤이었다.

그리고 다음 날 아침. 향긋한 커피 냄새에 눈을 뜬 영주는 트레이닝 바지 차림으로 주방에 서 있는 도원을 발견했다.

부스스한 시선으로도 도원의 넓은 어깨는 근사하기만 했다. 그 아래 탄탄하게 자리 잡은 가슴이라든가 복근이라든가, 또 힘주어 파고들 때 꽉 조여지는 엉덩이 근육까지…….

엄한 상상에 혼자 얼굴을 붉히는 영주에게 도원이 막 내린 커피를 들고 걸어왔다. 영주가 그의 허리를 와락 껴안고, 옆구리에 얼굴을 비볐다.

"……어?"

이질적인 느낌을 받은 건 바로 그때였다. 상체를 움직이면서 영주는 그녀의 목에 무언가 걸려 있음을 깨달았다. 얇은 금줄을 더듬어 내려가자, 그 끝에 반지가 있었다. 영주가 멍하니 반지를 내려다보았다. 놀라 고개를 든 영주를 도원이 자상한 미소로 마주했다.

"결혼하자, 영주야."

짧고 명료한 청혼에 영주는 한동안 얼이 빠져 있었다. 도원은 그녀를 재촉하지 않았다.

"지금이 아니라도 좋아. 언제가 됐든 기다릴 테니까. 네 마음이 준비가 되면, 그 반지 껴줘."

그제야 영주는 도원이 반지를 목걸이로 선물한 이유를 알았다. 그의 깊은 배려에 영주가 눈물을 글썽이며 고개를 끄덕였다.

그리고 그녀가 마침내 반지를 낀 날이 바로 지난주였다.

청혼을 받은 이후, 영주와 도원은 결혼에 대하여 진지하게 이야기 나눈 날이 많았다. 오늘에서야 결혼 허락을 받는다고는 하지만, 그 이전부터 두 사람은 차근차근 결혼에 대한 준비를 시작했다.

집을 구한다든가 자녀계획은 세운다든가 하는 거창한 준비는 아니었다. 다만 매일 밤 마주 보고 누워, 결혼식은 소박하게 아는 사람만 불렀으면 좋겠고, 주례는 서 선생님께 부탁드리고 싶다는 식의 이야기를 주고받았다.

온몸으로 전이된 암세포의 항암 치료를 중단하고, 지금은 캐나다에서 들어온 아들 가족과 함께 지내며 호스피스 치료를 받고 있는 서 선생님도 두 사람의 부탁을 흔쾌히 수락해 주었다.

틈틈이 웨딩드레스를 대신할 하얀 원피스를 찾을 때마다 주란에게 사진 찍어 보냈다.

요새 한창 번역 공부에 열심인 주란은 도원과 자주 가는 로스터리 카페 사장님과 반년째 목하 열애 중이었다. 같은 취미를 가진 두 사람이라, 함께 훌쩍 여행을 떠나고는 하는 친구의 얼굴이 밝아 보여서 좋았다.

영주가 가진 결혼에 대한 거부감이 이만큼이나 옅어질 수 있었던 건 처음부터 지금까지 변함없는 모습으로 있어 준 도원의 노력이 컸다.

그는 언제나 영주를 존중했고, 그녀의 가치관을 이해했다. 가끔 그녀의 독립적 성향이 가시처럼 찔러도, 도원은 그 모든 걸 포용하려 애썼다.

그조차 자기가 영주를 더 많이 사랑하기 때문이라며 웃었다.

※   ※   ※

아침 일찍부터 준비해 집을 나섰다. 가는 길에 도원이 꽃다발과 선물 세트 같은 것을 사서 뒷좌석에 부단히 채워 넣었다.

오랜만에 입은 정장이 어색한지, 도원은 운전하는 내내 목 부분의 깃을 만지작거렸다.

"너무 긴장하지 마요. 아마 결혼하겠다는 소리 들으면, 우리 엄마는 맨발로 달려와서 반겨줄걸."

그러나 장담을 했던 것이 무색하게도, 영주의 부모님과 마주앉은 식사 자리는 영 어색하게 흘러가고 있었다.

커다란 교자상에 자리가 모자랄 정도로 음식을 차려놓고서 도원을 대하는 태도는 일견 삭막하기까지 했다.

"얼핏 듣기로, 글을 쓴다던데."

"예. 소설을 쓰고 있습니다."

"그걸로 충분히 먹고 살 정도가 되나?"

"엄마!"

당황스럽게도 아까부터 계속 이런 식이었다. 누구보다 반겨주리란 기대와는 달리, 무엇이 마음에 안 들었는지 첫마디부터 무례할 정도로 도원의 신상을 꼬치꼬치 캐물어 댔다.

도원과 만난지 한 시간도 안 되어, 영주의 엄마 수옥은 도원이 서울에서 좋은 대학을 나왔고, 지금 살고 있는 빌라가 그의 명의이며, 차가 한 대 있고, 직장 생활은 한 번도 해 본 적 없다는 사실을 파악했다.

"부모님이 남겨 주신 유산과 보험금이 조금 있습니다. 글을 써서 버는 수입으로도 생활이 가능할 정도는 되니, 걱정 놓으셔도 됩니다."

도원은 한결같이 서글서글하게 굴었다. 그마저 수옥의 눈에는 사윗감으로 영 차지 않는 모양이었지만.

"나이도 일곱 살이나 차이가 나고."

"엄마랑 아버지는 여덟 살 차이 아니었나?"

옆에서 가만히 듣고 있던 송주가 불쑥 참견하자, 수옥이 그런 송주의 옆구리를 꽉 꼬집어 비틀었다. 송주가 악, 하고 소리를 질렀다.

"우리 영주는 공무원이라 월급 따박따박 나오고, 나중에 연금도 타는데. 우리 영주에 비하면 아무래도 직업이 영 기우는 것 같아서……."

"제발 그만 좀 해요, 엄마!"

결국 보다 못한 영주가 버럭 소리를 치며 자리에서 일어났으나, 그런 영주를 도원이 옆에서 차분히 달래 도로 앉혀 놓았다. 그러고는 나붓하게 웃으며 말했다.

"제 일을 불안해하시는 것 이해합니다. 그래도 정년이 없는 직업입니다. 나름대로 기반도 잡아 두었고요."

드라마에서 보는 것처럼 밥 잘 먹는 모습을 보여 주는 정도로 끝날 자리는 아닐 성 싶었다. 결국 도원이 잘 보이기 위해 할 수 있는 일이라고는, 가진 장점을 최대한 어필하는 것뿐이었다.

"비교적 시간을 자유롭게 운용하는 직업이라, 매일 출퇴근하는 영주를 챙겨 줄 수 있습니다. 그래도 걱정이시라면, 상가를 구입해서 임대 수익을 얻는 방법도 고려해 보겠습니다."

그에 쓸데없이 관심을 보이며 대화에 끼어들려던 송주가 영주에게 반대쪽 옆구리를 꼬집히며 바닥을 굴렀다.

반면, 도원의 대답을 곰곰이 생각해 보는 듯한 수옥은 가타부타 말이 없었다. 그렇게 남은 식사 자리 내내 수저 부딪치는 소리만 간간히 들렸다.

불편한 분위기에서 식사를 마치고, 도원은 영주와 아버지와 방에 들어가 약주를 마시기 시작했다. 송주가 곁다리로 껴서 담가둔 인삼주를 홀짝거렸다. 그러는 사이 영주와 수옥은 저녁상의 뒷정리를 했다.

영주가 은근슬쩍 도원에 대한 자랑을 늘어놓으며 수옥의 마음을 돌려보려 했지만 소득은 없었다.

"……언제는 시집가라고 귀에 인이 박히게 잔소리를 했으면서, 막상 사윗감 데려오니까 사람 민망하게 왜 저러셔."

영주가 연신 투덜대며 마당으로 나왔다. 안방에서 술기운이 오른 아빠의 목소리가 그녀가 선 자리까지 들려왔다. 엄마와는 다르게 아빠는 도원을 썩 마음에 들어 하는 눈치였다.

남자들이 술로 대동단결해 있는 동안, 영주는 엄마를 붙잡고서 대체 뭐가 문제인지 이유라도 들어볼 생각이었다.

한데 잠깐 화장실을 다녀오느라 자리를 비운 사이에 엄마가 감쪽같이 사라져 버렸다. 신발도 없는 것을 보니 밖으로 나간 모양이었다. 영주도 부랴부랴 운동화를 구겨 신고 대문 밖으로 나섰다.

서울에 비한다면 손바닥처럼 작은 시골 동네였다. 영주가 익숙한 길을 따라 걷기 시작했다.

검은 아스팔트 바닥에 점점이 떨어진 가로등 빛이 노랗게 불을 밝혔다. 잠들지 않는 도시 풍경과 달리 시골의 밤은 어둠 속에 낮게 웅크리고 있었다. 이곳에서 나고 자란 영주에게는 여상한 밤의 모습이었다.

길을 따라 내려가면 차례로 경순 이모네, 주안이 할머니 댁, 부녀회장님집이 나온다. 엄마가 그중 어디에 있을 지는 빤했다. 겨울밤이면 모여서 녹색 담요 위로 화투장 내리꽂는 것이 여자들의 유일한 낙인 동네였으니까.

영주가 망설임 없이 경순 이모네 대문을 넘어섰다. 마당과 통하는 마루 여닫이문이 반 뼘쯤 열려 있고, 그 사이로 착착 화투장 부딪치는 소리와 여인네들 수다 떠는 목소리가 새어 나왔다.

"근데 형님, 오늘 영주 내려온다고 하지 않았어?"

"그러게. 어제 영주 해 준다고 장에서 닭을 두 마리나 사가더니만."

"아이고, 우리 형님, 다 큰 딸을 아주 받들어 모시네, 모셔!"

제 이름이 들린 까닭에 영주가 문을 열려던 손을 멈칫했다.

"암, 모셔야지. 내 귀한 딸 내가 모셔야지. 우리 영주가 어디 그냥 딸이야?"

아무튼 간에 딸내미한테 너무 유난이라는 부녀회장님 면박에 수옥이 답지 않게 목청을 높였다.

"서울에 있는 대학, 학원 한 번 다닌 일 없이 알아서 척 붙었지. 어디 그뿐인가? 혼자 서울 올라가서 그 어려운 공무원 시험도 붙어가지고 온 애야."

오밤중에 동네 사람들 다 들으란 듯이, 큰 목소리로 영주 자랑을 늘어놓았다. 문밖에서 듣고 있는 영주는 절로 민망해 귀가 벌게지는데, 정작 안에서는 그것이 으레 있는 일이었던 모양이다.

"아이고, 우리 형님 또 시작했네."

"그렇게 귀해서 어디 시집이나 보내겠어?"

"시집을 왜 보내? 혼자 마음 편하게 살면 되지!"

수옥이 펄쩍 뛰며 하는 말에 듣고 있던 영주의 눈이 커졌다.

"내가 시집살이만 20년을 겪으면서 말년에 시어머니 오줌똥까지 받은 사람이야. 여자 팔자 뒤웅박 팔자라고들 하지만, 어디 요즘 세상이 그래? 능력도 있겠다, 노후 걱정할 것도 없는데 저 하고 싶은 거 하면서 사는 게 제일이지."

수옥의 모진 시집살이를 동네에서 모르는 이가 없는 지라, 부녀회장님이나 경순 이모도 딱히 반박하지 못했다. 결국 고

435

만고만하게 살아온 여인네들이 키득거리며 고개를 끄덕였다.

"맞네, 맞아. 결혼해 봐야 남편이 아니라 웬수들인데, 혼자 사는 게 백번 낫지, 응."

"그래도 형님, 손주는 보셔야지."

"자식은 송주한테 보라고 하지 뭐. 내 새끼 애 낳는다고 고생할 거 생각하면 벌써부터 마음이 아려."

부녀회장이 손뼉을 치며 동의했다.

"그건 그래. 우리 경선이 미래 낳을 때 가서 보는데, 아니 사람 마음이 어쩜 그리 간사한지. 며느리 누워 있을 때는 장하다, 잘했다 소리가 나왔는데. 딸내미 그렇게 힘없이 누워 있으니까 눈물이 나서 말도 안 나오더라니까."

"그러고 보니, 저번에 미래 아장아장 걷는 것 봤는데 아주 엄마 판박이야. 어쩜 그렇게 예뻐? 테레비 내보내도 되겠어."

화제는 자연스레 부녀회장님의 세 살짜리 외손녀 미래에게로 돌아갔다. 패 돌리는 소리가 경쾌해지는 것에 비례하여 깔깔대고 웃는 목소리도 커졌다.

밖에서 조용히 기다리고 있던 영주가 그제서야 넌지시 엄마를 불렀다.

"어머, 영주야! 안 그래도 집에 내려왔다더니. 엄마 모시러 왔어?"

마치 오랜만에 만난 친척 조카처럼 영주를 반가워하는 경순 이모와 부녀회장님에게 영주 역시 반가운 얼굴로 인사드리고, 수옥의 팔을 잡아끌어 경순 이모네를 나왔다.

옆에서 팔짱을 꽉 낀 영주가 연행하다시피 수옥을 데리고 집으로 향했다. 딸이 사위 될 사람을 데려왔는데, 면박만 주다가 도망치듯 자리를 피해 버린 수옥은 입이 있어도 할 말이 없었다. 결국 영주가 먼저 엄마에게 불퉁거렸다.

"왜 퍼주는 건 오빠한테 다 퍼주고, 생색은 나로 내?"

"너도 내 새낀데 생색 좀 내면 안 돼?"

너무 당당하게 대꾸하니 오히려 할 말이 없었다. 영주가 헛웃음을 웃으며 엄마를 쳐다봤다.

"왜 이렇게 말이랑 행동하는 게 달라? 맨날천날 시집가라는 소리만 하더니, 막상 결혼한다니까 또 말 바꾸고."

"그게 정말 시집가라고 한 소리야? 네가 그 말만 하면 칠색 팔색을 하니까 질리라고 한 소리지!"

빽 내지르는 소리에 영주가 황당한 얼굴을 했다.

"그게 대체 무슨 소리예요?"

수옥이 땅이 꺼져라 한숨을 푹 내쉬며 말했다.

"내가 말을 하면 네가 들어먹기는 해?"

결국은 엄마 말에 청개구리처럼 행동하는 영주의 반발심에 기대는 수밖에 없었다고 했다. 영주는 뒤늦게야 그런 엄마의 진심을 듣고서 깜짝 놀랐다.

"……내가 엄마처럼 안 산다고 해서 속상했어요?"

고적한 시골길을 묵묵히 걸어가던 영주가 문득 물었다. 수옥은 고민도 없이 답했다.

"아니. 다행이다 생각했어. 내 딸이 이렇게 야무져서 다행이라고."

영주가 옅은 미소를 띤 엄마의 얼굴을 돌아보았다. 왠지 눈물이 날 것만 같아 다시 고개를 숙였다. 울렁이는 시야로 바다만 보며 걸었다.

팔짱을 끼고서 조금 느려진 보폭으로 뒤뚱뒤뚱 걸음을 옮겼다. 가로등 불빛이 머리 위로 떨어져 두 사람의 그림자를 길게 그려 냈다. 영주는 그 그림자의 걸음걸이가 꼭 닮은 모양을 하고 있는 것을 보았다.

"그런 야무진 딸이 고른 남자예요. 내가 사랑하는 사람이고."

"뭐, 사람은 좋아 보이더라."

"내가 사랑하는 것보다 나를 더 많이 사랑해 주는 사람이에요."

"아무렴 내 딸을 데리고 가는데."

당연한 일이라는 듯이 말하는 엄마를 보며 영주가 작게 웃음을 터뜨렸다.

"너는 야무지게 살아. 엄마처럼 미련하게 참지 말고."

내세울 것 하나 없이, 기댈 친정도 없이 시집을 와서 좋은 며느리, 좋은 아내, 좋은 엄마로 살려고 아득바득 참기만 한 나처럼 살지 마. 너는 그냥 문영주로 살아. 하고 싶은 것 마음껏 하는 내 딸 문영주로.

엄마가 영주에게 재차 일렀다.

"너는 능력도 있고, 여차하면 소매 걷어붙이고 달려갈 친정

438

도 있어. 그러니까 저 놈이 힘들게 하면 참지 말고 뛰쳐나와. 요즘 세상에 이혼은 흠도 아니야."

그건 사실 영주를 위한 당부가 아니라, 저기서 두 사람을 기다리고 있던 도원을 향한 경고였을 것이다.

어느새 다가온 도원이 팔에 걸치고 있던 담요를 영주에게 건넸다. 영주가 그것을 펼쳐 엄마와 제 어깨를 감쌌다.

"왜 나와 있어요?"

"날이 추운데 네가 안 와서."

얼마나 기다리고 있었던 건지 차가운 도원의 손을 영주가 꼭 쥐어 입가에 가져다 댔다. 호, 하고 입김을 불어넣는 영주를 도원이 다정한 눈빛으로 보고 있었다.

"술 많이 마셨어요?"

"응. 평소보다 조금 많이."

영주가 걱정스러운 듯이 그의 볼을 두 손바닥으로 감쌌다. 도원이 그녀를 위해 고개를 수그려 주었다.

"피곤하지는 않아요? 운전도 오래했으면서."

"별로. 그보다……."

그녀의 귓가에 입을 가져다 댄 도원이 작게 속삭였다.

"안고 싶어."

영주의 뺨이 걷잡을 수 없이 달아올랐다. 얄궂게 눈을 흘기며 도원을 밀쳤다가 결국에는 꼭 닮은 얼굴로 웃는 모습이 수옥이 보기에도 제법 잘 어울리는 한 쌍이었다.

"아유, 덥다. 너나 덮어."

수옥이 벌겋게 상기된 얼굴로 담요를 걷어 냈다. 엄마가 갱년기를 겪고 있는 중이라는 걸 아는 영주가 수옥을 향해 손부채질을 해 주었다.

"둘이서 천천히 걷다 들어와. 나는 네 아버지랑 네 오빠 꿀물 타주러 가 봐야겠다."

또 도원을 두고서 자리를 피하려는 건가 싶어 영주의 안색이 흐려질 때였다.

"……자네 것도 타 둘 테니까, 그거 먹고 자면 내일 아침에 개운할 거야."

뒤를 돌아본 수옥이 처음으로 도원과 눈을 마주치며 이야기했다. 도원이 넉살좋게 대답했다.

"감사합니다, 장모님."

난생 처음 듣는 장모님 소리에 뒤돌아서 걸어가는 수옥의 얼굴에도 잔잔한 미소가 번졌다.

Epilogue 2

엄마와 딸

간밤에 꿈자리가 영 뒤숭숭했다. 아무도 없는 황량한 갈대 밭에 홀로 우두커니 서 있었다.

 휘오, 휘오오. 거센 바람이 불 때마다 영주의 몸이 휘청거렸다.

 어느 순간 이상한 기분이 들어 발밑을 내려다보니, 하얀 뱀한 마리가 발목을 타고 오르고 있었다. 기겁을 하며 뒷걸음질 치다가 무언가에 등을 부딪쳤다. 중심을 잡지 못하고 주저앉는 영주를 발목에 매달린 뱀보다 열 배는 더 클 법한 뱀이 꽁꽁 휘어 감기 시작했다.

 작게 비명을 지르며 벌떡 상체를 일으킨 영주 때문에 덩달아 도원도 잠에서 깼다.

 "……왜 그래?"

식은땀 흐르는 이마를 손으로 훔치며 얼굴에 달라붙은 젖은 머리칼을 떼어내 주었다. 더듬더듬 꿈을 꿨다고 대답하는 영주를 품안으로 끌어안으며 천천히 등을 쓸어 주었다.

"무서운 꿈이었어?"

"무섭다기보다…… 이상한 꿈이었어요."

시골에서 자라면서 심심찮게 뱀을 볼 기회가 있었다. 그냥 뒈도 징그러운 것을 개구쟁이였던 오빠가 나뭇가지에 꿰어 장난을 치는 날이면 영주는 기겁을 하며 도망갔었다. 지금도 TV에서 뱀을 비출 때면 저도 모르게 진저리 칠 때가 있었다.

한데 이상하게도 꿈에서는 그다지 무서운 기분은 들지 않았다. 그저 잠에서 깬 지금까지 그 모든 장면이 선명하기만 할 뿐.

"괜찮아. 더 자자. 너 잠들 때까지 이렇게 안고 있을 테니까."

내일도 일찍 출근해야 하는데, 지금 깨기는 너무 이르다며 도원이 그녀의 이마에 가볍게 입술을 눌렀다. 영주도 순순히 그의 어깨를 베고, 그의 다리 사이로 제 다리 하나를 끼워 넣었다. 아직까지 저릿저릿한 손으로 그의 등을 꼭 감아 안았다.

쿵쿵, 느리지만 강하게 뛰는 도원의 심장 소리를 들으며 점차 몸에 휘돌던 긴장도 누그러졌다. 그러다 어느 순간 거짓말처럼 다시 잠이 들었다.

아침에 일어나서는, 아무래도 지난밤 꿈이 께름칙하다는 생각을 버리지 못하고 엄마에게 전화를 걸었다.

"오늘은 되도록 너무 무리해서 밖에 다니지 말고 집에 있어요. 폭염 경보라는데 땡볕에서 일하지 말고."

몇 번이나 당부하면서도 좀처럼 마음이 놓이질 않았다. 엄마야 그렇다 쳐도, 천생 농사꾼인 아빠는 햇빛을 무서워하는 일이 결코 없었으니까.

—네 아버지랑 새벽에 일찍 나갔다가 벌써 들어왔지. 안 그래도 지난주에 뒷집 할머니 쓰러지셔서 난리 났었어.

"아끼지 말고 집에 에어컨 시원하게 틀어 놓고요."

—알았다니까. 대체 무슨 흉흉한 꿈을 꿨길래 이래, 얘가.

걱정에 걱정을 더하며 겨우 통화를 마쳤다. 때마침 주민 센터 문을 열고 은하가 들어서고 있었다. 평소보다 출근이 늦은 그녀가 영주의 자리에도 사 온 커피 한 잔을 올려 두었다.

마침 달달한 게 당기던 차에 커피 위에 소복하게 올라간 휘핑 크림을 보며 영주가 작게 환호를 내질렀다.

민원 업무를 시작한지 얼마 되지 않은 오전에 민원대 가장 끝자리에서 소란이 터져 나왔다. 몇 달 전 새로 발령을 온 신입 주무관이 고성을 지르는 노인을 상대하며 쩔쩔매고 있었다.

"너 내가 누군 줄 알아! 국민 세금 받아먹는 년이 이런 일 하나도 똑바로 못 해?"

끝없이 쏟아지는 욕설 속에서 신입의 고개가 점차 수그러들었다. 노령 연금과 관련해서 불만을 터뜨리고 있는 노인은 주민 센터 내에서도 악질 민원인으로 유명했다. 하필이면 아직 요령 없는 신입이 잘못 걸린 모양이었다.

한참을 지켜보다 결국 한숨을 쉬고 일어난 영주가 신입의 어깨를 두드렸다. 돌아보는 신입의 눈에 눈물이 가득했다.

"제가 처리할게요. 저한테 돌리고 잠깐 나가서 바람 좀 쐬고 와요."

"죄송해요……."

가뜩이나 마음 약한 신입이 울먹거리며 사무실 뒷문으로 사라지고, 영주는 의례적인 미소를 띠며 노인을 향해 물었다.

"무슨 일 때문에 그러세요? 제가 도와드릴 테니까, 조금만 진정하시고 천천히 말씀해 주세요……."

점심시간, 영주는 오전 내내 침울해 있는 신입을 데리고 사무실을 나왔다. 부쩍 말수가 줄어든 신입의 어깨를 은하가 옆에서 다독여 주었다.

"기운 내요. 앞으로도 이런 일 부지기수일 텐데, 그때마다 상처 받으면 오래 일 못해."

"저는 정말 사람 상대하는 게 이렇게 힘들 줄 몰랐어요. 아무리 설명해도 못 알아듣고, 윽박만 지르고……."

영주도 위로를 거들었다.

"나쁜 말은 되도록 다 흘려보내요. 좋은 말만 새겨 놓고. 이런 일로 우는 거 보면 민 주무관 사랑하는 사람들이 얼마나 슬프겠어요."

영주에게도 이렇듯 쉽게 상처 받아 울던 시기가 있었다. 세상이 밉고, 사람이 싫어졌었다. 최악은 자존감이 나락까지 떨어졌다는 점이다.

누군가를 사랑하고, 누군가에게 사랑받는 일이 나 자신을 단단하게 만들 수 있다는 걸 아는 지금은 이런 일쯤 끄떡없었다. 누가 뭐래도, 이 세상에 든든한 내 편이 있었으니까.

두 사람의 부단한 노력으로 신입은 주문한 식사가 나올 즈음 겨우 울음을 그쳤다.

"두 분 가시면 저는 누구랑 밥 먹으러 나오죠?"

곧 다른 곳으로 순환 근무를 가게 될 영주와 은하의 손을 붙잡고 하는 하소연에는 결국 어쩔 수 없다는 듯 웃고 말았다.

언제나처럼 나른한 오후 시간을 간신히 버텨 내고, 민원 업무를 마무리하고 있을 즈음이었다. 평소라면 점심 먹기 전이나 후에 도원에게서 전화가 걸려 왔을 텐데, 오늘따라 휴대폰은 잠잠하기만 했다. 의아해하던 영주가 결국 자리에서 일어났다.

화장실로 향하면서 한 번, 손을 씻고 나오면서 다시 한번 전화를 걸었으나 받지 않았다.

〈혹시 자요? 전화를 안 받네.〉

자리로 돌아왔을 즈음에야 답장이 왔다.

〈영화관이야. 끝나고 전화할게.〉

난데없이 영화관에 있다는 소리에 영주의 눈썹이 가운데로 획 쏠렸다. 누구랑 왜 영화관엘 갔는지 궁금한 것 투성이었지

447

만 끝나고 전화한댔으니 기다리는 수밖에 없었다.

그녀의 의문이 풀린 건 퇴근 후 집에 도착했을 때였다.

일을 마치고 8시쯤 집에 들어서니, 이미 도원이 먼저 와 있었다. 영주가 현관에 놓인 다른 이의 신발을 내려다보며 거실로 들어섰다.

"엄마!"

소파에 앉아 과일을 먹던 수옥이 웃으며 영주를 맞았다.

"이제 와? 늦었네?"

로키가 단번에 뛰어나와 폴짝거렸다. 영주가 그런 로키를 들어 품에 안고서 소파에 앉은 수옥에게로 향했다.

"어떻게 된 거야? 언제 올라왔어요? 아침에 나랑 통화했잖아."

"낮에 도착해서 채 서방이랑 데이트 좀 했지. 난생 처음 우리 사위랑 영화관 구경도 가고."

영주가 보이지 않는 도원을 찾아 두리번거리자, 수옥이 그가 잠깐 마트에 갔다고 말해 주었다.

"아빠 밥은? 아니, 말은 하고 온 거지? 지난번처럼 또 말도 안 하고 나온 거면, 지금이라도 전화 해 줘야 걱정 안 하지."

"여기 온다고 말하고 왔어. 몸보신 좋아하는 네 아버지 먹으라고 사골도 한 솥 끓여 놓고 왔으니까 밥은 알아서 차려먹겠지. 네 오빠도 나이가 서른이 넘었는데, 지 밥은 지가 챙길 테고."

이제는 식구들 밥 챙겨 주는 것도 귀찮다면서 수옥이 손사래를 쳤다.

영주와 도원이 가족과 친구들만 불러 소박하게 식을 치르고 한 달 뒤, 일평생 집밖에 몰랐던 수옥이 집을 비우고서 어딘가로 훌쩍 여행을 다녀온 일이 있었다.

부엌 냉장고에 온갖 밑반찬을 채워 놓고, 어디로 간다는 말도 없이 사라진 엄마를 찾느라 하마터면 실종 신고까지 낼 뻔했었다. 나중에야 마을 부녀회 멤버들과 다 같이 설악산에 놀러갔다는 사실을 알았지만 당시에는 뭔 일이라도 난 줄 알고 눈앞이 다 깜깜했었다.

엄마가 돌아오는 날만 단단히 벼르고 있던 아빠 앞에서 수옥은 되레 큰소리쳤다.

"아니, 내 나이가 벌써 환갑이 다 되어 가는데 어디 나갈 때마다 허락 맡고 가란 소리예요?"

그러더니, 앞으론 본인이 여행 가고 싶을 때 갈 거라며 식구들에게 참견 말라고 엄포를 놓았더랬다. 영주도 그랬지만, 아빠와 오빠는 마치 옆집 아줌마가 와서 자기가 양수옥이라고 우겨 대는 걸 본 사람처럼 얼떨떨해했다.

그런 엄마의 자유 선언을 지지하며, 엄마를 곧장 은행으로 모시고 가 엄마 명의의 통장을 개설하도록 도운 이가 바로 도원이었다. 영주는 그때까지 엄마가 자기 이름으로 된 통장 하나 가지지 못했다는 사실조차 몰랐다.

그 이후로 도원이 매달 엄마의 비상금을 얼마씩 챙겨 주고 있는 것은 비밀. 엄마는 그것을 모아 두어 달에 한 번씩 부녀회 멤버들이랑 국내 관광지를 돌았다.

결혼 전에 가장 반대했던 사람이라고는 믿어지지 않을 정도로 지금은 둘이서 죽고 못 사는 장서 관계가 되어 있었다.

"너야말로 네 남편 밥은 잘 챙겨 주니? 보니까 너보다 채 서방 살림 솜씨가 더 좋더라."

그 말에는 영주도 내심 뜨끔하지 않을 수 없었다.

연애를 하던 당시에도 도원은 영주보다 요리를 잘했다. 지금도 도원은 영주와 함께 잠들었다가 그녀보다 일찍 일어나서 운동을 다녀온 뒤 직접 아침 식사를 준비했다.

매일 그것이 반복되자 슬그머니 미안한 마음이 든 영주가 교대로 하는 게 어떻겠냐고 물었을 때, 도원은 단호하게 고개를 저었다.

"너는 매일 출근하잖아. 잠 줄여 가면서 아침을 차릴 바에는 차라리 나랑 밤에 더 오래 같이 있어 줘."

언뜻 애교처럼도, 애원처럼도 들리는 말에 농담기가 전혀 보이지 않아 영주는 내심 몸을 떨었다.

지금도 주말이 돌아오면 정말 창밖이 희끄무레하게 밝을 때까지 품에서 놓아주지 않으면서.

영주가 붉어진 얼굴로 툴툴 거렸다.

그렇게 점심은 각자 집에서, 직장에서 알아서 해결했고, 저녁 역시 도원이 차리는 일이 잦았다. 주말에 어떻게든 만회해 보려 하지만, 살림의 비중은 도원이 더 클 수밖에 없었다.

대신 도원이 원고 마감을 앞두거나 교정을 보며 바쁜 시기를 보낼 때엔 영주도 레시피들을 찾아가며 야식을 만들어 주는 것이 두 사람만의 약속처럼 굳어졌다.

"왜, 나도 요리 꽤 많이 늘었어."

"사과 하나도 잘 못 깎으면서, 요리가 늘어?"

보지 않아도 훤하다는 듯이 말하며 수옥이 잘 깎인 사과 하나를 집어 영주에게 내밀었다. 영주가 물 많은 과일을 좋아하는 까닭에 잘 사지 않는 사과가 집에 있는 것을 보면 이것도 도원이 수옥을 위해 사 온 것일 테다.

어쩐 일로 오늘은 사과가 새콤하니 제법 맛이 있었다. 영주가 세 조각 째 우물거리고 있을 즈음, 현관문이 열리고 도원이 들어왔다.

"언제 왔어?"

들고 있던 봉지를 내려놓고 두 팔을 벌리는 도원에게 영주가 자연스레 다가가 안겼다. 엄마가 보고 있다는 걸 깜빡 잊을 만큼 이제는 습관이 되어 버린 일이었다.

"밥은 먹었어?"

"고은하 주무관님이랑 설렁탕 먹었어요."

"잘했네."

"엄마랑 도원 씨는?"

도원을 보며 묻는 말이었지만 대답은 수옥에게서 흘러나왔다.

"오랜만에 해산물이 먹고 싶어서, 채 서방이 시장 앞 횟집 데려가 줬는데 맛있더라. 해물탕에 수제비까지 떠서 먹고 왔지."

"회가 먹고 싶었어? 웬일이래?"

원체 외식이 드문 데다가 생선도 꼭 구워서만 식탁에 올랐던 것을 떠올리며 영주가 의아해했다.

"네 아빠가 날걸 못 먹지. 엄마는 회 좋아해."

"그랬구나. 처음 알았네."

그러는 동안 도원이 검은 비닐봉지 안에서 아이스크림을 꺼내 수옥과 영주에게 하나씩 건넸다.

"이거 사러 나갔다 온 거예요?"

"응. 다른 맛도 있어. 냉동실에 넣어 둘 테니까 나중에 먹어."

도원이 사 온 아이스크림을 정리하러 주방으로 향하고, 수옥은 앉아 있던 몸을 일으켰다.

"그럼 채 서방. 갈까?"

"예, 장모님."

"엄마, 어디 가?"

영주가 놀란 눈으로 따라 일어서자, 수옥이 눈을 흘기며 따라오지 말라며 그녀를 도로 주저앉혔다.

"너는 일 갔다 왔으면 들어가서 씻어. 나하고 채 서방은 소

452

화 시킬 겸 요 앞 천변에 좀 걷다 올 테니까."

도원이 워낙 잘 하기는 해도 장모님과 단둘이서 불편하지
않을까 염려스러웠다.

"벌써 눈에 졸음이 가득하네. 좀 쉬고 있어. 장모님이랑 다
녀올게."

"응. 알겠어요."

괜찮다며 둘이서 팔짱을 끼고 나가는 모습을 보며 영주는
어쩐지 기쁘기도, 또 조금 서운하기도 한 묘한 심정이었다.

두 사람이 한창 결혼 준비를 시작했을 때, 당장 시급한 것
이 이사 문제였다. 영주의 전세 계약이 끝나는 시점에 맞춰 부
지런히 함께 집을 보러 다니기 시작했다.

영주의 직장 문제도 있고, 습관처럼 천변을 거닐며 추억을
쌓아온 두 사람이었다. 때문에 가장 먼저 합의한 부분이 바로
이 동네를 떠나지 말자는 것이었다.

어린 시절을 시골에서 보낸 영주와 집이 곧 업무 공간인 도
원은 되도록 답답하지 않고 남의 눈치를 볼 필요 없는 집을 찾
아다녔다.

아파트나 빌라는 자동으로 탈락. 마침내 결정한 것은 전에
살던 빌라에서 한 골목 뒤에 자리한 자그마한 땅콩빌딩이었
다.

노후한 건물을 조금 무리를 해서 새롭게 리모델링했다. 다
행히 1층 상가에 금세 세입자가 들어왔다. 바로 그들의 단골
카페 사장이자 주란의 남자 친구였다.

건물주의 부담스러운 임대료 인상에 다른 알맞은 자리를 찾던 그와 이해가 일치한 덕분이었다.

도원과 영주는 그렇게 두 층을 터 복층 구조로 꾸민 신혼집에서 결혼 생활을 시작하게 되었다.

집에서 계단을 내려와 골목을 조금만 걸어 나가면 천변 풍경이 펼쳐졌다. 도원과 영주는 농담처럼 천변 산책로를 '우리 집 마당'이라고 표현하고는 했다.

밤이었어도 공기는 여전히 후텁지근했다. 그나마 물가라 바람이 불면 그 안에 찬기운도 조금은 서려 있어, 이마에 맺힌 땀을 약간이나마 식혀 주었다.

여름 밤, 운동을 위해 나온 사람들 사이에서 느긋한 걸음으로 걸으며 수옥이 문득 도원을 불렀다. 그러더니 면목 없다는 투로 말을 꺼냈다.

"우리 영주가 좋은 색시는 아니지? 집안일도 잘 못하고. 내가 공부만 하라고 그렇게 키웠어."

딸의 집에 들를 때마다 느끼는 건 사위가 내 딸을 많이 아끼고 보살핀다는 것.

처음 둘의 결혼을 반대했을 때 수옥은 딸의 희생만을 아까워하고 걱정했지만, 정작 결혼 이후 도원이 훨씬 더 많은 부분을 양보하고 배려한다는 것을 알 수 있었다.

남자는 바깥에서 일을 하고, 여자는 안에서 가정을 돌보는 게 당연시되던 수옥의 시대와는 달라도 많이 달랐다. 두 사람이 소꿉놀이하듯 꾸려 나가는 결혼생활이 행복해 보여서 그저 고맙고 기뻤다.

"그런 영주라서 좋아합니다. 똑똑하고, 당차서요. 걱정 마세요, 장모님."

"우리 영주가 야무지기는 해. 근데 일하느라 바빠서, 오늘도 저렇게 오자마자 끔뻑거리면서 졸고……."

처음에는 영주의 건강을 염려하시나 보다 싶었는데, 그게 아닌 듯했다. 이야기를 조금 더 듣던 도원이 속으로 아, 하고 탄식했다.

"장모님. 아이 문제 때문에 그러세요?"

결국 도원이 먼저 화두를 던졌다. 이야기를 돌리고 또 돌리던 수옥이 찔끔한 얼굴을 했다.

"결혼해서도 영주가 하고 싶은 일 마음껏 하면서 살게 한다고 약속드렸던 것 어기지 않을 겁니다. 더욱이 임신하고 출산하는 문제는 제가 아무리 노력한다고 해도 결국 영주 부담이 더 크니까요. 영주 뜻대로 하려고요."

영주가 준비될 때까지는 그녀에게 부담을 줄 생각이 전혀 없었다.

이제 두 자매의 아빠가 된 무관이 종일 딸들 사진만 쳐다보며 헤벌쭉 웃는 것을 보면 조금 부럽다가도, 어떨 때는 영주와 둘이서 단란하게 사는 것도 나쁘지 않겠다 싶었다. 아이 대신이라고 하기에는 뭐하지만, 재간둥이 로키도 가족의 일원이고.

도원의 대답이 수옥의 마음에 찼는지는 알 수 없었다. 다만 수옥은 그것으로 더는 그 얘기에 관해 묻지 않았다.

　　✳　　·　　✳　　　✳

　수옥이 손님방에서 하루를 머물고 그 다음 날 아침.

　본가에서 바리바리 싸들고 온 밑반찬으로 세 식구가 둘러
앉아 식사를 했다. 여느 때 같았으면, 무엇하러 힘들게 이런
걸 들고 오냐고 투덜거렸을 영주도 군말 없이 밥그릇을 싹 비
워냈다.

　식사를 마치고 나서, 모처럼의 주말이니 셋이서 근교라도
다녀올까 묻는 도원에게 영주가 고개를 저어 보였다.

　"오랜만에 나도 엄마랑 데이트하고 올래요. 어제는 둘이서
만 다녀왔으니까, 오늘은 엄마하고 나하고 우리 둘이."

　도원은 그런 영주를 서운해 하는 대신 미소로 두 사람을 배
웅해 주었다.

　"엄마. 모처럼 서울 올라왔는데, 우리 쇼핑갈까? 엄마 다음
에 여행갈 때 입을 옷도 좀 사고. 점심으로 맛있는 것 먹고 들
어와요, 우리."

　간만에 모녀끼리의 외출에 잔뜩 들뜬 영주가 평소 하고 싶
었던 것들을 하나 둘 늘어놓는 동안 딸의 옆얼굴을 지그시 쳐
다보는 수옥의 시선이 묘했다.

　"뭐 먹고 싶은 거 없어요? 응?"

　재차 묻는 질문에도 대답 없이 빤히 응시하고만 있자, 뒤늦
게 영주도 그런 수옥이 의아한 듯 입을 다물었다.

"영주야."

"왜요?"

"병원은 가 봤어?"

영주가 놀란 눈으로 수옥을 돌아보았다.

"일단 병원부터 가. 여기 어디 주말에도 하는 산부인과 있을 거 아냐."

그러고는 수옥의 재촉에 못 이겨 휴대폰으로 근처 산부인과를 검색했다. 다행히 그리 멀지 않은 곳에 위치해 있었다.

걸어가는 내내 영주는 수옥이 대체 어떻게 알아챈 건지 신기해했다.

"꿈 얘기 할 때부터 촉이 오더라고. 네 태몽도 뱀이었거든. 안 그러던 애가 꼭두새벽부터 싱숭생숭하다고 전화하고, 안 먹던 사과를 먹고, 볕 쬐는 병아리처럼 졸기까지 하니까."

영주 자신도 의심만 할 뿐 아직 확신조차 하지 못하고 있었는데, 역시 엄마의 눈은 정확했던 모양이다.

언뜻 기대가 어린 영주의 얼굴을 보며 수옥이 물었다.

"엄마 될 자신 있어? 너도 알겠지만, 절대 쉬운 일 아니야."

조곤조곤한 투로 하는 뼈 있는 충고에 영주의 얼굴이 짐짓 어두워졌다. 그간 엄마에게 모진 말 뱉어 내며 상처를 주었던 기억들이 하나하나 떠오른 탓이다. 수옥이 그런 영주의 머리를 부드럽게 쓸어 주었다.

"너야 손도 안 가고 거의 혼자 컸지만, 네 오빠를 봐라. 나이가 서른이 넘었는데 아직도 정신 못 차리고 사는 거. 걔는

457

언제 여자 만나고 결혼해서 애 낳고 산대니? 어디 비빌 구석도 없게 아주 작정을 하고 먼 데다 보내 버려야 할까 봐."

송주를 흉보는 말에 영주가 키득거리며 웃었다.

"네가 원해서 가진 거라면 잘됐어. 채 서방이야 전적으로 네 뜻 따른다고 하지만, 너보다 나이도 있는데 아빠 소리 듣게 해 줘야지."

도원이 안다면 기뻐해 줄까. 아마 맨 처음엔 놀라움을 감추지 못할 것이다. 아마 꿈에도 생각지 못하고 있을 테니까.

연애할 때는 도원이 줄곧 책임져 왔던 피임을 결혼 후에 영주가 피임약을 복용하면서 대신했다. 영주의 의사였고, 휴지기에만 도원이 콘돔을 사용하기로 했다.

아이에 관해서는 도원과 무엇보다 많은 이야기를 나누었을 것이다.

도원은 뜻은 언제나 한결같았다. 전적으로 영주의 선택에 따르겠다는 것. 영주는 그런 도원을 믿고, 올해부터 약을 복용하지 않은 상태였다.

병원에서 진단을 받은 결과, 역시 임신 6주 차였다. 막연하게 임신이라고 느꼈을 때와 달리 확실하게 아이가 들어섰다는 것을 실감하자, 갑자기 가슴이 미친 듯이 뛰기 시작했다.

기쁨, 설렘, 두려움, 초조함까지 뒤범벅되어 그녀를 흥분시켰다. 그런 영주 옆에서 수옥이 더 흥분해 있었다.

언뜻 보면 얼룩 같은 부분이 아기집라고 짚어 주었다. 빠르게 뛰는 심장 소리도 들었을 땐, 정말 내 안에 생명이 있구나 싶어 울컥 눈물이 고였다.

병원을 나와서, 수옥은 곧장 본가로 내려가겠다며 택시를
잡았다.

"점심 먹고 천천히 내려가시지, 왜."

"얘는. 지금 그럴 때야? 얼른 가서 네 아버지한테도 말해 줘
야지."

이런 소식은 직접 전해야 한다며 뒷좌석에 오르는 엄마를
말리지 못하고 결국 택시 기사님에게 당부했다.

"중간에 지하철 탄다고 내려달라고 해도 절대 내려 주지 마
시고, 터미널까지 가 주세요."

그리고 엄마의 손에 오만 원 권 지폐를 쥐어 드렸다. 뒷문
을 닫고, 천천히 앞으로 나아가는 택시 안에서 수옥이 영주를
보며 고개를 끄덕끄덕했다.

"조심해서 가요."

입모양으로 인사하며, 수옥이 탄 택시가 멀어져가는 것을
바라보았다.

집으로 돌아가는 영주의 발걸음이 평소보다 들떠 있었다.

어떻게 전할까. 뭐라고 말해야 할까 고민하며 현관문을 열
었다. 그녀가 왔음에도 나와 보지 않기에 곧장 서재로 가 보
니, 안경을 쓴 채 일을 하고 있던 도원이 뒤늦게야 그녀가 온
것을 알아챘다.

"장모님은?"

"갑자기 급한 일 생겨서 집으로 가셨어요."

"급한 일?"

"응. 그런 게 있어. 커피 갖다 줄까요?"

도원이 웃으며 고개를 끄덕였다. 영주가 먼저 손을 씻고서, 빈 잔에 얼음과 커피를 부어 나무 소반 위에 올렸다. 그리고 그 옆에 곁들인 사진 한 장.

슬쩍 마우스 패드 옆에 가져다 놓으니, 무의식적으로 손을 뻗고 눈길을 주었던 도원이 순간 멈칫했다.

"이거……."

믿을 수 없다는 표정으로 영주를 돌아보는 도원의 턱에서 끼이익, 소리가 나는 것 같았다.

영주가 입술을 물어 겨우 웃음을 참았다. 그러고는 대답을 기다리는 그에게 고개를 끄덕여 줬다.

"꺅!"

그대로 영주를 있는 힘껏 껴안은 도원은 온몸으로 기쁨을 표현했다. 쏟아지는 입맞춤을 감당할 수 없어 결국 그의 무릎 위에 털썩 주저앉으며 환하게 웃음을 터뜨렸다.

"이제 6주래요."

"진짜? 그럼 겨울이면 보겠네."

날짜를 가늠해 보던 도원이 이내 부푼 마음을 숨기지 못하고 그녀에게 다시 입을 맞췄다.

"내년에는 우리 셋이 보러갈 수 있겠다. 꽃구경."

매년 둘이서 함께 걷던 그 길을 이제 세 식구가 되어 걷는 상상을 했다.

마침 살짝 열린 서재 문을 주둥이로 벌려 들어온 로키가 저도 잊지 말라는 듯 그녀의 다리에 턱 발을 짚고 섰다.

　그런 로키의 머리를 쓰다듬으며 영주는 이 순간 무엇 하나 더 바랄 게 없다고 생각했다.

—*fin*

하천 앞 낡은 외관의 두 동짜리 빌라. 적막한 새벽, 윗집 물 내려가는 소리를 들으며 두드리는 키보드.

어떤 분은 이미 짐작하셨을지도 모르겠습니다. 맞아요. 소설 속 묘사되는 도원의 작업 환경이 바로 지금 제 모습과 거울처럼 닮아 있습니다.

사실 이 이야기는 모두가 잠든 야심한 시각, 붉게 충혈된 눈으로 하얀 화면을 글자로 채워 나가다 문득 스스로에게 던진 하나의 질문으로부터 출발하게 되었습니다.

매일 집에서 혼자 일하면서, 특별한 계기 없이는 새로운 사람을 만날 일 없는 내게 만약 사랑이 찾아온다면, 그건 어떤 형태일까? 어떤 이유로 끌리고, 어떤 방식으로 연인이 될 수 있을까?

상상보다는 망상에 가까웠던 답변이 점점 구색을 갖추며, 그렇게 하나의 줄거리가 되었습니다.

자기 관리 철저한 남자 주인공과 아직 세상 물정에 어리숙한 여자 주인공이 만나 연인이 되어 가는 과정이 영화처럼 머릿속에서 펼쳐졌고, 그것을 지면으로 옮기는 과정에서는 저 역시 조금은 대리만족할 수 있었습니다.

두려움 없이 사랑에 올인하는 주란, 사랑이 자신을 나약하게 만들까 봐 겁내는 영주, 이해와 포용으로 사랑을 보듬어 가는 도원.

각각의 인물에게 집어넣은 감정의 조각들이 인물을 어떤 모습으로 성장시키는지 지켜보는 시간이 즐거웠습니다.

저 역시 사랑이 무언지 몰랐을 땐 주란이처럼 무모하게 로맨스를 꿈꿨고, 첫사랑이 실패로 끝났을 땐 이별이 남긴 무게에 크게 휘청거리며 그 다음번에 올 사랑을 두려워하기도 했습니다. 교정하는 과정에서 편집자님께 '유니콘'이라는 별명을 얻게 된 도원의 성숙한 연애 방식은 사실 제가 이상적으로 그리는 사랑의 모습이기도 합니다.

마찬가지로 글을 읽는 동안 이야기에 등장하는 인물들이 당신께 한순간이나마 공감할 요소를 가졌다면, 그것이 제가 이 글을 쓴 보람일 것입니다. 또한 이 글이 당신과의 다음 만남으로 이어지는 징검다리가 된다면, 그것이 제가 이 글을 쓴 의미가 될 거예요.

제 소설을 읽어 주셔서 감사합니다. 머지않아 글 위에서 우리가 다시 만나기를 기다릴게요.

약 470페이지가량의 너절한 글을 부단히 깎고 다듬어 한 권의 책으로 나올 수 있게 도움 주신 봄 미디어 김민지 편집자님과 직원분들께, 그리고 〈손끝에 너를〉, 〈어텀〉에 이어 세 번째로 표지 작업해 주신 우물 디자이너님께 이 자리를 빌려 감사의 마음 전합니다.

—2020년 6월,
강부연 드림.